환희

시계가 차디찬 새벽 공기를 울리고 2시를 쳤을 때에 목메인 설화의 죽음을 아랫목 요 위에 하얀 이불로 덮어놓았는데 그 옆에서는 그의 어머니가 넋을 잃고 울고 동리집 홰에서는 세월이 또 있음을 길게 부르짖는 닭의 소리만 가늘게 들리더라.

베스트셀러한국문학선 22

환희

나도향

소담출판사

발 간 사

우리는 물질적 가치를 중시하는 산업시대의 큰 풍조 속에서 경제적 부(富)만을 추구하는 열병을 앓고 있는 것 같다. 물질적 가치와 똑같은 비중으로 또는 경우에 따라서는 그보다도 더 귀중한 정신적 가치에 관한 소중함을 몰각한 것이 오늘날의 풍조가 아닌가 한다.

따라서 역사적으로 면면히 이어오고 있는 우리 문화의 한 중심인 문예의 가치를 인식하고, 널리 보급시키는 것은 매우 중요한 의미를 지닌다고 할 수 있다.

우리가 어진 사람을 인격의 표본으로 삼을 때 근대 문학 작품에서는 이광수의 「흙」에 등장하는 허숭을 생각할 수 있고, 옛 문학에서는 흥부를 생각할 수 있다. 이러한 문예작품 속의 인물들은 우리 민족성원 한 사람 한 사람의 마음속에 인격의 한 표본으로 존중되어 사람답게 사는 실천적 지혜로 이어진다.

여기서 문예작품은 그 작품을 창작한 개인의 재능에 의한 것이지만, 그 내용에 담긴 인물의 심성과 인격의 아름다움은 바로 그 작품을 읽는 독자들의 자아를 성숙게 하는 길잡이가 된다. 즉 작품에 실현된 정신적 가치는 우리 민족의 창조적 지혜로서 이어지고 이해되어 민족의 정신적 지향의 전통이 됨을 깨닫게 된다.

특히 젊은 세대에게 역사의식과 전통적 가치를 학습할 자료로서 우리 문학의 선집은 필수적인 의미를 지니고 있다.

오늘날의 상업적 풍조에서 탈피하여 한국의 전통을 이해하고 새 시대의 창조적 전진을 위한 밑거름으로서 베스트셀러 한국문학선은 기여할 것이다.

새 시대의 새 독자들에게 가장 뜻깊은 선물이 될 것을 자부하며, 작품의 선정에 있어서도 그 뛰어난 예술성은 물론 내용의 심화된 것을 중시하여 엄정히 선택한 것임을 밝혀두는 바이다.

신 동 욱

차례

〔나도향〕

발간사
5
환희
9
작품해설/사랑과 죽음의 美學
320
작가연보
325

〈일러두기〉

1. 선정된 작품은 1920-1970년대 한국 현대 소설사의 대표적 작품들로서 현행 고등학교 검인정 문학 8종 교과서에 실린 작품 외 개별 작가의 대표적 작품을 중심으로 엮었다.
2. 표기는 원문의 효과를 고려하여 발표 당시의 표기를 중시했으나, 방언은 살리되 의미 전달을 위해 되도록 현대표기법을 따랐다.
3. 띄어쓰기는 개정된 한글맞춤법에 따랐다.
4. 외래어는 외래어 표기법을 따랐다.
5. 대화나 인용은 " "로, 생각이나 독백 및 강조하는 말은 ' '로 표시하였다.
6. 본 도서는 대입수능시험은 물론 중-고교생의 문학적 소양 및 교양의 함양을 위해 참고서식 발췌 수록이 아닌 모든 작품의 전문을 수록하였음을 밝혀둔다.

환 희

쓴 지가 1년이나 된 것을 지금 다시 펴놓고 읽어보니 참 괴이한 곳이 적지 않게 많습니다. 터 잡히지 못한 어린 도향(稻香)의 내면적 변화는 시시각각으로 달라집니다. 미숙한 실과와 같이 나날이 다릅니다.

그러므로 남에게 내놓기가 부끄러울 만큼 푸른 기운이 돌고 풋냄새가 납니다. 그러나 나는 그것을 완숙한 것으로 만족한 웃음을 웃는 것이 아니라, 미숙한 작품인 것을 안다는 것으로 나의 마음을 위로하려 합니다. 푸른 기운이 돌고 상긋한 풋냄새가 도는 것으로 도리어 성과의 예감을 깨달을 뿐입니다. 장래에 닥쳐올 희망의 유열(愉悅)로 나의 심정을 독려시키려 합니다.

이 글을 쓸 때 전적 자애를 부어 주시던 우리 외조모님의, 세상에 계시지 않는 그리운 면영(面影)을 외로운 도향의 심상(心床) 위에 그리면서 안타까운 옛추억으로 떨어져 식어 버리는 추억의 눈물을 흘리나이다.

"어머니."

하고 금방울을 울리는 듯한 혜숙(惠淑)의 귀여운 목소리가 저녁 연기 자욱하게 오르는 동대문 밖 창신동 어떠한 조그맣게 지은 초가집에서 난다.

"왜?"

하고 대답하는 그의 어머니는 매운 연기로 인하여 눈을 반쯤 감으며 부지깽이로 부엌 바닥을 짚고 고개를 기웃하여 바깥문을 향하여 내다보면서,

"오늘은 다른 날보다 어째 좀 일르구나."

한다.

"네, 오늘 선생님 한 분이 오시지를 않아서 한 시간 일찍 하학하였지요."

하고 혜숙은 방으로 들어가 치마를 벗어 횃대에 걸고 때가 묻은 다른 치마를 갈아입고 부엌 앞으로 나오며 다시 자기 어머니에게 향하여,

"오라버니는 어디 가셨어요?"

하고 묻는다. 그의 어머니는 다시,

"글쎄 알 수 없다. 어디를 갔는지, 날마다 나갔다가는 늦게야 돌아오니까."

하며 무슨 미안하고도 걱정되는 생각이 나는지 타는 아궁이의 불만 물끄러미 보고 있었다.

그의 어머니라는 분은 사십오륙 세가 될락말락한 여자로 아직까지도 그의 반지르하게 가꿔 온 머리칼이라든지 그의 두 뺨이 문지르고 또 문지른 연감이 조금 시든 것과 같이 윤이 나고도 잠시 혈색이 퇴한 것을 보아서든지, 또 그 두 눈 가장자리로 도는 아지랑이같이 미소하는 듯하고도 사람의 마음을 잡아당기는, 또는 사람을 못 견디게 하는 무엇이 남아 있는 것을 보아서든지, 탐스럽게 잘생기었으나 그리 아기자기하게 어여쁘다고는 할 수 없으나 어떻든 젊어서는 말할 수 없는 무슨 매력을 가지고 젊은이의 따뜻한 사랑을 다투었을 만한 무엇을 가지고 있었던 흔적이 여태껏 남아 있다.

혜숙은 어린 얼굴에도 근심하는 빛을 띠고,

"어디를 가셨을까!"

하고, 혼잣말을 하고 아무도 들어오지 않는 문간을 바라보고 쭝그리고 섰다.

"글쎄, 낸들 알 수 있니, 어디를 갔는지……."
하고, 그의 어머니가 대답을 한다.

그의 어머니는 아직까지 젊었을 때의 습관이 남아 있는지 뽀얗게 분세수를 한 얼굴을 잠깐 찌푸리고 한편 입술을 반쯤 열며 말을 할 때마다 번쩍하고 번쩍거리는 금니가 나타나 보인다. 그의 얇은, 쇠퇴하기는 쇠퇴하였으나 아직까지 연붉은 빛이 남아 있는 입술을 애교 있게 벌릴 때마다 어린 혜숙의 가슴에도 알지 못하게 무슨 성욕에 대한 감정이 그의 혈관 속으로 흘렀다.

"오늘은 또 큰집 가서 무슨 짓을 하셨을까……? 참 생각하면 미안하기도 하고 죄송하여서 못 견디겠어요. 아버지께서 그러시는 것을 그대로 듣고만 있으면 그만일 걸 그렇게 날마다 약주만 잡숫고 야단을 치시면 도리어 아버지의 성품만 거슬리는 것이 되지요. 암만 그러지 말래도 자꾸 그러시는 것을 어찌할 수 없고, 참 딱해……."
하고 채 뒷말을 마치지 못하고 다시 바깥문에서 무슨 소리가 나는 듯하니까 그곳을 바라보았다. 그러나 거기는 아무도 있지 않았다.

그의 어머니는 솥뚜껑을 열어 거품이 푸——하게 일어나는 짓던 밥을 들여다보고 다시 뚜껑을 덮으며,

"글쎄 말이다. 하루 이틀도 아니고 날마다 날마다 하구한날 술만 먹고 저러니 아버지의 역정도 더하실 뿐 아니라 우리가 송구해서 있을 수가 있어야지……."
하고, 부엌 바닥을 쓸고 행주치마를 툭툭 털며 일어난다.

어느덧 해는 넘어가고 황혼의 누런 장막에 비치었던 저쪽 산의 회색 윤곽도 사라지고 다만 남은 것은 캄캄한 어둠뿐이었다.

바람은 쓸쓸하게 분다. 초가을에 떨어져 나부끼는 누런 갈잎들은 뒷동산 숲 사이에 부수수.

때때로 청량리로 나가고 들어오는 전차 바퀴의 바탕에 스르릉 하고 갈리는 쇳소리가 처량하게도 동대문 밖 고요한 공기를 울린다. 저녁에 남대문을 떠나오는 원산차의 철로 다리를 건너는 소리가 바람을 타고 멀리 멀리 넓은 벌판을 건너온다.

혜숙의 집 안방과 건넌방에는 전깃불이 켜졌다. 안방에서는 혜숙이와 그의 어머니가 겸상하여 마주 앉아 밥 먹는 숟가락이 밥그릇과 반찬그릇에 닿는 소리가 달그락달그락 난다.

혜숙의 어머니는 물에다 밥을 말며, 무엇을 생각하였는지 한참 혜숙의 눈썹 까맣고 눈의 광채가 반짝반짝하며 밥을 씹을 때마다 불그레한 두 뺨이 우물같이 쏙쏙 들어가는 것을 바라보고, 또 하얀 목이 우유의 시내같이 꽃다운 향내를 내며 흐르는 듯한 것이나, 그의 등과 고개와 어깨와 젖가슴이 점점 부끄럽고도 눈물나는 즐거움을 타는 가슴에 맛볼 수 있는 유년 시기를 벗어나 새로이 벌어지는 아침 월계꽃같이 단 이슬에 취하여 정신없이 해롱댈 처녀기에 이르는 자기 딸을 바라보며 속마음으로 신기하기도 하고, 귀엽기도 하고, 또 걱정하는 생각도 났다. 그리고 얌전한 사위를 얻어 재미있게 사는 것을 보겠다는 욕망과 한편으로 자기가 젊었을 때에 맛보던 타는 듯하고 정신이 공중으로 뛰는 듯한 정욕의 타는 술에 취한 듯한 과거의 기억이 온몸으로 바짝 흐르기까지 하였다.

시집갈 시기에 달한 처녀를 가진 어머니가 누구든지 생각하는 것과 같이 모든 즐겁고 재미있는 욕망, 모든 걱정되고 염려되는 불안, 자기의 딸을 여태껏 정들여 길러 같은 집 같은 방에서 같이 살다가 섭섭히 알지 못하는 남의 집에 보낼 섭섭한 생각, 으레 하는 일이니까 하는 수 없이 보내기는 하나 다행히 시집을 가서 일평생 재미있게 딸 낳고 아들 낳고 잘 지냈으면 좋겠지만 알지도 못하는 팔자에 만일 소박데기나 되어 도로 쫓겨오지나 않을까, 그래서 날마다 밤마다 먼산만 바라보고 잠도 자지 않고 한숨이나 쉬고 눈물이나 쪽쪽 짜내면 그 원수스러운 꼴을 어떻게 보나 하는 불안과 같은 생각을 혜숙의 어머니도 생각하였다.

그러다가는 다시 자기 딸이 혼인하면 어떻게 되리라는 것을 속으로 혼자 생각하여 보았다.

자기의 딸은 지금 학교에를 다니니까 학교만 졸업하면 어떠한 양복 입고 모자 쓰고 외국에 가서 공부하고 온 얌전하고 재주 있고 돈 많고 명망 있는 젊은 사람하고 혼인을 하게 될 터이지, 혜숙은 그렇게 되면 혼인하기 전에 그 젊은 사람과 한번 만나 보아 마음에 드는지 안 드는지 서로 선을 볼 터이지, 그리고 마차나 자동차를 타고 예배당에 가서 목사님 앞에 나란히 서서 반지를 끼워 주고 신식으로 혼인을 할 터이지, 그리고 어떠한 요릿집에 가서 잔치를 할 터이지, 그런 뒤에는 내외가 손목을 마주 잡고 신혼 여행인지 무엇인지를 갈 터이지, 그리고 딸 낳고 아들 낳아서 잘 살게 되면 그 자식들이 나더러 '할머니' 하고 따라다니겠지, 그렇다! 저희들끼리 좋아서 혼인을 한 것이니까 일평생 무어라 말을 하지 못할 터이다. 부모 원망도 못할 터이다. 혜숙의 어머니는 혜숙이와 그의 오라버니가 서로 이야기하는 소리를 듣고 또 들어 신식 혼인이란 으레 마차나 자동차를 타고 예배당에 가서 목사 앞에 나란히 서서 반지를 끼워 주고 요릿집에서 잔치를 하고 또 혼인한 뒤에는 신혼 여행 가는 것인 줄만 안다.

그는 또 생각하였다. 그렇게 하면 집에서 아무것도 할 것이 없지. 구식 같으면 집에서 음식도 차리고 손님 접대도 하고 신랑도 맞고 색시도 보내고 야단 법석을 하여 집안으로 아주머니, 할머니, 형님, 조카, 조카며느리, 사돈마누라, 친한 사람, 친지, 아는 사람, 청한 사람, 청하지 않은 사람이 가득 들어서서 신랑이 온다면 야단 법석을 하고 구경을 나올 터이지, 늙은이는 안마당에 젊은이는 안방 미닫이 틈으로 신랑 구경을 하느라고 야단들일 터이지, 그리고 코가 뾰쪽하니 눈이 작으니 잘생기었느니 못생기었느니 키가 작으니 크니 하고 수군수군할 터이지, 그러다가 만일 칭찬이나 들으면 나의 마음이 좋겠지만 조금이라도 못생기었다는 소리를 들으면 나의 얼굴이 확확하고 가슴이 두근두근할 터이지, 당장에 물르지도 못하는 혼인을 어찌하지 못하고 나는 그만 사지의 맥이 홱 풀어질 터이지.

그렇다! 신식으로 한다. 그렇다면 아무 걱정도 없이 잘하게 될 터이다. 손님 대접을 요릿집에서 한다니 집에서 음식도 만들지 않게 될 터이지, 집에서 음식도 만들지 않게 되면 며칠씩 단잠을 자지 못하고 사람을 얻어 가지고 야단을 하여도 그날 무슨 말이 많은데, 그리고 아까운 국수가 한옆에서 썩지를 않을 터이니까 좋다.

혜숙의 어머니의 머릿속에는 여러 가지 생각이 순서 없이 왔다갔다한다. 그리고 때때로 혜숙을 바라보았다.

그는 또다시 생각하기를 혜숙이 시집갈 때에는 옷이나 많이 하여 주어야겠다 하였다. 그리고 세간도 잘해 주고 금으로 밥그릇까지 하여 주고 싶은 생각이 났다. 그래 시집가서라도 업신여김을 받지 않게 하여야겠다 하였다. 그리고 신식으로 혼인을 하면 눈 감고 낭자하고 장님같이 가만히 앉아 있지는 않겠지 하였다.

그리고 첫날 저녁에는 어찌하나? 아마 신식 혼인이니까 신랑이 옷을 벗기지는 않을 터이지, 저희들이 옷을 훌훌 벗고 이불 속으로 쑥 들어가나 하였다.

혜숙이의 어머니는 신식 혼인이란 아주 이상하고도 진기한, 사람들이 하지 않는 무슨 신선이나 선녀의 놀음같이 생각하였다. 그러하다가도 신방에서 새색시가 어떻게 옷을 제 손으로 훌훌 벗고 신랑이 누워 있는 이불 속으로 들어가노? 하는 것이 의문이었다.

그리고 그렇게 하면 아무 맛대가리가 없고 신랑일지라도 무슨 타는 듯하고 가슴이 두근두근하고 손끝이 발발 떨리는 그러한 사랑의 묘한 맛을 모르렷다 하였다.

그리고 은은하게 타는 촛불 앞에 눈을 감고 가만히 신랑에게,

"나는 당신이 하는 대로 맡깁니다."

하는 것과 같이 침을 삼키면서 신랑의 손이 자기 몸에 닿기만 기다리다가 신랑의 손이 그의 젖가슴 밑 겨드랑이에 닿을 때 얼굴이 확확 달면서 가슴이 두근두근하고 알지 못하는 꿈 같은 맛을 보는 것이 신랑 신부의 정말 초례같이 생각되었다.

그리고 다시 밥숟가락을 떼는 혜숙을 바라보았다. 그때 혜숙의 어머니의 눈에는 혜숙이가 눈 감고 머리에 낭자를 하고 기다란 비녀를 꽂고 눈을 감고 돌아앉은 신랑이 하는 것만 객귀로 듣는 듯하였다. 그러다가 다시 그의 틀어 얹은 머리를 볼 때에는 어쩐지 심심하고도 양녀 같은 생각이 났다.

그리고 그는 자기도 모르게,

"너 길에 다닐 때에라도 조심하여 다녀라. 그리고 하학하거든 즉시 집으로 오너라."

하며 유심한 눈으로 혜숙을 바라보았다. 이 소리를 듣는 혜숙의 가슴은 알지 못하게 선뜻하였다. 그리고 부끄러운 생각이 전신으로 흘렀다. 자기의 어머니가 여태껏 이러한 소리를 하는 일이 없더니 오늘 처음으로 이러한 말을 하며 또 이상한 눈으로 자기를 들여다보는 것을 보고 이상하게 부끄러운 생각도 나고 또한 성욕의 타는 듯한 불길이 알지 못하게 자기 눈앞 공중에서 번쩍번쩍한다.

그는 부끄러워서 자기 어머니를 바로 쳐다보지 못하고 젓가락으로 장아찌 하나를 집으며,

"네……."

하고 대답을 하였다. 그의 대답하는 소리는 떨리는 듯하고 그의 얼굴은 빨개졌다. 그리고 자기 어머니 입에서 그와 같이 부끄럽고도 가슴이 달랑달랑하여 대답하기에 얼굴이 확확하여지는 말이 또다시 나오면 어찌하나 하는 생각이 나서 장아찌를 씹으며,

"어머니, 이 장아찌는 아주 짜요."

하였다. 그리고 곁눈으로 자기 어머니를 바라보고 다시 눈을 내리깔고 밥

한 숟가락을 떴다.

'길에 다닐 때라도 조심하여라.'

하는 자기 어머니의 말을 듣는 혜숙은 참으로 부끄러웠다. 이러한 부끄러움이 그의 처음 맛보는 부끄러움이었다. 이 세상에 난 지 열일곱 살에 비로소,

'길에 다닐 때 조심하여라.'

하는 말 속에 있는 무슨 의미를 깨달아 알았다.

그리고, 처음으로 자기 어머니에게 부끄러움을 당하였다.

과연 그녀는 길을 다닐 때 조심하지 아니하면 안 되었다. 그전에 소학교에 다닐 때에는 길가에 다니는 사람들이, 더구나 젊은 학생들이 활동사진의 사람들과 같이 볼 때뿐이요, 지나가면 그만이었으나 지금 와서는 자기와 날마다 만나는 젊은 청년들이 모두 자기와 밀접한 관계가 있는 것과 같이 보였다. 그리고 자기를 곁눈으로 한번 다시 쳐다보는 사람은 자기에게 무엇을 구하는 것과 같고 날마다 아침이면 학교 들어가는 어귀에서 만나 보는 같은 젊은 학생을 하루아침만 만나지 못하면 어째 자기에게서 무엇을 잃어버린 듯하였다. 그편 남학생이 잘생겼든 못생겼든 날마다 만났다가 하루만 만나지 못하면 자기에게 무슨 결점이 있어 그 학생이 자기를 피해 간 듯하였다. 그래 그날 하루 종일은 어째 울고도 싶고 온 세상이 쓸쓸하고 재미없는 듯하였고, 그러다가 그 이튿날 다시 만나면 그는 잃었던 무엇을 다시 찾은 듯하였고, 또 다른 여학생보다 더 아름답고 귀여워 보이는 듯하여 마음이 아주 즐거웠다. 그래 그는 그때부터 구두도 반지르하게 닦아 신고 다니고 둥그스름하게 아무렇게나 틀어 얹었던 서양머리를 지금은 한옆으로 가리마를 타고 기름을 발라 한편 눈썹 위로 비스듬하게 어려덮이게 하였다. 그리고 걸음걸이도 좀 경쾌하게 하고 치마도 짤뚝하게 하여 입었다.

고운 양복이나 입고 모자 쓴 청년이나 조선옷이라도 해정하게 입고 깃도구두나 잘 닦아 신고 대모테 안경이나 보기 좋게 쓴 청년은 모두 자기

에게서 무엇을 구하는 듯하였다. 그리고 그러한 사람들은 학식도 많고 재주도 있고 돈들도 많은 귀한 집 서방님이나 도련님들이거니 하였다. 그리고 일본 다녀온 청년이라면 다시 한 번 쳐다보았다. 그 사람은 공부도 많이 하고 학식도 많이 있으려니 하였다. 그러다가도 그 사람이 자기를 혹 쳐다보면 어째 마음이 퍽 기뻤다.

세상 물결에 시달림을 받지 못한 단순하고 정한 혜숙의 마음은 겉모양을 보아 그 속을 판단하였다. 대모테 안경과 흔한 양복과 은장식한 단장이 군인의 링크 모양으로 그의 머릿속에 있는 학식과 재주의 표현물로만 알았다. 그리고 그와 같은 사람들은 자기같이 여학교 2년쯤 다니는 여학생으로 아주 까맣게 쳐다보는 사람이거니 하였다.

그러나 그의 머릿속에는 한 가지 의문이 있었다. 그것은 자기 오라버니였다.

그의 오라버니는 다 해진 양복을 입고 다 낡은 모자를 쓰고 다 떨어진 구두를 신고 다닌다. 그러나 자기 오라버니는 어떤 중학을 졸업하고 여태껏 4, 5년 동안을 아무것도 아니하고 집에서 소설책이나 보고 잡지나 보고 지내는 것을 볼 뿐인데 어떤 때는 영어로 쓴 무슨 책도 읽고 자기는 당초에 무엇이 무엇인지 알지도 못하는 언문 글자 많이 섞인 책을 보다가도 이것을 글이라고 지었나 하고 홱 내던지는 것을 보았다. 그것을 보는 혜숙은 자기 오라버니도 상당히 학식이라는 것이 있기는 있으나 아직 대모테 안경 쓰고 양복 입은 사람만은 못한가 보다 하였다. 그러나 자기보다는 아주 말할 수 없이 아는 것도 많고 경험도 많다 하였다. 그래 자기 오라버니의 말이라면 으레 옳으려니 하고 자기 오라버니가 하여도 좋다고 하면 꼭 믿고 행하였다.

그와 같은 혜숙은 대모테 안경을 쓰고 양복을 입고 은장식한 단장을 짚은 청년을 바라볼 때 그 청년에게서 보는 빛과 자기 오라버니에게서 보는 빛을 분별할 수 있었다.

그 수염이 꺼뭇꺼뭇하게 나고 이마의 주름살이 펴지지 못한 자기 오라버니의 얼굴에서는 이러한 빛을 보았다. 그는 자기 오라버니의 무릎 위에 손을 얹고 어리광 부려 말을 하면서도 그를 바로 쳐다보지는 못하였다. 그 얼굴에서――더구나 두 눈에서――번득거리는 것은 아침의 햇빛 같은 붉고도 금빛나는 따뜻한 빛이었으나 바로 쳐다볼 수 없는 엄연한 빛이 있었다. 그러나 그 대모테 안경 쓰고 양복 입고 은장식한 단장을 짚은 청년들의 얼굴을 바라볼 때에는 부끄러운 듯도 하고 한편 눈을 찡긋하는 듯하여 차디찬 날에 눈 쌓인 광야에서 쌀쌀스러운 바람을 쐬면서 쳐다보는 듯한, 얼마든지 바라볼 수 있는 차디찬 초승달 빛과 같았다. 그러나 그 빛은 자기 가슴속에 알 수 없게 짤끔 나는 눈물을 나게 하고 또 기꺼움을 주는 빛이었다.

혜숙과 그의 어머니는 숟가락을 놓았다. 그리고 물을 마셨다.

"여태껏 안 오시네……."

하고 혜숙은 상 옆에서 물러나며 매우 기다리는 것같이 말을 하였다.

"글쎄 말이다."

하고 그의 어머니는 걸레로 밥상 앞을 훔치며,

"오늘도 또 아버지께 가서 무슨 짓을 하고 있는 게지……."

하였다.

시계는 10시를 쳤다. 쓸쓸맞은 바람은 앞창을 스치고 지나간다. 누가 대문을 여는 소리가 요란히 난다. 혜숙과 그의 어머니는 문을 열고 달려나갔다.

"혜숙이가 있나?"

하고 다 낡은 양복에 모자를 비스듬하게 쓰고 고개를 반쯤 숙이고 문을 닫아 거는 스물서넛이 되어 보이는 청년은 술이 취하여 술냄새를 확확 끼치며 안을 향하여 동생을 부른다.

"혜숙아, 혜숙이 있니? 응응."

하며 아주 감흥적으로 말을 한다.

"네 여기 있어요."

하고 문간까지 나아가 자기 오라버니의 손을 쥐며,

"왜 인제 오세요? 네? 에구 술내! 또 약주 잡수셨습니다그려!"

"왜 술내가 나빠? 흥! 물론 싫을 테지, 하…… 나는 술 안 마시고 못 사는 사람이란다. 너는 모른다. 너는 몰라. 우리 혜숙이는 모르지. 어서 들어가자."

하고 허허 웃어가며 혜숙의 손을 잡은 채 마루 앞까지 왔다. 그러고는,

"어머니, 오늘 또 술 마셨어요. 하…… 어머니도 걱정하실 줄 알지만 어떻게 합니까. 마셔야 하는걸요."

하고, 히히히히 웃으면서 마루 끝에서 구두끈을 푼다.

혜숙은 옹송그리고 마루 툇돌 앞에 가 섰고 그의 어머니는 마루 끝에 가 서서 혜숙의 오라버니를 내려다보며,

"어디서 또 저렇게 먹었노? 어서 방에 좀 들어가서 눕지……."

그의 어머니의 말하는 것은 자기 친아들에게 하는 소리 같지 않다.

혜숙의 오라버니는 건넌방으로 들어갔다. 그리고 혜숙이와 그의 어머니도 따라 들어갔다. 혜숙은 요를 내어 깔며,

"여기 좀 드러누우셔요. 그리고 좀 주무셔요."

한다.

"아니 아니. 자기는 잠이 와야 자지. 잠이 오지도 않는데 자?"

하고 한 손을 내흔들며 고개를 숙이고 후——하고 한숨을 쉰다. 혜숙은 조금 있다가 자기 오라버니를 바라보며,

"그런데 어디서 그렇게 약주를 잡수셨어요? 녜녜, 오늘 또 아버지께 갔다오셨세요?"

하고, 혜숙은 무죄한 죄수가 재판장의 선고를 기다리듯이 그의 오라버니의 말소리만 기다린다.

"아버지 댁에? 아니 오늘은 안 갔어. 오늘 같은 날 아버지 집에 가서 술주정을 할 수 있나!"

혜숙은 날마다 가는 자기 아버지 집에 가지 않았다는 것과 오늘 같은

날에 주정을 할 수 있나 하는 말이 괴상하기도 하고 무슨 뜻있는 일이나 있나 하여,

"왜 오늘은 무슨 별다른 날인가요?"

하고 문 앞에서 자기 오라버니만 바라보고 섰는 자기 어머니를 한번 쳐다보며 물었다.

"응 별다른 날이지, 별다른 날이야. 나에게는 아주 별다른 날이지."

"무엇이 그리 별다른고?"

하고, 이번에는 그의 어머니가 미소를 띠고 묻는다. 혜숙의 오라버니는 주머니에서 담배를 꺼내며,

"네, 오래간만에 정다운 친구 하나를 만났어요."

하고 나지막한 목소리로 담배에 불을 붙이면서 대답을 한다.

혜숙과 그의 어머니는 무슨 굉장한 일이나 일어난 줄 알았더니 정다운 친구 하나 만났다는 말을 듣고 시물스러운 듯이 아무 소리 않고 멍하고 있다. 혜숙의 오라버니는 자리에 벌떡 드러누우며,

"참 좋은 사람이지요. 재주 있고 근실하고 마음 곱고 참 좋은 사람이에요."

한다.

혜숙의 어머니 머릿속에는 언제든지 이렇게 칭찬하는 청년의 말을 들을 때마다 반드시 혜숙의 생각이 나며 혜숙의 결혼이라는 것을 생각하게 된다. 그래서 그대로 지나가지를 못하고 더 한번 자세히 물어본다.

"어디 사는 사람인데?"

"네 서울 사람이에요. 에——후——술이 취한다. 얼마 전에 일본 유학을 갔다가 어제 왔다고 오늘 종로 네거리에서 만났어요."

혜숙의 가슴속에는 알지 못하게 무엇이 부딪치는 듯하였다. 그리고 한번 보지도 못한 그 사람을 자기 마음속으로 그려보았다. 그리고 그와 자기와 무슨 관계가 있는 것같이 생각하였다. 그리고 자기의 오라버니가 그렇게 칭찬을 하니까 으레 퍽 좋은 사람이려니 하고 또 일본까지 다녀왔으

니 공부도 많이 하였으려니 하였다. 그리고 자기 어머니가 다시 재쳐 묻는 것이 부끄럽고 얼굴이 빨개질 의미가 있는 듯이 들리었다. 그리고 또 다시 어서 자기 오라버니의 입에서 그 청년의 말이 나오기를 기다렸다.

혜숙의 어머니는 또,

"나이는 얼마나 되는 사람인데 벌써 일본까지 다녀왔어……."

혜숙의 오라버니는,

"하하하."

하고 한번 웃더니,

"일본 갔다온 것이 그리 굉장한가요. 지금 스물둘이랍니다."

혜숙의 어머니는 또다시 물어보고 싶은 생각이 났다. 그러나 조금 주저하다가,

"장가는 갔을 터이지?"

하였다.

혜숙의 목은 으쓱하였다. 그리고 얼굴로 뜨거운 피가 몰려 올라왔다. 이 소리를 듣는 혜숙의 오라버니는 무슨 의미가 있는 듯이 허허허 웃으며 다시 혜숙의 불그레한 얼굴을 바라보며,

"안 갔어요. 왜요?"

하였다. 혜숙의 어머니는 다만 미소를 띠며,

"글쎄 말이야."

하였다. 그러나 '장가는 안 갔나?' 하고 물으려다가 혹 혜숙이나 그의 오라비가 자기 마음을 알아챌까 하여 '장가는 갔을 터이지' 한 것이 벌써 혜숙의 오라비가 알아채고 허허 웃는 것을 보고 속으로 얼마간 미안하고도 싱거웠으나 어떻든 장가를 가지 않았다는 것이 무슨 희망을 일으켜 주는 듯하였다. 또 혜숙도 공연히 마음속으로 다행하였다.

혜숙의 오라버니는 두 팔을 베고 두 다리를 쭉 뻗었다.

그리고 한숨을 후우 쉬었다. 혜숙은 자기 오라버니의 옷자락을 붙잡아 흔들며 어리광처럼,

"인제는 약주 잡숫지 마세요. 그리고 아버지 댁에 가셔서 너무 야단도 좀 치시지 마시고요."

하였다. 그의 오라버니는 천장을 바라보며 고개를 홰홰 두르면서,

"괜찮어 괜찮어. 술 안 먹으면 살지를 못해. 응 너는 모른다. 너는 몰라. 술 먹는 사람이 공연히 술은 먹는다더냐. 너는 모른다. 또 아버지 집에 가서 야단 좀 치기로 어때, 아버지 집이니까 야단을 치지. 그렇지 않으면 야단 칠 수 있다더냐 응. 하…… 너의 말도 옳은 말이지. 그렇지 술 먹는 놈들은 다 미친놈이야. 그러나 먹지 않고는 살 수가 없는 것을 어찌하나."

혜숙의 오라버니는 과연 술에 맛을 취하여 먹거나, 거기서 무슨 취미를 얻기 위하여 마시는 것이 아니었다. 다만 술이 들어가면 자연히 모든 비관되는 생각이 사라지고 가슴속에 울적하게 쌓인 모든 불평을 술을 마시고는 조금 분풀이를 할 수 있음이었다. 그렇다고 술을 마실 때에 이 세상 모든 불평과 걱정을 잊어버릴 수는 없었다.

친구와 자리를 같이 하여 정답게 이야기를 하며 또는 아름다운 여자와 같이 앉아 흥취있게 술을 마실 때에라도 그의 가슴속으로 선듯선듯 지나가는 불평과 비관의 번갯불은 아주 사라지지를 않았다. 그리하여 그는 떠들고 즐겁게 노는 사이에 조그마한 침묵이라도 있을 때에는 그는 눈물 날 듯한 쓰라린 감정을 맛보았다.

혜숙은 다시 생긋생긋 웃으면서,

"술 먹지 않는 사람들도 잘만 살던데요. 먹지 않고는 못 살 것이 뭐예요? 네?"

하였다.

그의 오라버니는 다만 허허 하고 웃을 뿐이었다. 그의 어머니는 안방으로 건너갔다. 그리고 혜숙은 웅크리고 또렷한 눈으로 전깃불만 바라보았다. 오라버니는 드러누워 천장만 바라보고 담배 연기만 푸——하고 내뿜는다.

이혜숙의 오라버니라는 사람은 누구인가? 이영철(李永哲)이라는 청년으로, 유명한 재산가 이상국(李相國)의 둘도 없는 외아들이다. 그리고 혜숙이라는 처녀는 그의 어머니가 이상국이 젊었을 때에 그의 첩이 되어 낳은 딸이니 이영철이와는 남매는 남매이나 배다른 남매요, 또 이영철은 이상국의 정실의 몸에서 난 정통의 귀하고 고귀한 아들이요, 혜숙이란, 첩의 몸에서 난 천하고 천하게 생각하는 사생자이다.

그러면 어찌하여 이영철이라는 청년이 자기 아버지의 첩의 집에 와서 어머니 어머니 하며 또는 그의 누이동생과 그렇게 자별히 지내는가?

그의 아버지 이상국이란 이는 지금 나이 예순여섯의 다 늙은 노인이다. 젊어서는 자기 아버지의 덕택으로 돈 잘 쓰고 술 잘 마시고 계집 잘 다루고 기운 좋고 말 잘하고 무엇 하나 내어 버릴 수 없는 호협객이요, 팔난봉이었다. 그렇다고 그의 젊었을 때의 생활은 결코 푸른 치맛자락에 매달려 무정한 세월의 흐르는 것을 탄식하거나 애석한 임 이별을 참지 못하여 뜨거운 눈물을 흘리는 다정하고 다한한 어여쁜 유야랑의 생활이 아니라, 세월이란 흐르는 것이요, 여자란 어디든지 있는 것이요, 사람이란 죽어지면 적막한 청산에 한 줌의 흙이 될 뿐이라 생각하는 눈물 없고 한숨 없는 흘러가는 듯한 향락의 생활이었다. 물론 그는 인생의 참 비애라는 것은 맛보지 못하였다. 자기 아버지가 돈이나 주지 않으면 '나는 죽어 죽어' 하고 사랑문을 굳게 닫고 꽝꽝 부딪쳐 가며 방성대곡을 하였을지는 알 수 없으나 진정으로 눈물도 나지 않는 가슴을 쥐어짜는 듯한 쓰린 슬픔과 한숨은 알지 못하였다.

그러나 자기 아버지가 돌아가고 형도 없고 동생도 없고 일가도 없고 아무것도 없는 자기 혼잣몸이 젊어서는 으레 가졌으려니 하던 처자를 다스려 가게 된 그때부터 비로소 인생이라 함보다 처세라 하는 것이 어려운 것을 깨달았다.

부모의 재산을 물려 가진 때부터 의식의 걱정커녕 부유로움을 깨닫는 그는 가슴속에 언제든지 지나간 추억이 그의 가슴을 찔렀다. 젊었을 때에는 인생이란 으레 이러하려니 하던 것도 지금 와서 돌아보면 다만 의미없고 가치 없는 무엇보다도 큰 죄악과 같이 생각을 하였다. 다만 자기의 쾌락을 위하여 희생을 당한 수를 헤아릴 수 없는 부녀의 정조, 그때에는 그 여자들도 호의로써 자기의 희생물이 된 줄 알았더니 지금 와서 생각하면 그들은 모두 이를 악물고 덤빈 것같이 생각되었다. 자기의 딸의 정결하고 성(聖)된 정조의 미(美)를 아끼는 그는 지난 일을 생각할 때마다 사지가 떨리었다. 그리고 다만 자기 머릿속으로 지나가는 과거의 환영이 다만 음란하고 간특하고 더럽고 말할 수도 없는 모든 죄악 메모리의 메모리뿐이었다. 그리고 지나가는 바람에 들어서라도 그의 머릿속에 굳고 단단하게 박힌 것은 동양 윤리의 사상이었다. 자기가, 또한 자기의 젊었을 적 쾌락으로 인하여 자기 아버지에게 불효하였다는 것이 자기 양심에 또 한 가지 죄악의 기억이었다. 육체의 안락한 생활을 하는 그는 정신적으로 한없는 고통과 번뇌를 당하게 되었다. 지금 60세를 넘은 그는 베개를 베고 천장을 쳐다보고 누웠을 때마다 그의 머릿속으로 스쳐가는 두려운 생각은 '죽음'이라는 가장 무서운 생각이었다.

젊었을 때 보통 사람의 걱정은 어떻게 일평생을 살아갈까 하는 것이요, 나이 많아 늙은이의 생각은 어떻게 죽고, 죽어서는 어떻게 되는 것인가 하는 것이었다. 60여 년을 돌아보아 조금도 신앙있는 일을 하여 오지 못한 그의 가슴속에도 또한 어떻게 죽고, 죽으면 어떻게 되나 하는 어렵고도 어려운 큰 문제가 일어났다. 그리고 그것을 생각할 때마다 마음이 편치 못하였다. 죽으면 어떻게 되나? 죽어서 영혼이 으레 어디로든지 갈 줄만 아는 그는 자기의 영혼이 죽어서 좋은 곳으로 갈 것 같지는 아니하였다.

그는 죽은 뒤에 자기의 혼이 돌아갈 곳에 대한 안심은 그만두고 두려움을 참지 못하였다. 그는 그것을 생각할 때마다 가슴이 답답하고 온몸이 떨리는 듯하였다. 자기는 죽어서 지옥 가서 끝없는 형벌을 받을 것인가? 자기의 일평생 동안 자기의 쾌락의 희생이 된 여자들이 앙상한 이빨로 머리를 풀어헤치고 뜯어먹으려 덤빌 것 같았다. 그리고 눈을 감고 누웠을 때마다 눈앞에 어른거리는 것은 활활 붙는 지옥불 위에 새빨갛게 단 쇠로 만든 창을 든 푸른 옷을 입은 요마뿐이었다.

3년 전 어떤 봄날이었다. 봄비는 부슬부슬 온다. 계동 이상국의 집 사랑방도 어두컴컴하게 되었다. 쉬지 않고 떨어지는 처마 끝의 낙수 소리는 음울한 음악의 박자를 맞추는 듯이 살살스럽게 들려온다. 습기찬 공기는 바람이 불 때마다 방 안으로 스쳐 들어온다. 이상국은 아랫목 보료 위에 담뱃대를 물고 앉아 멀뚱멀뚱 눈만 껌벅거리고 앉았다. 그의 마음은 여전히 편치 못하였다. 벽에 걸린 시계가 때깍때깍 하나씩 둘씩 자기의 죽음으로 향하여 가는 경로의 한 마디씩을 셀 때마다 그의 가슴은 말할 수 없이 좁아지는 듯하고 답답하고 캄캄하였다.

그는 담뱃대를 재떨이에 떨고 다시 드러누웠다. 그리고 눈을 감았다. 그의 눈앞에는 모든 과거가 번개와 같이 지나간다. 그리고 지금 자기 집 뒷방에서 바느질을 하고 있는 자기 첩의 모양이 분명히 나타나 보인다. 그 아지랑이가 팔팔 날리는 듯한 눈초리와 불그레하던 혈색 좋던 두 뺨이 조금 여위어 가는 것이나, 얇고도 어여쁜 입술을 애교 있게 한옆으로 살짝 벌리며 말하는 것이나, 나중에는 그의 전신이 아찔할 만큼 아름다운 윤곽이 그의 눈앞에 비치일 때 그는 얼른 눈을 떴다.

"아! 내가 잘못이다. 내가 잘못이다."
하고 혼자 부르짖었다. 그러나 혼자 부르짖는 자기도 어찌하여 잘못이며 어떻게 하여야 좋을지 알지를 못하였다. 그의 전신의 피가 오싹하고 식는 듯하였다. 그러나 또다시 마음을 굳게 하여 냉소하듯이 자기의 잘못이라고 생각하는 것을 그렇지 않다 하고 부인하려 하였으나 그에게는 그렇게 생각할 만한 힘을 주는 것을 갖지 못하였다. 조금도 인생 문제에 관한 어떻다 하는 굳센 관념을 갖지 못한 그는 다만 두려운 것은 죽음 뒤에 자기의 안락과 고통의 기분뿐이었다.

'아, 이 괴로움을 어찌할까? 나는 죽어서 어찌나 될까? 죽어서 저승에

가서 끊기지 않는 형벌을 면치 못할 것인가? 다만 눈물과 괴로움으로 한없이 지낼 것인가?'

그의 마음을 위로하여 주는 것은 하나도 없다.

이때, 자기의 딸 혜숙이가 학교에서 왔다.

"아버지 학교에 다녀왔어요."

하고 안으로부터 사랑 중문을 향하여 나오는 혜숙의 너무나 똑똑한 목소리는 드러누워 마음의 괴로움을 당하는 그의 아버지의 마음을 섬뜩하게 하였다. 죄악의 종자처럼 생각되는 자기 딸의 목소리는 염라대왕 차사의 허리에 달린 푸른 방울 소리같이 들리었다. 그러나 겨우,

"오——잘 다녀왔니?"

하고 창문을 여는 머리가 하얗게 센 그의 얼굴에는 창백한 가운데에도 반갑고 사랑스러운 빛이 섞이어 있었다. 그러나 어디인지 마주 보기를 싫어하는 듯한 빛이 보였다.

혜숙은 자기 사랑문을 열고 방으로 들어갔다. 그리고 자기 아버지 앞에 앉았다. 이 이야기 저 이야기 학교에서 지내던 이야기를 하던 그는 아주 상냥한 태도로 무슨 이상한 것이나 생각한 듯이 손을 마주 치며,

"아버지……."

하였다.

"왜 그러니?"

"저——요."

그리고 '저' 자를 길게 뺀다.

"그래."

"저는 오늘 이러한 이야기를 선생님께 들었어요."

"무슨 소리를?"

"사람은 날 때부터 죄를 지고 나온대요."

"무슨 죄가 나서부터 있어?"

하고 그의 아버지는 알지 못하는 호기심이 나며 한편으로는 죄라고 하는

소리가 듣기 싫었다.

"우리의 몇만만 대(고개를 숙이고 눈을 감고, 고개를 내흔든다) 할아버지와 할머니는 아담과 이브라는 사람으로 에덴이라는 언제든지 봄이고 먹을 것 마실 것을 조금도 걱정하지 않는 그러한 동산에서 벌거벗고 뛰어다녔대요."

"그래?"

하고 대답은 하면서도 그의 마음은 이상하고도 우스운 생각이 아니 나지 못하였다. '아담' '이브' '에덴', 이 모든 말은 양국 사람의 말이라 천황씨, 지황 씨만 알던 그는 짐승의 지껄이는 소리처럼 들리었다. 혜숙은 다시 말을 이어,

"그래서 하나님이, 무소부지하신 하나님이 그 동산에 있는 모든 것을 먹고 마시되 다만 선악과(지식의 열매)라는 것은 따먹지 못한다고 명령하신 것을 뱀이 꾀어 이브에게 따먹으라 하여 이브가 먼저 따먹고, 또 아담을 주어 먹게 한 까닭에 하나님이 노하시어 그 낙원에서 그 두 사람을 쫓아내시었다나요. 그래서 우리가 그 아담 이브 때문에 이렇게 괴로운 세상에서 살게 되었대요. 그것이 우리의 원죄라는 것으로 우리가 날 때부터 타고나온 죄래요."

그의 아버지는 다만 빙그레 웃으셨다. 그 웃는 것은 결코 그 말 가운데서 무슨 의미 있고 진리 있는 것을 찾아내어 웃는 것이 아니라 자기 딸이 이야기하는 것이 귀엽기도 하고 한편으로는 너무 허황되어 웃는 것이었다. 그 동안에 잠깐 그의 마음의 괴로움은 사라졌다.

"그래서 우리의 그와 같은 죄를 사하기 위하여 1922년 전에 하나님의 아들이 이 세상에 와서 십자가에 피를 흘리고 돌아가셨대요. 그래 누구든지 그를 믿으면 모든 죄를 사하고 천당에 가 영원토록 우리의 시조가 누리던 에덴 동산 같은 곳에서 영광을 누린대요."

이와 같은 순서 없고 애매한 혜숙의 이야기가 끝나고 날은 저물어 전깃불이 켜졌다. 혜숙의 아버지는 별로 이 뜻을 품고 생각지를 아니하지마는

그의 머릿속에는 아까 들은 혜숙의 이야기한 것이 머릿속으로 왔다갔다한다. 천당과 낙원이 그의 머릿속에는 어떠한 세상에 임금님이 계신 대궐보다 더 크고 우리가 알 수 없이 좋은 것이나 선녀와 신선이 놀이하고 노는 이상 낙토같이 생각되었다. 그러다가는 다시 불이 활활 붙는 지옥이 그의 눈앞에 나타나 보인다.

그는 성화를 보지 못하였다. 그리고 그는 이름난 환장이가 자기가 생각나는 대로 그려 놓은 천당이나 에덴도 보지 못하였다. 그는 다만 천당이라 하면 하늘 위에 있는, 물이 맑게 흐르고 나무가 성하고 햇볕이 따뜻하고 선녀가 구름옷을 입고 시냇가에서 노래하고 다니며 두루미가 춤을 추고 옥황상제가 계신 무슨 전설적 이상경인가 보다 할 뿐이었다. 그러나 있기는 있는 것인데 어떻게 생겼는지 가 보아야 아는 것이라고 생각하였다.

그러나 자기는 갈 수 없는 곳같이 생각되었다. 지나의 전설로 내려오는 사람들의 일화와 같이 이태백이나 태상노군이나 삼천 갑자 동방삭이 같은 신선들이나 요 임금이나 순 임금이나 또는 아황 여영이나 공자나 맹자는 그러한 곳으로 갔을는지는 알 수 없으나 자기와 같은 범용된 사람은 가지 못할 터이라 하였다. 그러나 자기도 죽은 후에 그러한 곳으로 갔으면 하는 간절한 마음은 있었다.

'예수만 믿으면 누구든지 죄를 사하고 천당에 갈 수 있다.'

그의 마음에는 한편으로 눈이 떠지는 듯하면서도 의심을 품지 않을 수 없었다.

'총리대신이나 양반이나 상놈이나 누구든지 예수만 믿으면 천당에 가서 영원히 살 수가 있다?'

그러나 계급적 사상이 굳게 박힌 그는 천당에 가서라도 옥황상제 이하로 차례차례 계급이 있으렷다 하였다. 무슨 나라의 관제처럼 생각하였다.

그는 그러면 예수를 믿으면 자기도 천당에 갈 수 있을까 하였다.

그리고 자기도 예수를 믿어 생전의 모든 죄를 회개하고 천당에나 가 볼까 하였다. 처음에는 가 볼까 하던 것이 다음번에는 예수를 믿으면 천당에 간다 하였다. 그리고 맨 나중에는 가야 하겠다 하였다. 자기의 몸이 공중으로 구름을 타고 둥실둥실 올라가는 듯하였다. 그리고 마음은 아주 안락하였다.

그러다가는 다시 정신을 차려 생각을 할 때에는 다시 자기는 괴로운 보료 위에 누워 있었다. 그리고 예수를 믿어 천당에를 가려면, 여태껏 몇십 년을 데리고 살고 딸까지 낳은 자기의 첩을 내버려야지 하였다. 그러고는 다시 가슴이 답답하였다. 그리고 그것은 죄가 아닌가 하였다.

그는 자기 혼자로서는 모든 것을 깨닫지 못할 줄 알았다. 그리고 예수교당의 목사나 전도사는 잘 알렷다 하였다.

그는 일어나서 모자를 썼다. 그리고 바깥으로 나가려다가 다시 멈칫하고 섰다. 얼굴이 알지 못하게 화끈화끈하여지고 부끄러운 생각이 났다.

'그만두어라. 내가 미쳤지. 천당은 무엇이고 지옥은 무엇이야. 죽어지면 누가 알더냐?'

하고 다시 모자를 걸고 앉았다. 한참은 조용하였다. 무엇을 생각하였는지 창문을 열고 아랫사랑을 향하여,

"얘 영철아."

하고 불렀다.

"네——."

하고 영철은 자기 아버지 사랑으로 올라왔다. 그의 아버지는 아주 나지막한 소리로,

"너 조금만 있다가 10시쯤 되어서 김선생님 좀 청해 오너라."

"왜 그렇게 늦게요?"

"글쎄, 왜든지, 가서 청해 와, 그때쯤은 아마 자기 집에 들어올 듯하니."

"네."

하고 영철은 자기 사랑으로 나갔다.

10시가 넘어 영철이가 청하여 온 김선생이 마루 앞을 들어서며,

"주인장 계시오니까?"

하였다.

주인은 문을 열고,

"어서 오시오. 이렇게 어둡게 오시라고 여쭈워서 대단히 미안하외다."

"천만에 말씀, 그래 댁내가 다 무고하십니까?"

"네. 아무 탈 없이 잘들 있습니다."

"매우 감사합니다."

이상국의 귀에는, 매우 감사합니다 하는 소리가 아주 이상하게 들린다. 그것은 예수쟁이의 사투리같이 들린다.

김 선생은 나이가 50이 넘을락말락 하고 눈은 조금 들어간데다가 검정 흑각테 안경을 쓰고 격에 맞지 않은 양복을 입고 말총으로 엮은 모자를 썼다. 그러나 그의 두 눈에는 무엇을 동경하는 빛이 또릿또릿 하고 입 가장자리에는 언제든지 미소를 띠고 있다.

그는 방 안으로 들어섰다. 주인은 방석을 권하며,

"이리로 내려앉으시오."

하였다. 김선생은 허리를 잠깐 굽히더니 손을 내밀어 사양하는 빛을 보이며,

"네, 감사합니다."

하고 거기 앉았다. 그리고 팽팽하게 켕긴 양복바지를 손바닥으로 조금 문지르는 듯하더니 다시 두 손을 싹싹 비비었다. 그러고는,

"참 여러 날 주인장을 찾아뵈옵지 못하여서 매우 죄송합니다."

하고 다시 노인을 한번 바라보며 미소를 띠며,

"자연히 바빠서 그렇게 되었습니다."

하고 허리를 잠깐 굽히고 방 안을 한번 둘러보았다. 노인은,

"천만에 말씀을 다하시는구려. 그러실 터이지요. 자연 교무에 다사하실 터이니까. 그러나 이렇게까지 오시라고 한 것은……."

하고 주저주저하다가,

"하도 심심하기에 이야기나 좀 할까 하고 청한 것입니다."

담뱃대를 탁탁 털어 재떨이 위에 얹어 놓고,

"그런데 요사이 말을 들으니까 새로이 교인이 많이 생긴다지요?"

"녜, 날마다날마다 늘어갑니다. 제가 맡아보는 교회에도 벌써 두어 달 지간에 오륙십 명이나 늘었습니다."

"녜, (아주 감탄한 듯이) 매우 감사합니다."

목사의 흉내를 한번 내어 부지중에 매우 감사합니다 소리를 한번 하고는 속마음으로 우습고도 서툴러서 억지로 웃음을 참느라고 코가 벌룩벌룩하였다.

그러고는 얼굴이 붉어지며 김선생을 잠깐 쳐다보고는 다시,

"그런데 아담인지 이브인지 그게 무슨 소리인지요. 오늘 내 딸자식이 저희 선생님에게 들었다고 하는데 어린것이 무엇이라 떠드는지 알 수가 있어야죠."

"녜, 참 따님 학교에 잘 다닙니까? 허허허, 처음 들으시면 이상도 하시겠지요."

"그러면 대관절 그게 무슨 소린가요? 우리의 시조가 무엇무엇이라니, 그것 참 처음 듣는 사람은 이상하게 생각되지 않습니까?"

"녜, 옛적에……."

하고 성경 창세기에 씌어 있는 것을 모조리 자세히 이야기하였다.

이상국은 '딴은' 하면서도 의심하는 듯이 멀거니 그의 소리만 듣고 있었다.

"그러면 우리 나라 사람이나 양국 사람이나 다 아담 이브의 자손예요?"

김선생은 또다시 허허허 웃으면서,

"그렇지요. 서양 사람의 시조도 아담 이브이고 그리고 일본 사람이나 청국 사람이나 다 누구든지 하나님의 아들이지요."

이상국은 의심을 하면서도 그런가 보다 하였다.

"그렇다고 우리 시조가 지은 죄를 우리가 벌받을 것이 무엇인가요? 그러면 그 죄를 어떻게 해야 사할 수 있을까요?"

"네, 그러한 까닭에,"

하고 허리를 조금 뒤로 젖히는 듯하더니 양복 주머니에서 조그마한 가죽 껍질을 한 책을 꺼내면서,

"보십시오."

하고 펴 읽기를 시작한다. 이상국은 예수쟁이의 축문이나 주문을 쓴 책을 읽는 것같이 생각되었다.

'바리새인 중에 니고데모라 하는 사람이 있으니 유대인의 관원이라, 그가 밤에 예수께 와서 가로되 랍비여 우리가 당신은…… 예수께서 대답하여 가라사대 진실로 진실로 네게 이르노니 사람이 거듭나지 아니하면 하나님 나라를 볼 수 없느니라…….'

하고 요한 복음 3장을 읽었다. 김선생이 이 요한 복음 3장을 택한 것은 언뜻 자기 머릿속에 이상국이가 자기를 청해 온 것이 밤이요, 또 이 사람이 돈 있고 문벌 좋은 사람이라 바리새 교인 중에 니고데모라 하는 사람이 예수를 찾아온 것과 같이 자기를 밤에 청한 것이 옛적의 니고데모와 예수와의 관계와 무슨 인연이 있는 것같이 생각됨이었다.

그는 다시 읽기를 시작하였다. 이상국은 문 열어 바깥을 내다보고 다시 바로 앉았다.

'하나님이 세상을 이처럼 사랑하사 독생자를 주셨으니 누구든지 저를 믿으면 멸망하지 않고 영생을 얻으리라.'

읽기를 다하고 그는 아주 신의 묵시나 받은 것같이 점잖게 앉아 노인을 향하고,

"그렇습니다. 누구든지 예수만 믿으면 멸망하지 않고 영생을 얻을 것이외다. 그리고 쉬지 않고 기도하라 하셨으니 우리 모든 죄를 회개하고 기도만 하면 천당에 들어갈 것이외다. 보십시오. 우리 교회에 다니던 젊

은 청년 하나 참으로 진실히 예수를 믿었습니다. 그는 날마다 새벽이면 교당에 가서 기도하기를 언제든지 미국 가서 공부하게 하여 주십시오 주십시오 하고 간절히 기도한 결과 그 말을 하나님이 들으시고 교회의 감독이 이 말을 들어 지금 그는 미국 가서 공부를 잘하고 있습니다. 그와 같이 누구든지 기도만 하면 못 될 것이 없습니다. 그리고 죄를 회개하기만 하면 곧 천당에 갈 것입니다."

하고 손을 들었다놓았다 하며 열심히 말을 한다.

이상국은 가만히 있었다. 그리고 한참 생각하였다.

김선생이 가고 밤새도록 그는 한잠도 자지 못하였다. 그의 마음은 헤매었다. 천당과 지옥과 죽음과 아담 이브 기도…… 이러한 모든 것이 선뜻 그의 눈앞으로 지나간다.

그 이튿날 아침이다.

어젯저녁까지 부슬부슬 오던 봄비가 개고 아침 안개를 조금도 볼 수 없는 씻은 듯한 아침이었다. 금빛 같은 아침해가 동쪽 하늘에 솟으며 천지 만물을 밝게 비춘다. 하늘은 금강석빛처럼 푸르고 맑다.

나무와 나무 끝에는 따뜻한 봄빛이 가득 찼다. 지붕이나 처마 끝이나 풀 끝이나 구슬 같은 방울이 반짝반짝 해롱댄다. 참새들은 기와집 울 위에서 재미있게 재적거린다.

혜숙의 아버지는 지팡이를 짚고 뒷동산으로 왔다갔다한다. 멀리 남산 밑에 우뚝 서 있는 천주교당이 그의 눈에는 아주 신성한 땅 위에 천당이나 같이 보인다. 그리고 새파란 공중으로 둥실둥실 떠나가는 흰 구름장이 저 천애 저쪽 하늘나라로 흘러가는 듯하였다. 그가 하늘을 쳐다볼 때에는 모든 어지러운 생각이 다 사라지고 다만 정하고 상쾌하고, 무슨 신하고 서로 바라보는 듯하였다. 그러고는 자기도 그와 같이 빛나는 흰 구름을 타고 보이지 않는 하늘나라로 흘러갔으면 하였다.

그리고 외롭고 가슴이 답답하던 그는 무엇에 의지한 듯하였다.

그는 뒷동산 나무 사이 좁은 길로 천천히 걸어갔다. 맑고 신선한 봄바람은 천당의 처녀의 날개를 스쳐오는 듯 멀고 먼 어디인지도 모르는 곳에서 물을 넘고 산을 넘어 이상국의 이마를 스치고 지나간다. 사면에 둘러싸인 산들의 흐르는 듯한 산골짜기는 시인이 써놓은 목가 그것과 같이 부드럽고 연하고 그윽한 무엇이 숨기어 있는 듯하였다.

그의 가슴은 알 수 없게 무슨 기꺼움을 깨달은 듯하였다. 나무 끝이나 푸른 풀이나 푸른 하늘 위로 가만히 떠나가는 흰 구름장 속에는 무슨 신령이나 정기가 숨어 있는 듯하였다.

또다시 고요한 봄바람이 분다. 붉게 금빛나는 해는 더욱 붉게 온 천지를 비추인다. 예수교당의 아침 종소리는 바람을 타고 멀리멀리 들려와 멀리 저쪽 보이지 않는 나라로 스며들어가는 듯하였다. 이상국은 자기도 모르게,

"아, 아 하나님."

하였다. 그러나 그 하나님을 한번 부른 뒤로 어린아이가 자기의 잘못을 자기 부모에게 고한 것같이 눈물이 날 듯이 마음이 즐겁고 편하였다.

그후부터 이상국은 열심 있는 신자가 되었다. 세례를 받았다. 그리고 그의 믿음은 아주 단단하였다.

그러나 그에게는 한 가지 어려운 문제가 있었다. 자기 첩을 어찌하나 하였다. 딸까지 낳은 자기 첩을 내버리자니 인정에 그리 할 수 없고, 또 그러나 날마다날마다 그를 대할 때마다 자기의 마음은 편치 못하였다. 그래 나중에는 그와 같이 있는 것이 아주 부끄러운 생각이 나서 동대문 밖에 집을 하나 사고 자기 첩과 혜숙은 거기 나가 있으라 하였다. 그리고 자기가 고생하여 벌지 않은 재산이라 그리 귀함을 알지 못하는 그는 또한 물질을 가지고 자선한 일을 많이 하면 천당에 가서 상받을 것이 올 줄 아는 그인지라 자기 첩의 모녀가 먹고 살고도 남을 만큼 뒤를 보아 주었다. 그러나 아주 잊지는 못하였다. 어떤 때는 무엇인지 모르게 섭섭도 하고 싫기도 하고 괴롭기도 하고 불쌍하기도 하여 혼자 어두운 방에서 눈물까지 흘리었다. 그렇다고 다시 불러올 용기는 또 없었다.

그러나, 그의 아들 영철은 그렇게 자기 아버지와 같이 단순한 사람은 아니었다. 그의 가슴속에는 인생에 대한 크고도 큰 의혹을 가진 사람이었다. 자기 아버지는 죽어 천당 갈 것을 다만 단순한 동기로 믿게 되었지만 그는 그렇게 천당과 지옥을 쉽게 믿지는 못하였다. 그의 아버지는 아담 이브를 자기의, 또한 온 인류의 시조로 믿었지만 우리의 몇만 년 전에는 사람이 모두 원숭이와 같았겠다는 다윈의 진화론을 배운 그는 그렇게 모순되는 전설을 믿지 못하였다. 천문학에서 성무설을 배운 그는 하나님의 말씀 한마디로 이 세상이 되었다는 것을 부인 아니치 못하였다. 그리고 어떻게 나서 죽어지면 어떻게 되나 하는 자기 아버지와 똑같은 의심을 품기는 품었으나 영혼이란 참으로 사람이 죽어서 단독으로 어디로 가는가, 하고 의심하는 그는 그렇게 쉽게 천당과 지옥을 믿지 못하였다. 그리고 하나님이란 무엇인가를 참으로 철저하게 알고 싶었다.

이러한 줄을 알지 못하는 자기 아버지는 그에게까지 예수를 믿으라고 권하였다.

그리고 자기의 젊었을 때를 생각하는 그는 자기 아들이 젊었을 때에 자기와 같이 죄악이나 짓지 아니할까, 그리고 자기와 같이 늙어서 괴로움이나 당하지 아니할까, 죽어서 지옥이나 가지 아니할까, 가슴이 타도록 걱정하였다. 그리하여 자기가 참으로 믿고 있는 종교 속에 자기 아들의 마음과 몸을 집어넣으려 하였다.

그러나, 멀고 그윽하고 허황하고 깊은 의심을 품고 있는 그의 아들은 말을 듣지 않았다. 않기커녕 어떤 때는 반대까지 하였다.

자기 아들을 자기 이상 공부를 시켜 놓고도 그의 사상과 모든 것이 자기보다는 못하다는 그는, 더구나 친권(親權)을 절대로 내세울 줄만 아는 그는, 언제든지 자기 아들을 어린아이라 하여 자기 명령 아래 절대 복종하기를 원하였다. 그리하여 나라의 법률로까지 인정하는 종교의 자유까지 자기 아들에게는 강제하려 하였다. 강제하여 자기 아들이 자기가 믿는 종교를 믿는 시늉만 해보이더라도 마음이 편할 것 같았다.

어떤 날 또 그의 아버지에게 종교에 대한 질책을 받은 영철은 답답하고, 너무나 흥분된 나머지 감정적으로 그의 아버지에게,

"저는 죽어간 예수에게 고개를 숙일 수가 없어요. 그의 말한 바 진리는 옳다고 인정하지만……."

하였다. 이 소리를 들은 자기 아버지는 아주 노하였다.

"아니, 네가 무엇을 안다고 예수에게 고개를 숙일 수 없다고 그러느냐?"

하였다. 영철은 다시 더 흥분된 어조로,

"사랑하는 여자와 사랑하는 딸을 희생하면서 죽어 천당으로 가려 하는 아버지의 말씀은 저는 못 듣겠습니다."

하였다. 그의 아버지는 펄쩍 뛰었다.

'사랑' '여자' 이와 같은 말만 하여도 창피하고 해괴망측하게 생각하는 그는 자기 아들의 입에서 그 말이 나온 것을 듣고는 견디지 못하였다. 무슨 음담을 듣는 듯하였다. 그러고는,

"무엇?"

하고 아무 말도 못 하다가,

"이 망할 자식. 아비의 말은 듣지 않고 무엇이 어쩌고 어째? 네 당초 이제부터는 내 눈앞에서 보이지도 말아라. 에이, 세상이 망하려니까 별꼴을 다 보겠군."

하고 마루에 섰다 방으로 들어가 애꿎게 재떨이에다가 담뱃대만 탁탁 턴다.

영철은 그리 고분고분한 겁쟁이 청년이 아니었다. 그리고 고집 있고 심술궂은 편이 많이 있었다. 그는 그 당장에 자기 집에서 뛰어나왔다. 그리하고 일평생을 독립으로 지내 가려 하였다. 그는 우선 하는 수 없이 동대문 밖 자기 누이동생 집에 와 있었다.

영철은 눈물 있고 한 있는 청년이었다. 알지 못하는 운명의 희롱을 받아 자기의 아버지에게 뜻 아닌 정조를 빼앗기고, 일평생 동안을 다만 천

하고 천한 생활을 하는 중에도 또 한 사람의 만족을 얻지 못하는 그를 바라볼 때마다 그는 저도 모르는 사이 가련하고 애처로움을 이기지 못하였다. 그리고 사랑스럽고 상냥하고 천진난만한 자기 누이동생을 볼 때마다 그는 귀여운 생각이 드는 중에도 너의 운명마저 기구하게 되면 어떡하지 하고 누이동생을 위하여 걱정을 마지 아니하였다.

자기 아들이 집에서 나간 후 이상국은 그렇지 않아도 아주 귀하고 귀한 아들을 내버릴 수는 없었다. 한때 감정으로 의외에도 그리된 것을 잘못으로 생각하나 또다시 자기가 머리를 굽히어 자기 아들을 불러들일 수는 없었다. 다만 자기 아들이 동대문 밖에 있다는 말을 듣고, 그전보다 더 금전과 모든 것을 많이 보내 줄 뿐이었다. 영철은 이러한 사람이다.

혜숙은 전깃불만 바라보며 자기 오라버니가 이야기하던 그 일본 갔다왔다 하는 말 잘하고 사람 좋다는 청년을 머릿속에 그려보았다. 자기가 항상 보는 대모테 안경을 쓰고 양복 입고 은장식한 단장을 짚은 사람과 같으려니 하였다. 그리고 인물도 잘났으려니 하였다. 어떻게 생긴 사람인가 한번 보고 싶은 생각이 났다. 사면은 아주 조용하다. 혜숙은 무엇을 생각하였는지 갑자기 오라버니를 불렀다.

영철은 아무 소리도 없었다.

"오라버니 주무세요? 이렇게 좀 일어나세요."

하고 영철의 고개 밑에 두 손을 넣어 번쩍 쳐든다.

"왜 이러니 남 잡도 못 자게."

혜숙은 생글생글 웃으며,

"잠은 무슨 잠을 주무세요. 이불도 안 덮고…… 그런데요, 내일 저녁에 청년회 음악회 구경 안 가세요? 저 입장권 두 장 사 가지고 왔어요. 오라버니 한 장 드리려고……."

"음악회? 가지."

"가세요 네? 꼭요, 무얼 지난번처럼 가신다 하고 안 가시게."

"꼭 갈 테야, 그리고 선용(善鎔)이도 같이 가지."

이 소리 한마디가 혜숙의 마음을 한없이 기쁘게 하였다. 그 말 잘하고 글 잘한다는, 자기 오라버니가 그렇게 칭찬하는 청년과 만나리라고 생각하니 참으로 좋았다.

"그 어른도 오세요?"

하고 가슴이 두근두근하여 물어보았다.

"그래, 같이 가자고 할 테야. 너 내일 그와 만나거든 인사나 하여라. 내 소개하여 줄게. 아주 좋은 사람이다. 영원히 사귀일 만한 사람이란다."

하고 영철은 술내 나는 한숨을 휘 내쉰다.

영원히 사귈 만하다는 소리가 이상하게 혜숙을 즐겁게 하였다. 다른 때에는 자기의 친구일지라도 혜숙에게 인사를 시켜 주지 않는 자기 오라버니가 그를 자기에게 소개까지 하여 주마, 또 영원히 사귈 만한 청년이라는 말이 무슨 의미가 있게 들리었다. 그리고 부끄러운 듯한 기꺼움을 맛보았다. 그의 귀에는 자기 오라버니의 한마디 말일지라도 의미 없이 들리는 것은 없었다.

그리고 어떻게 인사를 하노 하였다. 생각하면 얼굴이 홧홧하여졌다.

그는 자기 오라버니가 다른 남자들 하는 것같이 할까 하였다. 그러다가는,

"어떻게 인사를 해요?"

하고 자기 오라버니에게 물었다. 그리고 얼굴이 빨개졌다. 그리고 고개를 자기 오라버니의 가슴에 대고 허리를 틀었다.

"무얼 어떻게 해? 못난이. 하하, 다른 사람들과 같이 하지."

"그럼 사내들처럼, 처음 뵙습니다, 해요?"

"그래."

혜숙은 조금 안심하였다. 그리고 무엇을 깨달은 것같이,

"네."

하고 고개를 까붓까붓하였다. 그리고 한참 있다가,

"에그 부끄러워 어떻게 해요. 저는 아직 그렇게 해보지를 못했는데……."

영철은 아직 어린아이로구나 하였다. 그리고 너도 부끄러움을 알게 되었구나 하였다. 그러고는 혜숙의 머릿속에 있는 생각을 알아차린 그는 자기가 선용과 자기 누이동생을 가까이하게 하여 주려 한 것이 얼마간 성공한 듯 생각되었다.

그 이튿날, 해는 넘어가고 서쪽 하늘에는 파라다이스를 그리어 놓은 듯한 붉고 누런 저녁 노을이 가득하게 퍼지었다. 저녁에 집을 찾는 까마귀 새끼들은 저쪽 나무 수풀 사이에서 떼를 지어 오락가락한다. 동대문 밖 넓은 길에는 마차 달리는 소리와 저녁 소몰이꾼의 누르스름한 소리가 섞여 들린다. 바로 동대문 옆 넓은 길에서는 여러 아이들이 떼를 지어 놀고 있다.

코를 꾀죄죄 흘리고 나막신을 신은 구차한 집 아이, 다 찢어진 모자를 쓰고 두루마기 고름을 풀어 흐트린 보통 학교 생도, 《통감》 초권을 옆에 끼고 입과 얼굴에 먹칠을 하고 새까맣게 더러운 바지를 엉덩이에다 걸은 글방 도령, 흰 바지 붉은 저고리에 태사신을 신은 완고한 집 작은 서방님.

"얘들아 고양이 새끼 보아라!"
하고 코를 흘리고 나막신짝을 찍찍 끄는 구차한 집 아이가 새끼로 어린 고양이 새끼 하나를 목을 매어 끌고 나오며 부르짖는다. 빼빼 마르고 까만 털이 으스스하게 일어선 고양이 새끼는 앞발로 땅을 버티면서 앙상한 이빨을 내보이는 작은 입으로 아주 시진한 듯이 야옹야옹 하며 가지 않으려 한다. 그러나 사정없이 끄는 새끼에 매여 질질 끌려간다. 땅에 먼지는 푸――하게 일어나며 그의 전신을 덮는다.

바지춤을 엉덩이에 건 글방 도령이 이것을 보더니 다짜고짜로,

"이놈 자식 웬 것이냐?"
하고 달려든다. 구차한 집 아이는 다 죽어가는 목소리로,

"왜 이래!"

하고 당장에 울듯한다. 글방 도령은 주먹으로 한번 보기 좋게 구차한 집 아이를 질러 넘어뜨리고,

"이놈 자식 이리 내놔, 안 낼 테냐? 죽는다 죽어."

하고 자빠져서 울고 있는 구차한 집 아이를 바라보며 단단히 벼른다. 구차한 집 아이는 엉엉 울며 일어선다. 이 꼴을 보고 섰던 보통 학교 학생이 구차한 집 아이를 보고,

"못난이, 울기는 왜 울어."

하고 또 주먹으로 등을 보기 좋게 한번 우린다.

그리고,

"에그, 그저 그것을 한번만 더 치면 그대로 당장에 뒈질 테니까……."

하고 벼른다. 구차한 집 자식은 땅바닥에 주저앉아 운다.

"복남아, 이것 보아라."

하고 글방 도령은 그 학생을 부른다.

"요놈의 고양이 새끼가 자꾸 야옹야옹 한다."

복남이란 생도는 아주 무슨 좋은 것이나 만난 것처럼,

"가만 있거라. 우리 그놈의 것을 어떻게 해야 할까?"

하고 고양이를 못 견디게 하여 자기 장난을 더 재미있게 할 무슨 방법을 생각한다. 그리고 고양이를 발로 툭 찼다. 고양이는 발길에 맞아 '야옹' 하고 네 발을 반짝 들고 먼지 틈에 가 나뒹군다. 그리고 글방 도령이 새끼를 툭 잡아당기니까, 대룽대룽 매달려 올라오며 발버둥질을 친다. 그것을 글방 도령이 홱 추켜 그 옆에 서서 구경하는 완고한 집 작은 서방님 얼굴에다 홱 던지며,

"에비."

하고 깔깔 웃는다.

"에그머니."

하고 대경 실색을 하여 그 작은 서방님이 도망을 하며,

"저런 망할 놈의 집 자식 같으니라고, 너 우리 집에 와 보아라."
하고 저리로 가 버린다.

삶을 구한다 함보다도 죽음을 벗어나려 하는 고양이는 지나가는 장난꾼의 손끝에 매달리어 자기에게 가장 크고 가장 어려운 죽음의 고개를 넘지 않으려고 애를 쓴다.

보통 학교 생도가,

"요놈의 것을 우리 저기다가 매달아 놓고 죽을랴고 애쓰는 꼴을 보자 응?"

"그래 그래."

동대문 성 틈에다 나무때기를 박고 고양이를 거기에 대롱대롱 매달아 놓았다.

고양이 새끼가 '야옹야옹' 하며 발로 성을 버티고 애를 쓸 때마다 아이들은 회초리로 때려 넘어뜨린다. 고양이는 죽었는지 살았는지 혹독한 매를 여러 번 맞더니 아무 소리 없이 매달리었다.

"요놈의 것이 죽었다."

"아니다 아냐. 그놈의 것이 어떻게 약은데, 그러니 고양이 꾀라니. 요런 것은 한번만 더 때리면 정신이 나서 꼼직거리지."
하고 한번 홱 하고 갈기니 고양이는 '야옹' 하고 다시 꿈질하다가 아무 소리가 없다.

"하하하 보아라. 요놈이 요렇게 약단 말이야."

이것을 지나가던 영철이가 보았다. 아! 불쌍하고 가련하고 잔인하게 생각되는 마음이 그의 가슴을 찔렀다. 저것도 생명을 가진 생물이 아닌가. 우리가 생을 구하는 것과 같이 그것도 생을 구하는 것이 아닌가. 우리가 죽음을 싫어하는 것과 같이 저것도 죽음을 싫어할 것이 아닌가. 혈관 속으로 흐르는 새빨간 생명은 사람이나 짐승이나 일반이 아닌가. 사람을 달고 치면 그것을 죄악이라 하면서 고양이를 달고 치는 것은 죄악이 어째 아닐까. 생명을 가진 짐승을 살해할 권리가 있을까. 사람이 사람을 죽이는 것을 보고 모르는 체하는 것을 죄악이라 하면 짐승을 죽이는 것을 보고 가만히 있는 것은 죄악이 아닌가 하였다.

영철은 그대로 뛰어갔다.

"이놈들!"

하고 호령을 한번 하였다. 아이들은 깜짝 놀라서 뒤로 물러서며,

"왜 이러세요?"

"이게 무슨 짓들이야. 고양이를 풀어 주어라. 응, 놓아 주어."

"싫어요 싫어요, 공연히 그러시네."

영철은 달려들어 고양이를 끌러 놓았다. 고양이는 그대로 느른히 자빠져 있다. 아이들은 고양이를 끌고 달아나려 한다.

"요놈 이리 와."

하고 영철이는 소리를 지르고 붙잡으니 달아나던 아이는 움츳하고 섰다.

"그러면 내 돈 주께 그 고양이를 나를 다고. 자——."

하고 주머니에서 20전 은전 한 푼을 꺼내어 그 아이에게 주었다.

그 아이들은 의외의 돈이라 정말 같지가 않아서 이상하게 그를 바라보며,

"정말요?"

한다.

"그럼 정말이지 거짓말할까."

하고 돈을 툭 땅 위에 던졌다. 다른 아이가 그 돈을 집었다. 그러니까 돈을 받으려던 아이가,

"이놈 자식 내 돈이다. 인내라, 공연히 죽기 전에 어서…… 내."

"너 그러면 무엇 사서 나 좀 주어야 한다."

"그래, 어서 내기만 해."

저희들끼리 저리로 가며 떠든다. 영철은 고요히 두 눈을 감고 다리를 편안히 뻗고 옆으로 누워 있는 고양이를 내려다보았다. 생명이 붙어 있을 때까지는 괴로움을 깨닫던 그는 지금 생명이 끊어진 뒤에는 조금도 괴로

움을 알지 못하고 영원히 잔다. 영철의 가슴속에는 모든 비애가 저녁 그늘같이 그의 가슴을 덮었다. 주검을 장사하는 묘지와 같이 고요하고 쓸쓸하고 영원히 흐르는 비애가 그를 못 견디게 하였다. 그는 눈물이 새어 나옴을 금치 못하였다. 고요하고 쓸쓸한 저녁날에 한가하고 외로이 산고개를 넘어가는 상여를 바라봄같이 생(生)의 모든 비애를 그는 맛보았다. 그는 다만 한참 서 있을 뿐이었다.

그는 고양이의 털을 가만히 쓰다듬어 보았다. 고양이의 차디찬 몸의 부드러운 털이 더욱 그에게 측은한 생각을 주었다. 애자(愛子)의 주검을 어루만지는 것같이 그는 어루만지었다.

그는 고양이를 두 손으로 들어다가 개천가 물렁물렁한 땅을 파고 묻어주었다. 그리고 하늘을 바라보며,

'하나님은 어찌하여 모세에게 십계명을 줄 때 살생하지 말라 하지 않고 살인하지 말라 하셨다 하노?'

하고 생각하였다.

그는 자기 집으로 돌아오며 여러 가지로 생각을 하였다. 그의 머릿속을 괴롭게 하는 것은 사람이 죽어지면 어떻게 되는 것인가 하는 것이었다. 우리가 짐승의 죽은 것을 보고는 별로 다른 생각을 하지 않지마는 사람이 죽은 송장을 보면 허무하고 맹랑한 어리석은 생각을 하지 않으리라 하여도 저절로 나는 것이 아닌가? 사람이 생명 있는 짐승의 고기를 맛있게 먹으면서도 사람의 피 흘린 육체를 먹는다 하면 다시 없는 죄악이라 하지 않는가?

짐승도 생물이요, 사람도 생물이라, 짐승의 육체가 우리의 뱃속을 지나 우리의 육체를 기르고 나머지는 똥이 되어 사라지는 것과 같이 사람의 몸도 죽어지면 청산에 파릇하게 나는 푸른 풀을 기르고 다른 것의 성분이 되어 버리는 것이 아닌가? 그와 같이 육체의 원소는 다른 원소와 합하여 아주 다른 것이 되어 없어져 버리면 영혼이란 것도 육체가 없어지는 동시에 한꺼번에 사라지는 것이 아닌가? 코 있고 눈 있고 다리 있고 팔 있고

모든 것을 구비한 사람의 육체가 윤곽이 사라져 없어져 아주 다른 것이 되어 버리는 것과 같이 영혼이란 그것도 아주 그 육체를 떠나는 동시에 사라져 없어지는 것이 아닌가. 육체가 영혼과 떠나면 모든 관능을 잃어버리는 것과 같이 또한 영혼도 독립하는 능력을 잃어버리는 것이 아닌가? 하였다.

그리고 사람이란 시계와 같지나 않은가? 하였다. 시계는 쇠로 만든 것이다. 그 시계가 아무리 잘 만든 것이라도 그대로 두었을 때에는 그 시계된 본분을 지키지 못하나 그 시계의 태엽을 틀어놓고 시간을 맞춘 뒤에야 비로소 그 시계의 효능이란 것을 발휘하니 태엽을 틀어놓은 때부터 누가 건드리지 않아도 스스로 간단없이 돌아가 '때'라는 오묘한 것을 세우는 것과 같이 사람의 육체가 어머니 뱃속에 있을 때에 어머니의 육체를 돌아가는 피의 고동이 뱃속에 있는 어린아이의 심장을 간단없이 움직이게 하여 비로소 생이란 것이 생기어 영혼의 활력이 생기는 것이 아닌가? 그리고 사람이 살다 죽어지면 육체는 썩어서 다른 원소와 합하여 흙도 되고 나무도 되고 풀도 되고――여러 가지로 화하여 버리는 동시에 영혼이라는 것은 사라질 것이 아닌가? 시계가 그의 운동을 정지하면 그의 능력을 붙잡을 수 없고 찾아낼 수 없이 사라지는 것같이, 그리하여 '나'라 하는 일 개인은 사라질 것이 아닌가? 그리하여 인생이라는 것은 사라질 것이 아닌가? 하였다.

우리의 몇만 대 전 무궁한 과거 때의 우리 할아버지 때부터 지금 우리까지 이어오고 또 이어온 것은 생이라는 그것이 아닌가? 우리 아버지와 우리 어머니가 나와 나의 동생들에게 그의 생이라는 것을 나누어 주고 사라져 없어지는 것과 같이 우리 시조 때부터 지금까지 우리에게 생이란 것을 부어 준 것이라 하면 또한 우리는 죽어 사라지나 우리의 생은 우리의 자손으로 인하여 계승될 것이요, 우리의 자손의 생은 또 그들의 자손으로 인하여 영원히 계승될 것이라, 우리는 죽으나 우리의 생은 천추 만만 대 영겁으로 살아 있을 것이 아닌가?

그러면 인생이란 전기선줄 같고 대양의 물과 같이 전기선줄의 한 분자로는 그것이 전기선줄인지를 모를 것이요, 대양의 물 한 방울로는 그것이 대양됨을 알지 못하는 것과 같이 영원부터 영원까지 흐르는 우리 인생도 자아(自我) 하나로는 그것이 무엇인지를 알지 못할 것이 아닌가? 그러나 자아가 없이도 인생이라는 것이 있을 수 없는 것이 아닌가 하였다.

이렇게 생각하며 그는 휘적휘적 걸어간다. 해는 아주 넘어가고 전깃불은 켜졌다. 바람은 우수수 하게 분다.

그리고 또다시 생각하였다.

우리 아버지는 죽으면 천당으로 갈 줄로 꼭 믿는다. 대리석과 금강석으로 지은 궁궐에 가서 살 줄 안다. 그는 죽는 날 육체로부터 영혼이 떠나, 파란 무슨 정기처럼 하늘로 올라갈 줄 믿는다. 그렇지만 우리 아버지가 장님처럼 믿는 천당은 그의 마음을 한없이 기껍게 하여 주었다. 그는 합리(合理)이든지 불합리이든지 자기가 그것을 믿음으로써 죽지 않은 그는 벌써부터 안락을 깨달았다.

그러면 한번 사라지면 없어질 사람들이 무엇이 무엇이니 공연한 것을 알려 하며 쓸데없는 근심을 하여 공연히 가슴을 답답하게 하여서는 무엇할까? 자기가 죄라고 생각하는 것을 회개하였다고 눈물을 흘리며 바로 천당 갈 줄 알게 마음이 편하여지는 것이 아닌가? 그러면 천당이란 안락의 이상향(理想鄕)이라, 목숨이 끊어지기 전에 가슴이 편안하고 즐거운 것이 천당이 아닌가?

그러나 인생이란 영원부터 영원까지 새것을 구하고 참된 것을 구하고 아름다운 것을 구하고 선한 것을 구하여 마지아니하였나니, 우리가 지금 이상낙토(理想樂土)를 구하여 마지않는 것과 같이 우리 몇만 대 전 사람들도 그것을 동경하였으며 또한 우리 자손들도 그리할지라. 그러나 그것은 우리가 지금 얻지 못하고, 우리 선조가 얻지 못하였으니 우리 자손이 얻을는지 의문이라. 그러나 오늘의 문명이 예전 사람의 한 공상에 지나지 못하였으며 오늘의 우리는 예전 사람들에 비하여 정신으로나 물질로나 그 사람들이 공상도 못 하던 처지에 있는지라 지금 우리가 공상도 못 하고 동경도 못 하는 것이 몇만만 대 우리 자손대에 이 지구 위에 이루어질지 알 수 없나니 어떠한 조건은 사람마다 다를지라도 우리의 공상하고 동경하는 이상낙토가 또한 이 우리가 선 이 지구 위에 몇만만 년 후에 이루어질는지 알 수 없는 것이 아닌가? 그러하면 지금 같은 문명이 일조 일석에 된 것이 아니요, 몇만만 대 우리 할아버지 때부터의 공로가 쌓이고 쌓여서 된 것이라. 또한 우리의 공로가 한 층을 쌓음으로 인하여 얼마간의 우리 자손의 행복이 가까워질 것이 아닌가? 그러면 인생이란 자손을 위하여, 즉 무한한 인생의 생명을 위하여 존재한 것이 아닌가? 그러고는 또 다시 나 한 사람은 전선줄의 한 분자보다도 작고 대상의 한 방울보다도 작다 하였다. 그러나 무지개의 한 방울의 물방울만 없어도 그렇게 아름다운 빛을 내지 못하는 것과 같이 이 시간에 살아 있는 이 인생이 없을 수가 없지 아니한가?

영철은 그와 같은 생각에 싸여 자기 집으로 들어갔다.

종현 뾰족집 일곱 점 반 종이 울고 거의 8시나 되었다. 청년회관 대강당은 거의 다 차도록 사람이 많다. 웃는 소리, 이야기 소리, 사람의 발자취 소리. 이 모든 소리가 한꺼번에 뭉키어 웅얼웅얼하는 소리만 온 방 안에 가득 찼다. 새로 들어온 손님 하나이 교의를 덜컥 내려놓고 앉는다. 트레머리한 어떤 학교 여학생들이 한떼 몰려 들어와 여자석 맨 앞 교의에 가 앉는다.

전깃불은 때때로 밝았다 컴컴하였다 한다. 양복 입고 안경 쓴 젊은 청년 하나이 문 앞에 섰다가 저쪽 강단으로 깝죽깝죽 걸어간다. 어떤 청년은 빙그레 웃으면서 여자석을 바라보고 있다. 어서 시작하라는 박수 소리가 요란히 난다.

이혜숙도 입장권을 내고 프로그램을 받아들고 여자석 한귀퉁이에 앉았다. 그리고 프로그램을 보는 듯하다가 다시 사면을 둘러보는 체하고 남자석을 보았다.

저쪽에 자기 오라버니와 앉은 청년을 보고 '저 청년이 김선용이라는 청년인가' 하였다. 그는 그 청년의 전신을 다 보지 못하고 자기를 한번 보지 않나 하고 기대하는 마음을 가지고도 자기를 볼까 겁하여 얼른 고개를 돌리었다. 앞 강단을 바라보는 혜숙의 눈앞에는 김선용이가 아닌가 하는 청년의 윤곽만이 희미하게 보일 뿐이다. 청년은 대모테 안경과 고운 양복을 입지 않았다. 그리고 얼굴은 검고 잘생기지 못하였으며 그의 머리칼은 그의 귀를 거의 덮었다. 그리고 거친 수염이 그의 웃입술에 조금 까뭇까뭇 하게 났다.

자기가 어젯저녁에 자기 오라버니의 말을 듣고 그려오던 청년과도 아주 닮지 않았다. 그의 마음은 어쩐지 실망하는 생각이 났다. 학식 많고 재주 있고 일본까지 다녀온 사람과 같이는 보이지 않았다. 그러다가는 자기가 얼른 보느라고 잘못 보지나 아니하였나 하고 다시 한 번 곁눈으로 자세히 보았다. 그러나 어쩐지 자기 마음은 만족치 못하였다. 그러고는 다시 그 청년의 얼굴을 아름답게 보려고 애를 썼다. 그의 검은 얼굴은 사나이의 표상이요, 그의 텁수룩하고 귀밑까지 덮은 새까만 머리는 문학자의 태도요, 그의 얇은 입술은 말 잘하는 표징이요, 그의 또렷한 눈은 총명한 두뇌의 상징이라 하였다. 그러하나 그의 가슴을 못 견디게 하는 말할 수도 없고 보이지도 않고 들리지도 않으면서 그의 마음을 끄는 무엇을 그에게서 찾아올 수가 없었다.

그는 공연히 음악회에서 그를 만났다 하였다. 도리어 서로 보지 않고 오랫동안 만날 기회를 고대하면서 마음을 태웠더라면 좋았을 뻔하였다. 그러나 자기 오라버니는 무엇을 보고 그 사람과 영원히 교제할 만한 사람이라고 하였는가? 어제 내가 너무 의미 있게 들은 것이 지나쳐 그런 것이 아닌가 하였다.

혜숙은 그를 그렇게 그리워하는 생각이 나거나 사랑하였으면 하는 생각이 나지는 않으면서도 그와 말이나 한번 하여 보았으면 하였다. 그리고 자기 오라버니가 좋은 사람이라 한 사람이니까 어디든지 좋은 점이 있으려니 하였다. 그리고 겉으로 보아서 아무것도 만족한 것을 찾아내지 못한 그는 어떻든 무슨 만족한 것을 그에게서 찾아내어 그를 그리워하여 보기도 하고 사랑도 하여 보았으면 하기까지 하였다. 그와 아주 안면도 없지마는 인연 있게 생각하는 것은, 그때 혜숙의 가슴속에 조수가 치밀리는 청춘의 끊기지 않고 타는 열정의 불길이었다.

그는 음악회가 어서어서 끝이 났으면 하였다. 그의 가슴은 죄는 듯하였다. 음악회의 순서가 하나씩 끝날 때마다 그녀는 그 김선용을 바라보며 자기 애인될 만한 자격이 있게 억지로 만들어 생각을 하여 보았다.

제1부가 끝이 나고 제2부가 거의 시작하려 할 때에 어떤 고운 양복을 입고 하얀 칼라에 자주색 넥타이를 맨 얼굴도 예쁘게 생긴 청년 하나이 자기 오라버니에게 와서 아주 반가이 인사를 한다. 자기 오라버니도 반갑게 악수를 하고 그 청년을 자기 옆에 앉히고 무엇이라 재미있게 이야기하는 것을 보았다.

혜숙은 가슴속으로 '옳지' 하였다.

'내가 여태껏 잘못 알았었구나.'

하였다.

'아까 그 사람은 김선용이라는 사람이 아니라 지금 온 이 청년이 김선용인가 보다.'

하였다. 그리고 자기 오라버니가 아까 그 청년과 이야기를 하지 않고 지금 이 청년과 이야기를 재미있게 하는 것을 보고 '참으로 이 사람이지' 하였다. 그 청년의 하얀 얼굴에 까만 눈썹이라든지 모양 있게 깎은 머리라든지 전깃불에 반짝반짝하는 하얀 안경이라든지 그의 흐르는 듯한 두 어깨라든지 때때로 경쾌하게 웃을 때마다 나타나는 상아 같은 이라든지 이 모든 것은 혜숙의 마음을 두근두근하게 할 무슨 세력을 가지고 있었다.

혜숙의 낙망했던 모든 것은 다시 소생하여지는 듯하였다. 그리고 어서 음악회가 끝이 나서 자기 오라버니의 소개로써 그이와 인사를 하였으면 하였다. 그리고는 으레 아무 조건도 없고 이의도 없이 그가 나를 사모하렷다 하였다. 어린 혜숙은 자기의 용모에 거만스러운 자신을 갖고 있었다.

음악회는 파하였다. 세 청년은 일어섰다. 혜숙도 자기 오라버니를 쫓아 나갔다. 그는 다시 가슴이 덜렁하고 내려앉았다. 이제는 그와 인사를 할 때가 왔구나 할 때에는 그리 속하게 나갈 용기가 나지 않았다. 1분 동안이라도 천천히 나가려 하였다. 그러고는 입속으로,

"처음 뵙습니다. 저는 이혜숙입니다. 네, 안녕하십니까."

하다가는 누가 듣지나 않나 하고 옆의 사람의 얼굴을 쳐다보았다. 그 옆의 사람은 자기의 얼굴을 혜숙이가 너무 유심히 보니까 빙그레 웃었다. 혜숙은 자기의 중얼거리는 소리를 듣지나 않았나 하고 얼굴이 빨개지며 홧홧하였다.

정문을 나왔다. 거기에는 자기 오라버니와 머리칼이 귀밑까지 덮인 청년이 서 있었다. 그러나 어여쁜 청년은 있지 않았다. 그는 사면을 둘러보았다. 그러나 그 청년은 있지 않았다.

'그러면 이 청년이 김선용인가?'

하고 부끄럽기도 하고 수줍기도 하여 아무 소리도 없이 대여섯 걸음 저쪽으로 뛰어갔다.

그러다가는 다시 서서 자기 오라버니를 바라보았다.

혜숙은 길 옆으로, 영철과 그 청년은 길 가운데로 걸어간다. 혜숙의 귀에는 자기 오라버니와 그 청년의 이야기하는 소리가 들린다. 전차는 듣기 싫은 소리를 내고 달린다.

"저것이 나의 누이동생일세."

하는 소리를 듣고 혜숙은 아주 달아나고 싶도록 부끄러웠다. 그 청년의 대답하는 소리는 잘 들리지 않았다. 전차 정류장을 채 가지 못하여 그의 오라버니는 그에게 가까이 왔다.

"너 저이와 인사하렴."

하였다.

혜숙은 지나친 흥분으로 인하여 아무 말도 없이 서 있다가 무엇을 생각하였는지,

"사람들이 보는데 어떻게 행길에서 인사를 해요? 남부끄럽게."

이 소리를 들은 영철은 무엇을 깨달은 듯이,

"그래라. 요 다음에 해라."

하고 저쪽으로 혼자 가 버렸다. 그리고 무엇이라 무엇이라 하더니,

"하하하."

"하하하."

하고 크게 웃는 소리가 났다. 혜숙은 무슨 무거운 짐이나 풀어놓은 것같이 후——하고 한숨을 쉬었다.

영철과 혜숙은 전차를 탔다. 선용은 두 사람을 바라보고 서 있다.

영철은 모자를 벗어들며,

"내일 꼭 우리 집에 오게, 동대문 밖, 알았지? 아까 번지를 적어 주었으니까."

하였다. 선용은,

"응 알았어. 꼭 기다리게."

하고 대답을 한다.

차는 떠났다. 선용은 저편 쪽으로 휘적휘적 걸어간다.

선용은 자기 집에 돌아왔다. 납작한 초가집에 쓸쓸맞게 닫혀 있는 대문을 들어설 때 집 안에서는 답답하고도 음습한 냄새가 코를 스친다. 여태껏 길거리로 오며 머릿속에 그리던 기껍고 희망 찼던 모든 공상의 즐거움은 당장에 사라졌다. 그리고 자기 방에 들어가 램프를 켜놓고 파리똥이 까맣게 묻은 천장을 쳐다보고 드러누웠을 때에는 알지 못하게 그의 눈에서 눈물이 날 듯 날 듯하였다.

나 같은 놈이 사랑이 다 무엇이냐? 하고 혼자 손을 단단히 쥐고 중얼거

렸다. 그러고는 억울한 감정이 자꾸자꾸 가슴을 메이는 듯이 올라왔다. 그리고 한참 엉엉 울고 싶었다.

그는 오늘 혜숙과 만나던 것을 생각하여 보았다. 혜숙이가 어찌하여 자기 오라버니가 인사하라고 하니까 사람들이 보는데 어떻게 해요 하더란 것이 선용은 아주 반가운 무슨 의미 있는 것같이 들리었다. 사람과 사람이 만나서 초인사를 하는데 여러 다른 사람이 있다고 못 할 것이 무엇인가 하였다. 그러고는 그 속에는 무슨 알지 못할 의미가 감추어져 있는 것이라 하였다. 그러고는 얼마쯤 마음이 기뻤었다.

그러나 다시 자기의 처지를 생각할 때에는 그만 낙망을 하게 되었다.

자기는 남과 같이 넉넉한 재산도 없다. 시체 여학생의 머릿속에 그리는 모든 허영의 만족을 줄 만한 보배를 갖지 못하였다. 만일 어떠한 여자가 지금 자기가 드러누운 방에를 들어와 보았다가는 고개를 돌이키고 달아날 만큼 지저분하고 습기찬 방에 누워 있다. 그는 어찌하여 돈 많고 권세 있는 집에 태어나지 못한 것이 어떠한 때는 원망스럽기도 하고 분하기도 하였다.

그래 돈 없는 그는 구하고 싶은 학식도 구할 수가 없었다. 남이 우러러볼 만한 학식을 구하기에도 남과 같은 자유를 갖지 못한 그는 또한 여자의 따뜻한 사랑을 잡아당길 만한 학식을 갖지 못하게 되었다.

그는 그와 같은, 할 수 있고 가질 수 있는 것을 할 수 없고, 더 가지지 못하는 동시에 또 한 가지 절대로 할 수도 없고 가지지도 못할 것이 하나 있으니 그에게는 여자의 마음을 취케 할 만한 아름다운 용모를 갖지 못하였다.

그는 자기를 아주 박명한 사람이라 하였다. 그리고 자기의 박명을 하소연할 곳은 한 곳도 없다 하였다.

부모나 친척이나 형제나 친구나 누구에게든지 자기의 불행을 하소연하는 것은 어리석은 일이라 하였다. 그리고 남이 보는 데서 눈물을 흘리는 것은 소용없는 짓이라 하였다. 다만 남에게 동정하여 주시오 하고 눈물을 흘리나 아무도 거기에 참으로 동정하기는 고사하고 비웃음을 받는 것이라 하였다. 그는 이 세상의 운명을 자기의 두 손으로 개척하는 것밖에 없다 하였다. 그리고 섧고 야속하고 무정스러운 생각이 나거든 혼자 이불을 뒤집어쓰고 우는 것이 기꺼운 일이라 하였다.

그러나 청춘의 타오르는 열정의 불길은 그도 어찌할 수가 없었다. 다른 사람들은 기껍고 즐겁게 청춘 시절을 꿈속같이 지내나 자기는 그것을 얻기가 어려울 것같이 생각되었다. 돈 없고 학식 없고 인물 곱지 못한 자기에게 어떠한 어리석은 여자가 참사랑을 구하여 따라오리요 하였다. 그리고 옛적 소설이나 또는 전설에 불행하고 또 불행하던 청년이 어떠한 왕녀나 또는 천사처럼 어여쁘고 어진 여자의 사랑을 받았다는 것을 생각하고는 자기도 그러한 몸이 되었으면 하면서도 그것은 이 시대에서는 될 수 없는 헛공상이라고 단념하였다.

그는 자기 집이 구차한 것을 생각하고 또 한편으로는 자기의 병든 어머니가 단잠을 자지 못하고 고생에 얽히어 지내가며 온 집안 살림살이를 하여 가는 것을 볼 때에는 가엾기도 하고 불쌍한 생각도 났다.

그리고 때때로,

"우리 선용이나 장가를 갔으면 내가 얼마간 이 고생을 하지 않을걸."

하는 소리를 생각할 때마다,

'에라 이상적 아내라는 것은 다 무엇이며 신성한 연애라는 것은 다 무엇이냐?'

하였다. 그리고 시골 처녀라도 데려다가 아내를 삼으리라 하였다. 그리고,

'어떠한 여자의 사랑이 참사랑인가.'

하였다. 세상의 학문을 많이 배우고 세상의 경험을 많이 한 여자와 사랑을 구하는 것이 이상적 사랑인가 하였다. 경박하고 뜬 세상의 처세술을 잘 배운 여자가 이상적 애인이 될 자격이 있는 여자인가 하였다. 산 곱고 물 맑은 자연 세계에서 흠 없고 순결하고 단조하게 자라난 처녀의 사랑이

참사랑이 아닌가 하였다. 그리하고 우리의 아버지나 어머니나 아우나 형이나 누이나 내가 선택하여 아버지나 어머니나 아우나 형이나 누이를 만들지 않았을지라도 끊기 어려운 정이 있는 것과 같이 아내라도 보지도 못하고 택하지도 않고라도 정이 있으려면 끊지 못할 정이 생기는 것이 아닌가? 사랑이란 결코 저 사람의 인물과 학식과 성질을 다 알아 가지고 반드시 생긴다는 것은 거짓말이다. 저 사람의 소문만 듣고도 끊기 어려운 사랑의 불길이 그의 가슴을 태우며 그 사람의 글 한 구절을 보고도 그를 사모하는 정이 생기는 것이라, 어찌 반드시 저 사람의 모든 것을 다 알아 가지고 애인을 만들리요 하였다. 한순간의 사랑이 참 진정한 사랑이라도 순간을 지나면 세상의 사념이 그 사랑을 침노하는 것이 아닌가 하였다.

선용은 다시 영철이라는 자기의 친하고 친한 동지의 누이동생도 또한 자기의 오라버니 영철과 같이 이 세상의 모든 허위와 떠나, 다만 참된 것만 구하는 여자이겠지 하였다. 그리고 자기가 사랑을 구하면 그것을 허락하여 주겠지 하여 보았다. 그러고는 자기가 어떻게든지 공부를 하고 책도 많이 읽어 훌륭한 책을 지어 놓으면 출판하는 사람들이 허리를 굽실굽실하고 와서 몇만 원의 원고료를 주고 사갈 테지, 그리하면 나는 그 돈을 가지고 나의 애인 혜숙을 데리고 세계 일주의 여행을 떠날 테다.

세계 각처에서 대환영을 받아가며 우리 두 사람은 또다시 없는 행복을 맛볼 터이지 하였다.

그러다가 다시 정신을 차려 파리가 가만히 한가하게 붙어 있는 천장을 바라볼 때에는 모든 것이 다 공상이었다. 자기 손은 빈털터리였다. 그리고 아무리 자기가 글을 잘 짓더라도 지금 조선 사회의 정도로서 어떠한 출판사가 선뜻선뜻 몇만 원의 원고료를 주리요 하였다.

그러하다가 또다시 낙망하는 생각이 났다. 혜숙도 시체 여학생이다. 아니 시체 여학생이 아닐지라도 여자는 여자다. 자기가 그만한 아름다움을 갖고서 나와 같이 인물이 아름답지 못하고 학식 없고 돈 없는 한 개 무명 소년에게 자기의 모든 것을 희생하여 사랑을 줄 리가 없다. 비록 그와 같은 마음이 있다 하더라도 마음이 약한 여자인 그는 세상의 모든 것과 싸워 이길 수가 없다. 그의 사랑은 연하고 박약한 것이라 하였다.

구차한 곳에서 자라나고 부자유한 곳에서 자라난 선용의 가슴은 언제든지 지나쳐 가는 염려와 불안으로 가득 찼었다. 어려서부터 지금까지 자기의 목숨을 위하고 자기의 가정을 위하여서는 자기의 두 팔과 두 다리 아니면 아무도 도와 줄 자가 없는 줄 아는 그는, 그리고 또 이 세상이 다만 무작정한 줄만 알고 자기에게 일평생 행복을 줄 때가 없으리라고까지 낙망을 한 선용은 아무리 청춘 시절의 타오르는 열정의 불길로 때없는 가슴을 태웠지만 자기가 선뜻 나아가 여성의 사랑을 구할 용기는 없었다. 그는 감정의 지배를 받는 것보다 이지의 힘이 더하였다. 본래 총명하고 재주 있는 그는 모든 세상의 냉정함과 무정함과 쓸쓸스러움을 맛보면서도 하면 되리라 하는 희망을 가슴에 품었을 뿐이었다. 그리고 젊었을 때에 눈물짓고 한숨 쉬고 가슴 쓰린 듯한 비애를 맛보아, 다른 철모르고 날뛰는 사람보다 이 세상이 어떠한 것이라는 것을 더 많이 알 수 있게 된 것을 한편으로 행복으로 생각하고 또한 자랑으로 생각하였다. 때없이 공상에 취하였다가는 눈물을 흘리고 눈물을 흘리었다가는 공상을 하고 하였다.

그는 내일 영철의 집에를 가면 혜숙을 보렷다 하였다. 그러고는 다시, 만나서는 어떻게 할 것을 생각하여 보았다. 그러다가는 다시, 물론 아무데도 가지 않고 나를 기다리고 있겠지 하였다. 내가 자기 집에 갈 줄 아는 그는 가슴을 죄면서 고대고대 하다가 나의 목소리를 듣고 가슴이 덜렁 내려앉으렷다 하였다.

그 이튿날이었다. 영철의 집에 어떤 새로운 손이 하나 찾아왔다.

"이리 오너라."

하는 목소리는 얄상궂고도 어여뻤었다. 영철은 대문을 열며,

"야——이게 누구인가? 웬일인가? 이리 들어오게."

하고 그 양복 입고 얌전하게 생긴 청년의 손을 잡고 자기 방으로 들어간다.

"이것은 참 뜻밖인걸."

하고, 영철이가 방석을 내어놓는다.

"그런 게 아니라 우리가 어디 이렇게 만나서 재미있게 놀아 보았나? 요 몇달 동안은 아주 서운하게 지내었으니까."

"그것이야 무엇. 자연 바쁘니까 어디 한가하게 만날 수들은 없었지. 자——담배나 태게."

하고 영철은 담뱃갑을 내어놓는다. 그 청년은 담배 하나를 피워 물고,

"그런데 요사이는 너무 심심하겠네. 언제든지 집에만 들어앉았나?"

영철은 한 손을 고개 위에다 얹고,

"하지만 어떻게 하나, 무엇할 게 있어야지. 내 언제든 하는 말이지만 중학교 졸업을 하고는 할 것이 있어야지. 그 머리 아픈 소학교 교원 노릇이나 할까? 그렇지 않으면 돈이나 많았으면 외국 유학이나 가야 할 텐데 나 같은 사람이야 무엇?"

"왜? 자네쯤야 넉넉하지? 너무 그 우는 소리 좀 말게."

"그야 그렇지. 우리 집에 우리 아버지 돈은 넉넉하지. 그러나 그것이 내 돈인가? 나는 지금 우리 아버지의 밥 얻어먹고 사는 거지 비렁뱅이야."

하고 상을 찌푸리고 고개를 내흔든다. 그 청년은 아주 미안한 듯이,

"그러면 어떻게 하나. 놀아서는 안 될걸?"

"어떡허나 할 수 없지."

그 청년은 무엇을 생각한 듯이,

"그래서는 안 되네. 가만히 있게. 내 어떻게 해봄세. 우리 아버지께 여쭈어서라도 어떻게 은행에 한자리 구해 보지."

영철은 그렇게 시원스럽지도 않은 듯이,

"그렇게 여쭈어 보게."

하였다.

이 청년은 백우영(白友英)이라 하는 중앙 은행장의 아들이다. 본래 귀

엽게 길리운 사람이라 조금도 구차한 것과 부자유한 것을 알지 못하고 자라났다. 그에게는 자기의 행복을 얻기 위하여 적절히 깨닫는 요구를 알지 못했다. 학교에 가서 공부하는 것은 으레 젊어서 하는 것으로만 알고 또 사회의 중요하고 제일가는 인물은 그 나라의 총리대신을 빼어 놓고는 경제계의 권세를 잡은 자기 아버지 같은 은행가밖에는 없는 줄 알았다. 나라의 흥하고 망하는 것이 정치·경제·교육·산업, 또한 예술, 이 여러 가지가 다 발달되는 동시에 그 나라 민족이 문명하고 발달되는 것이 아니라 다만 경제 하나만 잘 발달이 되면 또한 다른 것은 자연히 거기에 쫓아오는 것이라 하였다. 그러나 본래 방종(放縱)한 생활을 좋아하는 그는 경제에 대한 방면에만 전력하는 것이 아니라 한때의 호기심에 띄어 음악도 하여 보고 테니스도 쳐 봤다. 바이올린을 손에 잡을 때에는 예술 중의 극치(極致)라 하는 참음악을 알아보려 하는 것이 아니라, 춘풍추월을 쫓아 아름다운 여자의 사랑을 맛보면서 재미있고 꿀 같은 활동 사진에서 보는 듯한 생활을 하여 갈 때 여자는 피아노를 하고 자기는 바이올린을 하며 몽롱한 세상을 지내리라는 호기심의 생각이 그의 가슴을 찌르는 까닭이었다.

그리고 녹음이 우거진 곳에서 여러 청춘 남녀의 친구를 모아 놓고 뛰어다니며 테니스 장난할 것만 꿈꾸었다.

그는 며칠 전에 영철의 누이동생 혜숙을 학교에서 나오는 길에 보았다. 그리고 어젯저녁 음악회에서 영철을 만났을 때에도 또 혜숙을 본 일이 있었다.

아름답고 얌전하다는 여자는 빼어 놓지 않고 쫓아다니는 백우영은 또 한번 혜숙을 보고도 그대로 지나쳐 버리지는 못하였다. 자기는 인물 잘나고 돈 많고 학교도 상당히 다닌 또한 풍류 남아로 어디를 내세우든지 빠질 것이 없겠다 생각하는 그는 또한 어떤 여자든지 자기 수중에 넣을 수가 있다고 생각하였다. 그래 오늘도 자기가 영철과 같은 학교에서 같이 공부하고 같은 동창생인 것을 좋은 기회로 삼아 어떻게 해서든지 영철의 환심을 사서 혜숙을 좀 가까이해 보려고 당초에 찾아오지도 않던, 더구나 자기보다는 아주 저——아래로 인정받던 영철을 찾아왔다.

그는 조금 가만 있다가 조롱 같기도 하고 웃음의 말처럼,

"요사이 자네 매씨도 안녕하신가?"

하고 이상하게 웃음을 웃으면서 영철을 바라본다. 영철도 조금 미소를 띠면서,

"잘 있지."

하였다.

"오늘은 집에 계시겠군?"

"그렇지, 일요일이니까!"

백우영은 한참 있다가,

"자네 누이 좀 소개하게그려."

영철은 잠깐 가만히 있었다. 그리고 조금 주저하였다. 속마음으로는 백우영의 좋지 못한 평판 있는 것을 꺼리면서도 그러나 어떠하랴 하고,

"그럴까?"

하고 시원치 못하게 대답을 하였다. 그러다가는,

"그러나 우리 어머니가…… 좀…… 어떻게……."

"응, 알았네, 알았어. 그러실 테지."

하고 담뱃재를 털더니 시계를 꺼내 보고,

"아, 벌써 10시일세, 우리 어디로 산보나 가세그려."

"어디로? 갈 곳이 있어야지."

"나는 영도사(永道寺)나 가 볼까 하는데."

"영도사, 지금 아주 쓸쓸할걸. 볼 것이 있어야지."

"그러나 갈 곳이 또 어디 있나? 일어나게, 그리고 자네 매씨께도……."

"지금은 갈 수가 없을걸, 누구하고 만나자고 약조한 일이 있어서."

"약조는 무슨 약조인가? 공연히 핑계를 대느라고."

"아니야, 정말이야."

"정말이면 누구란 말인가? 이름이 무엇이란 사람이?"

"왜 자네도 알겠네, 김선용이라고……."

"응 김선용이, 어저께 음악회에서 보던 그 사람 말일세그려, 그 문학가라는 사람 말이야."

하고 아주 냉소하는 듯 말을 한다.

"그래, 오늘 꼭 만나기로 말을 하였는데 조금만 더――기다려 보세그려."

"언제 그 사람이 올 줄 알고 기다리나? 그 사람은 내일 만나보게그려. 무슨 급하게 할 말 있나?"

"별로 급하게 할 말은 없어도……."

"그러면 고만이지, 내일이라도 만나서 그런 말만 하면 그만이지 무얼."

"그래도 왔다가 헛발을 치고 가면 되었나?"

영철은 아주 난처하였다. 백우영이는 자꾸자꾸 그렇게까지 재촉을 하는데 아무리 약조를 하였다 하더라도 그렇게 공연히 멀거니 기다리는 것도 무엇하고 또 백우영이는 김선용이만큼 친한 사람이 아니라 너무 그의 말을 들어 주지 않는 것은 백우영이가 자기를 조금 덜 친하게 생각을 하는가 할 것 같기도 하였다. 그리고 만나자고 신신당부를 하여 놓고 어디를 놀러 갔다는 것은 친구를 너무 경시하는 것이 아닌가 하였다.

그러나 김선용이는 자기를 믿고 이해해 주는 사람이요, 백우영이는 그렇지 못한 사람이라 김선용이에게 잠시 신용을 잃은 것은 다시 회복할 수가 있으나 백우영이에게는 그럴 수가 없다 하였다. 그리고 모처럼 찾아온 백우영의 청하는 것을 들어 주지 않는 것도 안 된 일이라 생각하고,

"그러면 그러세, 그러나 좀 안됐는걸."

"에, 사람도 어째 그렇게 고집 불통이야, 사람이 조금 그럴 수도 있지 않나?"

영철은 안방으로 건너갔다. 혜숙은 무엇인지 책을 읽고 앉았다.

"어디 가세요?"

하고 혜숙이가 영철을 바라보며 묻는다.

영도사에 놀러 가자고 하니까 혜숙은 얼굴이 조금 불그레하여지며,

"어저께 그 어른이 오신다고 하였는데요?"

"그러게 말이야. 그러나 자꾸 가자니까 어떻게 할 수가 있어야지, 자꾸 재촉을 하는걸."

혜숙은 다시,

"저도 갈까요?"

하고 부끄러운 듯이 고개를 숙인다.

"가 보련?"

"글쎄요."

그 옆에서 바느질하던 그의 어머니가,

"가긴 어디를 가, 계집애가 미쳤나."

하며 책망을 하니까 혜숙은 어리광처럼 또는 비웃는 듯이,

"어머니는 괜히 그러시네."

한다. 영철은 재촉하듯이,

"어서 옷 입고 나오너라 가려거든."

12시나 거의 되어 선용은 동대문 안에서 전차에 내렸다. 그리하고 여러 가지 호기심을 가지고 영철의 집을 향하여 온다. 그는 다른 것보다 자기의 의복이 너무 더러워 보이지 않나 하고 아래위를 훑어보았다. 그리고 구두에 먼지와 흙이 너무 많이 붙은 것을 답보로 하듯이 탁탁 털었다. 옷고름을 다시 고쳐 매었다. 그리고 오늘은 꼭 혜숙이도 자기 집에서 나를 기다리고 있으리라 하였다. 그리고 혜숙이가 나를 보면 반가워 맞으려다 주춤하고 물러서 부끄러운 마음에 자기 집 안으로 뛰어들어가리라 하였다. 그러고는 선뜻 나와 맞아 주는 것보다 부끄러워 숨는 것이 더 귀엽고 말할 수 없는 그리움고 사랑스러운 것이라 하였다. 그러다가는 다시 자기

얼굴과 체격을 생각하여 보았다. 그러고는 사람이 어여쁘고 남의 사랑을 받는다는 것은 그의 얼굴과 체격이 잘생긴 데도 물론 있지마는 그 중에 어떠한 아름다운 점이 있어서 남의 사랑을 끄는 것이라 하였다. 온 세상 사람이 다 어여쁘고 다 잘생긴 것이 아니지만 서로 애정이라는 것을 깨닫고 살아가는 것이라. 그뿐 아니라 아무리 미인일지라도 파경의 눈물을 자아내는 사람이 얼마든지 있고 인물도 그리 잘 못생기고 학식도 그리 없는 우스운 남자일지라도 그를 위하여 자살까지 하는 여자가 있는 것이 아닌가 하였다. 그리하고 그 미점이라는 것은 자기도 알지 못하는 것이요 다만 어떠한 사람이 그 미점을 찾는 것이다. 자기의 얼굴이 비록 자기가 석경을 놓고 들여다보아도 자기에게는 불만을 줄지라도 남을 못 견디게 할 만한 무슨 매력을 가진 사람도 있고 또 아무리 치장을 하고 모양을 낼지라도 남을 잡아당기는 그러한 힘이 없는 사람도 있는 것이다. 나도 또한 혜숙의 마음을 잡아당길 만한 무슨 매력을 가졌는지도 알 수 없다고 생각하였다.

그러고는 다시 자기 얼굴의 모든 미점을 찾아보았다. 그러나 그리 신통할 것은 없었다. 다만 머리가 까맣고 입술이 얇고 눈썹이 수타할 뿐이었다.

그는 주머니에서 명함에 쓴 이영철의 집 번지를 꺼내들었다. 그리하고 차례차례 번지수를 찾아보았다. 이 골목 저 골목으로 돌아다니다가 다시 큰 행길로 나왔다. 똑 영철의 집 번지만은 없었다. 그는 아마 집도 못 찾나 보다 하였다. 그러다가는 '될 말이냐 찾아야지'하였다. 그는 다시 행길 모퉁이에 있는 반찬 가게에 와서 물었다.

"말씀 좀 여쭈어 보겠습니다."

가게 주인은 쇠고기를 달다가 자기는 보지도 않고,

"네 무슨 말씀이요?"

하고는 다시 하나 둘 하고 저울을 센다. 선용은,

"여기 이영철이라는 사람의 집이 어디인지 아십니까? 이 근처라는데 암만 찾아보아도 알 수가 없어요."

가게 주인은 자기 할 것을 다하고 나서,

"이영철이, 이영철이, 많이 들은 듯한데 알 수 없는걸요."

한다. 선용은 속에서 화가 나며 속마음으로는,

'제기 얼핏 대답이나 하지 남이 답답이나 아니하게.'

하고는 그래도 무슨 희망이 있을까 하고,

"조금도 모르시겠어요?"

"네, 알 수 없는걸요. 무엇을 하는 사람인가요?"

"지금 하는 것 없지요. 제 집에서 그냥 놀지요."

"네——."

한참 생각하다가,

"젊은 사람이지요?"

한다. 선용은 얼른 반가운 듯이,

"네, 네, 지금 스물서넛밖에 안 된……."

"네, 그리고 누이동생이 있고요, 학교에 다니는."

"네. 바로 맞혔습니다."

그 옆에 있던 어떤 노인 하나이 한참 두 사람의 수작하는 것을 듣더니 가게 주인에게 향하여,

"누구 집? 계동집 말인가?"

한다. 주인은 조금 멸시하는 듯한 웃음을 띠고,

"네——저기 저 집요."

하고 바로 바라보이는 초가집을 가리킨다. 선용은,

"네, 고맙습니다."

하고 모자를 벗어 인사를 하고 그 집으로 향하여 갔다.

선용은 무엇이라 불러야 할까 하였다. 이리 오너라, 하자니 친한 친구의 집에 너무 저어한 듯하고 영철이라고 부르자니 한번 와 보지도 못한 집에 서투른 듯하기도 하다.

그러나 어떻든 문간에 가 서서 한참 주저주저하다가,

"이리 오너라."

하였다. 안에서는 아무 대답이 없었다. 선용은 얼핏 뛰어나왔다. 그리고 잘못 들어오지 않았나 하고 문패를 쳐다보았다. 거기에는 영철이라는 이름이 붙어 있다. 그는 다시 안심하고 문으로 들어서서,

"이리 오너라."

하였다. 또 아무 소리도 없다. 그래 그는 자기 목소리가 너무 작아서 그런가 하고 기침을 한번 하고 목소리를 가다듬어,

"이리 오너라."

하였다.

그때야 문 여는 소리가 나더니 혜숙의 어머니가 나오며,

"누구를 찾으세요?"

한다. 선용은 모자를 벗어들고,

"네, 여기가 영철의 집인가요?"

"그렇소. 그러나 지금은 없는걸요."

선용은 깜짝 놀란 듯이,

"네? 없어요? 오늘 꼭 만나자고 하였는데……."

하였다. 혜숙의 어머니는,

"당신이 김선용이라는……."

하고 묻는다.

"네, 제가 김선용이올시다."

"그런데 영철이가 나갈 때에 이것을 오시거든 드려달라고 합디다."

하고 종이에 무엇을 쓴 것을 내어 준다. 선용은 무엇인가 하고 얼른 받아보았다. 그러고는,

"네. 알았습니다…… 그러면 안녕히 계십시오."

하고 그 집을 나섰다. 그는 휘적휘적 걸어오며 낙망하고 실망하는 생각이 그의 가슴에 꽉 들어찼다.

'이런 제기.'
하며 혼자 기가 막혔다. 그러다가는,
'나 같은 놈이 바라고 믿는 것이 잘못이지.'
하였다.

여태껏 애를 쓰고 애를 써 찾아오니까 허탕이다. 그리고 혜숙이가 정말 나를 보고 사랑할 마음이 났더라면 오늘 자기 오라버니를 쫓아 영도사에를 가지 않고 나를 기다렸을 것이지만 그렇지 않으니까 자기는 내가 이렇게 생각하는지도 모르고 재미있게 놀고 있는 것이지 하였다. 그러고는 또 다시 억울하고 분한 정이 가슴을 메워 마음껏 시원하게 울고 싶었다. 그가 아까 그 집 가르쳐 주던 가게 앞을 지날 때에는 그 가게 주인이 유심히 자기를 보는 듯하였다. 그리고,

'너는 쓸데없다. 벌써 백우영이라는 청년에게 빼앗겼다.'
하는 듯하였다. 그는,
'다 그만두어라. 우리 집에 가서 책이나 보겠다.'
하였다. 그리고 달음박질하여 다시 동대문 전차 정류장에 와 서서 전차를 기다렸다. 그러고는 청량리 편을 바라보았다. 그리고,
'어디 그래도 영도사까지 가 볼까?'
하였다. 가면은 꼭 만나렷다 하였다. 그러다가는 그만두어라. 만나면 무엇하니 하였다. 그래도 어쩐지 그리로 가 보았으면 하는 정은 그치지 않았다. 가 보리라 하였다. 그러다가는 가서 만일 혜숙에게 부끄러움을 당하면 어찌하나 하였다. 그만두어라. 내가 잘못 생각한 것이다. 내가 스스로 여자의 사랑을 구하는 것이 잘못이라 하였다. 그러고는 전차 오는 것을 바라보았다. 전차 하나는 가득 차도록 만원이다. 그는 그 자리를 떠날 수가 없었다. 그리고 요 다음 차를 타리라 하였다. 그러다가는 다시 영도사 편을 바라볼 때에는 말할 수 없이 그곳으로 가고 싶었다. 에라 어떻든지 가 보리라. 혜숙은 어찌되었든 영철을 붙잡고 사람을 그렇게 대접하느냐고 싸움이라도 한번 하리라 하였다. 그리고 청량리 차가 오나 안 오나

보았다. 5분 안에 전차가 오면 그 전차를 타고 영도사로 가고 그렇지 않고 5분이 넘어도 전차가 오지 않으면 바로 집으로 가리라 하였다. 그러나 어서어서 전차가 왔으면 하는 생각뿐이었다.

'에라 전차도 오지 않는구나.'

하고 종로로 향하는 전차를 타려 할 때에 땡땡땡땡 하고 아주 기껍게 땡땡대는 조그마한 전차가 저쪽 청량리 편에서 온다. 선용은 어떻게 기쁜지 몰랐다. 다만 그 전차가 정거하기를 기다려 타면서,

'아마 나에게 이제부터는 분명히 개척되나 보다.'

하였다.

선용은 영도사 들어가는 어귀에서 내렸다. 쓸쓸스러운 이 가을에 영도사들은 무엇하러 왔소 하였다. 그러고는 백우영이라는 청년은 은행가의 아들이니까, 나와 만나자고 그렇게까지 신신당부를 하더니 그것두 불구하고 돈 많은 놈을 쫓아서 더구나 자기의 누이동생까지 데리고 쫓아나왔구나 하였다. 그러다가는,

'에——영철이까지 그럴 줄은 몰랐는데——.'

하였다. 그리고 내가 구차하고 비렁뱅이처럼 그놈하고 재미있게 노는 데 갈 것이 무엇인가, 도리어 냉담하고 경멸히 여김이나 당치 아니할까 하였다. 그러다가는,

'에라 도로 가야겠다.'

하기까지 하였다. 그러다가도,

'아니 아니 내가 오해인지 모른다. 영철은 그와 같은 사람이 아니다. 영철의 말을 듣지 않고는 이번 일의 시비를 알 수 없다.'

하였다. 그러나 그의 마음 한귀퉁이에서는 시기와 불만이 자꾸자꾸 일어났다.

남녀 대장군이 눈깔을 부릅뜨고 섰는 곳을 지나 정전 앞다리를 건너섰다. 그리고 사면을 한번 둘러보았다. 그러나 어느 곳에 영철의 일행이 있는지를 알지 못하였다. 그는 이곳 저곳으로 돌아다니었다. 그러다가 아마

다녀갔나 보다 하고 이왕 왔으니 오래간만에 절 구경이나 하고 가리라 하였다. 그러고는 혼자 대웅보전 앞에 가서 모자를 벗고 서서 들여다보았다. 그 모자를 벗는 것은 결코 선용이가 불전에 와서만 그리하는 것이 아니라 어떠한 회당 · 사당 · 신사 같은 옛적의 위대한 공로를 이 세상에 끼친 사람의 기억을 일으키는 곳에 가서는 반드시 모자를 벗어들었다.

그것은 다만 썩어서 벗어져 몇천 년 몇백 년의 길고 긴 세월을 지내었을지라도 변치 않고 이어오는 그의 정신을 존경히 여김이었다. 그가 높다란 돌층계를 내려오려다 선뜻 저쪽을 보니까 거기 영철이가 백우영이와 자기 누이동생과 서 있었다. 선용의 가슴은 부질없이 뛰며 그쪽으로 달음질하였다.

"이영철 군."

하고 반가이 손을 내밀었다. 영철은 어찌나 의외요 또 반가운지라 한참 멀거니 쳐다보다가,

"아니 이게 누구인가. 하하하. 어떻든 잘 왔네."

하며 유쾌하게 웃는다. 그 옆에 섰던 혜숙은 악 하고 반가운 듯이 한 걸음 뒤로 물러서다가 다시 멈칫하고 섰다. 두 눈동자가 반갑게 반짝이며 선용을 바라본다.

'그러나저러나 사람이 그렇단 말인가?'

하고 원망하듯이 영철을 바라보는 선용은 지금까지 영철을 만나기만 하면 주먹이라도 들고 한번 실컷 때려서 속이나 시원하게 하리라 하던 감정은 사라지고 몇해 동안 이어오던 그리운 우정이 갑자기 치밀어 올라오며 또한 영철의 유쾌하고 반갑게 웃는 것과 영철의 누이동생 혜숙이 또렷하고 영롱한 두 눈으로 즐겁게 자기를 쳐다보는 것을 보고는 모든 불평이 일시에 사라졌다.

"용서하게 하하하. 어찌하나 사정이 그렇게 된 것을."

하고 항복하는 듯하고도 우정이 뚝뚝 떨어지게 자기에게 청하는 그것을 본 선용은 더 무엇이라 말할 수가 없었다.

그러고는,

"그런데 갑자기 영도사는 웬일이야?"

하고 아주 침착한 듯이 말을 한 선용은 곁눈으로 서 있는 혜숙의 아름다운 몸맵시를 바라보았다. 혜숙은 이 소리를 듣고 그 옆에 서 있는 백우영을 한번 쳐다보고 '이 사람이 오자고 하여서 하는 수 없이 왔다'는 듯이 변명을 하려는 눈치를 보이려 하며 한편으로는 약속까지 한 당신을 기다리지도 않고 온 것은 다 이 사람의 탓이라는 듯이 미안해 하는 점이 또렷한 두 눈을 싸고 돈다. 그러고는 다시 '어서 대답을 하여 주시오' 하는 듯이 영철을 바라본다.

"그게 아니라……."

하고 쓸데없는 변명이라고 생각하면서도 그래도 아니할 수 없다는 듯이 웃으면서 백우영을 탁 치며,

"이이는 나하고 친한 친구인데 오래간만에 만나서 바람을 쏘일 겸 안 될 줄 알면서도 먼저 오게 되었네."

하다가 깜짝 놀란 듯이,

"아! 참, 두 사람이 인사나 하고 지내지."

하고 선용을 백우영에게 소개하며,

"이 사람은 나의 친구인데 일전에 일본서 돌아와서……."

영철의 말이 채 끝나기도 전에 선용은 모자를 벗으며,

"참 뵈옵기는 일전에 한번 뵈었어도 인사를 못 여쭈어서…… 저는 김선용이올시다."

하고 사람 좋게 웃었다.

백우영의 눈에는 말할 수 없이 오만한 빛이 보였다. 그는 김선용이를 자기보다 학식이 많은 사람으로 보기는 하면서도 그것을 시기하는 마음이 생기었다.

그리고 자기가 학식상으로 김선용이만 못한 것을 깨달을 때에 자기의 위품을 높이기 위하여 자기의 어깨와 고개를 높이 들고 자기 집 재산 많

은 것을 빙자하여 사정없이 김선용이를 깔볼 수밖에 없었다. 그는,

"네, 나는 백우영이요. 안녕하시요?"

하고 허리를 구부리는 체 만 체하였다. 그러고는 혜숙을 향하여,

"시장하시지요?"

하였다. 혜숙은,

"괜찮아요."

하고 고개를 숙였다.

혜숙의 숙인 머리는 귀밑 하얀 살이 불그레하게 타오른다. 선용은 그 타는 듯한 살빛을 바라보며 말할 수 없는 부드러운 정을 깨달으면서도 백우영의 거만한 행동과 또한 자기와 같이 혜숙과 수작할 수 있는 행복자이다 하는 것을 보이려고 하는 것이 한편으로는 되지 못하고도 질투스러웠다.

선용은 혜숙이라는 여성 앞에 서 있는 공연한 불안으로 인하여 나는 부질없이 수줍은 생각을 억지로 참으면서 영철을 향하여,

"영철 군. 나는 다시 일본으로 가려 하네."

하며 감개 무량한 두 눈으로 땅바닥을 내려다본다. 영철은 고개를 번쩍 들어 선용의 신산에 젖은 얼굴을 바라보며,

"언제?"

하였다.

"모레쯤 갈 테야."

"왜 그렇게 속히 가나?"

"그런 사정이 있어서."

하고 선용은 발끝으로 땅을 판다. 그러고는 다시,

"암만하여도 가 보아야 하겠어. 여기 와 보니까 조금도 있을 재미가 없을 뿐 아니라 이번에는 잠깐 다녀가려 한 것이니까."

선용의 말소리는 모든 실망과 비애의 그늘이 엉키어 있었다.

"그러면 며칠날쯤 떠나나?"

"내일은 조금 준비할 것도 있고 하니까 모레 아침쯤 떠나게 되겠지."

"무어야? 왜 그렇게 속히 떠나. 더 좀 놀다 가지. 나하고도 오래간만에 만나서 재미있는 이야기도 해보지 못하고…… 그것 안되었네…… 며칠 더 있다 가게그려."

"아냐 조금 더 있으려 하여도 있어서 쓸데가 없어. 얼핏 가서 아침마다 뛰어다니는 것이 상책이야."
하고 뛰어다닌다는 말이 혜숙에게 좋지 못하게 들리지나 아니하였나 하고 혜숙을 곁눈으로 쳐다보았다.

학자가 없어 일본서 아침이면 신문을 돌려 몇푼 되지 않는 삯전을 받아 공부를 하는 그는 그와 같은 말을 남에게 하는 것이 그리 부끄러울 일이 아니나 혜숙이 앞에서 그런 말을 하기는 웬일인지 부끄러웠다.

한옆에 서서 두 사람의 말을 듣고 있던 백우영은 아주 심심하고 무취미하여 두 사람의 말을 가로막으며,

"여보게, 시장하지 않은가? 밥 먹으러 가세그려."
하며 혁대를 졸라맨다. 선용의 말만 유의하여 듣던 영철은,

"그렇지만 간들 고생밖에 더 되나?"
하고 무엇을 생각하였는지 고개를 숙이고 한참이나 있다가,

"어떻든 내일 또 만나서 이야기하세."
하고 백우영의 말에는 대답도 없이 선용이와 이야기만 한다. 백우영은 자기의 말을 영철이가 시원하게 듣지도 않고 선용이하고만 이야기하는 것이 한편으로 화가 나지만 억지로 치밀어오르는 감정을 참고 혼잣말같이,

"아이구 나는 퍽 시장한데."
하고 좌우를 둘러본다. 영철은 이 소리를 듣고야 겨우,

"시장해? 그려면 무엇을 좀 먹어야지."
하였다.

"그러면 내려가보세."

"글쎄 가 볼까?"

이 소리를 들은 선용은 영철의 손을 잡으며,

"인제 나는 그만 가겠네."

하였다.

선용의 마음에는 어쩐지 여기 있는 것이 마음에 좋지 못하였다.

세 사람이 재미있게 노는 것을 훼방하러 온 것 같기도 하고, 무엇을 먹겠다는데 주저주저하고 섰는 것은 무엇을 얻어먹으려 하는 것 같기도 하여 있기가 싫었다. 그리고 또 자기가 이 자리를 떠나야 할 것이라 하였다. 자기가 없어야 백우영의 마음도 편하고 좋겠지마는 자기의 마음이 더 편하겠다 하였다. 여기 있어서 마음을 태우는 것보다 집에 가서 드러누워서 혜숙이나 백우영을 눈 딱 감고 보지 않는 것이 제일이라 하였다. 그러나 그의 발길이 그렇게 속하게 돌아섰을까? 그는 다만 자기가 간다는 말을 듣고 섭섭해 하는 듯이 바라보고 서 있는 혜숙만 쳐다보았다. 영철은,

"무엇이야? 가다니 이게 말인가 무엇인가? 여기까지 왔다가 그대로 가?"

하며 조롱하듯이 빙그레 웃으며 선용을 바라본다. 선용은 아주 침착하고 냉정하게,

"아냐, 가 보아야 하겠어. 무슨 준비할 것도 좀 있고……."

하며 붙잡으려 하는 손을 뿌리치려 한다. 영철은,

"무슨 준비가 그리 많아서. 자! 오늘 이렇게 만나 놀면 또 언제 만나 놀 기회가 있을는지 알 수 없으니 놀다가 같이 들어가세그려."

하고 붙잡고 놓지를 않는다. 옆에 섰던 백우영도 선용이가 갔으면 좋겠다 하면서도,

"왜 가세요? 같이 놀다 가시지요."

하였다. 선용은 다만,

"네……."

하였다. 영철은 선용이가 으레 가지 않을 것으로 인정한 듯이 백우영을 향하여,

"어서 가세."
하며 밥 시켜 놓은 중의 집으로 향하여 내려가려다가 자기 곁으로 가까이 오는 자기 누이 혜숙을 보고야,

"아차 내가 잊어버렸구나."
하며 멋칫하고 선다. 세 사람도 따라서 멈칫하고 서며 일제히 시선을 영철에게 향한다.

"무얼 인사할 것까지도 없지, 그만하면 알 테니까."
하고,

"자——내 누이동생하고 알아나 두게."
하고 선용에게 혜숙을 가리켜 소개하며 또다시 혜숙에게 향하여,

"이이가 선용 씨란다. 요 다음부터라도 인사하고 지내어라."
하였다. 이 소리를 들은 혜숙의 얼굴은 연지빛같이 붉어졌다. 그리고 고개를 숙이고 부끄러워 어디로든지 뛰어갈 듯이 몸을 오므라뜨리고 섰다. 선용은 다만 의미 있는 웃음을 빙그레 웃으면서 주저주저하고 바른손으로 머리 뒤를 쓰다듬으며 영철과 혜숙을 번갈아 보며 쳐다볼 뿐이었다.

백우영은 아름다운 혜숙을 선용에게 소개를 하는 것이 질투스럽기도 하고 또한 약한 군사가 강한 대적을 만난 것같이 자기의 영유물을 빼앗기지나 아니할까 하는 불안한 생각이 나서 좋지 못한 얼굴로 바람에 흔들리는 소나무 끝만 바라보고 있었다. 선용과 혜숙은 감히 서로 바라보지를 못하다가 영철이가,

"어서 가자."
하며 가기를 재촉할 때에 선용에게 길을 사양하느라고 고개를 들어 선용의 얼굴을 바라보았다. 혜숙은 다만 그 가을물 같은 두 눈으로 선용의 영롱하게 광채 나는 눈을 바라보고서 그 눈에서 번득거리는 광채가 자기의 얼굴 위에 말할 수 없이 부드러운 그림자를 던져 줄 때 그는 얼핏 두 눈을 깔고 땅을 내려다보았다.

혜숙은 영철의 앞을 서서 내려간다. 으스스한 초가을에 떨어져 나부끼

는 누런 갈잎이 시들어져 가는 풀잎 위에서 부스럭거리며 춤을 추고 있는 산길을 내려갈 때 혜숙의 마음은 웬일인지 그리 기쁘지도 못하고 그리 처량한 기분도 아니고 다만 무엇이라 말하기 어려운 감정이 그의 온 마음을 물들이고 있었다.

혜숙은 어젯저녁에 선용을 청년회 음악회에서 만나본 후로부터 공연히 마음 한귀퉁이가 빈 듯하여 부질없이 가슴속이 미안하여 못 견디었다. 자기가 자기 오라버니에게 이야기를 들으면서 자기 머릿속에 그리어 본 청년과는 아주 다른 선용을 보았을 때에 어린 혜숙의 마음도 낙망이 된다 함보다도 무슨 요술을 보는 것같이 이상하였었다. 그러나 김선용은 김선용이다. 자기 오라버니가 칭찬하는 김선용은 얼굴 검고 머리 길고 아무렇게나 지은 조선옷을 입고 시골 냄새가 도는, 보기에 아름답다 할 수 없는 청년이다. 혜숙은 백우영과 김선용을 많이 대조하여 보았다. 백우영의 인물 곱고 맵시 있는 것을 바라볼 때 도리어 백우영이가 김선용이었으면 좋을걸 하는 생각이 자꾸자꾸 났다.

어젯저녁에 백우영이를 김선용으로 보았다가 실망한 혜숙은 다만 두 사람을 대조해 볼 때마다 마음 가운데 무슨 만족을 얻지 못하고 공연히 안타까울 뿐이었다. 그러나 혜숙은 아직까지 세상의 쓰린 것을 많이 못 본 갓 피려는 백합꽃 같은 처녀이다. 길거리에 오고가는 행인을 누구든지 보고 웃는 순결한 꽃이다. 아름다운 꽃 향내를 누구에게든지 가림 없이 전파하여 주는 어여쁜 꽃이다. 그의 작은 가슴을 태우고 넘쳐 흐르는 붉은 정열은 어떠한 젊은 청년이든지 보기 싫게 보지는 않게 하였다.

그의 마음은 바람 부는 대로, 해롱거리는 것같이 핀 꽃과 같이 백우영의 어여쁜 목소리와 어여쁜 표정이 그의 마음을 도둑질하려 할 때, 그의 끓는 피는 그를 위하여 흘렀으며 그의 정서는 거미줄같이 백우영의 정신에 얽히었었다. 그러다가 다시 김선용을 바라볼 때에는 백우영이의 그것과 같이 아름답고 얇고 가늘고 부드럽고 반쯤 사람의 정신을 녹이는 그것과 같지는 않다 할지라도 자기의 기억 속에서 노래 부르고 있는 자기 오라버니의 칭찬하는 소리가 선용의 얼굴에 장래의 행복을 그리어 놓았으며, 미래의 영화를 그리어 놓았으며 또는 모든 결점을 흐르는 구름같이 차차 차차 미화(美化)하고 말 적도 없지 않았다.

영철은 앞장을 서서 내려가며,

"혜숙아, 너 이런 곳에 처음 왔지?"

하고 반쯤 멸시하는 듯한 웃음을 웃으매,

혜숙은,

"왜요? 올봄에 학교에서 화계사도 갔다왔는데요."

하고 자기의 승리를 자랑하듯이 비웃는 웃음으로 자기 오라버니를 바라볼 때 연분홍빛이 엷게 도는 두 뺨 위에 어여쁜 우물이 쏙 들어간다.

선용은 이것을 보고 무어라 말할 수 없는 어여쁨을 깨달았다. 그 회오리바람 같은 혜숙의 뺨 위에 쏙쏙 들어가는 볼우물 속으로 자기의 모든 전신을 녹이어들이는 듯이 그의 마음을 간질일 때 그는 다만 짜릿한 혈조(血潮)가 그의 심장 속에서 가늘게 울 뿐이다.

네 사람은 방에 들어앉았다. 삼물장삼의 어두운 냄새가 도는 승려의 방에서 세속 사람의 발그림자가 쉴새 없이 스쳐 나갈 때마다 신화(神化)한 종교는 점점 인간화가 되어간다 함보다도 사람의 추태를 여지없이 실현하는 악마의 천당으로 변하여 버렸다. 뜬 세상 티끌, 인간을 멀리한 옛적 사찰에는 사람의 손때가 묻은 돈 조각 소리가 부처님의 귀를 싫게 하며 난행과 금욕으로 청정을 일삼는 한문(閑門) 옆 갈대밭 속에서는 인간의 성욕의 충동을 속임 없이 노래하는 청춘 남녀와 바스락거리며 속살대는 음탕한 정화가 사람인 승려의 굳세지 못한 마음을 꾀어 박약한 신앙을 얼크러뜨려 버린다.

밥상을 갖다 놓았다. 영철은 먼저 숟가락을 들었다. 그리고 두 청년에게 밥을 권하고 자기는 먼저 술병을 들었다. 술을 좋아하는 영철은 자기가 먼저 한 잔을 따라 백우영에게 권하며,

"자——한 잔 들지!"

하였다.

혜숙의 어여쁜 눈살은 술 권하는 자기 오라버니를 바라보며 얄상궂게 찡그려졌다. 그리고 대리석의 조각 같은 가늘고 흐르는 듯한 손으로 밥공기를 들고 젓가락을 집어 한 젓가락 떠서 터질 듯한 연지 입술을 벌리고 가만히 백설 같은 밥을 넣었다. 그러고는 아주 가만히 오물오물 씹었다. 그 밥을 씹을 때마다 아까 그 웃을 때 들어가던 두 뺨의 볼우물이 선용의 마음을 스미어들도록 잡아당긴다.

"어서 먼첨 하게."

하고 영철의 권하는 술을 사양하다가 다시 선용을 가리키며,

"선용 씨 먼저 드시지요?"

한다.

영철은,

"선용이는 먹을 줄 몰라."

하며 우영에게 권하니 선용은,

"저는 먹을 줄 모릅니다."

하고 밥 한 젓가락을 뜨다가 백우영을 바라보며 사양을 한다. 우영은 하는 수 없는 듯이 술 한 잔을 받아들며 혜숙을 사랑에 취한 듯한 얼굴로 바라보며,

"실례합니다."

하고 술을 마시려 하니까, 혜숙은 입에 넣으려 하던 젓가락을 다시 꺼내며,

"관계치 않습니다."

하고 다시 입을 벌리고 뜨거운 밥을 혀 위에다 올려놓고 바람을 들이불면서 뱅뱅 돌린다.

혜숙은 자기 오라버니가 술 마시는 것이 언제든지 좋지 못한 줄 알았건만 그것을 말리지 못하다가 선용의 술 안 마신다는 것이 말할 수 없이 순결하고 얌전해 보였다.

선용은 밥 한 공기를 다 먹었다. 그러나 그것을 다른 사람에게 떠 달라지를 못하고 자기가 밥 담은 양푼을 잡아당기었다. 그러할 즈음에 영리한 혜숙은 얼른 선용의 손에 쥐여 있는 밥공기를 잡으며,

"인주세요."

하며 부끄러운 듯이 웃었다. 선용은 미안한 듯하고도 또는 혜숙의 행동이 무슨 의미 있는 듯하기도 하여,

"아녜요. 제가 떠먹지요."

하였다. 그러나 혜숙은,

"이리 주세요."

하고 공기를 뺏어다가 주걱을 들어 밥을 푼다. 고개를 숙이고 눈을 가늘게 떠서 손에 든 그릇을 내려다볼 때, 한 가닥 두 가닥 앞머리가 깜박깜박하는 속눈썹 위에서 흩날릴 때, 선용은 사랑의 이슬이 그 눈썹 위에서 굴러다니는 듯하였다. 그리고 그의 머리에 꽂은 핀이나 그의 가슴에 가볍게 매어논 저고리 끈이나 그 허리를 두른 치마의 주름살이나 그의 어여쁜 치맛자락을 볼 때, 혜숙의 사랑 묻은 손이 그의 까만 머리칼을 얽었을 것이며, 그의 가슴에 사랑의 매듭을 매었을 것이며, 치마의 주름살의 사이사이마다 사랑의 냄새가 흐를 것이며, 치맛자락이 그의 종아리를 싸고 돌 때 말할 수 없는 사랑의 냄새가 청춘의 가슴을 얼마나 취하게 하였으리요 하는 생각이 났다.

혜숙은 밥을 떠서 선용을 주었다. 선용은 그것을 받을 때 사랑을 담은 무슨 선물을 자기에게 바치어 주는 듯이 즐거웠다.

영철과 백우영은 술에 취하였다. 때없이 농담 섞은 담화가 두 사람 사이에 일어났다. 우영은 가끔,

"나는 어떠한 여자든지 나의 이상적 아내가 아니면 사랑하지 않는다."

고 떠들어댄다. 그러고는 게슴츠레한 눈으로 뚫어질 듯이 혜숙을 바라본다.

선용은 밥을 다 먹고 물을 마시었다.

그리고 떠들며 이야기하는 영철과 백우영을 바라보았다.

혜숙은 무엇을 생각하였는지 벌떡 일어서서 바깥으로 나간다. 영철은 다만 무심히 쳐다보며,

"어디 가니?"

하였다.

"저 손 좀 씻고 올게요."

하며 머리를 잠깐 숙이고 선용의 앞을 지나간다. 혜숙의 부드러운 치맛자락이 가벼운 공기에 흩날릴 때 향긋한 냄새가 선용의 감정을 녹이는 듯하였다.

혜숙이 나간 뒤에는 웬일인지 선용의 마음이 쓸쓸하였다. 적적한 산속에 홀로 앉은 것같이 적적하였다. 자기 가슴 한 귀퉁이가 빈 것같이 공연히 처량하였다. 선용은 혼자 먼산만 바라보며 멀거니 앉아 있다. 그리고 혜숙의 모든 행동이 자기에게 무슨 뜻깊은 정을 던져 주는 것 같아서 한편으로 마음이 좋기는 하다가도, 또다시 그렇지 않다 하는 회색의 실망이 그의 따뜻한 정열을 꺼 버리려 할 때 그는 주먹을 단단히 쥐며 속마음으로 혼자 부르짖었다.

'아! 나는 어찌하여 열정이 타오르는 청춘이 못 되었는가?'

하였다.

'나의 가슴은 어찌하여 대담히 그 앞에서 자백하지를 못하는가?'

하였다.

'아, 나는 어찌하여 청춘을 청춘답게 지내지를 못하나?'

하였다.

'청춘이 되어라. 새빨간 피 있는 열정의 사람이 되어라.'

하고 혼자 자기 마음을 독려시키었다. 어려서부터 빈곤에 쪼들리고 실망에 헤매던 선용이의 가슴속에도 어찌 뜨거운 사랑이 없었을 것이며 어찌 정의의 눈물이 있지 않으리요마는, 너무 맵고 쓰린 빈곤과 낙망은 그의 모든 감정을 소금으로 절이는 것처럼 절이어 버리었다.

그는 혜숙이 들어오기를 기다렸으나 혜숙은 들어오지를 않았다. 선용은 문밖에 나간 혜숙의 환영이 자기를 잡아당기는 듯해 벌떡 일어섰다. 그리고 문밖으로 나왔다. 그러나 보이지 않았다.

'혜숙은 어디로 갔는가?'

그는 이리저리 찾았으나 만나지를 못하였다. 그러나 혜숙을 찾아보리라 하였다. 찾아가는 선용의 온몸에는 무슨 강대한 세력이 그의 피를 식혀 버리도록 쫙 흘렀다.

그가 시냇물이 맑게 흐르는 곳까지 왔을 때였다. 바로 자기 앞에는 혜숙이 손을 씻고 있었다. 그의 모든 결심은 한꺼번에 풀어지며 공연히 가슴이 떨린다. 혜숙은 자기를 보았는지 보고도 못 본 체하는지 다만 손만 씻고 있었다. 선용은 그 손 씻는 것을 보고서는 다만 멀거니 서 있다가 기침을 한번 하고,

"무엇을 하세요?"

하였다.

"네, 손 좀 씻어요."

깜짝 놀란 혜숙은 선용을 한번 쳐다보고는 고개를 숙이고 아무 소리가 없다.

사면은 고요하다. 한적하고 따뜻한 침묵 속을 꿰뚫고 지나가는 시냇물의 종알대는 소리가 두 사람의 붉게 타는 감정을 구슬같이 꾸미고 지나갈 뿐이요, 아무 소리가 없다. 두 사람의 피부 밑으로 스며 흐르는 정의 핏결이 두 사람의 귀밑에서 속살거리는 듯하였다. 혜숙은 아무 말 없이 서 있는 선용을 볼 때 웬일인지 미안한 듯하여 그 미안한 침묵을 깨뜨리고,

"일본을 가세요?"

하였다. 선용은 이 말을 듣고서 자기의 충정이 혜숙의 마음에 울림같이 기뻤었다.

"네."

"그러면 언제쯤 떠나세요?"

"모레쯤 가게 됩니다."

"그러면 언제쯤 오시나요?"

선용은 아주 비장한 목소리로,

"그것은 가 보아야 알겠지요. 아주 못 오게 될는지 알 수 없지요."

이 소리를 듣는 혜숙의 마음은 무슨 처량한 음악을 듣는 듯하였다.

"그러면 또 만나뵈옵지 못하게요?"

하며 혜숙은 섭섭한 눈으로 선용을 바라보았다. 선용의 마음은 이 말 한 마디가 얼마만한 신앙을 일으켰는지 다만 눈물이 스미는 듯한 어조로,

"네, 사람이 살아 있어 만나려 하기만 하면 언제든지 만나겠지요."

이 말을 한 선용의 가슴은 시원하고도 부끄러웠다. 자기의 마음을 혜숙에게 알릴 방법을 알지 못하다가 의외에 그랬든지 충동으로 튀어나와 그랬든지 어떻든 뜻있는 말을 전한 선용의 마음은 혜숙의 귀에까지 뜻있게 들렸을 것이며, 혜숙의 어린 마음에 그 무슨 반향을 들을 수 있을 것이라 하면서도, 그 무슨 의문이 그를 만족시키지는 못하였다. 혜숙은 다시 말을 고쳐,

"그러면 또다시 이렇게 같이 노시지도 못하겠어요?"

하며 손수건만 가는 손가락에 홰홰 감는다.

"가는 사람에게 이와 같이 재미있는 기회는 또 있지를 않을 테지요."

하고 선용은 무거운 한숨을 내쉬었다.

"그러면 가시지 마세요."

하며 혜숙은 선용의 눈물날 듯한 두 눈을 바라보았다.

"아녜요. 가야 해요. 가지 않고 있을 수가 없어요. 저는 가야 할 사람예요."

이 소리를 들은 혜숙은 처량한 두 눈으로 구슬같이 흐르는 시냇물을 내려다보며,

"어째 가신다는 말을 들으니까 저의 마음은 눈물이 날 듯해요."

하였다. 선용은 달려들어 껴안고 실컷 울고 싶도록 혜숙에게로 가까이 가

고 싶었다.

"고맙습니다."

선용의 목소리는 떨리고 힘이 있었다.

"저와 같은 사람을 그렇게까지 혜숙 씨가 생각하여 주시니 저는 영원토록 잊을 수가 없겠지요."

"저도 어쩐지 오늘 이 자리를 영원히 잊을 수는 없을 것 같애요."

이 소리를 들은 선용은 다시 산 듯하였다. 그는 한참 있다가 주먹을 조금 힘있게 쥐고,

"저와 같이 불쌍한 사람도 혜숙 씨는 잊어버리지 않으실는지요?"

혜숙은 그 무슨 의미인지를 모르고,

"녜!"

하고 고개를 들며 눈을 크게 떠서 선용을 바라본다.

선용은 다만 혼잣말같이,

"불쌍한 사람의 두 눈이라고 차디찬 눈물이 흐르지는 않겠지요."

하였다.

혜숙은 말뜻을 몰랐다. 다만 슬픈 소린가 보다 하였다.

두 사람 사이에 간단없이 날뛰는 뜨거운 감정은 어느 사이에 조화를 얻고 융화가 되어 그 무슨 부끄러움이나 그 무슨 수줍음은 다 없어지고, 어쩐지 그립고 다정한 공기가 그 두 사람을 따뜻하게 싸고 돈다. 선용은 다만 고개를 숙이고 생각하였다.

혜숙의 모든 행동, 모든 표정, 모든 말이 하나도 자기를 사랑한다는 의미가 포함되지 않은 것이 없다 하여 보았다. 그리고,

"어째 당신의 말을 들으니까 나의 마음도 눈물이 날 듯해요."

하던 것과,

"저도 어쩐지 영원히 이 자리를 잊어버릴 수는 없겠지요."

하던 말을 생각하면 생각할수록 자기 심현(心絃)에 뜻깊은 곡조를 아뢰어 주는 듯하였다.

선용은 주저주저하다가,

"혜숙 씨."

하고 가만히 있었다.

혜숙의 귀에는 선용의 말소리가 너무 가늘고 부드러워서 들리는 듯 마는 듯하였다.

"……."

그래 아무 소리도 없이 두 눈을 반짝반짝하며 선용의 얼굴을 바라보았다. 그러나 선용은 또다시,

"혜숙 씨."

하였다. 어쩐지 그 선용의 부르는 말소리는 혜숙이의 귀밑에 부끄러움을 속삭이는 듯하여,

"네."

하고 고개를 숙여 땅 위에 반짝거리는 모래만 하나 둘 세었다.

"혜숙 씨의 고마운 마음을 저는 또다시 혜숙 씨를 못 뵙게 되더라도 잊지 않을 테야요."

혜숙은 다만,

"저도 선용 씨를 잊지 못하겠어요."

이러할 즈음에 마침 영철이와 백우영이 술에 반쯤 취하여 나오다가 이것을 보았다. 영철은,

"선용이 무엇을 하나, 아무리 기다려도 들어와야지, 하하하."

이 소리를 들은 혜숙은 자기 오라버니에게 달려들며,

"오라버니!"

소리를 지르고 반가워 그리하였는지, 부끄러워 그리하였는지 어리광처럼 그의 팔을 붙잡으며 또렷한 두 눈에 눈물 방울이 그렁그렁하였다.

영철은 무엇을 알아챈 듯이 다만 껄껄 웃으며 선용의 어깨를 두어 번 두드리더니,

"나는 한참이나 기다렸네."

하고 혜숙과 선용의 얼굴만 번갈아 들여다보더니,

"어서 가 보세, 그만 가 볼까."

할 뿐이다.

백우영은 술취한 붉은 얼굴에 타는 듯한 정욕을 두 눈에 어리고 다만 혜숙만 뚫어지도록 바라볼 뿐이었다.

선용을 태운 기차의 기적 소리가 남대문 정거장을 애처롭게 울리고, 다정한 어머니, 다정한 친구, 또한 그리운 혜숙을 떠난 지도 벌써 나흘이 지났다.

선용은 일본 동경에 왔다. 본향구 백산(本鄕區白山)에 조그마한 방 하나를 얻어 자기의 손으로 밥을 지어 먹고 있는 선용은 오늘도 저녁을 지어 먹고 외로이 다다미 위에 드러누워 무엇을 생각하고 있다.

비는 부슬부슬 창밖에 오는데 덧문 틈으로 새어 들어오는 구슬픈 빗방울 소리와 철벅거리고 달음질하는 인력거꾼의 발자취 소리가 질척질척하게 들린다.

선용의 눈앞에는 지나간 일주일 전 반만 리 고향에서 혜숙과 이야기하던 그 모양이 다시 나타나 보인다. 혜숙과 영도사에서 헤어진 후 일시 반 때라도 혜숙을 잊지 않은 선용은 오늘 이 자리에 누웠을지라도 혜숙의 그림자가 그의 모든 기억을 채우고 있을 뿐이다.

그가 흐릿한 희망과 확실치 못한 믿음으로 혜숙의 사랑을 얻으려 하였으나 지나간 그날 그 짧은 시간에 한마디를 꾸미고 사라진 두 사람의 이야기가 과연 자기와 혜숙 사이를 굳게굳게 사랑의 가닥으로 얽어 놓았을는지 의문이다. 영도사 물 흐르는 그 자리에 서서 혜숙의 모든 아리땁고 다정한 말소리를 들었을 때는 얼마간일지라도 혜숙의 사랑을 얻는 듯하여 광명하고 힘 있는 신앙이 자기의 모든 실망 비관을 살라뜨려 버리고 끝없는 앞길로 인도하는 듯하더니, 오늘 혜숙을 고향에 남겨두고 외로이 와서 앉았으매 모든 것이 꿈 같고 거짓 같기만 하다. 그리고 혜숙의 귀여운 소리의 여운이 자기의 귀밑에까지 남아 있는 듯할 때 그는 또다시 생각하기를 그것은 귀여운 여성의 순결하고 힘있는 동정의 자백이요 결코 나를 사랑한다는 사랑의 노래는 아니라 하였다.

그는 귀여운 혜숙을 다정한 여자로서 자기의 비장한 어조와 불쌍한 겉모양에 못 견딜 연민의 정을 깨달았을는지는 알 수 없으나 나를 사랑하려는 여자는 아니리라 하였다. 그리고 이렇게 인정을 하여 공연히 속타는 가슴을 진정하여 보리라 하였으나 그러한 생각을 하면 할수록 그의 가슴은 쓰리고 아프고 모든 것을 잃어버린 듯하고 세상이 캄캄하고 어두워지는 듯하였다. 그러나 그는 혜숙에게 왜 그때에 달려들어,

"나는 당신을 사랑합니다."

하여 보지를 못하였노 하였다. 그는 당장에 또다시 고향에 돌아가 혜숙의 부드러운 손을 굳세게 붙잡고서,

"나는 당신을 사랑합니다."

하고 간원하고 싶었다. 그리고,

"모든 희망과 신앙의 불길을 나에게 부어 주시오."

하고 싶었다.

그는 무엇을 결심하였는지 벌떡 일어났다. 그러나 너무 한적하고 고요한 침묵이 무엇으로 자기를 때리는 것같이 똑똑하게 조용함을 깨달을 때 그는 다시 멈칫하고 앉아서,

"그만두어라, 그랬다가 만일 거절을 당하면?"

하고는 멀거니 켜 있는 전등만 바라보다가 또다시,

"그러나, 해보기나 해야지."

하며 주먹을 단단히 쥐었다.

그는 종이와 붓을 들어 편지를 썼다. 한붓에 20페이지 원고지를 채웠다. 그래 피봉에 어여쁜 글씨로 '혜숙 씨'라 써서 책상머리에 놓았다가 또다시 집어들고 한참이나 들여다보았다. 그때였다. 그 집 노파가,

"선용 씨".

하며 올라온다. 선용은 고개를 돌려 노파의 주름살 잡힌 얼굴을 쳐다보며,

"네, 왜 그러세요?"

하였다.

"아까 편지가 온 것을 잊어버리고 여태까지 안 드렸어요."

선용은,

"어디 봐요."

하고 편지를 받았다. 그 편지는 영철에게서 왔다. 천리 타향의 외로운 손을 위로하는 것은 다만 고인의 정이 엉킨 몇 자 안 되는 글발이다. 그는 반가이 피봉을 뜯었다. 그 편지를 뜯을 때 또 다른 봉투 하나가 떨어져 나왔다. 선용은 이상하여 둥그런 눈으로 그 편지를 집을 때 그의 가슴은 너무나 기꺼움으로 차디차게 식는 듯하였다. 거기에는 과히 서투르지 않은 글씨로 이혜숙이라 씌어 있다.

선용은 영철의 편지는 제쳐놓고 혜숙의 편지를 펴들었다. 거기에는 다만,

'떠나가신 선용 씨,

저는 선용 씨가 가신 후로 웬일인지 섭섭한 생각이 나서 울기만 하였습니다. 오라버니께서도 자꾸 섭섭하시다고만 하시지요. 저의 섭섭한 마음은 선용 씨를 또다시 만나뵈올 때에 없어지겠지요. 저는 다만 선용 씨의 성공만 빌 뿐이외다. 혜숙'.

선용은 손에다 그 편지를 힘있게 쥐었다. 그러다가는 감격한 두 손으로 향내나는 편지를 한참 들여다보았다. 그는 너무 반갑고 환희가 그의 가슴을 흘러넘쳐 뜨거운 눈물이 나는 줄 모르게 그의 눈에서 쏟아져 흘렀다.

'아——나는 참으로 산 사람이냐? 나도 다른 사람과 같이 청춘의 뜨거운 피를 사랑의 맑은 물로 청정케 함을 얻은 자이냐? 나에게도 빛난 장래와 굳센 세력을 하나님이 주셨는가? 부드러운 여성의 따뜻한 사랑이 나의 시드는 심령을 다시 살게 하느냐?'

하였다. 그리하다가도,

'울기는 왜 울었노?'

하였다.

'설령 섭섭하여 울었다 하더라도 그와 같은 여자가 과연 담대하게 편지에 그 말을 쓸 수 있었을까?'

하였다.

'그렇다. 그의 뜨거운 피는 나를 위하여 끓었다. 사랑의 큰 힘은 어린 혜숙에게, 그 말을 쓸 만한 용기를 주었다. 그러면 나도 용기를 낼 테다. 혜숙의 사랑을 위하여 나의 일생을 아름답게 꾸밀 테다.'

그는 또다시 영철의 편지를 보았다. 거기에는,

'세상에 가장 불쌍한 친구여!

세상이 과연 그대를 동정하던가? 그대를 불쌍히 여기던가? 그대의 두 팔과 두 다리는 그대가 나아가려는 거친 벌판을 헤쳐야 할 것이다. 그대의 성공은 그대의 육체가 때없이 떨리는 비분과 낙망에 쌓이고 또 쌓인 곳에 있을 것이로다.

나는 그대에게 아무것도 도움을 주지 못한 사람이다. 그러나 나는 그대에게 최대의 세력을 소개하려 한다. 그 최대의 세력이라 하는 것은 즉 이 나의 편지와 함께 그대의 손에 떨어지는 다른 사람의 글발일 것이다…….'

선용은 그 편지를 껴안으며,

"아——영철 군!"

하고 부르짖었다.

"아——나의 가장 굳센 원조자여! 나는 그대의 누이를 믿음보다 그대를 믿을 것이다."

하고는 다만 기꺼움과 즐거움이 그의 가슴을 채워 버리고 아무 의식과 다른 감정은 없었다. 그는 다만 방울방울 흐르는 눈물 괸 눈으로 가만히 천장을 바라보고 있었을 뿐이다.

때는 언제나 되었는지 길 가운데를 달리는 전차 소리가 멀리서 한번 소란히 들리더니 옆집 시계가 하나를 센다.

선용이가 일본에 와서 영철과 혜숙의 편지를 받아본 지 일주일이 지난 토요일이었다.

백우영은 자기 집에서 저녁을 먹으려다가 무엇을 생각하였는지 그대로 문밖을 나섰다. 아직 날이 어둡지 않은 황혼에 단장을 질질 끌며 담배를 붙여 물고 청진동을 들어섰다. 그는 어떤 집 문 앞에서 섰다. 그리고 문간을 기웃하고 들여다보고 무엇인지 엿듣더니 서슴지 않고 아무 소리 없이 마당을 들어서며 안방을 향하여,

"있나?"

하고 기침을 한번 크게 하였다. 방문 미닫이를 열고 나오는 사람은 나이가 열여덟이 될락말락한 미인이었다.

저녁 화장을 마침 하였는지 꽃을 수놓은 수건으로 손을 씻으면서,

"어서 오세요."

하며 백우영을 보고 생긋 웃을 때 희다 못하여 푸른 기운이 도는 어여쁜 이가 입술 사이에서 우영을 맞아 준다.

"들어오세요."

"아냐, 괜찮어, 어젯저녁에 고단하였지?"

"아뇨. 별로 고단하지 않어요. 잠깐 들어오시지요."

"글쎄, 잠깐 앉았다 갈까?"

하고 우영은 못 이기는 체하고 방 안으로 들어섰다. 방 안에서는 기름 향내가 자개 의걸이 화류 반닫이를 싸고 돈다. 머리맡에는 일본제의 석경이 놓여 있고, 그 아래는 얼굴 치장하는 화장품이 늘여놓여 있다. 아랫목에는 비단 보료가 깔려 있으며 웃목에는 오색으로 조각보를 놓은 두꺼운 방석이 두어 개 놓여 있다. 창틀 위에는 풍경화를 끼운 현액이 몇 개 걸려져 있고 전기등은 푸른 싸개로 싸놓았다.

그 미인은 아랫목으로 내려앉으며 석경을 잠깐 들여다보는 듯하더니 고개를 돌려 백우영을 바라보고 옷고름을 다시 매는 체하며,

"담배 태세요."

하고 담배를 권하며 성냥갑을 들어 붙여 주려 한다.

"아냐, 나에게도 있는데."

하더니 자기 주머니에서 담배를 꺼내놓고는 마지 못하는 체하고 담배를 받아 물었다.

청춘 남녀가 만나기만 하면 할말이 많으련마는 무슨 뜻을 품고서 서로 만나면, 하리라 한 말도 나오지를 않는 모양이다. 두 사람은 다만 한참이나 말없이 앉았다. 우영의 가슴은 이 미인으로 하여 타는 터이라 공연히 수줍고 주저하는 생각이 나서 한참이나 그 미인을 바라보고 앉아 있었다.

그 미인도 우영의 시선이 자기 얼굴 위로 살금살금 지나갈 때마다 공연히 부끄러워서 얼굴을 가만 두지 못하고 이것저것 바라보고만 있다.

우영은 기침을 한번 컥 하더니,

"설화."

하며 담뱃재를 털었다.

"네."

하는 설화는 다만 버선 뒤축만 다시 잡아당겼다.

"설화하고 나하고 사귄 지는 얼마 안 되지만 나의 마음을 그만하면 설화도 알아 주겠지."

"제가 어떻게 우영 씨의 마음을 알 수 있습니까?"

"글쎄 그것도 그럴는지 모르겠지. 사람의 마음을 어떻게 사람이 보지도 못하고 듣지도 못하고 알 수가 있겠나마는…… 그러면 내 청 하나 들어 줄 테야?"

"무슨 말씀인지 들을 만하면 들어 드리고 못 들을 만하면 못 들어 드리지요."

하고 그녀는 냉정한 얼굴에 억지로 반웃음을 지었다.

"나는 설화를 사랑하는데……."
하며 우영은 빙그레 웃으면서 그녀의 얼굴을 쳐다본다.

그녀는 기막힌 듯이 웃으며 손가락만 쥐었다 폈다 하면서,

"고맙습니다. 저 같은 사람도 사랑을 하여 주신다니…… 그러나 저는 우영 씨를 사랑해 드릴 자격이 없겠지요."

"자격이라니? 사랑만 하면 그만이지, 사랑이라는 것은 자격도 아무것도 없으니까……."

"그렇지 않아요, 결코 그렇지 않아요. 마치 말씀하면 밀가루 반죽을 하려 할 때에 적당한 물을 타야 그 반죽이 잘 되는 것과 같이, 사랑도 적당한 자격과 적당한 자격이 서로 합해야 원만한 사랑이 되겠지요. 저는 다만 한 개의 천한 계집이니까 우영 씨 같은 어른의 사랑을 받기에는 너무 자격이 없어요."

"그것은 너무 겸사의 말이지만 나의 충정에서 끓어나오는 열정은 모든 것을 다 버리고 또한 헤아리지 않고 설화를 사랑하여 줄 테니까."

"글쎄요. 그것이 진정한 말씀일지라도 저는 제가 부끄러워서 그 대답을 하기는 어려워요."

"그러면 나를 사랑할 수 없다는 말이지?"

"아뇨. 사랑할 수가 없다는 말씀이 아니라 사랑할 만큼 자신이 없다는 말씀예요."

"그러면 어떻든 나의 말에 대답을 못 하겠다는 말인가?"

설화의 마음에는 우영의 사랑이 없었다. 또한 우영의 가슴에도 설화를 영원히 사랑하여 주리라 하는 뜨거운 열정은 있지 않았다.

"아니 그런 말씀이 아니라요……."
하며 설화는 방그레 웃더니,

"차차 말씀하지요. 오늘만 날이 아닌데요."

"그러면 언제?"

"언제든지요."

우영은 그 말을 듣고서 무엇을 생각하였는지 빙그레 웃으며 천장을 쳐다보고 담배 연기를 후——하고 내뿜을 뿐이었다. 그러다가는,

"글쎄, 그것도 그럴 테지만 내일이나 모레나 요 다음날 대답할 것을 오늘 못 할 것은 없을 것 같은데."

하고 서투른 웃음을 또다시 웃었다. 설화는 피울 줄을 모르는 담배를 꺼내어 손가락 사이에다 넣고 배배 틀면서,

"그렇지 않지요. 모든 것이 때가 있는 것이니까요. 오늘 대답할 것을 내일 대답 못 하는 수도 있고 오늘 대답 못 할 것을 내일 대답하는 수도 있으니까요."

하며 두 다리를 쭈그리고 앉는다. 우영은 바로 점잔을 빼며,

"그러면, 요 다음에 좋은 대답을 하여 줄 텐가?"

하며 무릎 위에 팔꿈치를 대고 고개를 바짝 설화의 얼굴에다 가까이 한다. 설화는 그것을 피하려고 고개를 비키며,

"글쎄요. 그것은 그때가 되어 보아야 알겠지요."

하였다.

이러할 즈음에 설화 어머니가 마루에서,

"저녁 먹어라."

하는 소리가 나니까 설화는,

"천천히 먹지요."

하며 창문을 열고 바깥을 내다본다. 우영은 무엇을 생각이나 한 것처럼 벌떡 일어서더니,

"그럼 어서 저녁이나 먹지."

하며 방문을 여니까 앉았던 설화가 일어서며,

"왜, 가세요?"

하고 치마 앞을 탁탁 턴다.

"아무 데도 가지 말어. 내 지금 곧 부를 테니."

"네."

우영은 설화의 거슴츠레한 눈을 바라보고 의미 있게 싱긋 웃었다. 그러나 설화는 그 웃음을 본 체 만 체하고 다만 문을 닫고 방으로 들어가 버린다.

그날 저녁 8시가 되어 이영철은 동구 안 전차 정류장에서 내렸다. 7시 반에 만나기로 약속한 이영철이가 10분이나 늦어서 오게 된 것이 자기에게 큰 수치나 돌아오는 듯해 걸음을 급히 하여 명월관을 향하여 들어간다.

인력거 종소리가 이영철의 귀를 울리더니 부드러운 냄새가 나는 미인 하나이 명월관에 가 내렸다.

영철도 현관 앞에 가서 구두를 벗고 보이에게,

"백우영 씨가 어느 방에 계신가?"

하였다. 보이는 아주 은근하고도 공경하는 어조로,

"네——이리 오십시오."

하며 영철을 인도하여 회랑을 돌아간다. 동편 구석 어떤 조그마한 방 미닫이를 두 손을 벌려서 스르륵 열어젖뜨리며,

"이 방이올시다."

한다. 그 방 안에 앉아 있던 대여섯 젊은 청년들은 일제히 영철을 바라보았다. 그리고 한꺼번에,

"야! 인제 오는가?"

하며 손을 내밀어 영철에게 악수를 청하는 자도 있고, 영철의 팔을 잡아당겨 자기 곁으로 끄는 사람도 있다. 백우영은 물었던 담배를 재떨이에 비비며,

"왜 이렇게 늦었나?"

하며 영철을 바라본다.

"어디를 잠깐 다녀오느라고 자연 늦었어. 어떻게 급하게 왔는지 땀이 다 났네. 가만히 있게, 대관절 담배나 하나 태워보세."

하며 영철은 웃옷을 벗어 걸고 담배를 붙여 물었다.

옆의 방에서 장구를 두드리고 노래를 부르는 기생의 소리가 안개처럼 그윽하게 들린다.

"여보게."

하는 사람은 백우영이다.

"왜 그러나."

영철은 대답하였다.

"요새 자네 누이 잘 있나?"

"잘 있지."

"그런데 자네, 나 매부 삼지 않으려나?"

"그것을 왜 날더러 물어보나?"

"그럼 누구더러 물어보래나?"

"그애더러 물어보게그래."

"옳지 그것도 그래. 사랑은 자유니까."

하며 백우영이가 농담을 시작하였다. 그 농담을 듣는 사람은 보통 지나가는 농담으로 알 것이나 백우영의 그 농담은 그 가운데에 깊은 의미를 품고서 말한 농담이다.

상고머리를 깎고 나이가 스물다섯이 될락말락한 청년과 금니를 해 박고, 옥으로 만든 물뿌리를 들은 청년은 저희들끼리 무슨 이야기인지 저쪽 귀퉁이에서 분주하게 한다. 또 한 귀퉁이에서는 바둑판을 갖다 놓고 물르느니 안 물러 주느니 하고 저희들끼리 떠들어댄다. 영철도 우영이하고 이야기만 하는 것이 심심한 듯이,

"어디 나도 한몫 끼여 보세."

하고 바둑판 한모퉁이로 달려들려 할 때 보료 위에 목침을 베고 드러누웠던 조선옷 입은 청년이 이 꼴을 보더니,

"이 사람들아, 젊은 사람들이 곰상스럽게 바둑들이 무엇인가?"

하며 벌떡 일어나더니 바둑판 위로 넓적한 손을 벌리어 쓱 한번 훑으니까 바둑은 모두 허물어졌다.

"에이, 심사도 고약하다."
하고 바둑 두던 청년은 눈을 흘겨 쳐다보며 들었던 바둑알을 바둑통에다 탁 던지며 옆으로 물러앉는다. 영철도 한몫 보려다가 그 꼴을 당하고 기막히다는 듯이 빙그레 웃으며 물러앉았다.

이러할 때였다. 문을 열고 들어오는 사람은 어여쁜 미인 두 사람이었다. 문지방을 넘어선 두 미인은 날아갈 듯이 그 자리에 앉는 듯 마는 듯하게 방 안을 둘러보고,

"안녕하십니까?"
하며 인사를 한다.

그 두 미인이 들어오자 온 방 안은 빛이 나고 향내가 나는 듯하였다. 답답하던 공기는 붉고 따스한 정조(情調)로 물들이는 듯하고 아무 냄새도 있지 않던 그 방에서는 여성의 붉은 피 냄새가 어리는 듯하였다.

앉았던 청년이나 누웠던 청년의 크지 못한 가슴속에는 물결 같은 정조가 밀려오고, 혼몽한 감정은 그들의 눈들을 거슴츠레하게 하여 놓는 듯하였다. 그 미인들의 기름 바른 머리들은 전깃불에 비치어 무지개처럼 반사된다. 그리고 앉고 설 때마다 비단 치마의 바삭거리는 소리가 사랑의 가루를 뿌리는 듯하였다.

영철은 그 두 미인을 보았다. 하나는 처음 보는 기생이요, 김설화는 꼭 한번밖에 보지 않은 기생이었다. 그래서 그 김설화가 자기를 알아볼는지 못 알아볼는지 알지 못하여 아무 소리 없이 그를 쳐다볼 때 옆에서 부르는 백우영의 말에는 대답치 않고 가을물 같은 두 눈으로 자기를 보고 아미를 푸르게 찡기고 입을 반쯤 열어 붉게 웃을 때 그때야 영철은 김설화가 자기를 아나 보다 하고,

"오래간만이로군."
하였다. 다른 청년들은 들어온 기생을 향하여 여러 가지 농담을 시작하였다.

그 금니 박은 청년은 다른 한 기생의 손을 다정하게 붙잡고,

"요새 재미가 어때?"

하니까, 그 기생은 태연히 앉아 지나가는 말처럼,

"그저 그렇지요."

하고 뒤를 돌아보고 아무 소리 없이 앉아 있다.

백우영은 설화를 자기 옆에다 앉히고 공연히 할말 아니 할말을 시키고 앉아 있다.

요리상이 들어온 지 한 시간이 지났다. 영철의 전신을 도는 붉은 피는 파란 기운이 도는 술에 물들어서 알지 못하게 끓는다. 설화는 어느 틈엔지 영철의 무릎 위에 어여쁜 손을 놓고 앉아 있다. 영철이는 비로소 자기의 무릎 위에서 설화의 매끄러운 손가락이 무엇을 소곤대는 듯이 꼼지락거리는 것을 깨달았을 때 푸른 정기가 어리고 또 어리어 자기의 모든 관능을 마비시키는 듯한 설화의 두 눈을 바라보았다. 초승달 같은 눈썹 밑으로는 영롱하게 구르는 설화의 눈동자가 자기 가슴 위에서 대르륵대르륵 구르는 듯하며 순결함을 말하는 듯한 새빨간 연지 입술이 맞추지도 않은 자기의 입술을 근지럽게 하는 듯하였다. 또다시 그의 까만 머리를 자주 댕기로 곱게 감아 자그마한 금비녀로 개웃드름하게 쪽찐 머리쪽을 볼 때, 정(情) 묻은 머리 향내가 영철의 코를 지나 모든 신경을 취하게 하는 듯하였다. 영철은 설화의 손을 가만히 쥐었다. 그 손은 따끈따끈한 피가 도는 중에도 대리석같이 찬 듯하였다. 설화는 영철의 얼굴을 한번 쳐다보고는 또다시 고개를 숙여 부끄러움을 지었다.

"술 먹게."

하는 소리가 영철과 설화 사이에 잡은 손을 놓게 하였다. 영철의 손은 무엇을 잃어버린 것같이 서운하였다.

영철은,

"먹지."

하고 그 술을 받아들었다. 그리고 그 술을 마시려 하면서 술에 취하여 건들대는 상고머리 깎은 청년을 곁눈으로 바라보며 속으로,

'내 이번에는 저놈을 한잔 먹이리라.'

하였다. 그리고 술을 한숨에 다 마시고 곧 그 술잔을 그 청년에게 내밀며,

"이번에는 내 술 한잔 먹어라."

하였다. 그 청년은 얼굴이 설익은 고기 빛깔이 되어서 거슴츠레한 눈으로 술잔을 바라보며,

"먹지 먹어, 이영철이가 주는 술인데 안 먹을 수가 있나."

하며 술잔을 받아든다. 설화는 영철을 대신하여 술을 부었다. 영철은 무의식중에,

"설화."

하였다.

"네."

하고 설화는 공연히 가슴속이 이상하여 대답을 하였다.

"설화 집이 어디야?"

"청진동요."

"한번 놀러 갈까?"

"오세요."

이러할 즈음에 백우영이가 설화를 부른다. 설화는 가기가 싫어서,

"왜 그러세요?"

하며 앙탈하듯이 가지를 않고 멈칫거린다.

"글쎄 이리 오라니까. 오지 않을 테야?"

하며 얄밉게 흘겨댄다. 설화는 무슨 동정을 구하는 듯이 영철을 바라보더니 영철이 아무 기색도 보이지 않는 것을 보고 하는 수 없는 듯이,

"왜 그러세요?"

하고 그 옆에 가 앉는다.

이때였다. 보이가 들어와,

"이영철 씨, 밖에서 누가 찾으십니다."

한다. 영철은,

"누가?"

하고 의아하여 쳐다보았다. 보이는 다만,

"성함은 알 수가 없어요. 잠깐만 만나보실 일이 있다 하세요."

하며 저쪽을 돌아볼 뿐이다.

영철은 벌떡 일어섰다.

영철이 문밖을 나설 때였다.

"오래간만입니다."

하며 자기를 쳐다보는 기생 하나이 있었다.

"이게 누구야. 오래간만이로구먼."

하고 그대로 지나쳐 가려 하니까,

"어디를 가세요?"

하며 그 기생이 손을 탁 잡는다. 영철은,

"응, 누가 좀 보자고 해서……."

하며 손을 뿌리치려 하니까 그 기생은,

"누가요?"

하며 얄밉게 쳐다보며 생그레 웃었다.

"글쎄 누군지 나도 몰라. 가 보아야지."

"이리 좀 오세요. 가 보시기는 누구를 가 보세요. 영철 씨를 청한 사람은 여기 서 있는 이연옥(李蓮玉)이에요."

영철은 술 취한 마음속에도 가증한 생각이 나서,

"뭐야? 그럼 왜 불렀어?"

하며 무례함을 책망하는 듯이 흘겨보았다.

"조금 말씀할 것이 있어서요."

"무슨 말을?"

연옥은 아무 소리가 없다. 영철은 화가 난 듯이 한참이나 있다가,

"말할 것 없어? 없으면 나는 들어갈 테야."

하고 발길을 돌이키려 하니까, 연옥은 영철의 옷자락을 붙잡으며,

"가기는 어디로 가세요. 연옥이는 사람 값에 못 가나요?"

"누가 사람 값에 못 간대?"

"흥, 그만두십시오. 설화가 못 잊어 그러시죠?"

영철이가 이 소리를 듣고는 가슴속이 태연치가 못하였다. 웬일인지 피 묻은 화살로 염통을 꿰뚫는 듯이 저릿하게 아픈 듯하였다.

"뭐야? 설화라니?"

"설화를 모르세요? 영철 씨를 떨어지지 않는 설화를요? 다 그만두세요."

하고 얄상스럽게 영철을 바라본다.

영철의 귀에는 설화라는 이름이 새삼스럽게 따스하게 들린다. 얄밉고 가증한 연옥의 시들시들한 입술 사이를 통하여 새어나온 그 설화란 소리가 영철의 심장으로 춤을 추고 스쳤다.

영철은 기막힌 듯이 웃었다. 그리고 연옥의 손을 쥐려 하였다. 연옥이는 영철의 쥐려는 손을 벌레나 기어가는 것처럼 홱 뿌리치며,

"누구 손을 쥐세요? 이 손은 연옥이란 천한 여자의 더러운 손예요. 설화의 손과는 아주 다릅니다."

영철이가 뿌리침을 당한 제 손을 다시 연옥의 등 위에 얹으려 할 때,

"설화나 저나 기생은 일반이겠지요?"

하고 손에 들었던 담배에 불을 붙이며 한 모금 빽 빨아 후우 내뿜었다. 그리고 까만 눈썹을 아래로 깔고 입을 쫑긋쫑긋하며 다리만 달달 까불고 있었다.

영철은 연옥의 손을 다시 쥐었다. 연옥은 아무 소리가 없다.

"연옥이, 왜 사람이 그렇게도 경망한가? 자, 이리와."

하고 연옥의 팔을 잡아 끌어 사람 없는 조용한 방으로 들어갔다.

"왜, 이러세요. 저리 가세요."

하며 나오는 웃음을 억지로 참으면서 가만히 영철을 밀치려 한다.

"내가 꼭 연옥의 집에를 가야지."

하고 영철은 연옥의 손을 가만히 흔들었다.

"그것은 마음대로 하시지요. 그러나 웬걸요, 설화 집에 가실 사이는 있어두 저의 집에 오실 사이는 없을 테니까요. 저의 집에는 무엇을 찾아 먹자고……."

하다가 말이 너무 함부로 나온 것이 실례스러워서 빙그레 웃었다.

이때에 누구인지 영철과 연옥이가 있는 방 안으로 뛰어들어오며,

"이게 무슨 짓야, 야! 연옥이 오래간만이로구나!"

하는 사람은 백우영이다.

"이 사람아, 술 마시다 말고 이게 무슨 짓인가 가세 가."

하고 영철을 사정없이 끌고 간다. 영철도 속마음으로는 에에 시원하다 하면서도,

"이 사람아, 하던 말이나 마쳐야지."

하며 두 발을 뻗댄다.

"말이 무슨 말야. 할말은 두었다 하게. 언제든지 그 말이 그 말이지."

영철은 못 이기는 체하고 방 안으로 들어왔다. 들어오는 것을 보는 설화의 두 눈에는 반기는 빛이 가신 영철의 가슴속에 새로운 불을 켜대는 듯이 빨개진 듯하였다.

영철은 또다시 설화를 바라보았다. 설화는 다만 두 손을 모으고 옆 사람의 이야기 소리만 듣고 있었다.

설화는 그리 어여쁜 기생이 아니었다. 또한 탐스럽게 생기지도 못하였다. 그러나 온몸을 두른 옷맵시라든지 그의 머리 단장이라든지 모든 것이 단조롭고 조화가 있어 보인다.

영철은 설화의 손을 쥐어 자기 앞으로 끌어당겨 앉히고 싶었다. 그리고 녹신한 팔목을 끌 때에 연한 살과 부드러운 피부에 싸인 가는 골격이 오드득 하는 소리를 듣는 듯하였다. 그런데 웬일인지 연옥이란 기생이 질투 끝에 설화란 이름을 불러 자기와 설화 사이의 사랑이 있는 듯이 말한 것

을 듣고 보니 설화를 보기에도 수줍은 생각이 나고 아까 없던 생각이 자꾸자꾸 난다. 그러나 설화의 눈치가 보이고 설화의 눈 한번 굴리는 것일지라도 그의 가슴속에 숨어 있는 사랑의 그림자를 자기 얼굴 위에 던져주는 듯하였다.

아까까지 얘기를 거침없이 하던 이영철은 웬일인지 말이 없이 멀거니 앉아 있다. 그의 머릿속으로는 무슨 생각이 달음질하는 듯이 전깃불에 비친 두 눈동자만 반짝반짝한다.

설화는 볼일이 있어 바깥으로 나왔다. 바깥으로 나온 설화의 가슴은 웬일인지 가늘게 설렐 뿐이다. 여태껏 몇해를 두고 여러 남자와 교제를 하여 온 설화의 가슴은 이상하게도 동요가 된다. 어떤 때는 울고도 싶고 몸부림을 하고 싶도록 마음이 처량해지기도 하고 또 어떤 때는 전신으로 차디찬 핏결이 흐르는 듯도 하였다. 그는 무슨 소리가 자기 뒤에서 부스럭만 하여도 뒤를 돌아다보았다. 그리고 찰나일지라도 영철의 그림자가 자기 머릿속을 왔다갔다한다.

그는 요릿집으로 들어섰다. 사무원이 전화 앞에서 무엇을 쓰고 있다가 설화가 들어오는 것을 보고,

"얼굴이 왜 저렇게 파래? 추워서 그런가? 떨기는 왜 떨어?"

한다.

설화는 다만,

"추워요."

하고 옹송그리고 그 옆에 앉았다. 그리고 옆에서 지껄이던 다른 기생들을 보고는,

"언제 왔니?"

한마디를 하고 가만히 앉아 있었다.

"응, 설화 오래간만이로구나."

하는 사람은 연옥이다.

"언니요, 언제 왔소?"

하는 설화는 옴츠리고 앉았던 몸을 일으키면서 연옥의 손을 붙잡으려 하자,

"네 손이 왜 이렇게 차니?"

하며 싫은 듯이 설화의 손을 내려다볼 뿐이다.

"글쎄, 모르겠어. 나는 아마 일찍 들어가야 할까봐."

"왜, 어디가 아프냐?"

"아프지는 않아도 몸이 으슬으슬 추워."

설화는 다시 백우영의 방으로 들어왔다. 그리고 백우영에게,

"저는 일찍이 가야 하겠어요."

하였다.

술 취한 우영은,

"왜——."

하며 설화를 놀란 눈으로 바라본다.

"몸이 거북해서요."

"몸이 거북해?"

"네."

"어디가?"

"공연히 으슬으슬 추워요."

"추워?"

이 소리를 들은 다른 청년들은,

"뭐야? 추워?"

"그럼 가겠다는 말이지?"

"안 된다, 안 돼."

"가기는 어디를 가."

"에끼!"

하며 저희들끼리 떠든다. 설화는 아무 소리 없이 앉아 있었다. 우영은,

"가지 못하지, 가지 못해."

하고 고개를 좌우로 내흔들며 술잔을 마셨다 놓았다 할 뿐이었다.

같이 왔던 기생 난향이는,

"어디가 아퍼서 그러니? 정 아프지 않거든 나하고 같이 가자꾸나."

하며 가려는 설화를 붙잡으려 한다.

이 꼴을 본 영철은,

"어디가 아퍼서 그러나?"

하며 다정하게 설화의 손을 쥐며 물었다.

"별로 아픈 곳은 없어도 몸이 떨리고 으슬으슬 추워요."

"추워?"

"네."

"그러면 꼭 가고 싶다는 말이지?"

"가야 할까보아요."

영철은 동정하는 듯한 두 눈으로, 설화의 아래로 내리깔고 있는 눈을 바라보았다. 그리고, 나이 젊고 어여쁜 설화의 어디인지 모르게 불쌍하여 보이는 것을 찾아냈을 때, 그는 더욱 설화의 손을 단단히 쥐었다. 그리고 놓기는 섭섭하였지만, 몸 아파 괴로워하는 설화를 돌려보내는 것이 온당한 일이라 하였다. 그러나 영철이가 만일 범연하게 설화의 말을 들었던들 그 당장에 돌려보냈을는지도 알 수 없겠지만, 알지 못하는 매력에 끌림을 당하는 영철은 설화에게 감히 돌아가라는 말을 하지 못하였다. 영철과 설화 두 사람만 있었던들 다정한 영철이가 그대로 있지는 못하였겠지마는 주위의 눈이 있고 환경의 감시가 있다. 또한 떨어지기 싫은 욕망이 영철의 마음을 지배하지 않는 것도 아니었다. 영철은,

"과히 아프지 않거든 우리 곧 갈 테니 조금만 참지?"

하며 부드러운 소리로 설화에게 말하였다. 설화의 몸은 웬일인지 아까보다 더 떨린다. 가슴이 울렁울렁하여 목구멍에 무엇을 틀어막는 듯이 답답하다.

설화는 기침을 가볍게 한번 하고,

"글쎄요."

하였다. 그 말 속에는 가고 싶은 의사와 가기 싫은 의사가 반씩 포함되어 있었다.

영철은,

"자, 몸이 그렇게 아프거든 잠깐 여기 누워 있다가 우리하고 모두 같이 가지. 이렇게 왔다가 먼저 가면 가는 사람도 미안하지만 보내는 사람도 섭섭하니까……."

"글쎄요."

하는 설화의 마음은 7분 이상의 승낙이 있었다.

설화는 보료 위에 엎드렸었다.

영철의 부드러운 손이 저의 없이 그 몸 위로 지날 때마다 설화의 마음에는 그 무슨 위로가 있었고, 그 무슨 부드러움이 있었다. 엎드린 설화의 마음속에는 영철의 다정한 목소리가 들리고, 뜻깊은 눈초리, 그 무슨 의미를 담은 듯한 입 가장자리가 보이는 듯할 때마다 웬일인지 눈물이 날 듯이 그리운 생각이 자꾸 났다. 그의 가슴은 무엇이 치밀어 오는 것같이 뭉클하고 그의 전신을 붉게 물들인 뜨거운 피는 영철의 그 말소리와 눈초리와 입 가장자리로 보이지 않게 되는 그 무슨 그림자가 애끓는 불길을 붙여 주는 듯하고 혼몽한 꿈속으로 빠져들어가는 듯하였다.

다감한 설화는 울고 싶어 못 견디었다. 그러나 치밀리는 감정을 억지로 참고 다시 일어났다. 머리칼은 한 가닥 두 가닥 이마 위로 떨어져 나부끼고 분칠한 두 뺨은 불그레하게 탄다. 그리고 풀어지려는 옷고름 사이로는 우유빛 젖가슴이 바깥을 엿본다. 영철은,

"왜 일어나?"

하였다.

"누워 있기가 싫어요."

"조금도 어렵게 생각 말고 누워 있어."

"아녜요. 그래서 그러는 것이 아니라, 누워 있으면 머리가 더 아픈 것

같고 어째 싫어요."

하며 두 손으로 머리칼을 쓰다듬어 뒤로 젖혔다.

영철과 설화 두 사람은 다만 이러한 시간, 이러한 자리에서 이렇게 만났다가 새벽 3시나 되었을 때 각각 자기 집을 향하여 돌아갔을 뿐이다.

영철은 인력거를 타고 동대문을 향하여 간다. 새벽 기운이 차디차게 도는 고요한 공기를 울리며 멀리서 닭 우는 소리가 가늘게 들린다. 반 취한 술은 영철의 얼굴을 타게 하며, 있지 아니한 설화의 환영(幻影)은 때없이 영철의 가슴을 태운다.

강한 술기운이 영철의 모든 관능을 취하게 하고 반쯤 탕(蕩)하게 할 때에 설화의 모습과 말소리에 남아 있는 기력은 요염하게도 영철의 정신을 몽롱하게 할 뿐이다. 그리고 아까 설화가 자기의 무릎 위에 손을 얹고 있었던 것이며, 의미 있게 쳐다보던 것이며, 또 다른 말소리와 행동이 자기 가슴에 그 무슨 달콤한 의식을 일으킬 때마다, 영철의 마음은 기꺼운 중에도 그 기꺼움을 깨닫는 자기를 어리석은 놈이라고 조소하였다.

그는 설화를 불쌍한 여자라 하였다. 많고 많은 불쌍한 사람을 모두 다 동정하는 영철은 설화를 그 중에 더욱 불쌍하다 하였다. 그러나 어째 더 불쌍하며 무엇이 더 불쌍하냐 하면 그것에 대답을 할 조건을 갖지 못하였으나 어떻든 가련한 여성이라 하였다.

설화는 불쌍한 여자이다. 기생인 설화, 세상 사람에게 천대를 당하고 유린을 당하는 설화는 피 흘리고 제단 위에 누운 어린 양과 같이 불쌍하다. 기생도 감정이 있고 사랑이 있는 사람이다. 한없는 영화를 가진 한 나라의 황제나 길거리에 추워 떨며 방황하는 빌어먹는 거지나 품을 파는 노동자나 정조를 파는 매음녀나 철창 아래 신음하는 죄수나 꽃 같은 처녀나 생각을 갖고 감정을 갖고 육체를 갖고 혈관으로 돌아가는 뜨거운 피를 갖기는 누구든지 마찬가지다. 얼굴이 같지 않고 마음이 같지 않은 사람, 그 사람이 16억이나 이 지구상에 있으니 얼굴빛이 누렇다고 사람이요, 얼굴빛이 검다고 사람이 아니라 할 수 없으며, 얼굴이 어여쁘다고 사람이요, 얼굴이 미웁다고 사람이 아니라 할 수 없다. 잘난 사람이나 못난 사람이나 웃는 이나 우는 이나 얼굴빛이 흰 사람이나 누런 사람이나 착한 사람이나 모진 사람이나 이 모든 것이 합하고 덩어리가 되어 우리 인생이라는 것을 이룬 것이 아닌가.

사람은 물과 같다는 옛 사람의 말과 같이 물은 그 담은 그릇과 그 흐르는 곳에 따라서 다른지라, 어떤 물은 수은을 내려 붓는 듯한 폭포가 되고 어떤 물은 흰 구름장을 비친 잔잔한 호수가 되고, 어떤 물은 산골짜기를 어여쁘게 흐르고 어떤 물은 강이 되고 어떤 물은 똥덩이를 띄워 가는 개천물이 되고 어떤 물은 바다에 뛰어 노는 파도가 되어 천 가지 만 가지 이루 셀 수 없는 형상을 이루지마는 물은 언제든지 물이다.

그와 마찬가지로 사람도 총리대신이 되고 거지가 되고 학자가 되고 도둑놈이 되고 열녀가 되고 매춘부가 되고 이루 셀 수 없는 무엇무엇이 되지마는 생각을 갖고 감정을 가진 사람은 누구든지 마찬가지일 것이다. 물이 그릇과 흐르는 곳을 따라 다름과 같이 사람도 다만 그 인습과 환경에 따라서 달라질 뿐이다.

설화는 기생이다. 비록 기생이라 하지마는 그의 가슴에도 사랑이 있으며 끓는 피가 있으며 애타는 눈물이 있으리라 하였다. 어여쁜 처녀의 붉고 달콤한 사랑은 아닐지라도 가슴 쓰리고 마음 아픈 푸른 사랑일 것이라 하였다. 설화는 참으로 맵고 쓴 세상을 알 테며 때없는 눈물과 한없는 한숨으로 비운에 부르짖고 불행에 울기도 여러 번 하였으렷다 하였다. 그리고 설화 같은 여자가 참된 눈물을 알고 참한숨을 알아 줄 여자일 것이라 하였다.

이러한 생각을 하는 영철의 가슴속에서는 갑자기 불 같은 애련의 정이 타오른다. 인력거를 돌려서 설화의 집으로 돌아가고 싶었다. 설화의 따뜻한 가슴에 엎디어 끝없이 울고 싶었다. 그러다가도 너도 평범한 기생이겠지? 돈만 아는 아귀 같은 더러운 계집이겠지? 돈 없는 나를 보지도 않으려는 허영의 꿈을 깨지 못한 계집이겠지? 너는 참사랑을 바치려는 것을 거짓 사랑으로 알 테지? 타는 영철의 가슴은 답답하였다. 한참 이런 생각에 빠졌다가 그만두어라, 순결하다는 처녀의 사랑을 구하기도 어려운데 더구나 기생이겠느냐? 하고 단념까지 하여 보았다.

그 이튿날 11시나 되어 일어난 설화는 아침도 먹지 못한 채 조합에 왔다. 조합 문을 들어서려 할 때 마침 만난 사람은 연옥이었다.

"잘 잤니?"

하며 곁눈으로 연옥은 설화를 쳐다보더니,

"어젯저녁에 몇 시에나 집으로 갔니?"

하고 평안도 사투리를 써서 물어본다.

설화는 다만 침착하고 조용하게,

"3시에."

하였다.

이 말을 들은 연옥은 한참이나 말이 없다가 누구를 놀려 주는 듯이,

"얘, 이영철이라는 손님이 너를 사랑한다더구나?"

하며 거슴츠레하게 웃는다.

설화는,

"뭐야? 듣기 싫소."

하기는 하였으나 웬일인지 마음이 기쁘고도 부끄러웠다.

그래서 연옥에게 듣기 싫소 하고 톡 쏘기는 하였으나 그것이 진실인지 거짓인지 알고 싶어서,

"누가 그럽니까?"

하고 재차 물었다. 연옥은 조합 사무실 위로 올라서며,

"몰라, 누구한테 들었어."

하고 방 안으로 들어가 버린다.

한달이라는 세월이 흘러갔다. 영철은 여러 친구들과 '은파정'이라는 서양 요릿집에 왔다가 마침 자기 집으로 돌아가려 할 즈음에 보이 하나가

이영철을 보자고 하는 사람이 있다고 한다.

영철은 누구인가 의심하면서도, 물론 어떤 친구나 아는 사람이 부르는 것인가 보다 하고 그 방으로 들어가 본즉 거기에는 설화가 있었다. 설화는 반가운 가운데에도 부끄러움을 머금고,

"바쁘신데 청해서 대단히 미안합니다."
하며 의자를 가리키며 앉기를 권한다. 영철은 속마음으로 이상하기도 하고 호기심도 일어나므로 다만,

"아니 별로 바쁘지는 않지마는 참 오래간만이로군."
하고 자리에 앉는다.

자리에 앉는 영철이 조금 미안하게 여기는 것은 하루 저녁 놀러 가마 하고서 여태껏 가지 않은 것이었다.

그러나 만일 설화의 집이 아니고 다른 기생의 집일 것 같으면 혹시 갔을는지도 알 수 없지마는 자기의 마음을 부질없이 잡아 끄는 설화의 집에는 가고 싶어도 그렇게 속하게 갈 수는 없었다. 그래서 자기가 먼저 한번 가 주지 못한 것을 말하려 할 때 설화는,

"저는 퍽 기다렸어요."
하며, 너도 보통 풍류 남아로구나 하는 듯이 바라보았다.

영철의 마음은 미안한 중에도 부끄럽고 부끄러운 가운데에도 그 말 한 마디가 반가웠다.

"대단히 안되었소. 자연히 바빠서 그렇게 되었어……."
하며 사죄하는 듯이 설화의 손을 잡고 환심이나 사려는 듯이 빙그레 웃으며 그녀의 얼굴을 쳐다보았다.

설화의 얼굴에는 그리움이 있고 인자함이 있었다. 그리고 영철의 두 눈에는 그의 입이나 코나 눈이나 눈썹이나 그 모든 것이 자기의 마음 비친 그림자를 조각을 하는 듯이 또렷하게 보인다. 그리고 천천히 발을 옮겨 그 옆 교의에 가만히 앉을 때 몸에 두른 가벼운 옷이 구름같이 날리며 부드러운 소리를 낼 때 영철은 무슨 달콤한 것을 입에다 넣고 슬슬 녹이는

듯하였다.

두 사람은 서로 바라보기만 하고 얼마간 아무 말 없이 가만히 있었다. 사면은 고요하다. 온 우주에 가득찬 에테르의 분자가 쉴 사이 없이 운동할 때 영철과 설화 사이에 있는 에테르의 분자도 그의 동요를 받아 영철에게서 설화에게, 설화에게서 영철에게 와 부딪치고 가서 부딪치는 것이 보이고 들리는 듯하였다.

설화는 무엇이나 깨달은 듯이 옆에 있는 종을 눌러 보이를 부르더니 무엇이라 무엇이라 이르고 다시 영철이 앉아 있는 교의 가까이 와서 뜻있는 눈으로 들여다보며,

"오늘 바쁘신 일 없으세요?"

하였다.

영철은 설화가 자기 등뒤 가까이 와 섰을 때 붉은 육체에 따뜻한 향내를 맡으면서 입김이 맡아질 듯이 가까이 온 그의 희고도 선의 조화가 흐르는 듯한 얼굴을 바라보며,

"별로 바쁠 것은 없어……."

하였다. 설화는 이 말을 듣고 아주 성공이나 한 듯이,

"그러면 오늘 여기서 저하고 조금 놀다 가세요. 네——."

하고 저쪽 교의에 가서 기대 서며 이상한 눈초리로 영철을 바라본다.

영철은 아무 대답도 아니하였다. 그리고 자기가 무엇에 홀린 것같이 자기 주위가 모두 팔팔거리는 주정(酒精) 불의 푸른 불꽃같이 푸른 것으로 물들인 듯할 뿐이요, 어찌하여 여기에 들어왔으며, 설화가 무슨 까닭으로 자기에게 그와 같이 뜻있고 매력있게 자기를 가까이하려는지 알지 못하였다. 그리고 달빛같이 푸르고 밝은 눈동자를 반짝이며 자기를 유심히 들여다볼 때, 그의 전신에 돌아가는 붉은 피는 타는 듯한 정욕으로 활활 불붙어 오르는 듯하였다. 그러다가 온 방 안이 고요함을 깨달았을 때 영철은 가슴이 죄는 듯 목이 타듯하여 설화의 희고 부드러운 손을 정신없이 바라볼 뿐이었다.

설화는 다시 교의에 앉으며,

"여보세요?"

하고 영철을 쳐다보더니 다시 눈을 내리감으며,

"왜 저의 말은 사내 양반들이 말처럼 생각하여 주지 않아요?"

하고 원망스러운 기색을 띠고 가만히 앉아 있다. 이 말을 들은 영철의 마음에는 설화가 불쌍한 듯하기도 하고 한편으로는 문을 열고 바깥으로 나가고 싶도록 부끄러웠다. 너도 사내가 돼서 나 같은 계집의 말은 말같이도 여겨 주지 않는구나, 하는 듯하였다. 그러나 영철은 침착한 태도로 냉정하게,

"그럴 리가 있나."

하고 그녀의 연하게 흐르는 목을 보고 다시 그 밑에는 젖가슴이 있고 또 몽글몽글한 두 젖통이 달려 있겠지 하는 것을 생각할 때 서 있는 설화가 마치 요염하고도 깜찍한 여신의 조각을 바라보는 듯하였다.

설화는 조금 원망스럽고도 멍청한 어조로,

"여자도 사람이지요, 네? 영철 씨!"

할 때 문이 열리며 보이가 음식 접시를 영철과 설화의 앞에 갖다 놓았다.

그리고, 또다시 포도주 한 병을 갖다 놓았다. 이것을 본 영철의 마음은 미안하고 일종의 호기심이 나서,

"이것은 왜 시켰소?"

하며 설화를 한번 쳐다보고 보이를 돌아다보았다. 설화는 지금까지의 냉정하고 원망하는 듯한 표정이 미소로 변하고,

"변변치 못하나마 잡수어 주세요. 영철 씨를 모시고 이렇게 앉아 있는 저에게는 또다시 없는 행복이니까요."

하고 생그레 웃는 가운데도 얼굴빛이 연분홍빛이 되었다 사라진다. 영철은 그녀의 그 말 한마디가 자기에게 무슨 뜻깊은 말을 전하여 주는구나 하는 기쁜 희망과 함께 설화가 나이프와 포크를 쥐고 접시에 있는 고기를 써는 것을 바라보고,

"나는 방금 친구들과 많이 먹어서 먹을 수가 없는걸."
하고 그녀의 허리를 지근덕거리는 듯한 미소로 바라보았다.
"뭘요. 많이 잡수실 것도 없는데. 약주 한잔 잡숫기를……."
하고 자기 앞에 놓여 있던 음식 접시를 다 썰어서 영철의 앞에 있는 것과 바꾸어 놓으며,
"어서 잡수세요."
하고 유리 술잔에 포도주를 부었다. 피같이 붉은 포도주는 콜콜콜 소리를 내며, 병을 기울임에 따라서 유리잔에 가득 찬다.

영철은 처음에는 사양하였다. 그러나 나중에는 설화가 주고 권하는 모든 것을 그대로 응종하였다. 그러다가는 늘 하는 버릇과 마찬가지로 자기의 손을 들어 설화의 앞에 놓여 있는 유리잔에 술을 부으려 하였다. 설화는 놀라는 듯이 한 손으로 술병 든 영철의 손을 잡고 한 손으로는 유리잔을 들면서,
"왜 이러세요? 저는 술을 마실 줄 몰라요."
하며 상을 찌푸리면서도 생글생글 웃는다. 영철은 자기 손에 닿은 설화의 따뜻한 손에서 일어나는 간지러운 촉감을 느낄 때 극도의 정욕에서 일어나는 잔인함이 복받쳐 올라왔다.

그는 억지로라도 설화에게 술 한잔을 먹이지 않고는 만족치 못하였다. 그래서,
"공연히 그래. 내가 주는 것인데도 그러나?"
하며 일어서서 설화에게로 가까이 가며 억지로 설화가 들고 있는 술잔에 술을 부었다.

설화는 술잔을 든 채,
"이것 보세요. 엎질러져요."
하며 흔들리는 술잔을 바라보면서,
"그러면 저리로 가서 앉으세요. 마실게요."
하였다. 영철은 술도 권할 겸 설화에게로 가까이 가 보고 싶은 생각이 났

었으나 그녀가 먹겠다고 하는 소리를 듣고는 하는 수 없이 자기 자리로 돌아와 앉았다.

그녀는 술잔을 다시 테이블 위에 놓으며,

"꼭 한 잔만 마십니다."

하고 다시 영철을 쳐다본다. 영철은,

"그래."

하였다. 그러나 설화는,

"꼭 한 잔만 마십니다."

하고 효력 없는 다짐을 받으려 하는 것인 줄 알기는 알면서도 영철에게 다만 한마디 말이라도 더 하는 것이 은연중 기뻤었다.

"그래 한잔만."

하고 영철은 반웃음 섞어서 대답하였다. 설화는 술을 반쯤 마시고 다시 놓았다.

옆방에서 떠드는 소리가 나고 사람 부르는 종소리가 한번 나고 사라지더니 방 안은 고요하다.

설화의 얼굴은 다시 침착하여졌다. 그러고는 또다시 냉정한 눈으로 영철을 바라보았다. 그러고는 애소하는 듯한 목소리로,

"영철 씨."

하고 한참이나 아무 말이 없다가 다시 가는 기침으로 목을 가다듬더니,

"여자들도 사람이지요?"

하고 아까 하려던 말을 거푸 한다. 설화는 여자인 까닭에 모든 여자들은 다 자기와 같이 남자에게 속아 지내는 줄 안다. 만일 설화가 다른 여자들이 남자의 진정한 사랑을 받고 있는 사람이 있는 줄 알았더라면 이와 같이 대담하게 여자도 사람이지요? 할 수가 없었을 것이다. 아니, 있는 줄 알기는 안다. 그러나 나이가 열여덟이 될 때까지 사람에게 가장 크고 가장 중한 사랑을 맛보다가 잃어버리고 속임을 당하고 떠남을 당한 설화는 자기가 다정하게 생각하는 사람에게 '여자도 사람이지요' 하고 대담하게

말하지 않을 수가 없었다.

영철은 다만 빙그레 웃으면서,

"그럴 리가 있나. 그런 사람이나 그렇지."

하며 담배를 집어 물었다. 설화는 성냥불을 댕겨 영철의 담배에 붙여 주면서,

"그러면 영철 씨는 그렇지 않으시단 말이지요?"

하며 불 붙은 성냥개비를 입에다 갖다대고 훅 불어 꺼뜨린 성냥개비만 손가락 사이에다 넣고 배배 튼다.

영철은 참으로 대답하기 어려운 문제로구나 생각하였다. 경솔하게 대답할 수도 없는 문제요 그렇다고 대답 아니할 수도 없는 문제라 하였다.

"그것이야 낸들 알 수 있나. 나의 마음일지라도 내가 아지 못하니까."

하고 억지로 책임을 벗어던지려 하였다.

"나도 알 수 없지. 나라고 그러지 말라는 법이 없으니까."

이 말을 들은 설화는 다시 술을 부으며,

"자——한잔 더 잡수세요."

하고 다시 술을 부어 놓았다. 설화의 얼굴에는 아까 마신 반 잔의 포도주가 취하여 불그레하게 타오른다. 영철은 붉게 타는 설화의 얼굴을 바라보고 또다시 못 견디게 그녀에게 술이 권하고 싶었다. 그래서 영철은,

"나만 먹어서는 안 될걸. 자——한잔만 더 마셔."

하고 다시 권하니까 설화는,

"왜 이러세요. 아까 그래서 꼭 한 잔만 마시겠다고 여쭈었지요."

하고 사양을 하면서도 이번에는 아까보다 더 사양하지는 않았다.

"아까는 아까고 지금은 지금이지, 그까짓 술 한잔쯤을 무얼 그래."

하고 조소하는 듯이 흘겨보며 영철은 술을 부었다. 설화는 이번에는 홍분된 표정으로 그 술을 마셨다. 그러고는 영철에게 다시 따라놓았다.

시간이 지남을 따라 연한 설화의 가는 핏줄로 타는 마액이 쉬지 않고 들어간다.

설화는 혈관 속에 긴장된 피가 귀밑으로 돌아가는 소리를 듣는 듯하였다.

그의 두 눈에는 회색 아지랑이가 낀 듯하였다. 그리고 혈액이 높은 고동으로 그의 전신을 돌아갈수록 온 천지를 붉은 심장빛으로 물들여 놓은 듯하고 모든 정(情)의 불길이 자기의 연한 피부를 사르려고 가는 혀를 날름대는 듯하였다.

설화는 공연히 입을 생긋생긋하고 시름없는 태도로 담배만 암상스럽게 재떨이에 비비었다. 그러다가는 긴 한숨을 쉬었다. 그러고는 거슴츠레한 눈으로 영철을 바라보며,

"영철 씨! 이 세상에 저를 참사랑으로 사랑하여 줄 다정한 이가 한 사람도 없을까요?"

하였다. 이 말을 들은 영철의 가슴에는 그 무슨 무거운 것으로 때리는 것같이 다만 띵 하게 울릴 뿐이요, 아무 예리한 감각은 없었다.

설화는 또다시 극도의 흥분된 어조로,

"얼굴에 분칠하고 입술에 연지 바른 더러운 계집의 가슴속에도 참사랑이 있는 것을 알아 줄 사람이 있을까요?"

하고 구슬져 떨어지는 눈물이 그의 옷깃을 적셨다.

영철의 가슴은 무엇을 날카롭게 내리흐르는 듯이 쓰리고 아픈 중에도 설화가 불쌍하였다. 영철의 마음에는 설화를 사랑할 만한 사람이라 함보다도 세상에 가장 불쌍한 사람이라 하였다. 그래서 구하여 주고 싶었다. 영철은 다만 아무 말 없이,

"왜 그런 말을 해? 응?"

하며 일어나서 설화의 등을 어루만지며,

"우지 말어."

하고 자기도 울듯 울듯하였다.

영철의 이 두어 마디 말이 얼마나 그녀의 감정을 돋우었는지 구슬같이 떨어지던 눈물은 비오듯 쏟아지며 한참이나 느껴가며 운다. 그러다가는,

"영철 씨, 이런 말을 하는 사람이 불쌍한 사람이지요? 남에게 불쌍히 여겨 주기를 바라는 사람처럼 더 불쌍한 사람은 없을 테지요?"

영철은 아무 말도 못 하였다. 다만 울고 섰는 설화의 등뒤에 서서 설화의 손만 단단히 쥐고 있을 뿐이었다. 그리고 설화가 수건으로 눈물을 씻을 때 영철은 다만 속마음으로 설화가 어찌하여 나를 이 방 안으로 불러들였으며, 어찌하여 뜻깊은 눈으로 나를 바라보았으며, 또한 눈물을 흘려 자기의 신세를 애소하는가? 그의 말소리와 눈초리와 모든 행동이 모두 다 나에게 자기의 사랑을 던져 주는 것이 아닐까? 그리고 그의 두 뺨을 흘러 떨어지는 방울방울의 눈물이 참으로 자기의 사랑을 짜내고 결정(結晶)시킨 사랑의 구슬이 아닐까? 그것을 나는 받아야 할 것인가, 안 받아야 할 것인가, 하였다.

그러나 그때 설화는 눈물을 씻고 다시 미소를 띠었다. 그러고는,

"영철 씨, 오늘 실례 많이 하였습니다. 용서하여 주세요."

하며 목소리를 아주 상냥하게 하여,

"오늘 저녁에 저의 집에 한번 놀러 오세요."

하며 종을 눌러 보이를 부른다.

영철은 다만,

"그래 가지."

하여 금방 울었다 금방 웃는 설화의 얼굴을 볼 때 어쩐지 얄미운 생각이 났다. 그러나 불쌍한 여자는 불쌍한 여자로구나 하였다.

"몇 시쯤에 오실까요?"

"글쎄, 10시 가량 해서……."

"10시요?"

"그래."

"그러면 10시에 꼭 기다릴 테야요."

설화와 영철은 일어섰다. 그리고 문을 열고 이층 층계 앞까지 왔을 때에 누구인지,

"영철 군."
하고 부르는 사람이 있다. 영철은 뒤를 돌아다보았다. 그 층계 위에는 백우영이가 서 있었다. 영철은 쾌활하게 웃으며,
"아——우영인가?"
하며 고개를 끄덕여서 웃음으로 인사를 하였다. 백우영은 올라가던 걸음을 멈추고 서서,
"웬일인가?"
하고 유심히 본다. 영철은,
"저녁 좀 먹으러 왔네."
하였다.
"응 저녁? 자네도 요새 괜찮으이그려. 요릿집 저녁을 다 먹고."
"오늘 생전 처음일세. 하하하."
백우영은 그 옆에 서 있는 설화를 보았다. 그러고는 질투스러운 눈으로 뚫어질 듯이 흘겨보았다. 설화는 다만 백우영의 시선을 피하려 하면서도 얼굴에 웃음을 띠고,
"오래간만이십니다."
하였다. 백우영은 아주 비웃는 듯이,
"좋구나. 오늘은 두 분이."
하며 입을 찡그린다.
설화는 고개를 숙이고 아무 말 없이 바깥으로 나가려 하였다. 영철도 백우영의 짓이 미워서,
"나는 먼저 가겠네, 천천히 오려나?"
하고 설화를 따라 나가려 하였다.
우영은 엄연하고 힘있는 어조로,
"설화! 잠깐 날 만나보고 가."
하고 불렀다. 나가던 설화는,
"왜 그러세요?"

하고 그 자리에 서서 돌아보기만 한다.

영철은 바깥으로 나갔다. 우영은 고갯짓으로 설화를 부르며,

"이리 잠깐 올라와, 할말이 있으니."

하였다. 설화는 혼자 갈 영철과 자별한 인사도 못 하고 귀찮게 부르는 백우영이가 보기 싫어서,

"무슨 말씀예요. 여기서 하세요."

하고 암상궂게 쳐다본다.

"여기서는 하지 못할 말이야. 저 위로 올라가서 조용히 할말이 있으니, 자 이리 올라와."

하며 설화를 기다리는 듯이 돌아다본다.

설화는 올라갈 수가 없었다. 마음속에서 귀찮은 생각이 치밀어 올라왔다. 그러나 기생이라는 생각이 그의 발을 백우영에게로 향하지 않게 할 수는 없었다.

그러나 그대로 좇아 올라가기는 싫어서 달아날 듯이 싹 돌아서며,

"그만두세요. 저도 일이 있어요."

하고 가는 허리를 배배 틀면서 바깥으로 나가려 하였다.

우영은 나가는 설화를 보고 간교한 사냥개같이 뛰어내려와 손목을 붙잡으며,

"어디를 가?"

하고 여우같이 흘겨본다. 설화는 간특한 독부(毒婦)의 웃음같이 히 하고 우영을 깔보는 듯이 바라보더니,

"왜 이러세요?"

하며 잡힌 손목을 벌레나 댄 듯이 홱 뿌리친다.

우영은 독이 엉킨 선웃음을 치며,

"올라오지 않을 테야?"

"왜 안 올라가요. 돈만 주어 보세요."

우영은 이 소리를 듣고서는 기가 막혔다.

"홍, 돈?"

하고 혼자 부르짖었다. 우영도 물론 설화가 청구하는 돈이라는 것을 으레 줄 것으로 알면서도 사랑을 돈으로 살 수는 없는 것인 줄 알았던지 잠깐 이야기하자는 데 돈 소리를 하는 설화의 말이 어떻게 더럽게 들렸던지 몰랐다.

설화는 우영이가 기가 막혀 다만 돈? 하고 한참이나 가만히 서 있는 것이 우습기도 하고 또한 우영이가 그 무슨 추악한 세계를 비웃는 듯한 것이 부끄럽기도 하여,

"네."

하고 억지로 웃음을 지었다. 그러고는 자기의 고운 옷과 매끄러운 단장(丹粧)이 다 낡은 걸레같이 더러워 보일 때 또다시,

'그래서는 무엇하니. 올라오라는 대로 올라가 보리라.'

하였다. 설화는,

"그러면 올라가지요."

하고 이층으로 올라갔다. 우영은 원망스럽게 설화를 바라보며,

"홍, 그만두어라. 영철의 사랑만 사랑이고 나의 사랑은 사랑이 아니라더냐."

하였다. 그 말소리 속에는 영철을 비웃는 동시에 설화에게 자기 사랑을 받아 주지 않느냐 하는 애원이 섞여 있었다. 그녀는 기가 막혀서,

"어떤 정신없는 양반이 그런 말씀을 해요. 조금 잘못 아셨다고 그래 주십시오."

하였으나 그의 가슴에는 그 무슨 희미한 기쁨이 있었다.

연옥에게 조합 문간에서 영철 씨가 너를 사랑하신단다 말을 들을 때보다 더욱 농후(濃厚)한 기꺼움이 그를 즐겁게 하더니 오늘 이 소리를 들을 때에 웬일인지 부끄러운 중에도 백우영의 그 말하는 것이 질투 끝에서 나오는 말인 것을 알기는 알면서도 그의 입을 틀어막고 싶도록 듣기가 싫었으며 남이 알까 하는 두려움이 앞섰다.

그래서 설화는 백우영을 달래는 듯이 그의 손을 잡았다. 우영은 설화의 손이 자기의 손에 닿을 때 요악한 계집의 날카로운 입김을 맛보는 것과 같이 마음이 저린 중에도 모든 관능이 취함을 깨달았다. 우영은,

"놓아."

하고 그 손을 뿌리치려 하면서도 술에 취한 듯한 눈으로 설화를 바라보며 또다시 그녀의 손을 당당히 쥐고 빙그레 웃었다. 설화는 우영을 영롱한 눈으로 쳐다보며,

"놓아요? 노라시면 놓지요. 그렇지만……."

하고 우영의 손을 더욱 꼭 쥐었다.

우영은 무슨 해결이나 얻은 듯이 아무 말이 없었다.

두 사람은 방 안으로 들어갔다.

백우영은 담배를 피워 물고 한옆에 우두커니 서 있는 설화를 안경 너머로 흘겨보며,

"거기 앉아."

하고 의자를 가리켰다.

설화는 웬일인지 조용한 방에 으스스한 공기가 좋지 못하여 무슨 더러운 행위를 장차 실행하려는 준비의 시간에 서 있는 듯하였다. 그리고 우영의 안경 너머로 자기를 바라보는 것이 더러운 음욕을 채우려고 덤비려는 것 같아 진저리가 쳐지도록 싫었다. 그래서 설화도 우영을 곁눈으로 흘겨보며 입을 쫑긋하고,

"걱정 마세요. 제가 남에게 매어 지내는 사람인 줄 아십니까?"

하고 창가에 서서 지나가는 사람을 바라보았다. 그리고 저쪽까지 끝없이 연한 큰길 위에 혹시 영철이 지나가지 않나 하였다.

우영은 사교가의 웃음같이 입을 크게 벌리고 하늘을 쳐다보며,

"허허."

하고 웃었다. 그러고는 다시 그녀에게로 가까이 가서,

"이리 앉으십시오."

하고 설화의 손을 잡아 억지로 앉히면서,

"설화."

하고 귀밑에서 나지막하게 차디찬 어조로 또다시 부르며,

"영철에게는 훌륭한 애인이 있다나?"

하였다. 설화는 어린아이의 수작이나 듣는 듯이 한참이나 우영의 얼굴을 들여다보더니,

"있거나 없거나 그 말을 나에게 하실 것이 무엇예요? 영철 씨의 애인이거나 나지미[名染]이거나 제가 알 것이 무엇예요. 그는 그고 나는 나지요."

하고 고개를 돌이켜 다른 곳을 쳐다보았다.

"정말 말은 잘한다."

"무슨 말이 좋아요. 저는 백우영 씨라는 훌륭한 애인이 있는데요. 그렇지만 백우영 씨가 저의 그 무엇을 꼭 한 가지 알아 주시지 않으시는 것이 걱정예요."

"무엇을?"

"무엇이 무엇예요. 그것은 사람이면 누구든지 아는 것이지요."

"사람이면 다 아는 것이 무엇일까?"

"당신이 나는 똑똑한 줄 알았더니 꽤 미련하시구려."

"무엇이 미련해? 사람이면 다 아는 것이 무엇이야? 말을 해야 알지."

"그만두세요. 저는 말하지 않을 테야요. 설화라는 계집년의 사랑은 언제든지 하나밖에 없지요. 그러나 백우영 씨는 설화 이상 가는 여자를 얼마든지 사랑할 수가 있으니까요."

"설화가 그런 말을 하는 것은 나를 알아 주지 못하는 말이지."

"모르기는 무엇을 몰라요. 제가 만일 백우영 씨 한 분만 믿었다가 우영 씨가 마음이 한번만 돌아서시는 때에는 저는 속절없는 불행한 사람이 되겠지요. 그러니까 다 그만두세요. 저 같은 년이 참사랑이 무엇입니까? 그대로 엄벙덤벙 지내지요. 그러다가 죽지요."

그러다가는,

"돈만 있으면 저 같은 년의 사랑은 얼마든지 살 수가 있으니까요. 그렇지요. 지금이라도……."

하고 말을 채 못 마친다. 백우영은,

"그게 무슨 소리야. 오늘은 왜 전에 하지 않던 말을 해?"

하고 먼산만 수심 있는 눈으로 바라보는 설화를 유심히 쳐다보았다. 설화는 자기가 슬픈 곡조를 노래한 듯이 마음이 처량하였다. 그리고 이 세상을 한없이 저주하는 어쩔 줄을 모를 감정이 복받쳐 올라왔다.

"저는 가요. 언제든지 돈만 가지고 우리 집으로 오셔요. 그러면 무슨 짓이든지 당신이 하라시는 대로 할 테니까요. 자, 안녕히 계십시오."

하고 허리를 휘청휘청하여 바깥으로 나간다.

그날 저녁이었다. 설화하고 만나자 하던 시간보다 한 시간이나 늦어서 영철은 종로 네거리로 걸어온다. 그가 종로 정류장에서 동대문 가는 전차를 기다릴 때에 아까부터 그의 머릿속을 어지럽게 하는 모든 의심이 여태까지 그를 불안케 한다.

그는 아까 그 서양 요릿집에서 설화와 만난 것이 꿈속같이 희미할 뿐이요, 누구에게 거짓말을 들은 듯이 미덥지 못한 것과 같을 뿐이다. 설화라는 기생이 자기에게 반하였다 하는 것은 도리어 자기의 자긍(自矜)같이밖에 생각되지 않는다. 그러나 설화가 자기를 부른 것과 또는 하고많은 사람 중에 자기에게, 이 세상에 자기를 사랑하여 줄 사람은 하나도 없을까요? 하던 것과 눈물을 흘려 말을 하다가 또다시 그 눈물을 그치고 냉정한 눈으로 웃는 것이 어떻게 영철의 마음을 의혹 속에 헤매게 하는지 알 수가 없었다.

어찌하여 설화가 나에게 그와 같은 말을 하였을까? 이 세상에는 한 사람도 자기를 참사랑으로 사랑하여 줄 사람이 없을까? 하는 것은 나에게 이 세상에 참으로 자기를 사랑하여 주는 그 한 사람이 되어 달라는 애원이 아니 될까? 그 뜨거운 눈물은 방울방울이 나에게 사랑의 정화(精華)를 던져 주는 것이 아닐까? 냉랭하고 쓸쓸한 이 세상에 다만 나 한 사람이 자기의 애소와 눈물을 받아 줄 한 사람인 것으로 찾아낸 까닭이 아닐까? 그리고 오늘 저녁에 자기 집으로 오라고 한 것은 나를 참으로 만나고 싶은 간절한 욕망에서 나온 소리가 아닐까?

그러나, 영철은 또다시 생각하였다. 그러면 어찌하여 설화가 그 당장에서 나의 가슴에 안겨 나는 당신을 사랑합니다, 하고 사랑을 간절히 구해 보지를 못 하였을까? 어찌하여 흘리던 눈물을 갑자기 씻고서 냉정한 태도로 다시 웃었을까? 설화가 그 자리에서 참으로 나에게 사랑을 구하고 싶은 간절한 욕망이 있었다 하면 어찌하여 말을 못 하였을까?

그렇다. 만일 그 자리에서 설화가 나에게 사랑을 구하였던들 나도 그것을 응했을걸——그가 만일 나의 가슴에 안겨 울었더라면 나도 따라서 울었을걸——그러나 약한 여자인 그녀는 나에게 사랑을 구하였다가 거절을 당하면 어찌하나 하는 생각이 있었던 게지. 그러면 그때에 나를 못 믿었던 것이지. 이 세상의 모든 남자를 못 믿는다 하는 설화는 또 나까지 믿어 주지를 못하였던 게지——.

이것을 생각한 영철은 아까 그 설화가 눈물을 씻고 냉정한 눈초리로 자기를 바라보던 것이 똑똑하고 분명하게 보여 그 눈이 박혀 있는 그녀의 머릿속에는 자기까지 다른 남자처럼 못 믿어하고 주저하는 화살을 재어 가지고 쏘려고 노리는 듯하였다. 그리고, 그 설화가 모든 남자를 못 믿는 것은 여자가 남자를 그의 모든 아귀같이 간특한 것으로 모든 남자를 속인 까닭이라는 생각이 떠돌면서 아! 과연 누가 여자의 눈물을 믿는 자냐? 누가 여자의 한숨 속에서 진실을 찾아내는 자냐 하였다.

그러다가 영철은 또다시 설화가 정말 나를 기다리고 있을까? 하는 생각이 날 때에는 그윽한 음악이 설화의 집에서 가늘게 새어나와 골목을 지나고 행길을 돌아 보이지 않는 가는 은줄이 명주실이 되어 자기의 가슴을 얽어 청진동 편으로 잡아 끄는 듯하였다. 그리고

'가 볼까?'

하는 것이 처음으로 영철의 입에서 새어나온 주저의 말소리였다. 그러나 그의 발은 떨어지지 않았다.

'나를 설화가 맞아 주기나 할까? 보며 반가워하여 줄까? 아까 나더러 오라고 한 말이 지나가는 말이 아니었을까? 비록 내가 간다고 하여 보자. 그러나 나보다 돈 많은 사람이 설화를 차지하고 앉았을 테지, 그러면 나는 따돌림을 당할 테지, 아까 그 눈물을 똑똑 떨어뜨리는 눈으로 시침을 딱 떼고 교사한 말로써 나를 문간에서 돌려보내지 아니할까? 그러나 기생의 말을 믿는다는 것은 어리석은 말이다.'

할 즈음에 동대문 가는 전차가 와서 섰다. 그 전차가 오기를 기다리고 섰던 영철의 마음은 웬일인지 그 전차가 와 선 것이 보기 싫도록 미웠다.

'빌어먹을 전차, 기다릴 때는 오지 않더니 이런 때는 경치게 속히 오네.'

하며,

'그만두어라. 집으로나 가지.'

하고 전차를 타려다가,

'그렇지만…….'

하고, 타려던 전차에 올려놓았던 다리를 내려놓으면서,

'제가 기다리거나 핀잔을 주거나 냉대를 하거나 내가 갈 곳은 내가 갈 것이다.'

하고 다시 발길을 돌이켜 청진동으로 향했다. 시계는 벌써 11시 반이나 되었다. 종로 네거리에는 전차 차장이 두어 사람 서 있고, 빨간 불을 켜 놓은 순간 주재소 앞에는 검사 복장을 입은 순사가 뚜벅뚜벅 왔다갔다할 뿐이요, 아주 조용하다.

영철은 재판소 앞 대기소가 있는 골목을 꿰뚫어 청진동으로 들어섰다.

설화네 집에 다다라서 문패를 조사한 영철의 마음은 잠갔던 열쇠를 열어 논 듯이 덜컥 하고 부러지는 듯하더니 자기도 모르게,

"여기로구나!"
하였다. 대문은 눈 감은 듯이 닫혀 있었다. 영철은 가만히 문을 밀어 보았다. 문은 영철이 생각하던 바와는 달리 밀치는 대로 스르륵 열렸다. 영철은 마음을 대담하게 먹고서 마음속으로,
'어떻든 불러나 보리라.'
하다가, 그대로 얼른 목소리가 나오지 않아서 귀를 기웃하고 안방에서 무슨 소리가 나나 엿들어 보았다. 아무 인기척이 없는 것을 안 영철은 그때야 목소리를 가다듬어,
"설화!"
하였다. 그러나 대답이 없었다. 두 번을 부르고 세 번을 불러도 대답은 없다.
영철은 속으로,
'그러면 그렇지, 기다리기는 무엇을 기다려! 내가 못난이 짓을 하였지!'
하고, 어째 마음이 부끄럽고 설화가 한 거짓말이 얄밉기도 하여,
'에 그대로 가리라.'
하다가도 그렇지만 한번 더 불러 보지 하고 또다시,
"설화!"
하고 크게 불렀다. 영철은 웬일인지 자기 목소리가 조금 떨리는 듯한 데 자기도 모르는 의심이 나서,
'목소리는 왜 떨리노?'
하고, 혼자 자기를 비웃듯이 웃었다.
"누구요?"
하는 소리가 나며 이제야 미닫이를 여는 소리와 함께 들리었다. 영철은 그 '누구요?' 하는 소리가 다시 돌아가려던 자기에게,
'네가 잘못이지!'
하고 경성시키는 부르짖음같이 그의 마음을 때리었다.

영철은 한참이나 말없이 안에서 사람이 나오기를 기다렸다. 아무 소리도 없는 것을 들은 그 대답한 사람은 신짝을 찍찍 끌며 마당으로 나오려고 한다. 영철은 설화가 나오나 보다 하고 일부러,

"설화 있소?"

하였다.

"있소, 누구요?"

하는 사람은 설화 어머니였다.

영철은 문간을 들어서서 마루 위로 올라갔다. 창 안에 전깃불은 향내나는 몰약(沒藥)이 녹는 듯이 켜 있었다. 영철은 저 불 밑에는 설화가 앉아 있으려니 하였다. 그리고 나를 기다리다 못해서 비스듬히 기대 앉아 조으려니 하였다. 그러면 나는 그의 가는 허리를 바싹 껴안고,

"나 왔소."

하며 놀리리라 하였다. 그러면 또다시 그는 놀란 중에도 원망스러워하는 눈으로 나를 흘겨보며 연지 입술을 반쯤 벌리고 앵두빛 같은 웃음을 띠렸다 생각하였다.

영철은 문을 열고 들어갔다. 영철이 지금까지 생각하던 것과는 아주 다른 정경이 영철의 마음을 쪼개는 듯했다.

10시에 오마 한 자기를 자정이 넘도록 기다리다 못해서 영철을 원망도 하여 보고 모든 세상을 저주도 하여 보고 그 끝에는 자기 신세를 한탄도 하여 보고 모든 것을 단념도 하여 보다가 그대로 팔을 벤 채로 방바닥에 엎드려 있는 설화가 영철의 눈앞에 놓여 있다. 설화의 아래 눈썹에 괴어 있는 작은 눈물 방울이 전깃불에 비치어 비애(悲哀)의 정화같이 푸르게 반짝인다. 그러다가는 떨리는 한숨이 온 방 안에 가득한 정조(情調)를 무너뜨려 버리는 듯했다. 영철은,

"설화!"

하고 어깨를 가볍게 흔들었다. 그러나 설화는 대답이 없이 누워 있을 뿐이다.

"설화, 나요."
하고 성화같이 흔드는 영철의 말끝에 설화는 겨우 잠꼬대같이,
"무어요? 영철 씨가 오셨어요? 그이는 우리 집에 오시지 않으세요. 벌써 날이 밝았는데요."
하고 모든 것을 단념한 듯이 고개를 돌이켜 돌아누우려고 하였다. 영철이가 이 말을 들을 때에 자기가 무슨 죄나 지은 듯이 아까 자기가 종로 정류장에 서서 생각하던 것과 설화의 집 문간에서 다시 돌아가려던 것이 뉘우쳐지고 부끄러울 뿐이다. 영철은 설화를 껴안으며,
"설화, 나요. 영철이요."
하며 또다시 흔들어 깨우면서,
"용서하시오……. 꿈속에서까지 나를 원망하지 마시오."
하였다. 설화는 꿈에 어린 눈으로 수수께끼를 듣는 듯이 영철의 얼굴을 한참이나 내려다보더니,
"아――영철 씨!"
하고는 그대로 영철의 가슴에 고개를 대고 느껴 운다.
"영철 씨, 저는 영철 씨까지 그러하실 줄은 몰랐어요. 저는 영철 씨를 원망하였어요. 그러다가는 단념까지 하였어요. 그 단념은 참으로 어려워요."
영철은,
"용서하시오. 모두 내 잘못이지요! 그만 눈물을 씻으시오."
하고 수건으로 설화의 눈물을 씻기었다. 설화는 애원하는 듯이 떨리는 목소리로,
"영철 씨."
하고 영철의 대답을 기다림인지 무슨 말을 하려던 것이 부끄러웠던지 말소리를 그치고 가만히 있었다. 영철은 진정이 뭉친 어조로,
"응."
하고 대답을 하였다.

"영철 씨는 나를 불쌍한 여자로 알아 주세요."

하며 고개를 더욱 영철의 가슴에 대고 다시 복받쳐 운다. 영철은 참으로 불쌍한 여자라 여기며,

"불쌍하게 여기오."

라고 얼른 대답을 하지 못했다. 대답을 얼른 하면 입에 붙은 말로써 설화의 환심을 사려고 하는 줄 알 것도 같고 그렇다고 그렇지 않소, 할 수도 없고 해서 아무 말 없이 설화의 머리칼만 쓰다듬으며,

"왜, 설화가 불쌍한 사람인가?"

할 뿐이었다. 설화는,

"네. 저는 불쌍한 사람이에요. 아주 가련한 인생이에요. 저는 믿을 곳도 없고 바랄 곳도 없는 사람이에요. 영철 씨! 영철 씨께서는 저를 영원히 불쌍히 여겨 주시지요?"

"설화, 나는 참으로 아지 못하였소. 자——일어나시오. 나도 이제부터 설화의 가슴에 안기고 싶소. 끝없는 꿈나라로 흘러갑시다. 견디기 어려움을 맛볼 때마다 흘러서 서로 합하는 따스한 눈물의 위로를 받읍시다."

이 말을 한 영철의 눈에서는 알지 못하는 눈물이 보석 반지 반짝반짝하는 설화의 흰 손등 위에 떨어졌다. 설화는 겨우 마음을 진정한 듯이 몸을 영철에게 실리며 가늘게 바르르 떨더니,

"영철 씨, 어떻게 하면 이 괴로운 세상을 벗어날까요? 저는 끝도 없고 한도 없는 세상으로 달아나고 싶어요. 모든 것을 활활 내던지고 한없이 흘러가고 싶어요. 공중으로 흘러가는 구름같이 둥둥 떠나가고 싶어요. 그러다가는, 그러다가 영철 씨의 가슴에서 죽고 싶어요. 영철 씨, 영철 씨의 가슴은 저의 마지막 무덤이 되어 주세요."

영철은 설화의 흘리는 듯하게 거슴츠레한 눈을 바라보았다. 그리고 자기의 팔을 붙잡는 미끈한 손과 자기의 심장 위로 스치고 지나가는 그의 울음소리가 차디차고 근질근질하게 설화를 불쌍히 여기는 마음이 나게 하

였다. 그 불쌍한 생각이 날 때마다 영철은 어머니가 자기의 어린 자식을 끼어안듯이 설화의 등에 깍지손을 힘있게 끼어안았다. 그럴 때마다 그윽한 정욕을 일으키는 설화의 젖가슴이 뭉그러지는 듯이 영철의 가슴을 누를 때 영철은 조금 지지리 탄 듯한 설화의 입술을 빨아 보았다. 그러고는 떨리는 목소리로,

"설화!"

하고 불렀다. 설화는,

"네."

하고 영철의 얼굴을 쳐다볼 때 영철의 두 눈에 으리으리한 이상한 정체가 설화의 마음을 매혹적으로 근질일 때 그는 고개를 다시 수그렸다. 영철은 손으로 설화의 뜨거웁게 타는 두 뺨을 곱게 문질렀다. 그러다가 그 뺨을 쳐들어 자기 얼굴과 마주 향하게 하였다. 그러고는 그의 눈을 들여다보고는 자기도 모르게 본능적으로 싱긋 웃었다. 설화도 영철의 웃음에서 그 무슨 요구(要求)를 알아차린 듯이 생긋 웃고는 부끄러움을 짓고 고개를 돌이키려 하였다. 영철은 그러나 돌리려는 얼굴을 돌리지 못하게 하더니, 그의 입술을 바라보았다. 그리고 또다시 가늘게 떨리는 목소리로,

"설화!"

하였다. 이번에는 설화도 응종하는 듯이 다만 싱그레 웃으면서 가만히 있다. 영철은 설화의 쪽찐 머리 뒤로 한 손을 보내고 또 한 손으로 설화의 등을 감아 그녀를 얼싸안았다.

그러고는 한참 동안이나 두 사람은 아무 소리가 없었다. 다만 입김과 입김이 코를 거쳐 나와서 강하게 떨리는 소리가 고요한 밤의 공기를 짜릿한 정욕의 그윽한 맛으로 물들일 뿐이었다.

영철이 두 팔의 힘을 늦추고 설화가 부끄러운 듯이 고개를 갸우뚱하고 머리쪽을 고칠 때에는 두 사람의 입술에는 꿀물 같은 사랑의 이슬이 번지르하게 윤이 흘렀다.

영철은 속마음으로 아아 과연 나는 행복의 경계선을 넘어 들어온 자인

가 할 뿐이었다.

영철과 설화가 설화의 집에서 만난 지 사흘 동안이 지나갔다.

어린 혜숙은 교실에 들어앉아 한문을 배우고 있었다.

수염 많이 난 털보 선생이 무엇이라 힘없는 목소리로 설명을 할 때마다 여러 학생들의 얼굴들은 점점 누래지도록 염증이 나는 모양이다. 혜숙은 처음에는 책을 펴놓고 선생의 설명을 들으리라 하였다. 그러다가는 10분이 지나지 못해서 공책 위에 그림을 그리기 시작하였다. 또 그러다가는 또다시 선용의 생각이 났다.

선용 씨도 나처럼 공부를 하렷다. 그러나 그는 이런 배우기 싫은 한문을 배우지 않고 영어를 배우렷다 하였다. 그러다가는 또다시 선용의 그리운 생각이 났다. 그리고, 편지나 한 장 쓰리라 하였다.

그리고 선생의 눈을 한번 쳐다보고는 조용히 공책 한 장을 뜯었다. 그리고 모든 묘한 문자와 정다운 문구를 될 수 있는 데까지 자기 힘을 다해서 써보리라 하였다.

그는 편지를 써서 필통 속에 있는 봉투를 꺼내어 피봉을 썼다. 그래서 책 틈에다 넣었다. 그리고 선생에게 들키지나 아니하였나 하고 다시 선생의 얼굴을 쳐다보고 책을 보는 체하였다.

어린 혜숙은 다만 마음 가운데 이러한 것만 그리고 있을 뿐이었다. 선용 씨가 일본서 공부를 하여 가지고 돌아오거든 앞에는 수정 같은 냇물이 굼실굼실 여울지어 돌아가고, 뒷동산에는 성(聖)된 종려나무 그늘 같은 무르녹은 녹음 가운데 어여쁘고 얌전하게 양옥집을 짓고 살자!

그리고 선용 씨는 서재에서 글을 쓰고 자기는 전깃불이 고요히 비치고 나부끼는 창장(窓帳)을 가는 바람이 고달프게 할 때 그 옆 교의에 앉아 책을 보다가 선용 씨가 머리가 고달프다고 붓대를 놓거든 나는 피아노의 맑고 가는 멜로디로 그의 머리를 가라앉혀 주리라. 그러다가 달이나 훤하게 밝거든 뒷동산 이슬 내린 사이로 두 사람이 팔을 마주 잡고 이리저리 소요하면서 나무 사이로 흐르는 푸른 달빛에서 한없이 달콤한 정화에 취하여 보리라 생각하였다.

그러나, 그것이 참으로 그렇게 되리라는 확실한 희망을 혜숙의 가슴에 부어다 준다는 것보다 그렇게 되었으면 좋겠다는 욕망이 그의 머릿속에 쉬지 않고 나타나서 공상의 활동 사진을 비치게 하였다.

하학을 한 혜숙은 학교 정문을 나섰다. 그의 책보를 낀 손에는 선용에게 갈 편지를 겹쳐 쥐고 있었다. 그가 마침 우체통 앞으로 가까이 가려 할 때에,

"오래간만이십니다."

하고 은근히 인사를 하는 백우영을 만났다. 혜숙은 깜짝 놀라 고개를 들었다. 그리고 얼결에 나온 목소리로,

"네, 오래간만이십니다."

하였다. 그랬으면 그만인 걸 무슨 죄나 짓다가 들킨 듯이,

"어디를 가세요."

하고 서투른 말로써 그에게 무슨 애원이나 하는 듯이 공연한 말을 물어보았다. 그러고는 자기 손에 든 편지를 백우영에게 들키지나 아니하였을까 하고 얼른 보이지 않게 책보와 자기의 팔 사이에다 넣어 버리었다.

"네에, 어디 좀 갑니다. 벌써 하학을 하셨어요?"

하고 백우영은 나란히 서서 가기를 바라는 듯이 혜숙의 옆으로 가까이 오더니, 아무 말 없이 걸어간다. 혜숙도 하는 수 없이 편지도 부치지 못하고 그대로 우영과 조금 떨어져서 천천히 걸어간다.

우영의 얼굴은 영도사에서 볼 적보다 더욱 어여뻤다. 그리고 양복 입은 맵시가 날씬하고 녹신하도록 태도가 있어 보였었다. 그리고 어여쁜 입이 한번 맞추었으면 좋을 듯이 사람의 마음을 끈다.

그리고 양복에서 일어나는 구수한 털 냄새와 속옷에 뿌린 향수 냄새가 혜숙의 허리를 홰홰칭칭 감아 잡아당기는 듯이 그윽하다. 그리고 그의 가슴은 수놓은 비단 방석같이 편안해 보였다.

우영은 말을 좀 붙여 보려고,

"혜숙 씨 오라버니 안녕하세요?"

하고는 곁눈으로 혜숙을 보았다. 혜숙은 땅만 보고 걸어가면서,

"네, 안녕하세요."

하였다.

"지금 바로 댁으로 가십니까?"

"네. 바로 가요."

"저의 집에 가셔서 잠깐 놀다 가시지요?"

이 소리를 들은 혜숙은 깜짝 놀라며,

"네?"

하고 우영을 쳐다보았다. 평생 남자에게 놀러 가자는 말을 들어 보지 못한 혜숙은 백우영이 자기 집까지 놀러 가자는 것이 그 무슨 놀랄 만한 죄악의 굴로 유인하는 듯하였다. 그리고 죄악 중에도 망측한 냄새가 흐르는 방 안으로 자기를 데리고 가려 하는 듯하였다.

우영은 다만 혜숙의 어린 것을 조소하는 듯이,

"네, 저의 집까지 가셔서 잠깐만 앉아 노시다 가시지요."

하였다. 혜숙은,

"늦게 가면 집에서 기다리시니까, 실례지만 할 수 없는걸요."

하며, 공연히 마음이 불안하였다.

"뭘요. 잠깐 앉았다 가실걸요. 저의 집은 여기서 가까우니까, 바로 저 깁니다."

하며 저쪽에 있는 기와집을 가리킨다. 혜숙도 그 집을 바라보며,

"네, 그러세요. 그렇지만……."

하고 주저주저한다.

"그러면 언제든지 한번 놀러 오실 수 없을까요?"

"글쎄요. 언제든지 오라버니하고 한번 놀러 가지요."

"네에!"

하는 백우영의 마음에는 오라버니하고 같이 가겠다는 말이 아주 만족하지는 못하였으나 그렇다고 혼자 오라고 할 수가 없어,

"그러면 그렇게 하시지요."

하였다.

백우영과 서로 헤어져 자기 집에 돌아온 혜숙은 책상 앞에 앉아 복습을 하기는 하나 그의 머리에는 글자라고는 한 자도 들어가지 않고 백우영과 김선용의 그림자가 왔다갔다한다.

혜숙은 백우영을 오늘 만나기 전까지는 김선용에게 모든 촉망을 두었으며 모든 공상에 현실을 기대하였으나 백우영을 만나보고 나니까, 거미줄 얽듯 공중에 얽어 놓은 공상이 한낱 꿈같이밖에 생각되지 않는다. 백우영에게서 모든 환희(歡喜)와 열락(悅樂)을 얻을 수 있을 것 같을지라도 김선용의 보이지 않는 장래에는 그것을 찾아볼 것 같지는 않았다. 백우영은 모든 미(美)의 소유자라 할 수 있을지라도 김선용은 그렇지 못하였다.

혜숙은 어찌하여 영도사에서 김선용에게 나는 언제든지 당신을 잊지 못하겠어요 하였느뇨 하였다. 그때 백우영에게 그런 말을 하였던 것이 도리어 나을 것이 아니었던가, 그리고 오라버니의 편지와 함께 김선용 씨에게 편지는 무엇하러 하였느뇨 하였다. 그리고 오늘 낮에 학교 교실에서 써서 부치려 하던 편지를 다시 뜯어 읽어 보다가,

'이 편지를 부칠까? 말까?'

하였다. 그러다가는,

'그래도 부쳐야지, 내가 만일 이 편지를 부치지 않으면 내가 죄를 짓는 사람이 될 테지! 선용 씨는 나로 인하여 불행한 사람이 될 테지!'

하다가,

'오라버니가 만일 나의 이와 같은 주저하는 마음을 알면은 책망을 하렷다.'

하였다.

그녀의 마음은 자기가 하고 싶고 옳다고 인정하는 것을 고집할 수 있을

만큼 경험이 없는 어린애다.

자기의 마음이 비록 백우영의 묘한 힘에 끌려갈지라도 자기의 오라버니를 절대로 신임하는 혜숙은 영철의 말을 일종의 경전(經典)같이 믿을 뿐이다.

그래서 지금 자기의 마음 한모퉁이에는 웬일인지 김선용에게 대한 불만이 있을지라도 그 불만이 있는 김선용을 당장에 배척할 만큼 용기는 없었다.

그는 편지를 다시 들여다보다가,

'그래도 부쳐 주어야지.'

하였다. 그리고 마음 한구석으로 언제든지 틈만 있거든 백우영의 집에 한번 가 보리라 하였다.

지구가 돌매 온 우주까지 바뀐 듯하고 가을과 겨울이 지나 따뜻한 봄이 오니, 죽었던 모든 생물들이 생기를 띠어 눈을 비비며 부시시 일어난다. 티끌에 잠겨 있고, 허위에 얽매여 서로 싸우고 서로 다투는 도회 사람이나, 한적하고 적막한 시골에서 순후하고 단조로운 생활을 하여 가는 향토 사람이나, 나무에 깃들이는 어여쁜 새들이나, 산 위에 뛰어가는 사나운 짐승이나, 우뚝 솟은 산이나 잔잔한 바다나 함께 춤추고 노래하는 것은 봄의 신(神)의 두터운 은총뿐이었다.

나릿한 바람이 사람의 젖가슴을 간질이고, 멀리 가까운 산과 들에는 새로 나는 푸른 풀이 금자리를 깐 듯하고 버들가지 펄펄 춤추는 어떤 일요일 아침이었다. 구릿빛 햇빛이 따스하게 쏘아 오는 마루 끝에서 세수를 한 영철이 혼잣말처럼,

"오늘은 은행의 일로 인천을 갈 일이 있는데……."

하고서는 귓바퀴에 묻은 비누를 씻으려 할 즈음에,

"편지요."

우편 배달부가 편지 한 장을 내던지고 간다. 영철은 문간에 나아가 물

묻은 손으로 편지를 집어 피봉을 살펴 보았다. 거기에는 '이혜숙 양'이라고 한문으로 쓰고 그뒤에는 사직동 '백우영'이라고 씌어 있다.

영철은 아주 유쾌치 못한 생각이 나서 상을 찌푸렸다. 그는 편지를 들고 마루 앞으로 가까이 갈 즈음에 방문을 열고, 혜숙이가 고개를 내밀어,

"누구에게 온 편지예요?"

한다. 영철은 시원치 못한 어조로,

"네게 온 것이다."

하고 여전히 편지를 내려다보고 섰다. 이 소리를 들은 혜숙은 깜짝 놀라는 듯이 반가워하면서,

"네? 제게요. 어디 이리 주세요."

하고 마루로 뛰어나오며 영철의 손에 든 편지를 빼앗는다. 그러다가는 그 편지를 들고 주춤하면서,

"웅! 그이에게서 왔군."

하고는 안방으로 뛰어들어가 책상 앞에 돌아앉아 입속으로 소곤소곤 읽는다.

영철은 수건질을 하고 안방으로 들어가며 혜숙에게,

"무엇이라고 했니?"

하고 그 편지의 사연이 알고 싶은 듯이 물어보았다.

혜숙은 안심한 듯이 편지를 내놓으며,

"오라버니하고 저하고 이따가 4시에 자기 집으로 놀러 오라구요."

하였다. 영철은 그 편지를 들여다보며,

"놀러 오라구? 나는 갈 수가 없는걸. 인천을 좀 갈 일이 있어 밤에나 올 테니까."

하며 안된 듯이 입맛을 다시며 말을 한다. 혜숙은 큰 걱정이 난 듯이,

"그러면 어떻게 해요?"

하며 영철을 쳐다본다.

"무엇을 어떻게 해?"

"그럼 저 혼자 가요?"

"혼자?"

하고 영철은 힘있게 대답하고는,

"혼자 가면 무엇하니, 그만두면 그만두지."

하고는, 들었던 수건을 역정이나 난 듯이 탁탁 털어서 횃대에다 걸친다.

"그럼 기다리면 어떻게 해요?"

"기다리면?"

하고 영철은 조금 주저주저하다가,

"기다리다가 그만두겠지 안 가도 관계치 않다."

혜숙의 마음에는 비로소 자기 오라버니인 영철의 말이 미웁고 원망스러웠다. 그리고 자기의 행복의 줄을 끊으려 하는 듯한 의심까지 나기 시작하였다. 그리고 속마음으로 김선용에게 자기의 편지를 보이게 한 것도 자기의 오라버니 까닭이요, 또한 김선용에게 사랑을 주게 한 것도 자기의 오라버니라 하였다. 세월의 흐름에 따라 엷어져 가는 것은 만나지 않는 김선용의 사랑이요, 날이 가고 달이 갈수록 두터워 가는 것은 백우영을 사모하는 마음이다. 그리고 영철이한테는 원망스러울 때가 있고 원망의 도수가 더하여 가면 갈수록 영철을 믿지 못할 때도 있었다.

지금도 혜숙의 마음속은 귀찮은 듯이 조마조마하다. 그리고 자기의 모든 것을 의뢰하던 영철이가 지금 이 당장에는 있지 않았으면 좋겠다 하였다. 그리고 백우영의 집에는 어떻든 가 봐야 하겠다고 생각하였다.

'그렇지만…….'

하고 망설이듯이 방바닥에 놓여 있는 편지를 정성스럽게 접으면서 고개를 갸우뚱하고 무엇을 생각하는 듯이 다른 곳만 본다. 영철은 웬일인지 오늘 혜숙이 백우영의 집에 가고 싶어하는 것이 말할 수 없이 유쾌하지 못하여,

"그만두어라. 요 다음에 나하고 같이 가자, 오라는데 안 가 줄 수는 없으니까. 그렇지만 혼자 갈 것은 없다."

할 즈음에 혜숙의 어머니가 밥상을 가지고 들어오다가 이 소리를 듣고 고개를 숙이고 불만족해 앉아 있는 혜숙을 흘겨보며,

"커다란 계집애가 다니기도 퍽 좋아하지, 무엇하러 남의 집 사내 있는 데를 혼자 가니! 오라버니하고 같이나 가면 모르지만."

하고 가뜩이나 속으로 분이 나는 혜숙을 책망한다. 혜숙은 오라버니에게 차마 분풀이를 못 하다가 만만한 어머니에게 팩 쏘는 소리로,

"어머니는 아지도 못하고 그러셔. 남의 집 사내에게 신용을 잃으면 더 부끄럽지."

하니까 어머니는 핀잔이나 주는 듯이,

"얘 그만두어라. 너무 잘 알아서 너는 걱정이더라."

하고 밥상을 놓는다.

영철의 귀에는 '신용'이란 말이 의심쩍게 들리었다.

"그러면 언제 만나기로 약조하였던가?"

하면서도 성이 나서 앉은 혜숙에게 또다시 물어볼 것도 없어서 그대로 빙그레 웃으면서,

"그래 그만두어라. 요 다음에 나하고 가지. 어서 밥이나 먹어라."

한다. 혜숙도 하는 수 없는 듯이 상으로 가까이 와서 밥그릇을 열었다.

사직동 백우영의 집 따로 떨어진 뒷사랑에는 11시가 넘어서 일어나 앉은 백우영이가 그 옆에 앉은 자기 친구와 이야기를 하고 앉아 있다.

"오늘이 일요일이지?"

하며 백우영은 그 친구를 건너다 보며 무슨 기대(期待)를 가진 표정으로 물었다. 그 청년은 백우영을 정신없는 놈이라는 듯이 웃으면서,

"이건 날 가는 줄도 모르고 지내나?"

"그렇다네."

하였다.

"오늘 영철이가 인천을 가는 날이라지?"

"가겠지."

"흥, 그런데 지배인인지 무엇인지는 이영철의 안에서 그대로 논다지?"

"그럴 리가 있나. 어떻게 영악한 사람이라고."

"말 말게. 지난번에도 이영철이가 지배인에게 돈 5백 원을 돌려쓰려다가 연말이 되어 못 얻었다는걸. 요새 어째 마음이 덜렁덜렁하는 모양이야."

"덜렁덜렁만 하겠나, 죽자사자 하는 아가씨가 있는데."

"옳지 옳지, 알았네. 알았어. 너무 그러다가는 안 될걸."

"그러면 무엇하나. 잘못 덤비다가는 큰코 다치지."

"그렇고말고, 제가 무엇으로 그러나. 저의 아버지는 돈도 주지 않고, 제가 무엇이 있어 그래."

백우영은 다시 말을 고쳐,

"그렇지만 누이동생은 관계치 않던 걸 자네도 보았겠네그려."

하였다.

"음, 보다 뿐인가. 요새는 웬일인지 바짝 차리고 다니네. 어째 좀 다른 게야."

백우영은 속마음으로 '내다' 하는 자랑과 '너는 아직 모른다' 하는 우스운 생각이 나지마는 태연한 기색으로,

"그럴 것이 아닌가. 요사이 날씨도 따뜻하여지고, 또 차차 마음이 따뜻하여질 테니까."

하고는 말을 그쳤다가 조금 있다가 다시 백우영은,

"그런데 오늘은 가지 못하겠네."

하고는 팔짱을 끼고 어깨를 한번 좌우로 부라질을 하더니,

"집에 일이 있는걸."

하고 핑계를 댄다.

"무슨 볼일이야? 자네가 없으면 어떻게 하나……."

그 찾아온 친구가 간원하는 듯이 말을 한다.

"정말야. 어젯저녁 늦도록 잠을 자지 못하고 놀았더니 몸도 좀 아프고 이따 누가 온다고 하여서 꼭 기다리마고 대답을 하여 놓았는걸."

"안 되네, 가야 하네. 꼭 만나야 할 사람인가?"

"정말 못 가, 갈 수만 있다면 가지."

그 청년은 농을 쳐서 웃으며,

"설화도 부른다네, 가세그려."

하며 유인을 하려 한다. 백우영은 한번 씽긋 웃으면서,

"설화가 내게 무슨 상관이 있나? 영철이가 있어야지."

하고 가지 않겠다고 뻗대는 듯이 담벼락에 기대 앉는다.

그 청년은 낙망하는 듯이 시——하고 입김을 들이마시면서,

"안되었는걸."

하고 천장만 치어다본다. 백우영은,

"대단히 미안하이. 그렇지만 사정이 그런 걸 어찌하나."

하고 고개를 돌이켜 석경(石鏡)을 들여다본다. 그 청년은 시계를 보더니,

"벌써 11시 40분일세. 어서 가 보아야 하겠네."

하고 모자를 집어들고 바깥으로 나갔다.

백우영은 옷고름을 아무렇게나 고쳐 매고,

"어멈, 어멈."

하고 하인을 부르더니,

"세수물 놓게."

하고 안으로 들어가 세수를 하고 나와서 체경 앞에서 머리에 기름을 발라 반지르하고 야들하게 얄미웁게 착 갈라 붙이더니, 옷을 갈아입고 향수를 뿌리고 넥타이를 골라 매었다. 그리고 그 옆에 있는 교의에 걸터앉아 향기 도는 담배를 푸——하고 피운다.

그리고 혼자 빙글빙글 웃는 그의 머릿속으로는 오늘은 혜숙이가 올 테

지, 그리고 영철이가 인천엘 갔으니까 제가 혼자 올까? 그렇지만 영철이가 없어서 오지 않으면 어찌하노? 그렇다고 아니 올 리는 없으렷다. 어떻든 오기만 하여라. 오기만 하면 되렷다 하였다.

그날 하루종일 방 안에 앉아 혜숙이 오기만 고대하였다.

그러나 거의거의 해가 넘어가려 할 때 백우영은 시계를 치어다보고, 저물어가는 저녁 공기가 자기가 고대하는 마음을 거의거의 낙망으로 끄으는 듯이 그의 심사를 회색으로 물들이는 듯할 때 그는 갑갑한 듯이 창문을 홱 열어젖뜨리고 바깥만 내다보고 서서,

"오는 모양인가, 아니 오는 모양인가."

하다가는 또다시,

"10분 20분……."

하면서 뒷짐을 지고 방 가운데로 왔다갔다한다.

그럴 때 혜숙은 백우영의 집 문 앞에 와 섰다. 오기는 온 혜숙은,

'들어갈까?'

하고 주저하다가는 어쩨 마음이 떨리어,

'그만두어라. 집으로 돌아갔다가 요 다음에 오라버니하고 오지. 만일 오라버니가 혼자 온 것을 아시면 얼마나 책망을 하시게.'

하고는 대문간에 가 한참이나 섰다가 또다시 대여섯 발자국 돌아서서 오다가,

'그렇지만 이왕 여기까지 왔으니 들어가 앉지는 말고 서서 왔다는 말이나 하고 갈까?'

하고 한참이나 주저주저하고 서 있었다. 그러다가는 다시 거듭 문간으로 가까이 들어섰다.

그때 마침 하인 하나가 혜숙의 주저하는 모양을 보더니,

"누구를 찾으세요?"

하며 이상히 여기는 듯 바라본다. 자기가 자기 마음을 마음대로 하지 못하였다가 하인의 누구를 찾으세요? 하는 소리가 어떻게 반가웠던지 알

수 없었다. 혜숙은,

"여기가 백우영 씨 댁이죠?"

하며 하인의 대답이 떨어지기를 기다리고 서 있었다.

"네, 그렇습니다. 이리로 들어오시지요."

하는 하인을 쫓아 들어가는 혜숙은 한편으로는 주저하던 마음이 풀리어 적이 마음이 편한 동시에 백우영을 만나볼까 하는 반가움도 있고 또 한편으로는 집에 언뜻 가야 할 텐데 하는 불안도 없지 않았다.

혜숙은 좁고 한참이나 꼬부라진 골목을 지나서 사랑문을 들어설 때 속 마음으로,

'집도 크기도 하다.'

하였다. 그러고는 곁눈으로 집 전체를 돌아보았다. 그리고,

'백우영 씨의 거처하는 곳은 어떻게 꾸며 놓았나?'

하였다.

백우영이가 기다리다 못하여 화가 난 듯이,

"에――그만두어라."

하고 교의에 덜컥 걸터앉아서 애꿎은 담배만 피울 때,

"서방님, 손님 오셨어요."

하는 하인의 소리를 듣고 벌떡 일어나며,

"응? 누구시라구?"

하고 바깥을 내다보았다.

거기에는 혜숙이가 마당 가운데 들어서서 사랑 마루를 치어다보고 서 있다. 우영은 반가움이 극도에 달하여 달음박질하듯이 문밖으로 뛰어나오며,

"어서 이리 들어오십시오. 오시느라고 매우 수고하셨지요."

하고 댓돌 위에 올라서는 혜숙의 땀에 젖은 머리카락이 하얀 이마에 달라 붙은 것을 보았다.

혜숙은 숨이 찬 듯이,

"아뇨, 괜찮아요. 너무 늦게 와서 매우 기다리셨지요?"

"별로 기다리지는 않았으나 영철 군은 웬일인가요?"

"저, 오라버니는 오늘 아침에 인천을 가시면서 못 오신다고 말씀이나 해달라고 하셨어요."

하는 혜숙은 처음으로 거짓말을 하였다. 그리고 그의 마음은 떨었다. 우영은 시침을 떼고,

"인천이요? 어떻게 그렇게 공교롭게 오늘 꼭 인천을 가게 되었을까요. 대단히 안되었는걸요."

혜숙은 우영의 방으로 들어가서 다만 주춤하고 서 있을 뿐이었다. 그리고 화려하고 아담하고 정하고 깨끗하게 꾸며 놓은 방에 쉴새없이 코를 찌르는 향내는 웬일인지 그윽한 염정(艷情)의 붉게 타는 냄새를 맡는 듯하였다.

우영은 방석을 내놓으며,

"앉으시지요."

그리고 잡지와 두어 가지 그림책을 내놓으며,

"잠깐만 앉아 기다려 주십시오. 큰사랑에 나가서 전화를 좀 하고 올 테요."

하고는 바깥으로 나갔다.

혜숙은 고요한 방 안에서 책장을 뒤적뒤적하다가 다시 한 번 사면을 둘러보았다. 반 양식으로 꾸민 이 방 안에 놓여 있는 책장이나 화장대나 벽에 걸어 놓은 그림이나 그 위에 놓인 화병이나 의자나 방바닥에 깔아 놓은 수놓은 방석까지 아름다웁지 않은 것이 없으며 귀하고 반가워 보이지 않는 것이 없었다.

백우영은 나간 지 30분이나 지나도 들어오지 않는다. 혜숙은 갑자기 놀라는 듯이 책장을 덮으면서,

'가야 할 텐데.'

하고는 귀를 기울여 우영이가 들어오나 아니 들어오나 하고 한참 듣다가

갑갑한 듯이 문을 열어 바깥을 내다보았다. 문 여는 소리에 아무도 없는 마당에 내려앉았던 저녁 참새가 프르륵 날아갈 뿐이다.

조금 있다가 신발 소리가 나더니 우영이가 다시 사랑으로 나오며,

"매우 안되었습니다. 너무 기다리게 하여서."

하고 우영은 방 안으로 들어왔다.

"아뇨, 괜찮아요. 그런데 저, 그만 가겠어요."

"녜? 가셔요?"

"집에서 기다릴 테니까요."

"뭘요. 조금 노시다 가시지……. 가시기가 어려워서 그래요? 이왕 오셨으니 저녁이나 잡숫고 가시지요."

"저녁요? 가서 먹지요."

하고는 혜숙은 다시 일어섰다.

"앉으세요."

하고 우영은 치맛자락을 잡아당겨 앉힌다. 혜숙은 얼굴이 빨개지며,

"놓으세요, 앉을게요."

하고는 속으로 무례하기도 하다 하였으나 그 무례한 것을 책망할 만한 용기는 없었다.

그때 하인이,

"상 내왔습니다."

하고 상을 들여다 놓았다.

전깃불이 켜져서 방 안에 놓여 있는 세간의 장식한 금속을 비친다.

혜숙은 한옆으로 비켜 앉으며,

"저녁은 가서 먹지요."

하고 머뭇머뭇한다.

"무엇을 그러세요. 여기서 잡수셔도 마찬가지지요. 자――가까이 오십시오."

"집에서 기다리세요."

저녁상을 대한 두 사람은 거의 20분 동안이나 아무 소리 없이 앉아 있었다. 혜숙과 우영은 바로 보지도 못하는 가운데 오고가는 정사(情思)를 말하는 가운데에도 나른한 침묵이, 또 한편으로는 두렵고 불안한 생각이 났다.

혜숙은 자기의 가슴이 높은 고동으로 뛰고 또한 자기의 연하고 부드러운 숨소리가 조용한 방 안에서 분명히 들릴 때 일부러 기침을 하고 무슨 말이든지 하리라 하였으나 할말이 없었다. 백우영이가 아무 말도 없이 이상한 눈으로 자기를 바라보며 거북한 침을 삼킬 때 혜숙의 뜨거운 피가 차디차게 식어 버리는 듯하고 가슴이 두근두근하였다. 그래서,

"저는 가겠어요."

하고 벌떡 일어나려 하니까, 백우영은 아무 대답도 없이 혜숙의 손을 잡으며,

"네?"

하고는 아무 소리가 없다. 손을 잡힌 혜숙은 온몸이 금시에 차디찬 냉수를 끼얹는 것같이 떨리며 무서운 생각이 나서,

"왜 이러세요."

하고 손을 잡아 빼려고 애를 썼으나 우영은 무엇을 결심한 듯이 떨리는 중에도 흥분된 목소리로,

"혜숙 씨."

하고 그의 입을 귀밑까지 가까이 대며 쥔 혜숙의 손을 무엇을 재촉하는 듯이 가늘게 흔들었다.

혜숙의 얼굴은 핼쑥하여졌다. 그리고 아까 우영을 만났으면 하던 때와는 아주 반대로 지금은 다만 얼른 이 방을 벗어나고 싶을 뿐이었다.

백우영은 무슨 말인지 하려다가 다시 얼굴에 미소를 띠고,

"앉아 노시다가 천천히 가시지요."

하였다. 혜숙은 한숨을 휘 쉬더니,

"가야 하는걸요. 집에 너무 늦게 들어가면 걱정을 들어요."

하고 다시 얼굴이 타오르는 저녁놀 같아지며 옷고름만 만지작거리면서 고개를 숙이고 아무 소리 없이 서 있었다. 백우영은 먼저 자리 위에 앉아 혜숙의 팔을 잡아당기면서 떨리는 소리로,

"혜숙 씨."

하였다.

혜숙은 잡아당기는 팔을 끌며,

"왜 이러세요."

하고 도망이나 갈 듯이 고개를 돌이킨다.

"저는 꼭 한 가지 원할 것이 있어요."

혜숙의 손은 떨렸다. 몇 분 사이는 아슬아슬하고 간질간질한 침묵이 계속하였다. 우영은 다시 일어났다.

혜숙은 화병에 꽂혀 있는 꽃송이 잎사귀만 하나씩 둘씩 따면서 돌아서 있다. 백우영은 다시 혜숙의 등뒤로 두 손을 쥐고 나지막한 목소리로,

"혜숙 씨."

하였다. 혜숙은 다만 씩씩하는 콧소리만 내고 서 있더니,

"왜 이러세요."

하고 고개를 푹 수그리고 우는 듯이 서 있다. 우영은 혜숙의 머리 뒤로 으스스하게 일어선 머리카락을 하나 둘 셀 듯이 들여다보면서,

"자……."

하고 혜숙의 몸을 투정하듯이 흔들었다.

황망히 백우영의 집을 뛰어나오는 혜숙은 자기가 무슨 보배를 잃어버린 듯하였다. 그리고 힘없는 자기 몸에 는질는질한 오점(汚點)이 박힌 듯하고 한없이 꽃다운 장래를 한꺼번에 끊어놓은 듯하였다.

그리고 백우영과 교제를 시작한 때와 아까 서로 만나 이야기를 할 때에는 부끄러운 중에도 불그레한 즐거움이 그의 애를 태우더니 지금 이 으스스한 길거리를 비틀거리며 달아날 때에는 그 모든 지나간 일과 또는 백우영에게 안기었던 그 순간이 더럽고 진저리쳐지는 죄의 기록같이 생각될

뿐이었다.

혜숙은 옹송그리고 길거리로 걸어오며 몸을 자지러뜨려 오스스 떨면서,

'내가 여기를 무엇하러 왔나? 오라버니가 가지 말라고 그렇게까지 말씀한 것을 굳이 듣지 않고 와서 이런 꼴을 당하고 가니 오라버니를 무슨 낯으로 대할까. 아이, 이제부터는 처녀가 아니지.'

하고는 그의 몸을 둘러보았다.

'나는 이제부터 정말 처녀가 아닌가?'

그는 자기의 몸이 과연 처녀가 아닌가? 의심하였다. 혜숙은 종로 네거리까지 왔다. 그리고 어찌하면 좋을까 하였다.

'어떻게 집엘 들어가나? 집에 들어가서 무엇이라고 하나?'

하였다.

집으로 들어가자니 부끄러운 중에도 가슴이 떨릴 뿐이요, 집엘 들어가지 않자니 어린 여자가 갈 곳이 없었다.

'춥거나 굶주리거나 집에 들어가지 말고 넓은 천지로 방황이라도 하여 볼까?'

하다가도,

'그렇지만 우리 어머니와 오라버니는 나를 사랑하니까 그것까지 용서하여 줄 테지?'

하여 보기도 하였으나, 그의 다리는 집을 향하지 않고 다만 한 시간일지라도 책망을 받을 시간이 늦어가기만 바라고 길거리를 헤맬 뿐이었다.

혜숙은 하늘을 우러러 울고도 싶고 그대로 죽어 버리고도 싶고 가슴이 바짝바짝 죄고 목이 마르고 입술이 타들어 왔다. 그렇던 혜숙은 발을 동동 구르면서,

'어떻게 하면 좋을까?'

하였다. 그는 길 모퉁이에 한참 서 있어 보기도 하고 남의 집 담벼락에 기대서서 울어 보기도 하였다. 그러다가는,

'에라, 어떻든 집으로 가 보리라.'

하고 넓은 길로 나왔다가는 그렇지만, 하고 다시 주춤하고 서서,

'밤새도록 싸대다가 내일 집으로 들어가리라.'

하였다.

그럴 즈음에 누구인지 자기 뒤에 와서 기웃이 들여다보다가,

"혜숙이 아니냐?"

하는 사람이 있었다. 혜숙은 맥풀리도록 깜짝 놀라서 돌아보았다. 거기에는 영철이가 꾸짖는 듯이 자기를 바라보고 있었다. 혜숙은 아무 말도 못하고 다만,

"오라버니!"

하고 영철의 팔에 힘없이 매달려서 흐느껴 가며 울었다. 그리고 들리지 않는 목소리로,

"오라버니——용서해 주세요."

하였다. 영철은 용서하여 주세요, 하는 혜숙의 말을 들을 때 아까 아침에 자기가 우영의 집을 가지 말라 한 것을 듣지 않고 자기 마음대로 갔다가 길에서 만나 책망이나 듣지 않을까 하여 그것을 용서해 달라고 우나 보다 하였다. 그러고는 그 우는 것을 보고서는 속마음으로 벌써 용서하였다 하는 듯이,

"이게 무슨 짓이냐. 행길에서 울기는 왜 우니? 어서 가자, 전차를 기다리니?"

하고는 혜숙을 재촉하는 듯이 흔들어댄다.

"아녜요, 아녜요."

하는 혜숙은 재촉하는 영철의 말을 들었는지 못 들었는지 그대로 극도의 애소에서 일어나는 어리광을 부리듯이,

"아녜요, 저는 죽은 사람이에요."

하고는 온몸을 버티어 있는 힘을 다한 듯이 그대로 영철의 팔에 매달려 울 뿐이었다.

이 소리를 듣는 영철의 가슴에는 번개같이 나타나 보이는 것이 있었다. 그러고는 혜숙의 얼굴을 물끄러미 들여다보았다. 영철의 눈에는 오늘 아침까지 연지같이 붉던 입술이 시푸르뎅뎅하게 보이며 기쁘게 반짝이던 맑은 눈동자가 송장의 눈같이 으스스하게 보이는 듯하였다. 그리고 따뜻한 살 냄새가 그윽하던 그 육체는 시들시들하고도 차디차게 보였다.

영철은 뜨거운 눈물 방울도 차디차게 자기 옷깃을 적실 때 불쌍한 마음까지 나면서도 그의 피 속으로 스미어드는 떨리는 울음소리가 추악한 냄새처럼 그의 신경을 으쓱하게 하여, 얼른 그의 몸을 떼밀치려 하다가 또 다시 그의 피부 끝에 닿은 신경은 끝과 끝이 재릿재릿한 우애의 바늘로 찌르는 듯할 때 또다시 혜숙의 몸을 껴안고,

"어서 가자, 응?"

하며 혜숙을 흔들었다. 혜숙은 떨리는 긴 한숨과 함께,

"저는 처녀가 아닙니다."

하고 참으려던 울음이 또다시 터진다.

"처녀가 아닌 저를 오라버니는 용서해 주시겠어요? 무정한 저를 오라버니는 예전과 같이 사랑하여 주시겠어요?"

영철은,

"혜숙아!"

그의 손을 힘있게 쥐며,

"혜숙은 언제든지 나의 누이다."

하고 소리를 지를 듯이 목소리를 높이자 그의 손이 떨리면서 뜨거운 눈물이 그의 두 뺨으로 구을러 떨어졌다. 혜숙은 영철의 손에 매달리며,

"그러면 오라버니는 저를 용서하여 주신다는 말씀이지요?"

했다. 고마운 눈물이 이제는 또다시 뜨거웁게 영철의 손을 씻어 준다. 영철은,

"인생이란 그런 것이란다."

하고는 눈물을 씻고,

"어서 가자, 어서 가."
하며 혜숙을 끌고 차를 태우려고 정류장 가까이 왔다.

영철은 혜숙이가 불쌍하여 그리하였던지 인생의 무상을 느낌인지 어쩐지 모를 눈물이 자꾸자꾸 쏟아진다. 그래서,

'정신의 행복의 결과는 육(肉)의 만족이다. 그리고 육의 만족은 정신의 고통일까?'
하였다.

영철은, 오늘 인천을 가지 말걸 하는 후회가 일어나며 또다시 이등 차간에서 설화를 만났던 일이며, 설화가 자기를 따라 일부러 인천까지 간다는 말이며 또는 7시 차에 올라오기로 약조하였다가 소학교 다닐 때에 특별히 존경하던 선생님을 찾아뵈오러 갔던 일이 생각났다.

영철이가 선생을 찾아뵈올 때에는 그 선생이 반가이 맞아 주시면서,

"어! 영철인가. 잘 왔다, 잘 왔어. 이렇게까지 찾아 주니 참으로 고맙다."
하고 주름살이 조금 잡힌 흰 얼굴에 반가운 웃음을 띠며,

"이리 들어오너라."
하고 근지러운 손으로 자기의 손을 붙잡아 당기면서,

"그래, 요사이는 무엇을 하노? 오——은행에 다닌다지? 그렇지 그래. 놀아서는 안 되지."
했다. 영철이는 인사 한마디 할 새 없이 반가워하던 것을 생각한다.

"선용이는 일본서 신문을 돌려 공부를 한다지? 그 아이는 꼭 성공하느니라 성공해. 내가 가르친 아이들 중에는 아직까지도 너하고 선용이가 나를 생각하여 주는고나."
하며 집안 사람들에게,

"저녁을 지어라. 반찬을 장만해라."
하던 생각을 하고 또 자기가,

"오늘은 잠깐만 뵈옵고 가야겠습니다."

하니까,

"어, 안 될 말, 안 될 말이지. 이렇게 오래간만에 와서 그대로 가다니. 저녁차로 못 가면 밤차에 가지."

하고 굳이 붙잡으시므로 설화가 기다릴 생각을 하고 마음이 죄던 생각과 또 그 선생님이 자기를 붙잡고 눈물까지 흘리면서,

"영철아! 영철아! 나는 참으로 네가 참으로 그럴 줄 몰랐다. 너의 늙은 아버지까지 돌아보지 않고 한낱 경박한 여자에게 그렇게까지 할 줄은……."

하던 선생님의 얼굴이 역력히 보인다.

그리고 정거장으로 나오는 자기를 행길까지 쫓아 나오시며,

"부디 부디 잘 올라가거라. 그리고 나의 말을 잊지 말아 주기를 바란다."

고 신신당부하던 것도 생각난다. 그러고는,

'설화가 나를 못 믿을 놈이라 하겠지? 만나자고 약조까지 하여 놓고 오지 않는 것을 볼 때 얼마나 무정스러운 생각이 났을까?'

그러다가는,

'그 감정질(感情質)인 설화가 자기 집에서 나를 원망하고 눈물을 흘렸을 테지.'

하였다.

그리고 경성 정거장에서 내려, 바로 설화의 집으로 가서 그런 말이나 하리라 하다가 뜻밖에 혜숙을 만나 뜻하지 않은 두려운 말을 듣고서 자기 누이를 데리고 지금 자기의 집으로 향하게 되는 것을 생각하고는 혜숙을 데려다 두고 다시 설화의 집으로 가리라 하였다. 그러고는,

"얘, 어째 우리 사람에게는 환경의, 모순의, 성격의, 당착(撞着)이 이같이도 많을꼬?"

하였다.

그 이튿날 아침이었다. 걸음을 바쁘게 하여 사직골 백우영의 집으로 가는 영철의 마음에는 백우영이가 밉다 못해 얄미웁고 괴악하고 더러운 중에도 분한 마음과 그윽한 인생의 비애가 엉클어져 그대로 때려뉘고 싶은 생각이 났다. 그는 주먹을 부르쥐고, 종침다리 예배당 앞에 당도하였을 때, 인력거 종소리가 따르르 하고 나며 자기의 앞으로 인력거 한 대가 닥쳐오더니 그 위에서 점잖은 목소리로,

"어디를 이렇게 급히 가나?"

한다. 영철은 얼핏 고개를 들어 쳐다보고,

"네, 댁까지 갑니다."

하는 목소리는 떨리는 중에도 분노가 섞여 있었다.

영철은 그대로 달려들고 싶었다. 우영의 아버지를 만난 영철은 우영을 만난 것같이 분함이 났다. 그러나 사장의 은근하고 부드러운 표정과 목소리는 영철에게 그만 분노를 대담하게 내놓지 못하게 하였다.

백 사장은 얼굴에 미소를 띠며,

"그러면 우영을 보러 가나?"

한다. 영철은 다만,

"네."

하였을 뿐이었다. 그리고 사장의 얼굴을 쳐다볼 때 웬일인지 그의 얼굴에는,

'네가 나의 아들에게 분풀이를 하러 가지?'

하고 위엄 있게 내려다보는 빛이 보이며 또는,

'그러면 너는 나에게까지 반항하는 자이지?'

하는 듯한 무서운 빛이 보이는 듯하였다.

그러나 그가 가는 웃음을 다시 띠며,

"일어났는지도 모르겠네. 어서 가 보게."

하고 인력거를 재촉하여 광화문 넓은 길을 향하여 가는 것을 한참이나 서서 바라보던 영철의 마음에는 그 백사장의 웃음 속에는 무슨 깊은 의미가

박히어 있는 듯하고 또 자기와 인연을 더 가까이 맺어지게 하는 듯하였다.

영철이 백우영의 큰 집 대문을 들어서려 할 때 마침 나오는 하인과 마주쳤다. 영철은 힘있게 우뚝 서서 위엄 있게 하인을 바라보며,

"서방님 계신가?"

하였다. 그 하인은 심술궂게 무례한 태도로 눈을 딱 부릅뜨고 아래위를 훑어보더니,

"무어요?"

하고 다시 쳐다본다. 영철은 화가 벌컥 나고 고이한 생각이 나건만 그대로 꾹 참고 서서,

"서방님 계셔?"

하였다. 그 하인은 다시 심통스런 소리로,

"잠깐만 기다리세요. 들어가 보고 나오게요."

하고는 그대로 안으로 들어간다.

영철은 우습고도 기가 막히었다. 그러나 억지로 참고 바깥에서 왔다갔다하며 나오기만 기다렸다.

조금 있다가 계집 하인 하나가 나오더니 영철을 보고 여성다운 부드러운 목소리로,

"서방님 뵈오러 오셨어요?"

한다. 영철은 아무 소리도 없이 고개만 끄떡끄떡하였다. 계집 하인은 말하기가 부끄러운 듯이 싱긋 웃더니,

"여태 주무세요. 좀 기다리셔야 할걸요."

하고 영철에게 거기 서서 일어날 때까지 기다리라는 듯이 바라본다. 영철은 속마음으로,

'흥, 빌어먹을 소리를 다하는군.'

하며 열이 벌컥 나서,

"그러면 언제까지 기다리라는 말인가?"

하고 엄연한 목소리로 말을 하였다.

계집 하인은 조금 얼떨떨하여,

"글쎄요, 일어나실 때까지……."

하고 채 말을 못 마치므로 영철은 소리를 빽 질러,

"무어야? 들어가 일어나시라고도 못 해?"

하더니,

"가만 있거라. 내 들어가 잡아 일으킬 테니."

하고 앞사랑 중문을 지나 뒷사랑으로 통하는 꼬부라진 골목을 돌아 우영의 누워 있는 사랑 마당에 들어섰다.

우영은 어젯저녁에 혜숙을 보낸 뒤에 여태까지 그의 마음을 채우고 있는 그윽하던 기꺼움이 눈 녹듯이 다 풀리어 버리고 부끄러움과 더러움이 그의 가슴속을 용트림하여 지나가는 듯하고 또는 공연한 짓이구나 하는 후회가 그를 밤새도록 귀찮게 하더니 그대로 잠이 들었었다.

지금도 일어나 앉아 어젯저녁에 혜숙을 더럽힌 것이 참말일까 하다가 참말이 아니고 거짓말이었으면 좋겠다 하였다. 그러다가는, 그렇지만 참말이지 할 때 그러면 혜숙을 일평생 데리고 살까? 하였다. 그렇지, 함께 살면 혜숙도 부정한 여자가 아니요, 나도 잘못한 것은 없을 테지. 그렇다, 같이 데리고 살겠다! 하였으나 어쩐지 그의 마음에 꽃다웁게 빛나고 미치게 춤추는 많은 환영이 돌돌 뭉쳐져서 그의 가슴 한복판에 착 달라붙은 듯이 거북하고 귀찮은 듯하였다.

그러다가는 장래에 어떠한 여자든지 자기와 결혼을 하려니 하던 그 이상이 한꺼번에 푹 꺼져 버리고 눈앞에는 나무로 깎아 세워 놓은 듯이 혜숙의 그림자가 나타나 보일 것만 같았다.

우영은 속으로, 그러면 나는 또다시 다른 여성을 사랑하지 못할 테지! 많은 여성 중에서는 혜숙이보다 더 어여쁘고 더 잘생긴 여자가 얼마든지 있을 텐데. 혜숙이란 여자 하나를 위하여 그 모든 여성의 사랑을 단념해 버려야 할 테지!

우영은 혜숙을 베스트의 애인으로 보기에는 얼마간 부족이 있었으며 또한 결함이 있어 보이었다. 뿐만 아니라 그의 피는 너무 많았다. 그의 끓는 피는 너무 그의 이상을 고원(高遠)하게 하였다.

우영이 이 모든 생각을 하고 자리 속에 누워 담배 연기를 호——뿜을 때, 그 담배 연기는 요염한 자색을 가진 미인이 되어 미칠 듯이 춤을 추는 듯하였다.

이때 영철은 마루 위에 올라서 문을 확 열어젖뜨렸다. 그리고,

"우영 군."

하고 부르는 목소리는 무쇠 소리같이 무거웁고 강하였다. 우영의 마음은 그 무쇠 뭉치로 맞은 듯이 실신을 하도록 아무 감각이 없어졌다. 그러나 겨우 거짓 웃음을 지으며,

"아! 이게 웬일인가?"

하고 겨우 팔꿈치를 짚고 일어나려 할 때 영철은 우영의 괴로운 웃음을 바라보면서,

"내가 여기 온 것을 내가 말하기 전에 벌써 자네는 알 테지?"

하고 한 걸음 가까이 나선다. 그리고 떨리는 주먹을 억지로 참으면서 또 한 걸음 가까이 나선다. 우영은 두려움을 참지 못하여 얼굴빛이 푸르락누르락하여 앉았다.

영철은 다시 명상하듯 가만히 서 있더니 부드럽고 연하고 불그레하고 따뜻한 중에도 힘있는 목소리로,

"우영 군."

하더니 또다시 비장한 중에도 녹는 듯한 어조로,

"내가 온 것은 결코 자네를 징계하려는 것이 아닐세."

하고 애연한 눈으로 우영을 바라보다가,

"청춘의 역사는 모두 그러한 것일까? 응? 우영 군! 자네나 내나 그것은 마음대로 하지 못하는 것이 아닌가? 두려운 것은 청춘의 타오르는 연한 불길이니까, 응?"

하고 검은 눈동자에 감추지 못하는 두어 방울 눈물이 모였다.

이 소리를 들은 백우영은 그 부드럽고도 강하고 연하고도 단단하고 뜨겁고도 차고 붉고도 푸르고 엄연하고도 애연한 영철 말에 모든 감정이 풀어지는 듯하고 한곳으로 엉기는 듯하여 무엇이 어떻다는 것을 알지 못하게 되었다. 그는 다만 애원하는 듯이 영철의 손을 붙잡고,

"영철 군 용서하여 주게. 모든 것이 다 나의 잘못일세."

하자, 무의식중에 눈물이 나왔다. 영철은 우영의 부드러운 손을 힘있게 쥐며 눈물이 괴어 흐릿한 눈으로 다만 윤곽만 보이는 우영의 구부린 머리를 내려다보며,

"우영 군…… 벌써 짓지 못할 시간은 그 순간을 휩쓸어 가지고 영원히 과거로 자꾸자꾸 갈 뿐일세."

하다가,

"청춘인 나는 청춘인 자네를 용서할 자격이 없을 테지. 나는 다만 자네에게 한 가지 청할 것을 가졌을 따름일세."

하였다. 우영은 가슴이 괴로운 듯이 얼굴을 영철의 손등에 비비면서,

"나 같은 놈에게 자네가 원할 것이 무엇인가? 될 수 있는 일이면 무슨 짓이든지 할걸세. 자네의 청이라면……."

영철은 주저하는 중에도 무엇을 깊이 생각하는 듯이 한참 먼산을 바라보고 섰더니,

"나는 나의 누이를 일평생 잊어 주지 말기를 바랄 뿐일세."

하고 힘있게 쥐었던 우영의 손을 힘없이 놓으며,

"내 원하는 것은 그것 하나밖에 없네."

하고 눈물 방울을 뚝뚝 떨어뜨린다. 우영의 마음에는 또다시 아까 생각하던 불안한 생각이 났다. 그리고 무한한 장래에 헤아리기 어려운 여성의 사랑을 다 잊어버리고 다만 한 알밖에 안 되는 어린 혜숙의 사랑을 생각하니 어쩐지 안타까웁게도 부족하였다.

그러나 하는 수 없는 듯이,

"그것은 자네가 말할 것도 없는 일이지……."
하고 수건으로 눈물을 씻었다.

놀음에 다녀온 설화가 옷을 벗고 자리에 눕기는 3시 20분이었다.

그의 피곤한 몸이 이리 뒤척 저리 뒤척 편안한 잠을 이루지 못할 때마다 영철의 그림자가 자기 가슴을 얼싸안고 함께 딩구는 듯하였다. 그는 잠을 이루려고 전깃불을 껐다. 전깃불을 끄고서 눈을 감으니까 아까보다도 더욱 분명하게 영철의 모양이 저쪽 미닫이 앞에 서 있는 듯이 보인다. 그는 속으로 혼자,

'영철 씨.'

하여 보았다. 그러다가는 그 모양에 안길 듯이,

'영철 씨는 참으로 나를 사랑하여 주세요?'

하여 보았으나 아무 소리도 없고 다만 옆집 닭이 목늘여 울 뿐이다. 그녀는,

'나를 사랑하여 주시겠어요?'

하던 말에서 무슨 안타까움을 찾아낸 듯하여 간원하는 어조로 건넌방에서 들리지 않을 만큼 소곤거리는 소리로,

'영철 씨! 나를 영원히 잊지 말아 주세요.'

하였으나 그 말을 들어 주는 사람은 없었다.

참으로 영철 씨가 영원히 나를 사랑하시는지 하는 의심이 그를 못 견딜 만큼 처량하게 한다. 나는 기생이다. 더러운 계집이다. 저주받은 여자이다.

영철 씨는 참으로 나의 사랑을 알아 주지는 못하렷다. 그는 또한 범상한 남자이겠지? 아니 그도 젊은 사람이지. 그도 정에 약한 사람이겠지. 그가 아무리 나를 사랑하려 하더라도 나보다 더 나은 여자가 있으면 그의 사랑은 그리로 기울어지겠지. 이 세상의 어떠한 여자가 남자의 참말을 듣는 자냐? 아마 한 사람일지라도 남자의 참말을 들은 사람은 없을 것이

야.

대문간에서 문소리가 찌걱하고 고요하다. 설화는 눈을 번쩍 뜨고 얼핏 귀를 기울였다. 그리고 가슴은 웬일인지 놀란 사람처럼 울렁거린다. 그리고,

'영철 씨가 오시나 보다.'

하였다. 그러나 또다시 문소리 찌걱하고 가는 바람이 마당 구석을 스치고 지나갈 뿐이다.

'아니지, 밤이 이렇게 늦었는데 오실 리가 있나.'

하고 다시 마음을 진정하고 긴 한숨을 쉴 때에는 두 눈에서 눈물이 핑 돌았다.

사흘이 지나갔다.

영철은 설화 오기를 기다리고 청요릿집 한 간 방을 왔다갔다하고 있었다. 보이가 무엇을 가져오랴는 듯이 방 안으로 들어와 선다. 영철은,

"이따 부르거든 들어와."

하고 귀찮은 듯이 소리를 빽 질렀다. 보이는 불만인 듯이 허리를 굽실하고 나가 버렸다.

영철은 혼자 속마음으로,

'웬일야, 오늘 만나기로 하고.'

하고서는 답답한 듯이 교의 위에 펄썩 주저앉았다. 그러고는 또다시,

'손님이 왔나? 놀이에를 갔나? 놀이에를 갔으면 전화로 기별이라도 할 텐데.'

하고 힘없이 먼산을 바라보고 있다가 문밖에서 인력거 소리가 나는 것을 듣고 창문을 열어 보았다. 그러나 인력거는 지나가고 깜깜한 공중에는 별들만 깜박거린다. 흥분된 얼굴의 더운 피가 올라 서늘한 바람이 시원하기는 하지마는 처녀의 붉은 저고리와 창녀의 남치맛자락이 혼동이 되고 섞이어 조화 없는 정채(精彩)를 그리어 놓을 때 영철의 마음은 사랑의 따뜻함을 깨달으면서도 한귀퉁이 마음이 괴로웠다.

내가 처녀를 사랑했으면 이런 괴로움이 없었을 테지. 이렇게 못 믿는 마음이 없었을 테지. 기생인 설화를 내가 믿으나 기생이란 그것이 나의 마음을 얼마나 괴로웁게 하나? 만일 처녀의 순결한 사랑을 내가 받았으면 나는 참으로 흠 없는 사랑을 보았을걸!

기생인 설화는 자기의 먹을 것을 위하여 즉, 자기의 육체의 생활을 위하여 그의 정조를 판 것이지. 다만 한찰나 사이라도 남에게 자기의 육체를 허락한 때에 그는 얼마간일지라도 정신으로 그 사람을 사랑하는 생각이 나지를 아니할까? 뿐만 아니라 설화의 그때 그 고통이 얼마큼 그를 못 견디게 할까.

그는 정조를 파는 여자이다. 그가 정조를 팔 때마다 나를 생각할 것이다. 그가 나를 생각할 때마다 뼈가 아프고 피가 식을 것이다.

그러나 이 시대에 살아가는 내가 설화의 정조를 강제할 권리가 있을까? 내가 그에게 생활의 보장을 하여 주지 못하면서 그의 정조를 강제할 권리가 있을까?

나는 그를 위하여 나의 정조를 지킨다 하더라도 이 불완전하고 결함 많은 사회에 있는 나로서는 설화에게 정조를 강제할 수 없다.

그러나 영철의 마음속에 시기와 불안이 떠날 수는 없었다.

설화가 참으로 나를 사랑한다 하면 모든 물질의 구애를 내던지고 다만 나를 위하여 자기의 정조를 주어야 할 테지? 거기에 참으로 지상(至上)의 사랑이 있을 것이다.

이렇게 생각할 즈음에 문이 열리었다. 영철의 마음은 전기가 통하는 것과 같이 짜릿하였다.

그리고 두 손을 내밀고 들어온 설화를 자기 가슴에 안았다.

"아, 설화!"

하고는 영철은 다만 설화의 분 향내나는 뺨에 입을 맞추었다.

"고맙소. 이렇게까지 와 주어서."

그러나 설화는 영철의 가슴에 고개를 대고 아무 소리가 없다. 반갑다는 말도 없고, 안녕하시냐는 인사도 없다. 그러고는 쳐들려는 영철의 팔을 저리 밀치면서 고개를 더욱더욱 영철의 가슴에 파묻을 뿐이다.

영철은 허리를 흔들어 바로 세우려고 하였으나 듣지 않는다. 그리고,

"바로 앉아요."

하는 소리에도 대답이 없었다.

그때 영철은 흐느끼는 소리를 듣고 설화가 우는 것을 알았다. 영철의 마음은 당장에 얼음으로 주사를 맞듯이 저릿저릿하고 또다시 가련한 생각이 났다.

"왜 이래?"

하고 나지막하게 묻는 영철의 말소리는 측은과 애정이 섞여 있었다.

"울기는 왜 울어? 말을 해? 응. 말을 해요."

하는 영철도 울듯이 설화를 껴안았다.

"왜 울어? 무슨 좋지 못한 일을 당했어? 어머니께 꾸지람을 들었어?"

설화는 느끼는 목소리로,

"아녜요."

하고, 더욱 느껴 운다.

"그럼, 내가 무엇을 설화에게 불만족하게 한 일이 있던가?"

"아뇨."

"그럼, 말을 해야지."

설화는 아무 대답도 없었다. 영철의 마음은 갑갑하였다. 설화의 마음을 들여다보는 창구멍이 있으면 그대로 깨뜨려 부수고 들여다보고 싶기까지 하였다. 그리고 여자의 약점을 이용하여 그 뜻을 알아보리라 하는 생각이 열나는 생각과 함께 났다. 영철은,

"설화! 그러면 설화가 나를 진정으로 사랑하는 것이 아니란 말이지? 만일 설화가 나를 참으로 사랑한다 하면 모든 것을 나에게 말하지 않을 것이 무엇이지? 응! 만일 나에게 말하지 못할 것이 있다 하면 나는 그것을 억지로 들으려 하지 않을 테요. 그러나 내가 설화를 믿었던 것이 잘못

이지."

하고 안았던 팔을 힘없이 놓으려 하니까 설화는 방 안 공기 위로 구슬을 조화 없이 굴리는 듯이 울음소리를 높이었다.

"영철 씨! 저는 제 말을 영철 씨가 안 들어 주시는 것이 좋을 듯해요."

하였다. 영철은,

"왜?"

하고 의심스럽게 설화를 내려다보았다.

"그것은 영철 씨의 가슴이 쓰릴 말이에요."

"무슨 말인데. 가슴 쓰려도 괜찮아. 나는 설화를 위하여 내 몸과 마음을 바쳤으니까 내 가슴이 조금 쓰릴지라도……."

설화는 애원하는 듯이 영철의 가슴을 껴안으며,

"영철 씨!"

하고 말을 하려다가,

"그만두어요. 저는 이런 말을 하려 할 때마다 제 가슴을 에이는 듯이 쓰리고 아파요."

하고 또다시,

"영철 씨! 영철 씨는 참으로 길이길이 이같이 더러운 여자를 사랑하여 주시겠어요? 저는 아무리 생각하여도 영철 씨가 나를 영원히 사랑하여 주실 것 같지가 않아요. 저는 영철 씨를 의심하는 것보다도 제가 영철 씨의 사랑을 받기가 너무 부끄러워요."

하고는 고개를 다시 영철의 가슴에 대고 진저리나는 듯이 비비며 운다. 영철은 설화의 허리를 껴안으며,

"설화는 우리의 사랑이 참으로 완전한 결합을 하였을 때까지 천번이나 만번이나 입이 닳도록 그런 말을 할 테지? 그러나 어째 운다는 이유를 말해 주어, 응? 어서 어서."

하고 설화의 얼굴을 쳐들게 할 때 설화는 한참 있다가,

"그러면 저를 영원히 사랑하여 주시겠어요?"

수정알 같은 눈물이 괸 눈으로 영철의 얼굴을 치어다보다가 다시 고개를 숙이고,

"영철 씨, 저는 돈으로 말미암아 피를 팔고 고기를 팔았어요……."
하고는 그대로 영철의 팔에 힘없이 매달려 운다. 그러더니만,

"저는 그것을 압니다. 정조를 압니다. 그러나 저는 정조 없는 더러운 계집입니다. 제가 영철 씨를 사랑하기 전에는 그것이 그렇게 마음 쓰린 줄 몰랐더니 영철 씨의 사랑을 받은 후 오늘에는 목숨을 잃어버리는 것보다도 참으로 쓰리고 아파요."
하다가,

"영철 씨는 이렇게 더러운 여자라도 참으로 사랑하십니까? 저 같은 사람이 영철 씨의 사랑을 바랄 수가 있을까요? 저는 영철 씨! 다만 한 가지 원할 것이 있어요. 그것은 언제든지 영철 씨가 저를 잊어 주지 않으신다면 그 외에 더 행복이 없어요."
하였다. 영철은 전신의 맥이 풀리었다. 그리고 떨리는 목소리로,

"설화! 설화는 다시 살았다. 설화는 다시 처녀가 되었다! 아아, 나는 영원히 설화를 잊지 않을 테야."
하였다.

"고맙습니다. 잊지 말아 주세요. 영원히 잊지 말아 주세요, 네?"
하는 설화의 얼굴에는 갱생의 빛이 보였다.

"그만 눈물을 씻어."
하는 영철의 말과 함께 설화는 교의에 앉으며 눈물을 씻었다.

설화와 영철 사이에는 몇십 번의 다짐이 있었다.

영철은 다시 설화의 손을 쥐었다. 향내나는 꽃잎 같은 설화의 손을 댈 때 화분(花粉)이 묻어 있는 듯이 부드럽고 바삭거리는 듯하였다. 그리고 또다시 그의 눈을 들여다보고 그의 코를 보고 그의 눈썹과 두 뺨을 볼 때 쌍꺼풀 지은 두 눈이 광채 있게 빛나는 것과 오똑 선 콧날과 초승달 같은

두 눈썹과 화분 바른 두 뺨이 정화하지 못한 성욕을 일으키지 않는 것이 아닌 게 아니지만 그의 섬세한 앞머리와 보일락말락한 주근깨와 크지 못한 두 귀와 검푸른 눈 가장자리와 어디인지 차디차게 도는 슬픈 빛의 마음 한귀퉁이를 만족치 못하게 하는 동시에 맵시 없는 두 발까지도 그의 마음을 웬일인지 섭섭하게 하였다. 그러나 그를 껴안고 입을 맞출 때 근질근질 자릿자릿한 맛과 함께 자지러져 떠는 몸을 두 팔에 안았다가 손을 늦추고 그의 얼굴을 쳐다볼 때 부끄러워 방긋 웃는 그의 반 웃음과 살짝 나타났다 사라지는 백옥 같은 이가 그의 모든 불만과 섭섭함을 휩싸는 듯하였다.

그러나 영철이 또다시 설화를 놓고 저편 쪽에 서서 바라볼 때에는 다시,

'너는 기생이겠지. 더러운 계집이지. 여러 남자의 더러운 정욕의 제물이 되어 씹다 남은 찌꺼기지.'

하는 생각이 나다가도,

'그렇지 않다. 그녀는 오늘부터 다시 처녀가 되었다.'

하고는 또다시 그의 윤곽이 선명한 가는 허리를 힘있게 껴안으며,

"설화, 나는 참으로 설화를 믿어."

하였다. 설화도,

"저도요."

하며 영철의 목을 껴안으며 힘있게 두 팔을 쭉 뻗고 생긋 웃었다.

영철은 속마음으로 내가 왜,

"나는 참으로 설화를 믿는다."

는 말을 하였나 하였다. 설화에게 그 말을 하는 것은 설화에게 나를 믿어 달라는 말이 아닌가? 그러면 나는 설화를 못 믿는단 말이지? 못 믿는 사람을 설화는 믿어 줄 리가 있을까? 아니 내가 참으로 설화를 믿는 만큼이라도 믿지 못하는 마음이 있느냐? 없느냐? 내가 남을 믿지 못하고 남더러 나를 믿어 달랄 수는 없는 것이지? 그러나 나는 그저 믿으련다. 설화

가 나를 믿거나 말거나 나는 설화를 믿으련다. 그러면 설화도 나를 믿어 줄 때가 있을 테지.

영철은 설화의 두 팔을 잡고,

"이제 그만 무엇을 좀 먹을까?"

하였다.

영철과 설화가 음식을 먹은 뒤에 차를 마실 때 12시를 쳤다. 창밖을 내다보니 북두칠성이 잉두러져 간다.

설화는 벌떡 일어섰다. 그리고 영철을 걱정 있는 듯이 바라보며,

"여보세요. 벌써 12시예요. 너무 늦게 들어가면 집에 가 걱정 들어요. 집에는 동무집에 잠깐 다녀온다 하고 왔는데요. 요릿집에서 놀음이 왔으면 큰일났지요."

영철의 마음은 묵철을 녹여 붓는 듯이 괴로웠다. 그리고 다만 멍멍히 앉아 있다.

"영철 씨는 안 가세요?"

"글쎄."

영철은 담배 연기만 푸——내분다.

설화는 영철의 좋지 못한 기색을 보더니,

"저는 죄 있는 사람예요. 이렇게 보는 것이 자유롭지 못할까요? 영철 씨! 지금 저의 마음이 이렇게도 섭섭하고 괴로울 때 영철 씨의 가슴은 …….."

하고는 반 근심 반 괴로움과 또 웃음을 지어서 영철을 치어다보았다.

그러나 설화는 가겠다고는 못 하였다. 그는 다만 영철의 두 손을 붙잡고,

"영철 씨! 그만 가라고 하여 주세요."

하였다. 영철은,

"설화! 그러면 내가 가라고 해야 갈 텐가?"

하고 그의 등을 어루만지었다. 설화는,

"저의 입으로는 가겠다는 말이 차마 나오지를 않아요."

백우영과 이혜숙의 화려를 다하고 성대를 극한 결혼식이 거행된 지 며칠이 못 되어 일본에 있는 선용에게서 영철은 이와 같은 편지를 받았다.

'친애하는 영철 군이여! 찰나(刹那)와 찰나가 합하고 합하여 지나가는, 다시 못 볼 과거가 나에게는 모든 슬픔과 모든 고통과 모든 번민과 오뇌와 원망이 되어 다시 있기 어려운 청춘은 그 가운데서 그대로 놓아 버리지 않으면 안 되게 되었다.

내가 오늘 그대에게 보내는 이 편지를 쓸 때 몇 번이나 미어지는 가슴을 움켜쥐었으며 얼마나 샘솟듯 하는 눈물을 붉은 주먹으로 씻었는지 그대는 아마 알지를 못할 것이다. 나는 다만 죽음을 받았을 뿐이었다. 청춘의 타오르는 열정의 불길 위에서 차디찬 낙망의 푸른 자를 뿌림을 당한 나는 그 정의 불길이 사라지려 할 때 그 불길을 담고 있는 등잔인 그 육체까지도 한꺼번에 깨뜨려 버리지 않으면 안 될 것이라 하였다. 아니다, 깨뜨리지 않으려 하여도 깨어지지 않을 수가 없었다.

사랑하는 영철 군이여!

인생의 역사는 사랑과 밤의 역사이다. 이 생(生)이란 이름을 등에 멘 자 중에 사랑에 웃고 사랑에 울고 사랑에 노래하고 사랑에 춤추고 사랑에 눈물짓고 한숨짓고 부르짖지 않는 자가 누구냐? 영원에서 영원으로 흐르는 우리 인생의 역사는 사랑의 역사이다.

그러나 어찌하여 나의 일생은 모든 비애와 타는 오뇌와 부르짖는 원망과 아픈 고통을 맛보지 않으면 안 될 몸이 되었던가?

푸른 반달이 깜찍하게 웃을 때 넓고 또 넓은 벌판 위에서 하얀 눈으로 걸어갈 때 달빛은 야차(夜叉)의 홑옷같이 흐르고…….

나의 눈에서 떨어지는 눈물 방울도 푸른데 혼자 소리쳐 원망의 부르짖음을 기껏 질렀으나 하늘 위에 깜박거리는 작은 별들만 비웃는 듯이 깜박깜박할 뿐이었다.

나는 그대의 누이가 화촉동방에 몽롱한 꿈이 잦아지던 날 외로이 다다밋방에서 혼자 누워 견디기 어렵고 참기 어려운 비분 낙담으로 나의 이가는 생(生)을 영원히 없애 버리려 하였다.

영철 군! 나의 적적함을 위로하는 것이 무엇이 있겠느냐? 나의 어두운 앞길을 밝히는 것이 무엇이 있겠느냐? 텅 빈 나의 가슴을 언제든지 채워주던 것은 무엇이겠느냐?

모든 몽상(夢想)과 이상의 실현을 바라던 내가 어리석은 자이다.

오늘에는 나의 모든 것은 없어졌다. 다만 남았다는 것은 나의 가슴속에서 팔딱팔딱 뛰면 뛸수록 나를 못 견디게 하는 심장의 고동이 있을 뿐이다.

아아, 나는 그 심장의 고동까지 끊어 영원한 침묵의 위안을 받고자 나의 이 손으로 푸르고 빛나는 칼날을 들어 이 심장을 찔러 버렸다.

그날 저녁 생각컨대 그대의 누이는 영원한 행복의 꽃다운 노래를 불렀겠지마는 이 불쌍한 녀석은 나의 육체의 가장자리에서는 고요한 침묵이 으스스한 만가(挽歌)를 불러 주었겠지?

영철 군! 아직까지 푸르퉁퉁한 운명을 다하지 않았다고 오늘에는 살아서 지옥인 병원 한귀퉁이에 나를 갖다 가두어 놓았다. 나는 유리창을 통해서 상 찌푸려 하늘을 쳐다볼 뿐이다. 의사는 1개월의 선고를 하였다. 아아 1개월!

1개월의 치료가 더욱 더욱 나의 괴로움의 역사를 이어 놓는 실오라기가 될 뿐이었다.

그러나 영철 군! 그대는 언제까지든지 나의 친우이다. 형제이다. 다만 서로 사랑하고 서로 위로하는 자는 그대 하나가 있을 뿐이지——.'

그 편지의 글자글자와 마디마디마다 피가 엉기고 눈물이 맺힌 듯하다.

실연자의 애곡을 듣는 듯하고 정 있는 사람의 울음을 받는 듯하다.

읽기를 다한 영철은 두 손을 마주치며,

'어떻게 해야 좋을까?'

하였다.

선용의 죽으려 함은 나의 누이 까닭이다. 참되고 진실하고 끝없는 애정을 가진 나의 친구 선용을 그대로 두는 것은 나로서는 차마 할 수 없는 일이다.

아! 만일 선용이가 그날 그 칼로 자기의 가슴을 찔렀을 때 다시 일어나지 못하는 사람이 되었으면 오늘에 내가 이 편지를 보지 못하였을 테지? 또다시 그의 얼굴이나마 보지를 못하였을 테지, 아! 그 고생 많고 설움 많은 선용이가, 그러나 그렇게까지 참고 견디던 선용이가 오죽 괴롭고 오죽 암담하여 자기의 모든 것을 휩싸고 뭉쳐논 목숨까지 끊으려 했었을까? 하는 영철의 몸은 한참이나 차디찼다. 그러다가는, 다시 요 시간에 또다시 선용이가 가슴을 비비고 피를 흘리며 괴로워 신음이나 하지 않을까 하는 생각이 나서 그대로 날아갈 수만 있으면 선용을 껴안아 일으키고 싶었다.

영철이 은행문을 들어서 철필을 들고 몇백 원 몇천 원의 많은 금전의 숫자를 기록할 때,

'오! 여기에는 선용이 고통을 다——라 할 수 없을지라도 얼마간 덜어 줄 금전이 있기는 있고나! 그리고 선용의 죽으려 한 것은 사랑으로 인함이었다. 그러나 그의 죽으려는 얼마간의 동기는 이 돈에 있는 것이다. 그는 사랑의 실패자인 동시에 돈에 주린 자이다. 사랑에 배척을 당한 선용은 또한 돈까지 차지할 수 없었다. 아니다. 자기의 하려는 것도 하고 자기의 성공을 이루게 하는 그 무슨 세력을 그는 가지지 못하였다. 그는 혜숙을 무정하고 야속하다고 원망하는 가운데에도 돈 없는 것으로 인하여 모든 것을 단념한 사람이다. 그의 생(生)까지 단념한 자이다.'

'그렇다. 돈이다!'

하고 영철은 고개를 돌이켜 현금 출납계에 태산같이 쌓여 있는 몇백 원 몇천 원의 뭉텅이 뭉텅이 묶어논, 보기에도 끔찍한 돈을 보고,

'저기에는 저렇게 돈이 있지마는 저것의 몇백 분의 일만 있어도 선용을

얼마간 도와 줄 수가 있을 테지.'
하고 멀거니 창밖을 내다보았다.

그의 눈앞에는 해가 진 저문 날에 신문 뭉텅이를 옆에다 끼고 헐떡이며 뛰어가다가,

"에 내가 무엇을 하러 이 짓을 하노? 죽는 것이 차라리 낫지."
하다가,

'그렇지만…….'
하고 다시 힘을 내어 뛰어가는 선용의 그림자도 보이고 또다시 병원 한귀퉁이 병상 위에서,

"내가 무엇하러 또 살았누?"
하고 한숨을 쉬고 있는 선용이도 보인다.

그가 다시 철필을 잡고 장부에 틀림없는 계산을 할 때에는,

'돈이 있기는 있지만 내 것은 아니로구나.'
하였다.

점심 시간이 되었다. 식당에서 점심을 먹고 바깥으로 나가려 할 때 영철은 우영이가 자기 아버지를 찾아보고 돌아나가는 것을 만났다.

"야! 영철 군!"
하고 우영은 손을 내밀었다.

"요새는 어떠한가?"
하고 힘없고 시들스럽게 묻는 영철의 대답에,

"그저 그렇지."
하고 우영은 부잣집 자식의 만족하고 복스러운 웃음을 웃는다.

영철은 무엇을 생각하였는지 한참 있다가 얼굴빛에 화기를 억지로 꾸미며,

"오늘 저녁에 집에 있으려나?"
하며 우영의 기색을 살피려는 듯이 치어다보았다.

"있지! 있어! 기다릴까?"

"글쎄, 좀 기다렸으면 좋겠는데."

하고 할까말까 하는 듯이 말을 한다.

"그럼, 기다리지. 무슨 말할 것이 있나?"

하는 우영은 영철의 기다리라는 의사를 얼핏 알고 싶은 모양이다.

"아냐, 조용히 만나서 이야기할 것이 있어!"

"웅, 그럼 이따가 오게그려."

"그럼 꼭 기다리게."

"그럼세. 기다리지."

하고 우영은 인력거를 불러 타고 바깥으로 나간다.

우영을 보낸 영철은 지배인실 문 앞까지 가서 문 틈으로 들여다보았다. 지배인은 점심을 막 먹고 굵다란 여송연을 후——피우고 있다.

그는 문을 열려 하다가 다시 자기 자리에 앉아 철필로 무엇을 히적히적 써보기도 하고 주판으로 덜그덕덜그덕하여 보았다. 그러다가는,

'에——그만두어라.'

하고 맥없이 앉아 있다가,

'그렇지만 제가 내 말이라면 아니 듣지는 못할 테지.'

하고 쓸쓸한 웃음을 웃었다. 그러다가는 또다시,

'말이나 한번 해볼까.'

하고 다시 일어서서 지배인실로 들어가며,

"진지 잡수셨습니까?"

하고 수작을 붙였다. 무엇을 생각하고 앉았던 지배인은 안경을 벗어들고 눈곱을 씻다가,

"네 벌써 먹었어요."

하고 허리를 뒤로 꼿꼿하게 펴며 대답을 한다. 영철은 잠깐 사이에 아무 말도 없이 서 있었다.

지배인은 옆의 교의를 가리키며,

"이리 앉으시구려?"
하였다. 자리에 앉은 영철은 조금 주저하는 목소리로,
"한 가지 여쭈어 볼 말씀이 있어서……."
하고 얼굴을 두 손으로 비비고,
"조용히 만나뵈려고요."
하였다. 지배인은,
"무슨 말씀인데요?"
하고 주저주저하는 영철을 바라보았다. 영철은 공연히 말 시작을 하였다 하고 그만둘까 하다가 그렇지만 이왕 말을 꺼내었으니 아주 해 버리자 하고 대용단을 내어,
"돈 천 원만 어떻게 써야 할 텐데요."
하고 얼굴빛이 조금 불그레하여지다가 다시 침착하여졌다.
"천 원요?"
하고 지배인은 깜짝 놀라는 듯이 영철을 바라보며 의심스럽게 묻는다.
"네."
하고 영철은 대답하였다.
"그것을 무엇하시려구?"
하고 지배인은 이영철이라면 조금 알랑알랑하는 체하고 동정도 하는 체한다. 그것은 이영철 그 사람을 두려워하는 것이 아니라 이영철의 등뒤에 있는 백사장을 두려워하고 무서워하는 까닭이다.
지배인은 조금 있다가,
"그러면 사장께 여쭈어 보시지요."
하였다.
"아녜요. 그렇게까지는 할 수가 없으니까 말예요."
"네, 그러면 혼자만 아시고 쓰시게 말예요?"
"네."
"그렇지만 내가 한 일일지라도 사장께서는 자연히 아시게 될 것이 아

닌가요?"

"그렇게 아시기 전에 얼른 도로 갖다드릴 테니까요."

지배인은 다시 안경을 쓰며,

"어려운 일인걸요…… 그리고 참, 진정으로 말씀인지요? 영철 씨 한 분을 보고는 은행에서 그대로 돈을 돌려 줄 수 없지 않아요?"

하고 비웃는 듯이 빙그레 웃으며 영철을 바라본다.

"그것은 염려 마세요."

하고 영철은 말할까말까 하다가,

"우영에게 그 말을 하여 놓았으니까요."

하고 하지 않던 거짓말을 하였다.

지배인은 '그 점은 튼튼하다'는 듯이 껄껄 웃더니,

"그러면 그만이지요. 어떻든 영철 씨 남매분의 일이니까 저두 될 수 있는 데까지 보아드리지요. 즉, 말하자면 쌈지엣돈 주머니에 넣는 것이니까요."

하고 너는 행복스러운 놈이라는 듯이 바라보았다.

"그렇지만 얼핏 갖다 갚으셔야 합니다. 그 동안에는 모두 제가 비밀리에 해드릴 테니까……."

할 때 부지배인이 무슨 문서를 들고 지배인실로 들어왔다. 두 사람의 말은 중동이 났다. 영철은 한참이나 앉아 있다가 벌떡 일어서며,

"그러면 이따라도 다시 말씀드리겠습니다."

하고 바깥으로 나갔다.

그는 지배인실 문 앞까지 나와서는 무의감한 중에서,

'인제는 김선용이가 살았다' 하였다.

3년 만에 다시 고향 나라로 돌아오는 선용의 눈에 보이는 모든 것은 그리웁고 반가울 뿐이다.

시신(詩神)의 은총을 이야기하는 듯한 흐르는 산골짝 위나 처녀의 목

욕하는 듯한 굽이굽이 돌아가는 물줄기가 다른 곳의 그것과는 아주 다르게 무슨 애소를 하는 듯하고도 장래에 닥쳐올 희망을 기다리는 듯하였다.

가볍게 박자를 맞춰 살같이 닫는 기차는 산을 돌고 물을 건너 서울로 향하여 올 때, 기차가 경성 정거장에 닿기만 하면 무슨 즐겁고 반가움을 줄 무엇이 자기를 기다리고 있는 듯하였다.

본래 고요함을 좋아하고 번잡함을 싫어하는 선용은 삼등실 한귀퉁이에 담요를 깔고 고개를 뒤로 기대 앉아 새파랗게 개인 5월 하늘에 양떼 같은 구름이 고몰고몰 기어가는 듯이 떠나가는 것을 창밖으로 내다보며 혼자 속마음으로,

'저 구름은 어디로 가노?'

하였다. 그리고 다시,

'내가 탄 기차도 저와 같이 끝없는 나라로 나를 끌어다 줄 수 있을까?'

하였다. 그러다가 기차 바퀴가 처참스럽게 바람에 깔리며 덜컹하고 정거장에 설 때,

'기차는 구름같이 한없이 가지는 못하는구나.'

하였다. 그리고 다시 그 구름을 바라볼 때 아까는 그 구름이 기차를 끌고 달아나는 듯하더니 기차는 서고 구름 혼자만 아까보다 더 속하게 달아나는 것을 보고,

'너는 언제든지 혼자만 흐르는구나.'

하였다. 그러다가는 나도 저 구름과 함께 조금도 거침없이 한없는 나라로 영원히 흘러갔으면 좋겠다 하였다.

그럴 즈음에 어떤 트레머리를 한 여학생 하나가 커다란 보퉁이를 들고 자기 앞을 스치고 지나 저쪽 앞 한귀퉁이를 차지하고 앉았다. 선용은 홀끗 지나가는 바람에 얼굴을 자세히 보지 못하고 뒷 태도만 유심히 바라보았다. 그리하여 그 여학생이 창밖을 내다볼 때 코 그림자가 보일 듯 말 듯하고 얼굴이 다 보이지 않을 때,

'이쪽을 좀 돌아다보았으면 좋겠다.'

하였다. 그러나 그 학생은 선용의 요구대로 그리 쉽게 돌아다보지는 않았다.

선용은 그 뒷 태도를 보고서 속마음으로 또다시,

'어쩌면 저렇게도 같은고?' 하다가,

'저 여자가 그 여자이었으면' 하였다.

그럴 때 선용의 눈앞에는 자기가 동경 있을 때 보던 여자 그림자가 나타나 보인다.

그리고, 지내온 역사가 역력히 생각된다.

하루는 아침 일찍이 일어나 이층 창문 밖에 앉아 밥을 짓느라고 눈물을 흘려가며 숯불을 호――불고 있을 때 심심도 하고 울적도 하여 휘파람도 불고 콧소리도 내며 고독의 적적함을 혼자 위로하고 있을 때 건너편 집 이층 미닫이가 열리며, 어떤 여학생 같은 여자가 유심히 자기를 바라보며 있다가 자기가 문을 닫고 안으로 들어가니까 그때야 그 여자도 문을 닫고 들어간 일이 있었다.

그때 선용은 그것을 그리 유심히 보아 두지는 않았다. 그러나 방에 들어와 밥을 퍼놓고 혼자 김치 댓 쪽에 간장 한 보시기를 가지고 밥을 먹을 때 아래층에서 주인 노파가 올라오며,

"건넛집에 있는 여자를 아세요?"

하고 호물호물하면서 거짓 같은 친절함으로 묻는다. 선용은 젓가락질을 그치고,

"몰라요."

하고 주름살 잡힌 노파를 바라보았다.

그 노파는 이상한 일이나 당한 듯이,

"모르세요?"

하고 왜 알 텐데 모르냐는 듯이 이상하게 선용을 바라본다. 선용은 다만,

"네."

하고 먹던 밥만 떠 먹었다. 노파는,

"그분도 조선 사람이래요."

하고 그래도 모르냐는 듯이 바라보았다.

"네, 그래요?"

하고 선용은 고개를 끄덕끄덕하며 반가운 중에도 아까 문을 열고 자기를 바라보던 생각이 나서 멀거니 그쪽 창을 바라보았다.

그후부터 선용은 아침 저녁으로 밥을 지을 때는 반드시 콧소리를 냈고 휘파람을 불었다. 그럴 때마다 그 여자는 조금도 걸르지 않고 문을 열고 꾸물꾸물 밥 짓는 선용을 바라보았다.

선용은 그 여자가 문을 열고 내다볼 때마다 수수께끼 속에 자기가 들어간 듯이 즐거웁고 그윽한 기꺼움이 생기었다.

그렇다가도,

'왜 저 여자가 꼭 내가 밥을 지을 때면 내다보나?'

하였다.

'내가 밥 짓는 것이 불쌍하고도 가련한 생각이 나서 동정하는 마음으로 그렇게 바라보는 것인가?'

하였다. 그러다가도 그 불쌍하고 가련히 여기는 동정의 마음이 은연중에 알 수 없이 변하여 날마다 내다보지 않을 수 없는 무슨 깊은 정(情)의 인상(印象)을 그의 마음속에 박아 주지나 아니하였나? 하여 보았다.

그렇게 끌다가 두 주일이 지난 후 선용은 그 집 앞 길거리로 지나가며 또 휘파람을 불어 보았다. 그리고 또다시 그 이층 쪽 미닫이를 쳐다보았다. 그러다가는 얼핏 저쪽 길 모퉁이까지 가서 그 미닫이를 다시 돌아다보았을 때 거기에는 여전히 그 여자가 창틀에 기대서서 자기가 걸어가는 뒷그림자를 바라보고 있었다. 선용은 춤출 듯이 기뻐하였다. 그러다가 대담하게,

'저 여자가 나를 사랑하는구나.'

하였다. 그러다가,

'나를 사랑하는 여자가 이 세상에 있구나.'

하였다.

그러고는 날마다 날마다 홀로 방 안에 앉아 외로움과 쓸쓸한 가운데서 눈 아픈 일본 글이나 영자 글을 읽다가 머리가 고달프고 몸이 찌뿌듯하면 반드시 콧소리를 냈고 휘파람을 불었다. 그럴 때마다 그 여자는 미닫이 문을 반쯤 열고 이쪽을 바라보았다.

그러던 어느 날 저녁때이었다. 선용은 낙망과 비분의 구름에 싸여 집으로 돌아왔다. 그전 같으면 주인 노파에게 '다다이마[只今]' 하고 기꺼운 낯으로 인사를 하였을 것이지만 아무 말도 없이 이층으로 올라가 고개를 두 팔로 얼싸안고 엎드려 몸부림을 할 듯이 한숨을 쉬고 눈물을 흘려 울었다. 노파는 선용을 좇아 올라오며,

"웬일이요 네?"

하고 연민이 엉긴 눈초리로 선용을 들여다보니까 선용은 긴 한숨을 내쉬며,

"네, 아무것도 아녜요. 나는 공부도 그만두고 멀리멀리 달아나거나 그대로 죽어 버려야 할 사람이에요."

하며 부끄럼도 모르고 엉엉 울었다.

"에?"

하고 노파는 눈을 동그랗게 뜨고,

"농담도 분수가 있지, 당신이!"

하고 네가 고생을 참지 못하여 그러는구나 하는 듯이 바라본다.

그날이었다. 5천 리 밖 서울에서는 백우영과 이혜숙의 혼례식이 거행되었다는 기별을 선용은 비로소 들었다.

그는 이 세상 모든 것을 내던지리라 하였다. 그래서 먹지 못하는 술을 기껏 먹었다. 그러나 그는 분함과 원통함과 슬픔을 풀 만큼 먹을 술을 살 돈을 갖지 못하였다. 다만 몇몇 친구에게 억지로 빼앗아 먹은 술이 더욱 선용의 감정을 불길같이 타게 할 뿐이었다. 그는

'나는 죽는 게 마땅하다.'

하고 주먹을 단단히 쥐었다. 그러고는,

'왜 편지가 없나 하였더니 그래서 그랬구나.'

하고 비웃는 듯이 웃음을 웃어 보았다. 그의 가슴속에서는 고통과 비애와 원망이 한꺼번에 엉클어져 다만 가슴을 찌를 듯이 치밀 뿐이요, 눈물이 되어 흐를 뿐이다.

노파는 내려가고 창밖에 달빛이 환하게 비치었다. 불은 정서를 이야기하는 듯한 강호(江戶) 성의 찬란히 켜 있는 전깃불만 소리 없이 창백한 달빛 아래 오뇌의 댄스를 하고 있는 듯할 뿐이다.

선용은 벌떡 일어나 미닫이를 열어젖혔다. 서북으로 통하여 있는 창공 위에는 금싸라기 같은 별들이 오락가락하는 구름 속에 감추었다 눈 떴다 할 뿐이다.

선용은 또 건넛집에 달빛이 환하게 비친 창만 바라보았다. 고개를 창틀에 기대고 서 있는 선용의 가슴은 차디찬 낙망과 원통의 차디찬 물결을 퍼붓는 듯할 뿐이다. 건넛집 창에 비친 전깃불은 조용히 켜 있다. 아무 흔들림이 없다. 진했다 엷었다 하는 것이 없이 나른하게 켜 있을 뿐이다. 거기에는 평화가 있는 듯하다. 그리고 흐르는 꿈의 냄새 같은 정취가 피곤하게 조으는 듯하였다.

선용은 저 방 안에서 그 여자가 창 앞에서 검은 머리를 대리석 같은 어깨 위에 흐트리고 하얀 요 위에 부드러운 입김을 쉬면서 평화롭게 자겠지 하였다. 곤한 잠에 못 이겨 가늘고 연한 다리로 귀찮게 이불을 차 내던지는 소리가 들리는 듯하였다. 그리고 얇은 자리옷에 반쯤 비치는 곱고 부드러운 붉은 육체의 윤곽이 내어 비치는 것이 보이는 듯하고 그 위로는 볼록볼록 뛰노는 붉은 심장의 고동이 들리는 듯하였다. 선용은,

'아, 나를 위로하여 주시나요. 나는 사랑을 잃은 자요, 심장이 깨어진 자요.'

하며 그 창안으로 그대로 훌쩍 날아 뛰어들어가 몽실몽실한 젖가슴 위에 엎드려 한껏 울고 싶었다.

선용은 다시 그 여자가 자는가 안 자는가 하였다. 그러다가는 몇 간 되지 않는 저곳에 있는 그 여자가 나의 괴로움을 아는가 모르는가? 하였다. 그러고는 휘파람을 불어 그를 내다보게 하리라 하였다. 선용은 눈물 괸 눈에 입술을 모아 휘파람을 한번 불었다. 그리고 으레 내다보려니 하였다. 그러다가 내다보지 않으면 곤히 자는 것이겠지 하였다. 그러나 달은 밝고 별은 깜박거리는데 그쪽에서 문을 열고 자기의 눈물 괸 눈을 내다보는 사람은 없었다.

선용은 원망스럽고 야속한 마음이 나서,

'엣, 그만두어라. 벌써 자는구나.'

하였다. 그리고, 창문을 닫고 돌아서려 할 때 그 집 창에는 그 여자의 머리 그림자가 확 비치며 저리로 사라져 버렸다.

선용은,

'어?'

하고 한참이나 의심하는 듯이 멍멍히 서 있다가,

'그러면 너도 나를 속였구나.'

하고 그는 방바닥에 그대로 쓰러지며,

'아, 이 세상 모든 여자가 나를 속이는구나.'

하고 한참 울었다. 그후 선용이가 병원에 누워,

'내가 무엇하려고 또 살았누.'

한 지 두어 주일이 된 뒤로 간호부 하나가 들어오더니, 상냥한 목소리로 껴안을 듯이 가까이 와서 두 눈을 반짝반짝하며,

"여보세요."

하고 눈 감고 있는 선용을 불렀다. 선용은,

"네?"

하고 눈을 뜨고 그 간호부를 바라보았다.

"저요?"

"네."

간호부는 의미 있게 생긋 웃으며,

"당신은 참 행복스러운 어른이에요."

하는 하얀 얼굴에 두 뺨이 불그레하게 타오르는 것이 드러누운 선용을 몹시 도취하게 한다.

"네? 행복요?"

하고는 선용은 당초에 잊지 못할 말을 듣는 듯이 눈을 동그랗게 뜨고 물었다.

그 간호부는 목소리를 가라앉히며,

"네, 행복요."

하고 부드러운 한숨을 쉬고 가슴을 내려앉힌다. 선용은 비웃는 듯이 빙긋 웃으며,

"행복스러운 사람이 죽으려고 하였을까요?"

하고 고개를 돌이켜 처참한 기색으로 덮은 이불만 보고 있었다. 간호부는 한참 가만히 있더니,

"당신을 위하여 근심하는 이가 이 세상에 몇 사람이나 있는지 알 수 없으나 나는 그 중에 한 사람을 날마다 날마다 만나봐요."

하고는 농담 비슷하게,

"그 까닭에 나는 당신을 행복스러운 이라고 생각해요."

한다. 선용은 장난의 말인 줄 알고 침착하고도 냉담하게,

"나를 위하여 근심하는 이는 이 세상에 한 사람도 없어요."

하고 다시 간호부의 부러워하는 듯이 바라보는 두 눈을 치어다보았다.

"그렇지만 내가 날마다 그 사람을 만났는걸요."

"거짓말, 나를 위하여 근심하는 이가 있다면,"

선용은 한참 있다가,

"지금 내 앞에 서 있는 당신이지요."

하고 하하하 웃었다. 간호부는,

"뭐요? 자, 이것을 보세요."

하고 손에 쥐었던 편지를 내놓는다.

선용은,

"그것이 무엇예요?"

하고 그 편지를 받으려 하니까 간호부는 놀려먹는 듯이 생긋 웃으며,

"편지요. 당신을 위하여 근심하는 이에게서 온 거예요."

하고,

"자——이래도 거짓말인가요?"

하며 그 편지를 준다. 선용은 의심스럽게 그것을 받아들고 피봉을 보았다.

거기에는 다만 '김선용 씨'라고 씌어 있을 뿐이요, 보내는 이의 이름은 없었다.

선용은 다시 간호부를 보고 묻는다.

"이것을 누가 가져왔어요?"

"그 사람이 가져왔어요."

"그 사람이 누구예요. 남자예요, 여자예요?"

"물론 여자이지요. 아시면서도 공연히 그러셔."

"정말 몰라요. 그런데 그 사람이 어디 있나요?"

"벌써 갔어요."

"에헤, 누구지?"

"누구인지 모르세요? 그 사람이 날마다 날마다 와서 나에게 당신의 동정을 물어보고는, 그대로 가 버리고 그대로 가 버리고 하였는데요."

"날마다 왔어요? 이상하다 누구일까?"

선용의 가슴은 의심이 나는 중에도 여자라는 말이 부질없게 가슴을 두근거리게 하였다. 누가 날마다 나의 동정을 묻고 갔을까?

더구나 남자도 아니고 여자가? 그는 얼른 편지를 뜯어보고 싶었다. 그 편지를 뜯었을 때 그 속에는 다만 두어 줄의 연필 글씨로,

'저는 선용 씨의 병환이 언뜻 나으시기만 바랍니다. 그리고 기회가 용

서하면 또다시 한번 만나뵈옵기를 바랄 뿐이외다.'
하고 끝에는 '날마다 뵈옵는 사람'이라 썼다.

선용은 입속으로,

'날마다 뵈옵는 사람? 날마다 뵈옵는 사람?'
하고, 한참 생각을 하더니,

"오, 알았다."
하고 벌떡 일어나려 하니까 간호부는 선용을 붙잡으며,

"왜 이러세요. 그러시면 안 됩니다. 이렇게 누우세요."

베개를 바로 놓고 고개를 그 위에 놓아 주었다.

"인제야 알았다. 인제야 알았다."
하고 한참이나 먼산을 바라보며 선용은 다시 창연한 낯빛으로,

"날마다 왔어요?"
하고 다시 간호부에게 무슨 감사함을 말하는 듯이 물었다.

"네. 날마다 문간에서 물어보고 갔어요."

선용의 눈앞에는 문 앞에 와서 자기의 동정을 물어보고 복도를 돌아 층계를 내려 파릇파릇한 풀이 난 길거리를 걸어가는 그 여자의 형상이 역력히 보인다.

그러고는 원망스럽게 그 간호부를 바라보며,

"그러면 왜 여태까지 그런 말을 하지 않았어요?"
하니까 그 간호부는 자기의 애매함을 변명하려는 듯이,

"그이가 그런 말을 하지 말라 하니까 그랬지요."
하며 반쯤 웃는 가운데에도 원망을 품었다.

날마다 창으로 건너다보던 그 여자가 두 주일이 넘도록 나를 찾아 주었다. 나는 참으로 간호부의 말과 같이 행복이 있는 자라 할 수 있을까? 나는 어찌하여 그를 만나보지 못하였나? 두 주일이나 되도록 날마다 나를 찾아 준 그를 무엇이 지척에 두고 보지를 못하게 하였을까? 그리고 내일도 또 올 것인가. 오늘은 어찌하여 편지를 하였을까?

그는 벌떡 일어나 그 여자를 쫓아가고 싶었다. 그리고 간호부더러,

"여보세요, 내일 오거든 꼭 나에게 알려 주세요."

하였다.

그러나 그 이튿날 또 그 이튿날…… 오늘까지 그의 소식을 듣지 못하였다.

선용은 차 안에 앉아 그것을 생각하여 보고,

'저 여자가 그 여자 아닌가?'

하고 저쪽 앞에 앉은 여자를 바라보았다.

그는 그 여자를 한번 자세히 보리라 하였다. 그는 일어섰다. 그리고 그 여자에게 가까이 가며,

'나를 보고 반가이 인사를 하였으면…….'

하고 무슨 운명의 판단을 기다리는 듯 그녀의 얼굴을 자세히 보고 싶은 중에, 또 한편으로는 만일에 여자가 그 여자가 아니면 어찌하나 하는 불안도 있어 얼핏 보지를 못하고 주저하였다. 선용이 그 여자에게 가까이 갔을 때에는 그 여자가 자기를 바라보았다. 선용의 가슴은 선뜻하였다. 그러나 그 여자는 그 여자가 아니었다.

선용은 다시 자기 자리에 돌아와 앉아 실망한 듯이,

'아니로구나.'

하고 다시 쓸쓸하고 외로움을 깨달았다. 장차 나타나려는 필름이 당장에 탁 끊어지는 듯하였다. 그래서,

'나를 위하여 근심하는 이는 없구나.'

하였다. 그리고 기차가 다시 자꾸자꾸 가기만 할 때, 선용은 또다시 이러한 생각을 하였다.

내가 이 기차를 타고 한없는 나라로 간다고 하면 차창에 매달려,

'안녕히 가세요, 안녕히 가세요, 하고 뜨거운 눈물을 흘려 줄 사람이 누구일까?'

하였다.

그러고는 다시 자기가 동경역을 떠날 때 어떤 청년 하나가 차창을 의지하여 바깥을 내다보고 떠나는 정이 그의 얼굴을 새파랗게 물들일 때 스물이 될랄말락한 여자가,

"가지 마세요. 가지 마세요."

하는 듯이 흐느껴 우는 것을 본 것이 생각된다. 그러다가 기차가 '나는 간다'는 듯이 기적 소리를 날카롭게 지르고 움직움직 떠나기 시작할 때 그 청년은,

"잘 있거라. 나는 간다."

하는 듯이 모자를 들면서 울듯한 눈으로 그 여자를 바라볼 때 그 여자는 가슴이 쓰려 몸부림을 할 듯이 가기만 하는 기차를 따라가며,

"여보세요, 안녕히 가세요."

하던 것을 보았다. 그러고는 기차가 더욱더욱 속하게 가고 걸음은 점점 쫓아갈 수 없이 되었을 때에 아무렇게나 쪽찐 그 여자의 검은 머리채가 시커먼 구름이 그녀의 등을 덮는 듯이 툭 떨어지는 것을 보았다.

선용은 그것을 볼 때 그 청년은 행복스러운 사람이라 하였다. 그리고 세상의 가장 슬픈 것은 애인과 이별하는 일이요, 또 가장 행복스러운 것도 그것이라 하였다. 말할 수 없이 쓰리게 아픈 설움 가운데에도, 무한히 기쁨이 숨겨 있는 것이라 하였다.

그러고는 나는 그와 같은 행복은 차지하지 못한 자로다. 내가 기차 차창에 앉아 끝없이 떠나려 할 때 누가,

"여보세요. 여보세요."

떠나기를 아끼는 정이 맺히고 어린 목소리로 불러 줄 것인가? 하였다.

나는 참으로 불행한 자다, 외로운 자다 하다가, 만일 나를 두어 주일 동안이나 병원까지 찾아 준 그 여자가 있었더면 그렇게 하여 주었을는지 알 수 없으나 그 여자도 어디로 가 버렸는지 이제는 없다.

그의 말과 같이 만일 기회가 허락하면 그 여자를 만날 때가 있으련마는 이 불행한 자에게 그렇게 복스런 기회가 돌아올까? 그 여자는 지금 이 지

구 위 어디든지 있으련마는.

그럴 즈음에 기차는 정거장을 거치고 거쳐 어느덧 해가 저물고 날이 어두워 기차는 한강 철교를 지나고 용산역을 거쳤다. 힘들고 숨찬 언덕을 기차는 헐떡이며 남대문을 향하여 들어간다.

"부산 방면 마중갈 이 없소."

하고 역부의 길게 알리는 소리가, 갓 뿌린 물이 증발하는 공기를 울리고 여러 마중나온 사람의 죄며 기다리는 마음을 부질없이 놀라게 하였다.

부르는 소리, 웃는 소리, 발자국 소리, 이 모든 소리가 뒤섞이고 범벅이 되어 다만 웅얼웅얼하는 소리가 나는 사이로 기차는 땀을 흘리고 한숨을 후——쉬며 플랫폼에 닿았다.

마중나온 사람들은 제각기 만날 사람을 찾으려고 다투어 앞만 보고 달려간다. 선용은 담요 가방을 한옆에다 들고 차에서 내렸다. 그때 누구인지,

"오라버니."

하고 비단옷을 찢는 듯한 여자의 목소리가 여러 사람 틈에서 나더니 어떤 여자 하나가 선용에게로 달려간다.

혹시 누가 나왔나 하고 사면을 둘러보던 선용은 이 소리를 듣더니,

"오! 경희(瓊姬)냐."

하고 반갑게 그 여자의 손을 잡으며,

"잘 있었니? 그 동안에 퍽 자랐구나. 어머니도 안녕하시냐?"

하였다. 경희는,

"네."

하고 반가워서 어쩔 줄을 모르더니,

"어머니께서 자꾸 나오겠다는 것을 나오시지 못한다고 여쭈어서 가까스로 못 나오게 하였어요."

하며 선용의 웃는 낯을 바라본다. 선용은,

"그렇지, 어떻게 오시겠니. 연로하신 터에."

하고,

"어서 나가자."

하며 경희를 재촉한다.

경희라는 여자는 눈에 도수 있는 안경을 쓰고 강종강종 걸어갈 때 몸에 입은 파란 옷이 전깃불에 비치어 번쩍번쩍한다.

선용이가 나가는 곳을 향하여 두어 걸음 갔을 때다. 영철이가 고개를 번쩍 쳐들고 휘휘 사면을 둘러보더니 선용을 찾아내어,

"야! 선용 군."

하고 선용의 손을 단단히 쥐고 한참 아무 소리가 없다가,

"어떻든 반가우이."

하고 한참 선용을 바라본다. 선용은,

"나는 무엇이라 말을 해야 좋을지 알 수 없네. 다만 자네에게 감사할 따름일세."

할 즈음에 경희가 영철을 바라보며,

"언제 오셨어요?"

하며 빙그레 치어다본다.

"네, 지금 막 오는 길입니다…… 어서 나가세. 참 반가우이."

세 사람은 전차를 타고 재동 경희 집으로 향하여 갔다.

선용이 일본에서 온 지 사흘 되는 날이 마침 일요일이었다. 선용은 아침에 일찍이 일어나 세수를 하고 오늘은 어디를 가볼까 하며 여러 가지로 갈 곳을 생각하였으나 갈 곳이 없었다. 그때 마침 경희가 들어오며,

"오늘은 예배당에 안 가세요?"

하였다.

이 소리를 들은 선용의 마음은 무엇을 깨달은 듯이,

"참, 거기나 오래간만에 가볼까?"

하였다.

"가세요. 저도 예배당 가는 길예요."

"어느 예배당에?"

"저! 종교(宗橋) 예배당에요."

이 소리를 들은 선용은 깜짝 놀란 듯이,

"종교?"

하고 눈을 크게 뜨고 묻는다.

"네. 왜 그렇게 눈을 크게 뜨세요."

"여기서 종교가 어디라고. 왜 그렇게 먼 곳으로 다니니?"

"그전부터 그곳에 다니게 되었어요."

하고 무슨 부끄러운 생각이나 있는 듯이 고개를 뒤로 돌리며 싱긋 웃는다.

두 사람은 종교 예배당에 왔다. 선용은 예배당 문간으로 들어갈 때마다 깨닫는 우스운 웃음을 또다시 깨달았다. 그리고 빙긋 웃었다.

그는 그전에 조선 있었을 때에도 자주자주 예배당에를 다니었다. 그가 무슨 신앙(信仰)이 깊어서 예배당에를 간 것이 아니라 무미하고 적적한 일주일 동안에 공연한 번민으로 나날을 보내다가 하루아침 다만 한 시간 일지라도 고요하고 정숙하게 모여 있는 예배당에 들어가면 자연히 마음에 성(聖)되고 순결한 맛을 깨닫는 듯하여 가고 싶어 간 것이다.

그래서 여학생 많은 종교 예배당에 청년 신사가 많은 것을 생각하고 또 자기도 어쩐지 그 여학생 없는 예배당에 다니기 싫은 생각이 나는 것을 생각하고 속으로 웃었다.

선용은 예배당으로 들어가 문을 열었다. 여러 사람들은 일제히 자기를 돌아다보았다. 그리고 저편에 늘어앉은 학생들이 자기를 보는 것이 마음 속으로 기꺼운 듯도 하고 부끄러운 듯도 하여 고개를 들지 못하고 자리를 찾아 앉으려 하였으나, 벌써 양복 입은 젊은 신사와 머리를 길게 기른 예술가 비슷한 청년들이 자리를 다 차지하고 앉아 저희들끼리 앞에 앉은 사람의 머리 사이로 저쪽 어떤 여학생을 건너다보며 무엇이라 소곤소곤 히히히 하고 앉아 있었다.

선용은 자리가 없어 한참 주저주저하였다. 그리고 한가운데 서서 쭈뼛쭈뼛거리는 것이 공연히 불쾌하고 부끄러운 듯하여 그대로 다시 나가 버리고 싶었다. 그러다가 고개를 돌이켜 저쪽 앞을 흘끗 보니까 거기 자기의 오랜 친구 하나가 앉아 있다가 자기를 보고 눈짓을 하며 자기 옆에 빈 자리를 한 손으로 두드린다.

선용은 얼른 그리로 달려갔다. 그리고 반갑게 악수를 하고 오래 못 본 인사를 마치었다. 그럴 즈음에 회색 두루마기의 상고머리를 깎은 시골 사람 같은 목사가 강도상 앞으로 가까이 가더니 꼬부라진 목소리로 그의 고유한 사투리를 써서,

"인제는 예배 시작하겠습니다."

하였다.

선용은 그 목소리가 처음에는 퍽 서툴게 들렸다. 그리고 그 사람이 누구냐고 그 청년더러 물으니까 그 청년은 빙그레 웃으면서 그는 목사인데 이번 연회(年會)에 개성에서 갈려 왔다 한다. 개성 있을 때도 여러 청년들과 뜻이 맞지 않아서 싸움만 하더니, 여기 와서도 젊은 사람들과 마음이 맞지 않아 큰 걱정이라 한다.

그러나 선용은 사투리를 섞어서라도 예배 시작을 하겠다는 말이 듣기에는 퍽 좋았으며 반가웠다. 왜 그런고 하니 이쪽에는 남자, 저쪽에는 여자, 더군다나 서로 눈여겨 추켜보는 청년 남녀들이 목소리를 합하여, 아침의 붉은 햇빛이 성자(聖者)가 밟고 가는 하늘길과 같이 유리창을 통하여 들어올 때 아름다운 찬송가를 오래오래 하는 것이 구릿빛같이 불그레한 말할 수 없는 성(聖)된 감정을 자기의 끓는 마음속에 전해 주는 것을 들을 수 있음이었다.

찬송가는 시작되었다. 서로 엉기고 뭉텅이가 된 여러 사람의 찬송가 소리 가운데로 때때로 들리는 순결한 처녀들의 조금도 상치 않는 고운 목소리에서 우러나는 멜로디가 선용의 가슴을 몹시 기껍게 하였다.

그리하여 형식 같은 기도나 듣기 싫은 목사의 지나가는 허튼 주정 같

은, 요령이 없는 강도보다도 언제까지든지 이렇게 찬송가만 부르고 있으면 그 신자들에게 무슨 보이지 않는 감화를 줄 수 있으리라 하였다.

그러나 아까운 찬송가는 그쳤다. 선용은 어서어서 또 한번 찬송가를 하였으면 좋겠다 하였다.

성경을 보았다. 수전을 하였다. 그리고 기도를 하였다. 선용은 이러는 동안 여러 번 젊은 청년과 젊은 여자들이 서로 보고 서로 사랑을 동경하는 시선을 주고받는 것을 많이 찾아내었다.

이때 목사가 또다시 찬양대의 노래가 있겠다고 하였다. 안경 쓴 여자가 두서넛 곧 활개를 치고 나와 풍금 옆에 가서 여러 사람을 거만스럽게 둘러보더니, 저희들끼리 그 애교를 누구에게 보이려는 듯이 싱긋싱긋 웃는다. 그리고 또 그뒤를 이어 남자들이 또 이쪽 풍금 곁에 가서 서더니 두루마기를 쓰다듬고 주먹으로 입을 가리고 목소리를 가다듬는 듯이 기침을 하였다.

선용은 기꺼운 기대를 가지었었다. 그 찬양대의 코러스가 아까 아무렇게나 하는 찬송가 합창보다도 더 좋은 감상을 주리라 하였다. 그러나 그 찬양대의 코러스가 시작할 때에는 기대하던 것보다 그렇게 만족함을 주지 못하였다. 모든 선율은 일그러지고 조화가 되지 않았다.

찬양대가 끝나고 목사의 강도가 끝나려 할 때이었다. 선용은 문득 저쪽 부인석 귀퉁이를 바라보았다.

아아, 거기에는 3년 전 옛날에 영도사 흐르는 물 위에서 자기에게 뜻깊은 말을 주더니 몇 달이 못 지나고 몇 날을 못 지내어 실연의 불꽃을 자기의 가슴에 던져 주어 여기 앉은 자기의 생(生)을 무참히 끊어 버리게까지 하려던 혜숙이가 앉아 있었다.

선용의 온몸으로 돌아가던 성되고 정하던 피가 당장에 식어 버리는 듯하고 분하고 얄밉고 간악하게 보이는 생각이 그의 가슴으로 치밀어 올라온다.

그래서 아까 자기가 들은 아주 성되고 즐거운 감정을 주는 여러 청년

남녀들이 목소리를 합하여, 아침의 붉은 햇살이 성자가 밟고 가는 하늘길과 같이 유리창으로 통하여 들어올 때, 아름다운 찬송가를 노래하는 것이 구릿빛같이 불그레한 말할 수 없이 성된 감정을 자기의 끓는 심장 위에 부어 주는 듯하더니 지금은 그 이브를 속이던 뱀과 같이 간악하게 생각되는 혜숙의 주정(酒精)의 타는 빛과 같은 파란 목소리가 섞이었던 것을 생각하여 아주 마음이 좋지 못하였으며 그 혜숙을 당장에 몰아 내쫓고 싶었다.

그러나 선용의 마음 한귀퉁이에서는 옛날의 그윽한 사랑의 기억이 아직 차디차게 식지는 않았다.

그 여자를, 다만 한때라도 자기가 사랑했고, 또 자기를 사랑한다고까지 말을 한 그 여자를 지금 다시 지척에 놓고 바라보니 자기가 그 여자로 인하여 다시 믿기 어려운 생명까지 끊으려 하였으나 그것을 단념하고 또 일본 있는 여학생에게 향하는 희미하고 몽롱한 사랑의 정을 가진 선용은 다만 그 혜숙이 불쌍할 뿐이다.

선용은 한참이나 혜숙을 바라보다가 다시는 보지를 않으리라 결심하고 고개를 목사의 강도하는 쪽으로 향하였다. 그러나 그 혜숙이가 자기를 자꾸자꾸 바라보는 것 같아 얼굴이 간질간질했다. 또 아까부터 자기를 바라보는 것 같아서 그대로 거기 앉아 있지 말고 얼핏 바깥으로 나가 버리고 싶었다.

그러나, 그 혜숙이가 자기를 보았다 하면 그의 마음속은 어떠하였으며, 또 그 동안에 그 여자의 성격은 얼마나 변하여 나를 어떻게 생각하고 있으리요 하였다. 그리고 보지 않으리라 하면서도 자꾸자꾸 곁눈으로 그쪽을 흘겨보았다. 그러다가, 그 혜숙이가 힘없이 앉아 있다가 고개를 잠깐 들면 자기 쪽을 향하여 보는 듯하여 선용은 눈을 얼핏 내리감기도 하고 다른 곳도 보았다.

선용은 거기 그대로 앉아 있을 수가 없었다. 그리고 오늘 예배당에 공연히 왔다고까지 생각을 하였다. 그는 벌떡 일어나 문밖으로 나왔다. 쌀

쌀한 바람이 그의 이마를 스치고 지나갈 때 그의 상기되었던 얼굴은 아주 시원함을 깨달았다. 그리고 예배당 큰 문으로 나가며 여자석 입구를 돌아다보았다. 그리고 그 혜숙이가 자기 나오는 뒤를 쫓아나오지나 아니할까 하였다.

그가 예배당에서 나와 행길로 걸어갈 때에는 웬일인지 울고 싶도록 슬픈 생각이 났다. 그래서 인왕산 꼭대기라도 올라가서 실컷 울고 싶었다.

그래 선용은 하루 종일토록 정처없이 돌아다니며 혜숙과 자기의 지나간 사랑의 기억에 마음을 괴롭히다가 밤 10시가 넘어서 자기 집으로 들어갔다.

그 이튿날 선용은 건넌방 책상 앞에 홀로 앉아 자기 친구에게 가는 편지를 쓰고 있었다.

그럴 즈음에 경희가 뛰어 들어오며,

"오라버니."

를 부른다. 선용은 쓰던 붓을 든 채로,

"왜 그래?"

하며 돌아다보지도 않고 나머지 글자를 마저 채웠다. 경희는,

"저요, 오늘 우리 동무들이 놀러 와요."

하며 생그레 웃으며 여자 오는 것을 남자에게 알려 주는 것이 무슨 이상한 일이나 되는 듯이 선용은 바라본다. 선용은 여성과 만날 기회가 있을 때마다 그의 머릿속으로는 사랑 · 정 · 눈물 · 한숨 · 고민 · 오뇌, 이 모든 것이 한 뭉텅이가 되어 번개와 같이 나타났다가 번개와 같이 사라진다. 그리고 그의 가슴으로는 본능적으로 말할 수 없는 불안을 깨달았다.

"누구누구?"

하고 선용은 물었다.

"여럿이에요. 오라버니는 다 모르는 아이들예요."

"무엇하러 와?"

"놀러 오지."

"놀러?"

"네."

"어떻게 노누?"

"그저 이야기하고 놀지요."

"그럼 나도 한몫 끼게 되나?"

경희는 웃으면서,

"그럼요 오라버니."

하더니 무엇을 깨달은 듯하더니 갑자기 은근한 듯하고 자별한 듯이 목소리를 바꾸어,

"저요, 오늘 정월(晶月)이라는 아이도 오는데요, 어떻게 피아노를 잘 치는지 알 수가 없어요. 학교에 다닐 때에도 음악에 재주가 있다고 하였더니 지금은 아주 훌륭한 피아니스트가 되었지요."

하고 서투른 영어로 피아니스트란 말을 한 것이 신기하고 부끄러운지 한 번 호기(好奇)의 웃음을 웃더니 다시 말을 계속하여,

"그런데 시집을 가더니 아주 사람이 변하였어요."

할 즈음 선용은 껄껄 웃으며,

"그래 어떻게 변해졌어? 물론 변했을 테지."

하니까 경희는 또 부끄러운 듯이 웃으며,

"아뇨. 그렇게 변하였다는 것이 아니라요."

하며 '그렇게'라는 데 힘을 주어 말을 한다. 즉, 그렇게란 뜻은 보통 처녀가 시집을 가면 마음이 변하는 것을 의미함이다.

"그러면?"

하고 선용이 또다시 물었다.

"그애는 아주 이상해요. 때때로 울기만 하고, 말을 해도 아주 애처로웁고 슬픈 말만 하고요. 언제인가 나에게 시 하나를 베껴 보냈는데요, 이런 시를 베껴 보냈어요. 저는 그것을 잊어버리지 않고 꼭 외워 두었지

요."

"무슨 시인데? 외워 보아라."

"자! 외일게요."

하더니 얼굴이 조금 불그레하여지며 부끄러운 듯이 목소리가 조금 떨린다.

"……어느 곳에 고달픈 나그네의 가야 할 곳이 있을는지?
남쪽 나라 종려나무 그늘인가?
라인 언덕의 보리수(菩提樹) 아래인가?
아지도 못하는 이의 손을 빌어 사막에 묻히일 이 몸일까?
그렇지 않으면 물결치는 바닷가에서 물결에 씻기일 이 몸일까?

어디를 가든지 변치 않고
푸른 공중은 나를 에워싼다.
밤이 되면 죽음의 촛대[燭臺] 별들은 내 위에 비추인다……

이렇게 써 보냈어요."

선용은 이 소리를 듣고 그 어떤 여자인지 나와 같이 눈물 많은 여자인가 보다 하였다. 그리고 자기가 언제든지 원하는 방랑의 노래를 듣고는 그 여자가 얼른 보고 싶었다.

선용은,

"집은 어디고 성은 무엇인데?"

하였다.

경희는 다만 빙그레 웃으면서,

"왜 그러세요?"

알려 주지를 않는다.

"글쎄 말야."

하고 선용은 경희가 자기 마음속에 있는 비밀을 알아차린 듯하여 고개를 돌렸다.

"있다 오거든 소개하여 드리지요, 네? 오라버니."

경희는 바깥으로 나갔다. 다시 책상에 놓여 있는 시계의 돌아가는 소리가 가늘게 들린다. 노곤한 침묵이 온 방 안에서 시들어지는 듯하였다.

선용은 멀거니 앞만 보고 앉아 있다. 그리고 그 경희에게 들은 여자를 자기 눈앞에 마음대로 그려보았다.

그러다가는 약하고 연한 여자의 몸으로 북쪽 나라 눈구덩이에 검은 머리를 흐트리고 딩구는 것과 남쪽 지방 야자 그늘 밑으로 흰 치맛자락을 휘날리며 헤매는 것이 보인다. 그리고 이 세상 모든 곳으로 정처없이 떠다니는 그 여자가 얼마나 자기의 마음을 끄는지 알 수 없는 듯하다.

그러다가는 다시 어저께 혜숙을 만나보던 것이 생각나며 그 여자는 어찌하여 그러한 성격을 가졌으며 혜숙은 어찌하여 그러한 성격을 가진 여자로 태어났나 하였다. 그리고 그 혜숙을 그 여자와 같은 성격을 가진 여자로 만들고 싶었다.

그는 앞창 바깥을 멀거니 바라보았다. 그 아침 해는 벌써 공중에 높이 떠 불그레한 빛은 여위어지고 다만 아지랑이 낀 남산이 멀리 그 윤곽만 보이고 있다. 선용은 그 동안에 아주 전신의 노곤함을 깨달았다.

그리고 또다시 옛날의 기억이 자꾸자꾸 떠오른다. 영도사의 놀이, 동경 객창의 고민, 자살, 병원의 치료, 일본에 있는 그 여학생, 그리고 또 오늘 이 자리의 모든 것이 순서 없이 왔다갔다했고 또다시 자기의 오촌이 돌아가고 자기가 그 집의 양자가 되어 경희의 집에 와 있게 된 것, 또 얼마의 재산을 자기 오촌에게 물려가진 것이 생각났고, 그전에는 자기 오촌도 자기가 문학 공부를 한다는 것을 반대하여 학자금을 주지 않던 것, 그러나 오늘 그전보다 다르게 안일한 생활을 하게 되는 것, 또는 신체 허약으로 공부를 채 마치지 못하고 돌아오게 된 것을 생각했다.

그러다가, 일본이 생각될 때마다 그 여학생은 어디를 갔을까? 어디 있을까?

어떻든 이 땅 위에는 있을 테지. 그러다가,

'이 쓸쓸하고 의미 없는 폐허 같은 세상에서 다만 그 여자 하나가 나를 기다리고 있으렷다?'
하는 생각이 나서 거친 가시덤불 사이나 시들어진 풀 위로 이리저리 헤매며 눈물을 흘리고 자기를 기다리는 그 여자를 찾아가고 싶었다.

그러다가도 어디 있는지도 알 수 없고 어떻게 되었는지도 알 수 없는 그 일본 여학생을 쫓아가는 것보다도 오늘 그 정월이라는 여자를 만나 또 다시 알 수 없는 사랑의 쾌락을 나와 그 사이에 얽히게 하여 그녀와 나와 끝없는 방랑의 길을 떠나는 것도 좋으렷다 하여 보기도 하였으나 그것은 그렇게 쉽게 되지 않을 일이렷다 하고 곧 단념하여 버렸다.

선용은 창문을 닫고 자리 위에 벌렁 나동그라지며 누구를 기다리는 듯이 천장만 바라보고 가만히 누워 있었다. 그리고 공연히 마음이 조마조마하고 바깥에서 무슨 소리가 조금만 나도 가슴이 덜컥 내려앉는 듯했다. 선용은 뛰는 가슴을 진정하고 눈을 감고 한숨을 길게 쉬었다.

이때 마루 끝에서 경희가,

"언니 어서 오오. 이리 올라와요."
하며 기껍고 반갑게 누구인지를 맞아들이는 소리가 들린다. 선용은 속마음으로,

'에구 왔구나.'
하였다. 그리고 자기도 모르게 벌떡 일어났으나 어떻게 할 수가 없어서 공연히 물끄러미 멍멍히 앉아 있었다.

마루에서는 선용의 마음을 간질간질하게 하는 여자의 치맛자락이 서로 갈리는 부드러운 듯하고 미끄러운 듯한 소리가 들리며 꿈속으로 잡아당기는 듯한 피어가는 백합꽃의 이슬맞은 향내와 같은 웃음소리가 한 겹밖에 안 되는 미닫이를 통하여 들려왔다.

조금 있다가 누가 또 온 듯하다.

그리고, 이번에는 웃음소리가 뒤섞이고 범벅이 되어 일어난다.

그때 경희가 무슨 경고(警告)나 하는 듯이 조심스럽게 선용의 방을 향

하여 손가락질을 하는 말소리가 들리더니, 웃음소리도 뚝 그치고 미안하고 부끄러워하는 듯한 잠잠한 침묵이 고요히 그 여성들의 까만 머리 위로 떠돌아 가는지 아무 소리도 들리지 않고 다만 때때로 소곤소곤하는 소리가 선용의 가슴 위로 살금살금 기어가는 듯이 선용은 간질간질하게 할 뿐이다.

30분밖에 안 지났다. 그러나 선용에게는 몇 시간이 지나간 듯하다. 경희가 문을 가만히 열면서 선용을 치어다보고 눈짓을 한번 하더니,

"저리로 나오세요."

하였다. 선용은 다만,

"그래."

하고 경희의 뒤를 따라나갔다. 걸음이 어째 더 점잖아진 듯하고 두 다리가 뻣뻣한 듯하다.

선용이 안방으로 들어가려 할 때다.

뒷 창문을 열어젖뜨린 그 앞에 혜숙이가 앉아 있었다. 분명한 혜숙이가 자기를 치어다보았다.

선용은 다만 아무 소리도 없이 그곳에 붙은 것처럼 서 있을 뿐이었다.

경희는 뒤쫓아 들어오다가 선용이 가만히 서 있는 것을 보고,

"어서 들어가세요."

하고 등을 가만히 밀었다.

선용은 어찌할 줄 몰랐다. 다만 아무 소리 없이 방 안으로 들어가 혜숙을 돌아보지도 않고 앉아 있었다.

선용은 그 자리에 와 앉은 것이 가시 방석 위에 앉은 듯이 괴로웠다. 그리고 얼른 자기 방으로 뛰어나가고 싶었다.

혜숙은 다만 얼굴이 발갛다 푸르다 하며 선용을 바라보기도 하고 다른 곳을 보기도 하였다.

그의 얼굴은 그전 선용이가 영도사에서 볼 때와 같이 피어오르는 것같이 불그레하지도 않고 조금도 거리낌 없이 해롱해롱하지도 않았다. 그의

얼굴은 몹시 창백하여졌다. 화색 있고 불그레하던 두 뺨은 어느덧 여위어 버리고 대리석의 그 빛같이 희고 누렇고 푸르렀다. 그의 둥그스름하고 매끈하던 목은 그전과 같지 않고 각이 지고 핼쑥하여졌다.

그리고 아무렇게나 빗어진 머리칼이 이마 위에서 성기게 휘날리는 것과 가늘고 긴 손가락이 흠 없이 무릎 위에 놓여 있는 것을 볼 때 선용의 가슴은 웬일인지 불쌍하고 애처로울 뿐이었다.

그리고 바닷가에 발가벗은 정(精)이 검은 머리를 흐트리고서 돌베개를 베고 누워 있는 듯이 반쯤 오만하고 숭고한 듯한 애교가 그의 온몸을 흐르는 듯하면서 소복(素服)한 천녀(天女)가 하늘에서 죄를 짓고 땅 위에 내려와 넓고 넓은 광야로 헤매며 부르짖는 듯한 비애와 통한의 그늘이 그를 쫓아다니는 듯한 것이 선용을 몹시 가슴타게 하였다.

그러나 혜숙은 선용의 가슴에 영원히 사라지지 못할 실연의 못을 박아 준 사람이다. 선용의 모든 희망과 행복을 불살라 준 사람이다. 그러나 선용이 그를 볼 때는 다만 자기의 마음속에 뭉치고 또 뭉친 원망을 시원하게 분풀이라도 하고 싶었으나 그 불쌍하고 애처롭게 된 그의 육체를 볼 때에는 그 모든 것이 확 풀어져 버렸다.

경희는 자기 오라버니를 자기 동무에게 소개하고 또 자기 동무를 자기 오라버니에게 소개하였다.

"이 이는 이정월(李晶月)이란 이예요."

하고 혜숙을 가리키며 소개를 한다. 선용은 눈을 갑자기 크게 뜨며 그 정월을 바라보았다. 그리고 속마음으로,

'혜숙이가 이정월이라니?'

하는 의심이 일어나며 여태껏 자기를 보기 원하고 기대하고 그로 인하여 부질없이 가슴을 울렁거리던 그 사람이 3년 만에 나의 앞에 앉은 혜숙이란 소리를 듣고는 무슨 수수께끼를 듣는 듯하고 자기가 꿈속에 있지나 아니한가 하는 생각이 났다.

그리고 그 이정월이가 써 보내었다는 자기 누이동생이 외던 그 독일의

유태계 시인 하이네의 시를 생각하고,

'참으로 그전 혜숙의 성격이 그렇게까지 변하였을까?'

하였다.

'그리고 만일 그녀의 성격이 그렇게 변하였다 하면 무엇이 그녀를 그렇게 만들었을까?'

하였다.

별로 담화가 없었다. 다만 멀거니 앉아 있는 두 사람 사이에 경희와 또 다른 여자들의 조그맣게 이야기하는 소리가 들릴 뿐이었다.

정월의 관골(顴骨) 위의 피부는 꽤 불그레하다. 다른 곳은 다 창백하나 그곳뿐이 불그레할 뿐이다.

이렇게 서로 바라보고만 있을 수 없는 선용은 바깥으로 '나가야 나가야' 하고 일어날까 할 때 갑자기 정월은 기침을 시작하였다. 그리고 가슴을 문지르며 못 견뎌 하였다. 다른 사람들은 다만 바라만 보고 있었다. 이정월은 두 다리를 모로 쪼그리고 앉아 얼굴이 새파랗게 질려 자꾸자꾸 기침을 잼처 한다. 그러다가 입을 가린 흰 비단 수건에 빨간 핏덩이가 묻어 나왔다.

이것을 보는 선용의 마음은 무엇으로 찌르는 듯하였다. 그리고 그 순결하고 곱던 혜숙이가 오늘 저렇게 괴로워하는 꼴을 보고, 또는 그 빨간 피를 토하는 것을 보고 어린 양이 제단 앞에서 피를 흘리며 바르르 떠는 것보다도 더 불쌍한 듯하여 그는 금치 못하게 나오는 눈물을 참지 못하여 얼른 얼굴을 가리고 아무 소리 없이 안방에서 뛰어나와 자기 방으로 들어갔다. 그러고는 책상에 고개를 대고 한참이나 울었다.

그날 저녁이었다. 선용은 12시가 되도록 자기 방에 혼자 드러누워 있었다. 그리고 말할 수 없는 외로움을 깨달아 알았다.

사면은 아주 조용하다. 늦은 봄에 아직 어린 벌레들의 으스스하게 우는 소리가 선용의 귓속으로 스며드는 듯하였다. 시계는 영원으로부터 영원까지 흐르는 세월의 아주 짧은 구절을 세고 있다. 선용의 가슴은 공연히 긴장하였다 다시 가라앉았다 한다.

선용은 일어서서 이리 가고 저리 가고 하였다. 그리고 자기나 정월이나 이 세상에 나왔다가 사라지는 짧은 생(生)을 생각할 때, 더구나 아주 짧은 청춘을 생각하여 볼 때 구차하고 기구하게 울며불며 한숨 쉬며 눈물 지으며 지내 가는 인생이란 아주 작고 우습게 생각이 된다.

그는 다시 앞 미닫이를 열어젖뜨리고 바깥을 내다보았다. 은빛 같은 달빛은 온 지구를 덮고 있었다. 멀리 보이는 남산은 회색 세계(灰色世界)의 산악과 같이 그의 윤곽만 보이고 있다. 멀리 저쪽 공중에는 작은 별들이 졸음 오는 듯이 껌벅거리고 있다. 마당에 깔린 모래는 반짝반짝하였다. 이슬에 젖은 안마당에 놓여 있는 나뭇잎이 번지르하게 빛이 난다.

선용은 무엇이라 말하기 어려운 감상(感傷)과 비애 속에서 이것을 바라보았다.

선용은 과거와 현재와 장래의 자기 운명을 생각할 때에는 눈을 딱 감고 그대로 영원히 사라지고 싶었다. 그리고 그 불쌍하게 된 정월과 어디로 갔는지 모르는 그 여학생을 생각할 때에는 공연한 눈물이 알지 못하게 난다.

그리고 그 혜숙이가, 자기를 배척하던 혜숙이가 3년 만에 오늘 다시 만나본 이때에는 그 혜숙이가 아니고 육체도 변하고 그의 성격까지 변한 정월이라는 시적(詩的) 이름 아래서 참 인생이란 것을 느끼고 참 생(生) 가운데서 살아보려 한다는 말을 들을 때에 그의 마음은 한없는 기꺼움과 동정의 마음이 생겨나며 지나간 과거가 한때 지나간 농담같이 생각되기도 한다.

어쩌다가 정월의 육체는 왜 저리 되었는가? 제단 앞에 눈물을 짓는 음침하고 두려운 촛불과 같은 죽음의 촛불의 그림자가 그의 몸을 점점 가리지 않는가? 하는 생각을 할 때에 선용은 아주 미칠 듯한 생각이 났다.

그러다가 그 정월을 아무 말도 못 하고 그대로 돌려보낸 것을 생각하고, 왜 내가 정월을 그대로 돌려보내었는가 그의 손목이라도 마주 잡고 눈물을 흘려가면서라도 지나간 일을 꾸지람이라도 하고 원망이라도 하고 타이르기라도 하며 또다시 그전과 같은 사랑을 다시 이어볼걸!

그러다가도 그러나 그것도 꿈이로다, 지나가는 꿈이로다, 지나가는 꿈이로다 하다가는,

'엣 그만두어라. 내가 또 미친놈이고 어리석은 놈이지. 그로 인하여 생명까지 끊으려 하던 내가 또 이런 생각을 하다니.'

하기도 하였다.

그러나 혜숙은 연전 혜숙이가 아니요, 나를 죽게 한 혜숙이가 아니다 하는 생각이 그에게 무슨 몽롱한 호기(好奇)를 주며, 왜 나는 정월을 차지하여 볼 운명 아래 나지 않았나? 하였다.

선용은 한참 동안이나 멀거니 있었다. 어느덧 별 하나가 서쪽으로 넘어간다. 선용은 그것을 한참이나 바라보았다. 선용은,

'달과 별은 영원히 우리 인생을 내리비추겠구나.'

하였다. 그리고,

'나나 정월이나 웃는 사람이나 우는 사람이나 누구든지 비추어 주겠구나.'

그리고 누렇고 붉은 아침 빛이 새로운 구름을 물들이는 새벽 아침이나 갈가마귀 어미 찾아가는 쓸쓸한 황혼이나 권위 있는 햇빛과 푸른 달빛의 여름이나 겨울이나 우리가 본 곳이나 우리가 보지 못한 곳이나 이 모든 것 위에 쉴새 없이 움직이는 무슨 세력은, 영원한 우주 사이에 잠깐 있다 사라져 없어지는 나와 정월 사이를 눈물과 원망으로 매어놓고 그대로 쓸어가 버리렷다 하였다.

그리고 허황되고 우스운 세상이라 하였다. 그러다가 타는 듯한 마주(魔酒)를 마시어 답답한 가슴을 고쳐나 볼까? 요염한 창녀의 젖가슴에 안기어 끝없는 울음이나 울어 볼까 하였다.

선용은 자리도 펴지 않고 그대로 누워 잠이 들었다. 그러다가 얼마나 되었는지 선선한 기운을 못 이겨 눈을 떴다. 불그레한 아침 해가 안마당

을 반사하여 미닫이 창을 물들이고 있었다.

정월은 처녀 시대에 몽상하던 모든 환락을 반드시 실현하여 맛볼 수 있으리라는 공허하고 광막한 희망을 가슴에 품고 또 한편으로는 붉은 피가 타오르는 듯한 견디기 어렵고 참기 어려운 열정에 타는 불길로 자랑스러운 처녀의 달콤한 세월을 보내었으나 하루 저녁 백우영에게 애석하고도 할 수 없이 다시 얻기 어려운 처녀의 자랑을 잃어버린 후부터 비로소 가슴 쓰린 눈물을 알게 되고, 헤아리기 어려운 초민(焦悶)을 맛보게 되었다.

백우영과 결혼하던 그날까지도 모든 열락(悅樂)과 행복을 한없이 누리고 노래할 줄 알았더니, 그후 얼마가 되지 않아 정월은 알지 못하는 가운데 자기 생활의 어딘지 한구석이 비어 있는 것을 찾아내게 되었다.

그는 그때부터 비로소 처녀 시대에 몽상하고 동경하던 모든 것이 한낱 붙잡으려 하나 붙잡을 수 없는 춘몽과 같이 사라짐을 깨닫고 바위에 부딪치는 물건같이 깨어져 사라짐을 깨달았다.

그러나 그는 자기의 남편을 사랑하였다. 처녀 시대의 그 열렬한 사랑을 영구히 계속하려 하였다. 그러나 날이 가고 달이 갈수록 찾아내는 것은 그 백우영의 결점뿐이요, 자꾸자꾸 자기의 마음을 괴롭게 하는 것은 어쩐 일인지 자기와 자기 남편 사이에 모든 것이 잘 융화되지 않고 잘 이해되지 않는 것이었다.

반죽이 잘 되지 않은 밀가루떡같이 언제든지 두 사람 사이에는 우수수 부서져 떨어지는 무엇이 있었다.

그러나 정월은 사랑에는 이해만 있으면 그만이라 하였다. 그래서 자기 남편과 자기 사이에 사랑의 줄을 단단히 잇게 하여 주는 것은 다만 그 이해가 있을 뿐이라 하고 백우영을 이해하여 영구한 사랑을 그에게 주려 하였으나 백우영은 그것을 맞지 못했고 또는 정월을 이해해 줄 능력을 가지지 못하였다.

정월이 그것을 찾아내면 찾아낼수록 마음이 공연히 괴롭고 모든 것이 사라지는 것이 괴로웠다. 그리하여 공연히 눈물을 흘리고 한숨을 쉬었으나 눈물과 한숨을 흘리고 쉴 때마다 그는 말할 수 없는 괴로움을 맛보면서도 자꾸자꾸 울었으며 눈물을 지었다.

그는 가슴 한귀퉁이 빈 곳을 채우기 위하여 시를 외고 소설을 읽었다. 그리고 음악을 배우게 되었다. 그러나 정월이가 시를 외고 소설을 읽고 피아노를 칠 때마다 그전보다 더 감상을 맛보고 그전보다 더 울게 되었다. 그러나 그는 그 감상과 비애를 맛보는 것이 달콤한 애인의 따가운 피가 스며나오는 붉은 입술을 빠는 것과 같이 전신을 삭여뜨리는 듯한 유열(愉悅)을 깨달았다.

그러다가도 무슨 알지 못하는 힘이 더욱더 자기의 몸을 칭칭 동여맨 것을 깨닫게 되며 그것이 무엇인지를 알려고 애쓰나 몽롱하게 그것을 알아낼 수 없을 때에는 그는 마음이 아주 괴로웠다.

그는 그러면서 무미한 생활을 하여 올 동안에 때때로 선용을 생각하여 보지 않는 것도 아니다. 그리고 백우영에게서 모든 행복을 얻지 못하고 무슨 만족함을 찾아내지 못한 그는 선용을 생각하여 보지 않지도 못하였다. 그리고 선용이가 참으로 자기를 이해하여 주고 자기의 사랑을 완전하게 받아 줄 사람이 아닐까 하여 보기도 하였으나 그러나 그것은 벌써 지나가 버린 일이라 어찌하리오. 다만 단념하고 또 단념하려 하고 만일 선용의 환영이 그의 눈앞에 보이기만 하면 눈을 딱 감고 보지 않으려 하였으나 그가 눈을 감을 때에는 반짝반짝하는 암흑 속에 더 분명히 자기로 인하여 생명을 끊으려던 선용이가 나타나 보였다. 그러나 그것은 얼마 되지 아니하여 사라져 버렸다.

정월이는 작년 겨울에 감기를 앓은 후 알지 못하게 폐병이 발생되어 피를 토하고 기침을 하며 몸이 점점 허약하여짐을 깨달으면 깨달을수록 더욱더욱 감상과 비애가 그를 못 살게 굴었으며 죽음이라는 장래가 괴롭게 하였다. 그러나 그는 울면 울수록 더욱 울고 싶었고 죽음이 두려운 것을 깨달으면 깨달을수록 더욱 그 죽음을 속히 맛보고 싶었다.

그래 그는 그날과 그날을 이곳 저곳으로 꽃도 따고 달도 찾아 의미 없고 쓸쓸스러운 날을 보낼 뿐이었다.

그는 어제 선용을 만나볼 때 죽었던 사람을 다시 만난 것같이 반갑고 그리운 마음은 그대로 달려들어 선용의 가슴에 고개를 비비면서 소리쳐 울어가며 3년 전 그때 그날로 자기를 도로 끌어다 주어 달라고 하소연까지 하여 가며 선용에게 자기의 잘못을 용서하라고까지 하고 싶었으나 알지 못하는 힘이 언제든지 자기 몸을 붙잡아 매놓으므로 그리하지도 못하고 다만 가슴을 부질없이 태우면서,

'단념하여야 할 것이다. 단념하여야 할 것이다.'

하면서 자기의 뛰는 가슴을 진정하려 하였으나 자기가 피를 토하고 괴로워할 때 선용의 눈에서 구슬 같은 눈물이 뚝뚝 떨어지며 얼굴을 가리고 자기 방으로 뛰어가는 것을 보고 정월은 미칠 듯이 선용이가 다정스럽고 눈물이 날 듯한 애련(愛戀)의 정을 깨닫게 되었다.

그리고 일평생 처음으로 자기를 위하여 눈물을 흘리는 사람을 본 그는 이 세상을 다 돌아다닐지라도 선용 한 사람뿐이 참으로 자기를 불쌍히 여겨 주는 사람이구나 하였다.

그리고 그는,

'아! 어찌하면 좋을까?'

하고 당장에 죽어 없어져 버려 자기를 매놓은 보이지 않는 무슨 세력도 잊어버리고 선용에게 향하는 가슴 쓰린 애정도 잊어버렸으면 할 만큼 초민을 깨달았다.

그녀는 지나간 과거를 생각하면 말할 수 없이 부끄러웠다. 그리고 그녀는 선용에게 지나간 과거의 책망과 원망과 애탄하는 말을 듣는 듯하여 가슴이 자꾸자꾸 죄는 듯하고 피가 마르는 듯하였다. 정월은 그날 저녁에 조금도 잠을 이루지 못하였다.

그녀는 3년 전 옛날의 동대문 밖 영도사에서 선용을 만났던 일과 또 그 후 선용이 일본으로 떠나가서 말할 수 없이 섭섭하여 미칠 듯이 날을 보

내던 것과 또 선용에게 자기가 날마다 울음으로 그날그날 지내간다는 사연을 써보낸 것과 그후부터 자기가 날마다 동경하던 모든 허영의 만족을 주는 백우영에게 정조를 빼앗겨 그와 결혼을 하게 된 것과 그후 선용이 죽으려다가 다시 살아났다는 말을 듣고도 별로 불안하고 미안함을 깨닫지 못하던 것과 또는 고치기 어려운 병을 얻어 한 가정을 불행하게 하는 것과 오늘 선용을 다시 만나 지나간 과거의 견디기 어려운 기억과 또는 다정스러운 선용의 따뜻한 눈물을 본 것이 생각되며 또 한편으로 자기를 얽어매어 점점 더 괴롭고 답답한 곳으로 집어던지는 것이 무엇인가 하는 생각을 할 때마다 그는 죄는 가슴을 움켜잡았다.

그러다가 이제야 비로소 그 선용이가 죽으려던 것이 눈앞에 보여서 가슴이 떨리며 몸의 맥이 풀리는 듯하였다. 그리고 자기 눈앞에서 선용이가 가슴의 피를 흘리고 쩔쩔 헤매며 두 손을 폈다쥐었다 하고 어쩔 줄을 모르면서 얼굴빛이 파랗게 질려 올라오며 숨소리가 가빠지며 괴로운 듯이 신음하는 소리가 들리고 보이는 듯하였다.

그래서 갑자기 눈물이 쏟아지며,

'내가 무정한 사람이었지, 내가 무정한 사람이었지.'

하며 이불을 뒤집어쓰고,

'선용 씨 용서하여 주셔요. 용서하여 주셔요.'

하고 자꾸자꾸 울었다.

그러고 다시 방종한 생활을 하여 가는 자기 남편과 자기 사이에 보이지 않고 들리지도 않고 만질 수도 없는 무슨 간격이 자기와 자기 남편 사이를 자꾸자꾸 멀리하게 하는 생각을 하고 두 사람 사이에 그 보이지도 않고 들리지도 않고 만질 수도 없는 무슨 힘을 더——강하게 하여 백우영과 자기 사이를 더욱더 멀리하여 영원히 백우영과 떨어져 버리고 선용과 자기 사이를 못 견디게 잡아당기는 그 보이지 않고 들리지도 않고 만질 수도 없는 힘에 끌려가는 것이 도리어 운명을 독촉하는 것이요, 합리의 일이 아닌가 하였다. 그러나 그는 그와 같은 생각을 시작만 하다가도 눈

을 감고 몸을 떨며,

'안 될 말이다. 안 될 말이다.'

하였다. 아무리 선용은 다정한 사람이요, 백우영은 자기를 이해하지 못한다 하더라도 벌써 자기는 일생을 백우영에게 맡긴 몸이 아닌가?

선용과 자기 사이를 매어놀 기회는 벌써 시간을 타고 멀리 멀리 가 버린 것이다. 이것도 한 운명이 아닐까? 그리고 어떻게 백우영을 무정히 떼어 버리고 부정한 여자라는 더러운 이름 아래 조소와 모욕 사이에서 일평생을 지내 간다 하더라도 거기에 무슨 행복이 있으리요.

그리고 또 자기가 날마다 읽는 그 유명한 소설 가운데 불행과 불운에서 헤매는 청춘 남녀의 애끓는 사랑의 역사를 읽어보면 읽어볼수록 자기도 그와 같이 불행과 불운 사이를 헤매다가 무참히 이 세상을 떠나지 아니할까 하는 괴상적 암시가 그를 몹시 가슴저리게 하였다. 그리고 피 있고 정 있는 아까운 청춘을 눈물과 한숨 속에서 지내 갈 것을 생각하니 살아가는 인생이 말할 수 없이 애달펐다. 그러다가는 자기 혼자 의견으로,

'청춘의 타오르는 힘있는 정염은 만 가지 불행의 원인은 아닐 텐데.'

하고 자기와 같이 마음 괴로운 생애를 걷지 않는 젊은 청춘 남녀가 이 세상에 과연 있을는지 의심하였다.

그 이튿날 저녁이었다. 문밖을 나선 선용은 어디를 가는지 교동 병문 넓은 길을 향하여 내려온다. 저녁 안개는 아직 사라지지 않고 동쪽 하늘에 새로이 올라온 둥근 달이 회색 안개 속에 빙그레 웃는 듯이 달렸다. 바람은 살살살살 사람의 뺨을 스치고 지나간다.

단장을 휘두르며 걸어가는 선용은 무엇을 생각하였는지 양복 주머니에서 편지 한 장을 꺼내어 누가 볼까 겁내는 듯이 편지 한번 보고 지나가는 사람 한번 본다. 그러다가는 그의 얼굴은 무슨 결단하기 어려운 일을 당한 듯이 멀거니 앞만 바라보기도 하였다. 그러다가 또다시 그 편지를 주머니에 넣었다. 그 편지에는,

'선용 씨!

지나간 과거는 어떻든 갔습니다. 지나간 과거가 우리를 웃든지 울리든지 그 과거의 이야기는 말아 주세요. 지나간 과거는 과거 그대로 덮어 주세요. 저는 선용 씨의 따뜻한 눈물을 보았습니다. 저는 또다시 선용 씨를 잊지 못하게 되었습니다.

그러나 잊지 못하는 선용 씨를 저는 잊어야 할까요. 저는 다만 운명에게 모든 것을 맡길 뿐이외다. 저는 한 가지 말씀드리고 싶은 것이 있습니다. 만일 선용 씨가 저를 잊지 않으신다 하시거든 내일 저녁 금화원으로 월계꽃 구경 나갈까 하오니 선용 씨도 와 주시기 바랄 뿐이외다. 저의 오라버니도 오실 테니…….

정월'

선용은 이 편지를 읽으면 읽을수록 몽롱한 의심이 자꾸자꾸 치밀어 올라온다. 길거리의 짐이나 사람이나 지나가는 인력거나 마차, 자전거가 조금도 선용에게는 보이지도 않고 들리지도 않는다.

그리고 자기가 지금 무엇하러 금화원으로 가는지 알지 못하였다.

그가 교동 병문을 나서려 할 때 달려가는 전차가 덜컥하는 소리를 내며 선용의 몽롱한 의식을 무엇으로 때리는 듯이 분명하게 하여 놓는다.

선용은 멈칫하고 나서,

'내가 무엇하러 가나?'

하였다. 그러다가 관성으로 그러고 있는지 종로로 향하여 걸어간다.

내가 무엇하러 정월을 만나러 금화원으로 가나? 정월이가 정말 나를 기다릴 것인가? 내가 가면 과연 반겨 맞으며,

'어서 오십시오. 왜 이렇게 늦었어요?'

하고 두 손을 잡아 줄 것인가? 정말 나를 잊지 못하는가? 잊지 못하면서 운명으로 인하여 나와 서로 떨어져 있게 되는 것을 참으로 한탄하는가? 정말 나를 위하여 뜨거운 눈물을 흘리며 애끊는 한숨을 쉬는가? 만일 나를 정말 생각하고 나를 위하여 울고 나를 위하여 한숨진다 하면 어찌하여 모든 것을 한꺼번에 내던져 버리고 나에게 오지를 못하는가 하고 가다가

선용은 다시,

'그렇다. 내가 지금 금화원으로 정월을 만나러 가는 것은 어리석고 또 어리석은 짓이다.'

하다가 또다시,

'그 과거는 과거대로 덮어 주세요.'

한 말은 나의 입에서 자기를 원망하고 꾸짖는 말이 나올까 겁나서 그것을 미리 틀어막으려 한 것이요, 나를 잊지 못하지만 모든 것을 운명에 맡긴다는 것은 나의 마음을 끌어 잡아당겨다가 자기 손 속에 집어넣고 운명이란 말하기 좋은 핑계로 나의 입에 자갈을 물리려는 것이 아닐까? 하는 생각이 난다.

'그렇다. 그래 그 동안에 늘었다는 것은 간특한 수단뿐이로구나. 운명이란 다 무엇이냐. 운명은 자기가 자기 손으로 만드는 것이다. 만일 자기가 참으로 나를 잊지 못하면 백우영과 자기 사이에 얽어놓은 인습과 형식의 줄을 끊어 버리고 나와 자기 사이에 참으로 끊으려 하나 끊을 수 없는 참사랑의 가락을 얽어놓으면 그만이 아니냐? 그만두어라, 가는 내가 어리석은 놈이다. 도리어 친구에게 가서 하룻밤 동안 농담이나 하고 노는 것이 나을 것이다.'

할 때 그는 어느덧 종로 네거리에 와 섰다. 그때 누구인지 선용의 손을 턱 잡으며,

"야, 오래간만일세그려. 언제 나왔나?"

쾌활한 청년 하나가 있었다. 선용은 깜짝 놀라면서 혹시 그 사람이 자기가 마음속으로 생각하는 것을 알지나 아니하였나 하는 두려운 의심이 엉긴 눈으로 그 청년을 바라보고 서투른 소리로,

"오래간만일세. 참, 여기서 만나기는 뜻밖인걸."

하였으나 그의 말소리는 서툴렀다. 그 청년은 선용과 전부터 아는 화가 원치상(元致詳)이었다. 그는 선용의 손을 단단히 쥐고 아주 반가워 못 견디는 듯이,

"아! 참 오래간만야. 그런데 어디 가는 길인가?"

하였다. 선용의 마음은 불안하였다. 아까까지 어떤 친구를 찾아 밤새도록 농담이나 하고 놀고 싶던 생각은 어느덧 사라지고 어서어서 이 사람과 작별하고 금화원으로 가고 싶은 생각이 불현듯이 나며 반가워서 못 견뎌하는 그의 손을 얼핏 좀 놓아 주었으면 좋겠다 하였다.

그래 그는 그 친구의 정을 받아 주지 않을 수도 없고 또다시 줄 수도 없어 주저주저하면서,

"저, 남대문까지 좀 가네……."

하고 그 다음 말은 무엇이라 하여야 좋을지 알지 못하였다.

"거기는 왜? 누구에게?"

"누구 좀 볼 사람이 있어서."

"과히 나쁘지 않거든 우리 저리로 가세. 오래간만에 만났으니."

이 말이 떨어지기도 전에 선용은 아주 대경실색을 하는 듯이,

"아니 그렇지 못해, 꼭 7시에 만나자고 하여서."

하면서 잡은 손을 빼려 하니까 그 청년은,

"에! 그만두게, 나는 그래 친구가 아니란 말인가? 그러지 말고 가세 그려."

두 손을 잡아끈다. 선용은 애원하는 듯이,

"정말야. 못 가 못 가. 그 사람이 꼭 기다린댔으니까."

어떻든 그 청년의 손에서 벗어나려는 듯이 모자를 벗고 인사를 하려 한다.

그러니까 그 청년은 손을 홱 뿌리치며,

"에 그만두게."

원망하며 섭섭한 듯이 선용를 바라본다. 선용은 그 원망하는 듯하고도 섭섭해 하는 그 청년의 표정이 미안하고 또 자기가 여자를 찾아가노라고 그렇게 자별한 친구를 속인 것이 부끄럽기도 하여,

"그러면 내일이라도 또 만나세."

하고, 그를 향하여 용서하라는 듯한 웃음을 띠고 한참이나 바라보고 있었다.

두 사람은 헤어졌다. 선용은 웬일인지 그 친구를 작별한 것이 시원하였다. 그리고 다시 자기를 기다리고 있는 정월이가 자기 눈앞에 보였다. 그는 다시 정월의 창백하고 해쓱한 환영이 자기 눈앞에 나타날 때마다 불쌍한 가운데 말하기 어려운 애연의 정을 깨달았다. 그러고는 또다시 자기 누이동생 경희에게 정월이가 하이네 시를 써보냈다는 말을 들은 것이 생각나며 그의 성격은 얼마나 변하였을까 하였다. 그리고 그가 얼마나 자기와 공통된 성격을 가졌을까 하였다. 그러다가 다시 그가 피 토하던 것이 생각나서 자기의 가슴은 쪼개는 듯이 아픈 듯할 때 그는 앞뒤에 연속되는 의식이 딱 끊어지는 듯이 다만,

'폐병을 앓거나 자기를 당장에 옥 속으로 집어던지거나 사랑은 영원히 사랑이요, 사랑 앞에는 죽음도 없고 아무것도 없고 다만 벌거벗은 사랑이 있을 뿐이지——.'

하였다. 선용이 황금정 네거리까지 왔을 때에는 날이 캄캄하여졌다. 그리고 전차 감독의 호각 소리가 자기의 신경을 바늘로 찌르는 듯이 자릿자릿하는 듯하였다. 그는 선뜻 그의 머리로 생각 하나가 전깃불 켜지듯이 갑자기 지나갔다가 다시 왔다.

'그런지도 모르지.'

하고 혼자 남이 들을 만치 중얼거린 선용은 다시 고개를 숙이고 전차길을 건너갔다.

정월도 정조의 관념을 가졌겠지? 한번 육체를 허락한 사람 외에는 다른 사람에게 또다시 허락치 않는 것이 정조로 인정하는 여자인지 모르지! 자기가 그 남자를 사랑하든지 사랑치 않든지 처녀의 사랑을 허락한 그 사람에게는 일평생 육체를 허락치 않는 것이 정조 있는 여자로 생각하는 것인 게지? 자기의 정조가 자기의 일평생의 모든 것인 줄 아는 여자인 게지?

그러면 자기가 참으로 나를 잊지 못한다 하더라도 만일 정월이 모든 인습과 형식에 구애되어 자기의 사랑을 완전히 나에게 줄 수 없다 하면 나나 또는 정월 두 사람의 고통은 영원토록 사라지지 못하렷다.

그러나 선용은 정월에게 아니 갈 수가 없었다. 만일 정월이 지금 내가 생각한 것 같지 않은 여성이라 하면? 그렇다. 어떻든 가보기나 할 것이다. 그렇지만 만일 내가 생각하는 것과 같은 여성이라 하면 내가 가서 무엇하나? 만나면 만나볼수록 도수를 더해 가는 사랑의 불길은 도리어 나를 파멸의 구덩이에 집어던질 것인데 나는 단념해야지. 가지를 말아야지! 하다가도 그 창백한 정월의 입으로 선지피를 토하는 것이 보일 때에는 자기가 가지 않으면 정월이가 기다리다 못하여 자기를 원망하고 원망 끝에 세상을 비관 끝에 자포자기하는 마음이 생겨 아아, 그러다가는 죽음밖에는 생각이 나지 않겠고 그래서 자기가 정월의 운명을 잡고 있는 듯할 뿐이었다. 옛날에 자기를 죽음에 빠지게 하던 한낱 가늘고 작은 여성의 알지 못하는 매력에 끌려 정월의 운명을 자기 손에 잡은 듯이 선용은 또 다시 자기의 운명의 무슨 큰 산모퉁이를 이 시간에 돌아가는 듯하였다.

선용은 금화원에 왔다. 큰 문을 들어서 입장권을 내고 본관——요릿집——뒤를 돌아 층계를 내려섰다.

월계의 그윽한 향내가 연한 바람과 함께 선용의 뺨을 명주 수건으로 문질러 주는 듯이 지나간다. 그는 이곳 저곳 희고 붉은 월계꽃이 저녁 이슬을 머금고 해롱대는 사이로 정월과 영철을 찾아 헤매었다. 등나무 덩굴로 덮은 곳을 지나고 포플러나무 그늘을 꿰뚫어 그늘진 담 모퉁이까지 찾아보았으나 영철과 정월은 있지 않았다.

푸른 나무 잎사귀 사이로는 여자들의 비단 치맛자락이 달빛에 번쩍이고 산뜻하게 몸을 꾸민 얼굴 붉은 젊은 청춘들은 흥취 있게 떠들어댄다. 저쪽 테이블을 둘러앉은 중년 신사들은 음침한 웃음 속에 오만한 어조로 무엇인지 서로 이야기들을 하고 앉아 차들을 마신다. 어두컴컴한 나무 그늘

밑에서는 나이 젊은 남녀 두 사람이 소곤거려 정화를 바꾸는 소리가 가늘게 들려온다.

선용은 또다시 여러 사람들이 떨어져 서서 농담하는 틈을 지나 차르륵 찰싹하는 분수가 물을 뿜는 연못 앞에 와 섰다.

그는 저쪽 한귀퉁이에 누구를 기다리는 듯이 혼자 앉은 여자를 보았다. 그의 뒷 몸맵시가 정월과 아주 다르지만 선용은 그래도 하는 마음이 나서 그 앞으로 가서 그 여자의 얼굴을 자세히 들여다보았다. 그 여자는 속으로 욕을 하는 듯이 선용을 흘겨 치어다보았다.

선용은 마음이 공연히 울분하였다. 그리고 자기가 모두 어리석은 짓만 하는 듯하고 오늘 저녁 이곳에 온 것은 참으로 무미함을 깨달았다. 그래서 분수 앞에 앉아,

'그만두어라, 오거나 말거나.'

하다가,

'영철이까지 어째 오지를 않았누?'

하였다. 달빛으로 은실같이 보이는 물결은 여러 겹의 동그라미를 어룽어룽 사면으로 펴놓고 싸라기 같은 물방울을 여기저기 휘두르며 무도를 한다.

오케스트라가 시작되었다. 그렇게 떠들던 여러 사람들의 말소리는 기름을 흘리는 듯한 침묵 속에 사라졌다.

선용은 음악에 취한 듯이 나른한 감정 속에 멀거니 앉았다가 어떤 여자의 치맛자락이 스치는 소리를 듣고는 다시 의식이 회복되었다. 그 여자는 선용에게 인사를 하였다. 그 여자는 뚱뚱하게 생긴, 어저께 자기 집에 놀러왔던 차숙자였다.

"언제 오셨습니까?"

하고 빙글빙글 웃으며 선용에게 인사를 한다. 선용은 정신없이 앉았다가 벌떡 일어나며,

"예! 온 지 얼마 되지 않습니다…… 혼자 오셨어요?"

하니까 차숙자는 고개를 조금 흔들며,

"아뇨, 저기 누구하고 같이 왔어요."

부끄러움을 반쯤 억지로 감추려 한다. 선용은 속마음으로 아마 자기 정든이하고 왔나 보다 하였다. 차숙자는 다리를 떼어놓으며 아무 소리 없이 고개를 굽혀 예를 하고 저리로 가려 하였다. 선용은 이 차숙자에게 정월이 오고 안 온 것을 물으면 알는지도 모르겠다 하고 가려는 숙자를 붙잡는 듯이 몸을 그에게 가까이 꾸부리다가 다시 물러서며,

"저——."

하고 조금 주저하다가 정월을 보았느냐 하면 혹시 의심을 살는지도 몰라서,

"혹시 영철 씨 못 만나셨어요?"

하였다. 차숙자는 조금 고개를 갸웃하고 생각을 하여 보더니,

"이영철 씨 말씀이지요?"

하며 한참 있자,

"네."

하고 선용은 얼른 달아날 듯이 대답을 하였다. 숙자는,

"네, 영철 씨는 몰라도 아까 정월이는 보았는데요. 어디를 갔는지 알 수 없습니다."

하였다.

"네? 정월 씨가 오셨어요?"

하는 선용의 가슴은 이상하게 물결쳤다.

"네, 왔어요. 그런데 아마 저기 올라갔는지도 알 수 없습니다."

하고 본관을 가리킨다.

"네, 매우 고맙습니다."

하고 숙자에게 감사를 하였다.

본관에는 유리창마다 전깃불이 화려하게 켜 있다. 바람이 불 때마다 창장이 휘날려 나부낀다. 이층 첫째 유리창을 반쯤 연 곳에는 어떤 모양낸

청년 하나가 이곳을 내다보고 있다.

선용은 반갑기도 하고 무엇이 가슴을 치미는 듯도 하다. 그는 한달음에 그 요릿집으로 뛰어올라갔다. 문간에는 흰 옷 입은 보이가 점잖게 서 있다가 선용을 보고 허리를 굽혀 예를 하였다. 뛰어오기는 뛰어온 선용은 여기까지 와서 생각하니 어떻게 정월을 찾아야 좋을는지 알 수가 없었다. 어떻든 그는 문간 가까이 방 한 간을 빌어 차 한 잔을 갖다 놓고 바깥만 내다보고 앉아 있었다. 그리고 보이를 불러 정월과 같은 손님이 혹시 있느냐고 물어보았다. 보이는 한참 생각하더니,

"알 수 없어요. 손님이 한두 분이 아니니까요."

하였다.

언제든지 요릿집에 발을 들여놓으면 일어나는 것과 같이 불그레한 중에도 사람의 마음을 취하게 하는 반쯤 탕(蕩)한 기분이 선용의 가슴에서 또 일어났다. 선용은 조마조마하여 못 견디었다. 그래서 정월이가 뒷마당으로 내려가지나 아니하였나 하고 다시 뒤뜰로 내려갔다. 그러나 역시 정월을 찾아내지는 못하였다. 선용은 화가 난 듯이,

"에——가 버리리라."

하고 문으로 향하여 나오려다가 주춤하고 서서 포플러 녹색 그늘 사이로 새어 나오는 달을 치어다보고 한참 섰다가,

"왔다는데 어디로 갔노?"

하였다. 이때이었다. 그 요릿집 정문 층계 위로 정월이가 어떤 남자와 나란히 서서 내려왔다. 창백한 달빛이 창백한 정월의 얼굴을 싸고 돌고 으스스한 유령이 암흑 속에 선 듯하였으나 선용의 마음은 그를 볼 때 무슨 경경함을 일으키지 않을 수가 없었다. 걸음걸음이가 달빛을 끌며 머리카락 카락마다 달빛에 흩날리는 듯할 때 선용은 옛날의 사람이던 혜숙이 아니요, 죽어서 처녀가 되었거나 요녀가 되어 다시 자기 눈앞에 나타난 듯하였다.

선용은 내뛰는 걸음을 억지로 천천히 걸어 정월에게로 갔다. 그리고 모

자를 벗고 환심을 얻으려는 듯이 빙긋 웃었다. 그러나 정월은 다만 푸른 눈동자를 잠깐 굴려 고개를 숙인 듯 만 듯하고,

"언제 오셨어요?"

할 뿐이었다. 그러다가 다시 고개를 돌이켜 자기와 나란히 서서 걸어가는 그 청년에게,

"그러면 저의 오라버니하고 꼭 한번 놀러가지요."

하고는 다시 선용을 냉정한 눈으로 흘겨보며,

"벌써 가세요?"

하였다.

선용은 아무 말도 없이 그대로 서 있었다. 그리고 자기가 꿈속에 서 있는 듯이 다만 애매하고 몽롱한 의식과 감정 속에서 멀거니 정월을 바라보다가 다시 그의 의식과 감정이 무엇으로 자기의 머리를 때리는 듯이 회복될 때,

'에——간악한 년!'

하고 이를 악물고 그대로 덤벼들어 발길로라도 차 내던지고 싶은 생각이 났다. 그러나 그는 긴 한숨과 함께 모든 것을 어리석음에 돌려보내듯이,

"네."

하였다. 정월은,

"안녕히 가십시오."

하고 거만한 걸음을 걸을 때에 휘청거리는 가는 허리가 흐르는 달빛을 휘휘 감아 나꾸는 듯하였다.

선용은 이 소리를 듣고는 눈물이 날 만치 원통하고 분하였다. 그의 뜨거운 피가 올라온 두 뺨은 불같이 탔다. 그리고 어디로 자기가 밟고 갈 때마다 바지직바지직하는 모래 위에 자기의 가슴을 비비며 통곡도 하고 싶었다. 그는 전신을 부르르 떨었다. 그의 두 손에는 차디찬 땀이 물같이 흘렀다.

그는 또다시 정월을 돌아보았다. 정월은 다시 저쪽 층계로 내려가다가

역시 선용을 바라보았다. 그 정월이 한번 다시 돌아보는 것이 더욱 자기 가슴 위에 모욕과 수치의 화살을 박아 주는 듯하였다.

'아! 이 어리석은 놈아! 너는 속는 줄 알면서도 또 속는구나!'

하고 선용은 자기가 자기를 어리석은 놈으로 자기 인격을 모욕하였다. 그는 몸을 소스라뜨리면서 정문을 나섰다. 그는 물에 빠져 죽거나 독약을 먹고 죽어 버리고 싶었다. 그래서 그 물에 팅팅 불은 몸뚱이와, 독약에 질리고 썩은 육체를 정월의 눈앞에 갖다 놓아 정월이 바르르 떨면서 이를 악물고,

'내가 잘못하였습니다.'

하면서 자기 몸을 얼싸안고 우는 것이 보고 싶었다.

정월은 그날 어찌하여 선용에게 그리도 냉정하게 하였는지?

그 전날 하룻밤을 정월은 조금도 자지 못하였다. 아침 10시나 되어 백우영은 정월의 방으로 들어와 막 일어나서 머리를 고치는 정월을 침착한 중에도 친친치 못한 얼굴로,

"어젯저녁에는 어떻게 지내었소?"

하였다.

"별로 다른 일은 없었어요."

하며 정월은 안경 쓰고 수염을 어여쁘게 깎고 눈썹이 까무스름하고 동그란 선(線)이 빙빙 돌아가는 듯한 그의 얼굴을 바라보며 대답을 하였다.

백우영은 아무 말 없이 세수 수건을 들고 안경을 벗어놓고 바깥으로 나갔다.

이것이 이 부부의 아침 인사였다. 백우영의 얼굴을 치어다볼 때 정월은 저이가 나의 남편이지 하였다. 그러나 자기 남편을 바라볼 때마다 제 마음 한귀퉁이에는 괴롭게 빈 곳이 있었다. 그리고 오늘 선용 씨를 만나러 가는 것이 무슨 큰 죄를 짓는 것 같아서 왜 내가 편지를 하였나 하고 후회까지 하였다.

그러다가 어떻든지 백우영과 자기 사이를 끈기 있게 달라붙일 방법이

없을까 하였다. 그는 그날 하루 종일 금화원에를 갈까말까 하는 마음으로 속을 태우다가 그래도 갔다.

그는 처음 금화원에 들어오면서부터 선용이가 왔나 아니 왔나 하고 사면을 둘러보았다. 그리고 만나보았으면 하면서도 만나지 않았으면 하였다. 그리고 만나는 두려움 가운데 만나지 못하면 어찌하나 하는 졸이는 마음이 있었다.

그러고는 만일 그를 만나면 무어라고 하나 하였다. 거기서 먼저 말을 하거든 내가 대답을 할까 하였다. 그러다가 또다시 내가 왜 이렇게 마음을 졸이나? 그와 만나는 것이 무엇이 그리 크게 기쁜 일이며 그와 못 만나는 것이 무슨 그리 두려운 일인가, 다만 친구를 만난 것같이 즐겁게 하루 저녁을 놀다 오면 그만이 아닐까. 그러나 그의 마음은 언제든지 가라앉지 않고 진정되지 않았다.

그가 돌층계를 내려서려 할 때 차숙자와 만났었다. 그리고 자기 오라버니를 찾아보았으나 만나지를 못하였다. 그럴 때 그는 어떤 양복 입은 청년 하나를 만났다. 정월은 반가운 듯이,

"언제 오셨어요?"

하며 반가워 인사를 하였다. 그 청년은 검은 얼굴에 웃음을 띠며,

"네. 어제 왔습니다."

하고 대답을 하였다.

"그런데 시골 재미가 어떠세요. 일전에 하신 편지도 보았습니다. 그 편지 보고 어떻게 한번 가 보고 싶은지 알 수가 없었어요. 그러나 몸이 자유롭지가 못해서……."

하며 정월은 호기심을 일으키는 듯 웃었다. 그 청년은 굽혔던 머리를 다시 들면서,

"네에, 그러시겠지요. 참, 어떻든지 한번 다녀가셨으면 좋겠다고 생각하였으나 영철 군도 몸이 자유롭지 못하고. 그러나 정월 씨 같은 어른에게는 아주 적당한 곳으로 생각해요. 공기는 물론이요, 저의 농장에는 조

금 있으면 과실도 익을 것이요, 참 좋습니다. 꼭 한번 오셨으면 좋겠어요."

하였다.

"네, 그때쯤은 어떻게든지 한번 가게 되겠지요."

"그런데 영철 군은 아니 왔습니까?"

"글쎄올습니다. 오신다고 하였는데 아마 아직 아니 오셨나 봐요. 조금 있으면 오겠지요."

하고 정월은,

"그러면 저리로 가셔서 차라도 한잔 잡숫지요."

하였다.

정월은 요릿집으로 들어가려다가 힐끗 곁눈으로 큰 문을 바라보았다. 거기에는 선용이 단장을 끌며 들어왔다. 정월은 반가운 중에도 무서운 마음이 그의 피를 당장에 식히는 듯이 그의 다리를 떨리게 하는 중에도 버티었던 것을 퉁겨논 듯이 얼른 깡충 뛰어 본관으로 피해 들어갔다.

정월은 방에 들어앉아 창밖을 쉴새없이 내다보았다. 그는 자기를 찾아다니는 선용의 그림자를 보면서 다만 바라는 것은 얼핏 오라버니가 오셨으면 하는 마음뿐이었다.

정월은, 자기 몸을 선용에게 나타내 보이는 것이 나에게 다행할는지 알 수 없다. 그는 그것을 보고는 도리어 모든 것을 단념할 테지. 아니다, 그이는 벌써 나를 단념한 사람이다. 그가 비록 한때 호기심으로 지금 나를 따라왔다 할지라도 그는 벌써 나를 잊은 사람이다.

선용이 다시 본관 앞을 지나 바깥으로 창연한 빛을 띠고 낙망한 듯이 나갈 때 이것을 본 정월은 손에 잡은 미꾸라지를 놓친 듯이 벌떡 일어나 선용을 가지 못하게 붙잡고 싶은 생각이 복받쳐 올랐다.

선용과 자기 사이에 무슨 즐겁고 반가운, 다시 얻기 어려운 기회를 마지막으로 얻었다가 잃어버린 것 같아서 만나지 않고 기다리는 마음으로 오히려 그만 기회를 연장시키고 싶을 뿐이었다.

선용이 자기 앉은 방 옆으로 들어올 때 그의 숨을 막는 것같이 괴로웠다.

그러나 가슴이 떨렸다. 만일 자기가 어떤 다른 청년과 앉은 것을 보고 선용 씨는 나를 의심하지 않을까? 하여 얼른 그 옆에 앉은 청년을 밀쳐 던지도록 멀리하고 싶었다. 그러다가, 그렇지만 도리어 정월은 뛰는 가슴에도 억지로 침착한 어조로 그 청년에게,

"인제 저리로 가세요."

하며 바깥으로 나오면서 꼭 선용과 만나도록 발걸음을 떼어놓아 돌층계를 내려섰다. 그리고 선용과 꼭 마주칠 때에는 그녀는 그대로 달려들어 울고도 싶고 그대로 엎드려 애소도 하고 싶었으나 다만,

"언제 오셨어요?"

하는 서투른 목소리로 그를 대할 수밖에 없었다.

그러다가도 그의 옆에서 누가 선용과 만나는 것은 죄악이다 하고 부르짖는 것같이 가슴이 선뜻하고 마음이 떨릴 때, 그는 진저리 치는 무엇이 그의 손등을 기어가는 듯해서 그것을 털어 버리려는 것같이 몸을 으쓱하고 선용에게서 달아나고 싶었다.

그때 그는 태연하게 자기와 같이 걸어가는 청년에게,

"그러면 저의 오라버니하고 꼭 한번 놀러가지요."

하고 곁눈으로 선용의 동정만 살펴보았다. 그리고 그 순간에는 선용을 떼어 버리지 않고는 마음이 편치 못하였다.

그러나 선용이가 멀거니 자기를 원망스럽게 바라보고 무엇을 잃은 사람처럼 빈손만 내려다보고 물끄러미 서 있다가 결심하는 듯이 주먹을 내려다보고 나갈 때 정월은 또다시 자기의 행동에 회한을 깨달았다. 그리고 선용이가 불쌍해 보일 뿐이었다.

그녀는 선용 씨가 어디로 가시나? 하고 또다시 나는 참말을 하리라 하였다.

선용은 금화원에서 나왔다. 하늘에는 둥근 달이 떨어질 듯이 달려 있

다. 그는 그 달을 치어다보고 저도 모르게,

'아아 달이 밝기도 하다.'

한참 서서 치어다보았다. 그러고는 또다시 걸음을 옮겨 대한문 넓은 길 가운데를 지나 광화문을 향한 페이브먼트[鋪石] 위로 걸어간다.

그는 가면서 생각하기를 정월에게 모든 것을 단념하리라 하였다. 그는 자기가 정월에게 끌리는 정으로 인하여 자기의 속타는 것을 잊어버리기 위해 단념한다는 것보다도 자기의 인격을 욕보인 그 간특한 여자를 저주하기 위하여 그를 단념하리라 하였다.

그는 이후에는 아무리 정월을 만날 기회가 있을지라도 그를 피하리라 하였다.

그러고는 또다시 일본에서 두 주일이나 자기를 찾아 주던 그 여학생을 생각하였다. 그리고 자기가 그와 같이 고마운 그 여학생을 잊어버리고 그 귀신 같은 정월을 또 찾아온 것을 생각하면 어쩐지 마음속으로 부끄러운 생각이 났다. 그리고 자기의 꿋꿋이 서 있는 인격에 불을 지른 듯 모욕을 당한 듯하였다.

그는 그전 이왕직미술관 앞을 걸어온다. 단단한 길바닥이 고무신 바닥 밑에서 자기 전신을 공기나 놀리듯한 경쾌함을 깨달았다. 그리고 지금까지의 원망, 불평이 다 사라지고 다만 환한 희망이 그의 앞길에 비친 듯할 뿐이었다.

그러다가 가끔가끔 정월의 환영이 보일 때마다 사랑을 잃은 부끄러움보다도 자기를 모욕한 분함이 그의 주먹을 때때로 떨리게 하였다.

그가 아카시아나무 밑 전등불 환하게 비친 곳을 지나갈 때였다.

누구인지 애연한 목소리로 "선용 씨!" 하는 이가 있었다. 그 목소리는 선용의 정신을 옛날에 나렷하던 꿈속으로 다시 들게 하는 듯하였다. 선용은 그 목소리를 듣는 찰나에 그 목소리가 누구의 것인지 알았다. 그러고 누구에게 붙잡힌 듯이 발을 딱 멈추고 서서 또다시 부르기를 기다렸다.

"선용 씨, 잠깐 보세요."

하는 소리가 또 나자 그는 고개를 돌이켰다. 거기에는 자동차 차창으로 자기를 바라보는 정월이 앉아 있었다.

"왜 그러시요?"

하는 선용의 목소리는 떨리는 듯한 중에도 무슨 강한 힘이 있었다. 정월은 애원하는 듯이,

"이리로 올라오세요."

하였다. 선용은 눈을 부릅떠서 정월을 바라보며,

"네? 저는 두 다리가 있어요. 그리고 나는 옛날 선용이가 아니요."

하며,

"정월 씨는 나를 만나실 필요는 없을 테지요. 또한 저도 정월 씨를 영영 만나지 않더라도 이 세상에서 살아갈 수 있는 사람이 되었습니다. 아무리 사랑으로 뭉치지 못한 이 불구인 선용일지라도 이제는 옛날같이 어리석은 자는 아닙니다."

정월은,

"여보세요, 선용 씨. 저의 말씀을 꼭 한번만 들어 주세요."

하며 자동차에서 내려온다. 선용은 자동차 속을 들여다보았다. 축전기의 희미한 전깃불이 푸르게 켜 있는데 한옆에 수놓은 비단 방석이 꾸깃꾸깃 음독을 일으키는 듯이 놓여 있었다. 정월의 음탕한 부분이 그 위에서 슬근거리는 것을 생각하며 그는 얼른 그곳을 피하여 달아나고 싶었다.

"말씀할 것요? 저와 정월 씨 사이에는 영원히 말이 끊어졌습니다. 음파를 일으키는 보이지 않는 목소리라도 정월 씨와 저 사이에는 아무 의미 없는 파동을 남겨놓는 것보다 도리어 저의 몸뚱이를 으스스하게 할 뿐입니다."

정월은 자동차를 먼저 보내고 선용에게로 가까이 왔다. 그러고는 무의식중에 두 사람은 나란히 걸어갔다. 정월은 무엇을 생각하는지 무슨 말할 것을 주저하는지 땅만 보고 걸어가다가 겨우 가슴을 진정하고,

"여보세요?"

하였다. 선용은,

"네?"

하고 심통스럽게 대답을 하였다.

정월은 선용이 그러는 것이 야속한 생각이 난다. 그래서 다 그만두어라 누가 이 세상에서 나의 마음을 알아 주는 사람이 있느냐? 하다가도 그렇지만 선용 씨가 그렇게 하는 것도 무리는 아니렷다 하였다.

그래서 하려던 말을 그만두리라 하다가 모든 부끄러움, 야속한 감정을 억제하고 선용의 어깨에 매어달리는 듯이 몸을 가까이하며,

"여보세요, 지나간 모든 것은 다 용서하여 주세요."

하였다. 선용은,

"네?"

하고 깜짝 놀라는 듯이 정월을 바라보았다. 그럴 때 정월은 눈물을 참으려고 하얀 이로 붉은 입술을 악물고 까만 속눈썹을 감았다 떴다 하고 있었다.

선용은 그 말을 듣고 또 눈물을 참으려 하는 것을 보고 여태까지 보기도 싫던 정월이 또다시 불쌍한 생각이 나서,

'그만두어라. 내가 그렇게까지 하는 것은 너무 심하였다.'

그러고는 속마음으로,

'정월이 무엇하러 나를 쫓아왔으며 무엇을 용서하여 달라나?'

하였다. 정월은 또다시,

"용서하세요. 저는 선용 씨에게 사죄하러 여기까지 쫓아왔어요."

하고 눈을 한번 깜박 감았다 뜰 때, 진주 같은 눈물이 옷깃 위에 떨어져 구른다.

그리고 수건으로 눈물을 씻으면서 바로 앞길을 보지 못하였다.

선용은 속마음으로 무엇을 정월이 용서하여 달라는가? 오늘 자기가 금화원에서 그렇게 천연스럽게 한 짓을 용서하란 말인가?

선용은 또다시 엄연한 목소리로,

"저는 아무것도 정월 씨를 용서해 드릴 것이 없어요."
하였다. 그러나 정월은,

"여보세요. 왜 사람이 남에게 용서하여 주길 바랄까요? 선용 씨! 저는 어저께 선용 씨를 속였어요."
하고는 흐느껴 운다. 선용은,

"네?"
하고 정월을 바라보았다. 그러고는 선용의 마음 가운데에서 상긋한 향내가 떠도는 듯이 정월이 또다시 나를 사랑하려니 하던 희미한 희망이 당장에 끊어지는 듯하였다.

"지나간 과거는 가 버렸습니다. 엎지른 기름을 다시 쓸어담지 못하는 것과 같이 선용 씨와 저 두 사람은 또다시 엉기지는 못할까요?"
하는 정월의 말을 들은 선용은,

"이와 같이 모순과 당착이 엉킨 이 세상에는 또다시 그것을 바랄 수는 없겠지요."
하고 대답을 받았다. 그러나 선용은 이 말을 들을 때에 비로소 정월을 알게 되었다. 그리고 정월이 또다시 옛날을 추회하는 것을 알았다. 그러나 선용은 정월을 또다시 자기 애인이 되어 달라는 요구로써 그를 책망하고 그를 원망하는 마음이 나지는 아니하고 다만 인습에 얽히고 환경을 벗어나지 못하여 옆에 있는 행복을 알지 못한 것을 생각하며 또다시 정월이 불쌍하였다. 그러고는 속마음으로 나는 정월을 애인으로 불쌍히 여기는 것보다 이 세상의 살아 있는 불쌍한 인생의 하나로 동정하리라 하였다.

정월은 무엇을 깨달았는지,

"저는 죽은 사람이외다. 붉은 피는 푸르고 차디차게 식었습니다. 저에게는 아무 환락과 아무 희망도 없이 저의 육체가 시들어질 때 저의 목숨까지 사라져 버리기를 바랄 뿐예요."
하고 또다시,

"선용 씨, 선용 씨는 저를 책망하시겠지요. 저를 저주하시겠지요. 그러나 저는 선용 씨 외에 또다시 이 세상에 참사람이 있을는지 의심합니다. 그러나 저는 그 참사람을 영원히 잃은 사람예요."

하다가는,

"선용 씨, 저는 다만 선용 씨가 영원히 저의 가슴에 살아 있다는 것을 잊어 주지 마시기만 바랄 뿐입니다."

선용의 눈에는 눈물이 괴었다. 그리고 무의식중에,

"정월 씨, 우리는 어찌하여 시간을 깨뜨려 부수지 못할까요? 왜 또다시 옛날로 돌아가지를 못할까요? 저는 다만 그것을 한탄할 뿐입니다."

하는 사이에 어느덧 정월의 집 문간에 왔다.

정월은 집으로 들어가려 하며,

"선용 씨, 영영 선용 씨를 못 뵈옵지는 않겠지요? 비록 제가 선용 씨를 뵈옵지 못한다 할지라도 선용 씨의 그림자는 저를 언제든지 싸고 돌아다닐 것이올습니다."

그리고 또다시 선용에게 안길 듯이 바라보며,

"언제나 만나뵐까요?"

하였다. 선용은,

"이 세상의 모든 모순과 당착이 사라질 때겠지요."

하였다.

정월은 문을 열었다. 불그레한 전등불이 희미하게 비칠 때 흰 치맛자락을 휻날리며 문간으로 들어서는 그녀는 마치 수도원(修道院)에서 금욕의 생활을 하고 있는 신녀(信女)같이 보였다. 그러다가는 정월의 그림자가 사라져 없어질 때 선용은 다만 망연히 그 속을 바라보고 서 있었다.

오늘 저녁에 영철은 금화원에 오지를 못하였다.

영철은 저녁을 먹고 교동 누구를 잠깐 보고 금화원으로 약조한 자기 누이를 만나러 교동 병문을 막 돌아나설 때이다. 누구인지,

"여, 어디 가나?"

하고 뒤에서 부르는 사람이 있었다. 그는 이용준(李容俊)이라는 새롱거리기 좋아하는 은행원 중의 하나였다. 그는 여전히 새롱대는 어조로,

"어디를 가?"

하고 어깨를 툭 친다. 영철이,

"요것이 누구에게다 손짓을 해!"

하고 주먹을 쥐고 달려들려니까,

"히히, 어디 어디?"

하고 어린애 장난하듯 한다.

영철은 다시 얼굴을 고치고,

"어디 갔다오나?"

하니까 용준은,

"남의 말엔 대답도 아니하고."

하며 눈을 흘겨 치어다보더니,

"자네, 내일부터 은행에 다 다녔네."

하고 침착한 중에도 생그레하며 바라본다. 영철은 그 말을 농담으로 듣고,

"자네 오늘 금화원에 아니 가려나?"

하고 다른 말을 꺼내었다.

"금화원?"

하고 용준은 영철을 치어다보더니,

"금화원이고 무엇이고 자네 은행에서 돈 천 원을 쓴 일이 있나?"

하였다. 영철은 다른 사람이 알지 못하는 걸 용준이가 아는 것이 괴이하여 깜짝 놀라면서,

"그것은 어떻게 아나?"

하였다.

"글쎄 말이야."

"있어. 왜? 누가 무엇이라 하던가?"

용준은 한참이나 있다가,

"지배인인지 무엇인지가 오늘 사장하고 이야기하는 것을 들었는데."
하며 입맛을 다신다.

"그래?"

"자네가, 자네가 품행이 나쁘다고."

"무슨 품행이?"

"화류계에 빠져서 은행의 돈을 천 원이나 쓰고 여태껏 기일이 지나도 갚지를 않는다고. 다른 사람과 달라서 자네이기 때문에 얼마간 비밀을 지켜 주었더니 이렇다 저렇다 말이 없다고 대단히 분개한 모양이데."

영철은 껄껄 웃었다. 그러고는,

"그러니까 사장은 무엇이라고 대답을 하시던가?"

"무얼, 사장야 언제든지 말이 적으니까 그렇소? 그렇소? 하실 뿐이지."

"응, 그래."
하고 영철은 주먹을 쥐었다.

용준은 다시,

"여보게, 설화가 누구인가? 설화 때문에 자네가 돈 천 원을 은행에서 썼다 하니 그것이 참말인가? 나는 자네가 그럴 리가 있나 하고 반신반의를 하였지만."

영철은 빙긋 웃으며,

"어떤 미친놈이 그러던가?"
하고 소리를 높였다.

"그런데 지배인은 어떻게 해서든지 자네를 내보내도록 사장에게 말을 하데. 그러니까 사장께서도 만일, 과연 그런 일이 있다 하면 자네를 그대로 둘 수는 없다고 하셨거든."
하니까 영철의 얼굴에는 분노에서 밀리는 피가 올라오며,

"어디 보자. 지배인이 이기나 내가 이기나."

하고 주먹을 마주 친다.

용준은 다시,

"그런데 이것을 좀 보아."

하였다.

"무엇을?"

"왜, 지배인의 조카가 있지 않은가?"

"그래, 그 얼굴이 빨아논 것같이 허옇게 생긴 자 말이지?"

"응, 옳지 바로 맞았네. 아마 그자를 자네가 나간 뒤에는 자네 대신 쓸 모양이네."

이 소리를 들은 영철은 속으로 재미있기도 하고 호기심이 났다.

그리고, 네가 아무렇게 해도 쓸데없다 하였다.

영철은 이용준과 작별하고 파고다 공원을 지나 종로 네거리에 왔다. 그는 시계를 꺼내들고,

'청진동을 잠깐 다녀갈까 그만둘까.'

하고 주저하였다. 시계는 6시 반밖에 되지 않았다. 영철은 아직 시간이 되지 않았으니 설화를 잠깐 보고 가리라 하였다.

영철이 설화의 집에 들어설 때에는 설화가 안방 미닫이를 열어놓고 저녁 화장을 할 때였다.

영철이 마루 가까이 가며,

"설화!"

하니까 설화는 석경을 들여다보며 정성스럽게 얼굴에 분을 바르다가 깜짝 놀라며,

"나는 누구라고. 이리 들어오세요."

하며 자리를 비켜 앉는다. 영철은 그대로 선 채,

"아냐, 들어갈 수 없어. 그런데 오늘 웬 모양을 저렇게 내노. 누구를 만나러 가?"

하며 설화가 화장하는 것만 바라보았다. 설화는 두 눈 가장자리를 문지르

다가,

"왜요?"

하고 생긋 웃으며 치어다본다.

영철은,

"글쎄 말야."

하고 설화 앞에 놓여 있는 담배를 보더니,

"언제부터 담배를 배웠노?"

하며,

"그 담배 하나만 줘."

하니까,

"아녜요. 손님 대접하려고 사왔어요."

하며 담뱃갑을 집어 준다.

그러고는,

"이리로 좀 들어오셔요. 들어와 잠깐만 앉았다 가시구려."

하며 간절히 청한다. 영철은 새로 세수한 설화의 얼굴과 손에서 나는 비누향내를 맡으면서 연하고 부드러운 중에도 불그레한 얼굴이 매혹적으로 사람의 마음을 끄는 듯하여,

"글쎄, 너무 늦어서는 안 될걸."

하고 못 이기는 척 방으로 들어갔다.

그래 보료 위에 앉으면서 담배 연기를 뿜어 보내며 천장을 치어다보고 싱그레 웃었다. 설화는,

"무엇이 그리 우스우세요?"

하고 영철이 치어다보는 천장을 보았다. 영철은 아까 이용준에게 들은 말이 우스워서 웃는 줄은 모르고 설화가 천장을 따라 치어다보는 것이 우스워서,

"하하하."

하고 설화를 돌아다보며 놀려먹듯이 웃었다. 설화는 알지도 못하고 따라

웃으며,

"왜 웃으세요?"

하며 자기 몸에 이상한 곳이 있는 듯하여 이리저리 둘러보더니,

"네? 글쎄 무엇이 우스우세요?"

하고 영철의 무릎 위에 어리광 부리듯이 달려들어 귀찮게 흔들어댄다. 영철은,

"왜 이래."

하고 달려드는 설화를 피하며,

"무슨 우스운 일이 있어."

여전히 웃으면서 담뱃재를 떨었다.

"글쎄, 무엇예요?"

"설화가 알 것은 아냐."

"무엇인데요? 저는 알 것이 아닐까요?"

"그것을 알으켜 주면 말하나 마찬가지게."

하고 얼굴을 조금 침착하게 하더니,

"이리 와."

하고 설화의 팔을 잡아당기며,

"그것은 알아서 무엇해?"

하고 허리를 껴안으려 하니까 설화는 부끄러워서 웃으며,

"왜 이러세요."

하고 앙탈하듯이 팔을 잡아당겼다. 영철은 설화의 입이나 맞출 듯이 가까이 잡아당기며,

"우리가 사귄 지도 꽤 오래지?"

하고 의미 있는 눈초리로 설화를 바라본다.

설화는,

"왜 그런 말씀을 하세요. 얼마나 된다구요. 1년도 못 되는데."

하고 영철을 수상하게 여기는 듯이 바라보았다. 영철은 무슨 한되는 일이

나 있는 듯이,

"우리가 아무리 생각해도 영원할 것 같지는 않아."

하며 무슨 낙망이나 하는 듯이 한숨을 가볍게 내리쉼에 얼굴빛이 좋지 못하여진다. 설화는,

"왜 그런 말씀을 하세요? 다만 두 사람 사이에 끊이지 않는 사랑만 있으면……."

하고 눈물이 날 듯한 눈을 아래로 깔고 가는 손가락만 꼼지락꼼지락한다. 영철은,

"그거야 그렇지만."

하다가,

"설화는 영원히 나를 잊어버려 주지는 않지?"

하고 갑갑한 듯이 자리에 누웠다. 설화는 영철의 손을 꼭 쥐면서,

"저는 모든 것을 결심했어요. 저는 다만 참으로 사람 노릇을 한번 하여 보고 죽고 싶어요. 세상에 모든 부귀와 영화를 다 내던지고라도 다만 그 사랑 하나만 위하여 저의 목숨까지 바치기를 결심하였습니다. 이 세상 사람은 다 믿지 못하는 저일지라도 영철 씨를 저는 믿어왔으며 그대로 믿으려 합니다. 그러나 영철 씨, 이후에 비록 영철 씨가 나를 잊으시는 날이 있다 할지라도 저는 영철 씨의 사랑을 위하여 죽기까지 맹세합니다."

하고는 또다시,

"그러나 영철 씨는 나를 잊어 주지 않으실 테지요?"

하고 영철의 가슴에 엎드린다. 영철은 다만 설화의 등을 어루만지면서,

"나도 모든 것을 설화에게 바쳤소."

할 뿐이었다.

엎드린 설화의 마음은 천이면 천 만이면 만 갈래로 흐트러졌다. 그가 영철에게 향하는 사랑이 그의 마음의 전부를 차지하였다는 것은 19년 동안이라는 세월을 살아온 설화로는 단정해 말할 수 없는 것이다. 그에게는 짓밟힘을 당한 아프고 쓰린 경험의 기억이 그의 마음 한귀퉁이에 영원히

사라지지 않게 남아 있다. 그는 영철을 처음에는 사랑하였다. 그러다가는 그것이 돌이 지나간 후에는 사랑하리라 하였다. 그리고 또 그것이 지나간 뒤에는 사랑하여야 하겠다 하였다. 그리고 영철은 나를 사랑한다 하였다. 그러다가는 사랑할 테지 하였다. 또 그러다가는 사랑하지 않지는 못하렷다 하였다.

지금 와서는 다만 저의 남아 있는 반생의 모든 것을 당신에게 맡기었소 하리라 하였다. 그리고 맡기었다 하였다. 그러나 기생 노릇을 한 설화로서는 10분의 9로 영철을 사랑할는지는 몰라도 10분의 1은 결함으로 남아 있었다.

영철도 언제든지 생각하는 것과 같이 현대의 사람으로는 설화가 전적으로 영철을 사랑하지는 못하였다. 그러나 그 10분의 1로 남아 있는 결함이 가느다란 불안이 되어 설화를 귀찮게 굴 때 10분의 9인 그 정열이 그것을 정화시키고 순화시킬 큰 힘을 가지고 있었다.

설화의 가슴속에 의지가 없었다면 과연 영철과의 사랑도 무너질 날이 있겠지마는 설화의 마음속에는 무너지려는 그것을 버티어 나갈 만한 열정을 창조하는 굳센 의지가 넉넉히 있었다.

그때 누구인지 바깥에서 기침을 하는 사람이 있었다. 영철과 설화는 서로 바라보다가 바깥을 내다볼 때는 백우영이가 거기 서 있었다. 우영은 설화를 술취한 눈으로 바라보더니,

"평안한가?"

하고 인사를 붙였다. 그리고,

"들어가도 관계치 않소?"

하고 마루 끝에서 구두 끈을 풀기 시작하였다. 설화는,

"어서 오십시오. 왜 그렇게 뵈옵기가 어려워요?"

하고 방 아랫목에 누워 있는 영철에게 손짓을 하며,

"백, 백."

하고 작은 목소리로 알려 주었다. 백우영은 벌써 방 안에 누가 있는 것을

알아차리고 일부러 방 안을 들여다보았다. 영철도 벌떡 일어나 바깥을 내다보려다가 우영의 얼굴과 마주쳤을 때,

"나는 누구라구."

하였다. 우영은 영철을 설화의 집에서 만난 것이 질투스럽기도 하고 또 분하기도 하여,

"응, 자넨가?"

하고 방 안으로 들어와 자리를 정하고 앉아서,

"이리로 내려 앉게."

하는 영철의 말에,

"응, 염려 말게."

하고 되지 못한 녀석이라는 듯이 비웃는 눈으로 바라보았다. 그러다가는 붉게 한 얼굴을 밉상스럽게 찡그리며,

"자네는 기생집만 다니나?"

하였다. 그 훈계하는 듯한 우영의 어조를 듣고 기가 막히고 아니꼬우나,

"내가 무슨 기생집에를 다녀. 오늘은 지나다가 좀 들렀네."

하고 억지로 웃는 낯을 꾸미고 우영을 바라보았다. 그리고 앞에 놓인 담배를 집어 주며,

"자, 담배나 태우게."

하였다. 우영은 심술사납게 그것을 바라보며,

"염려 말게. 나도 담배 가졌네."

하고 입을 삐죽 내밀고 사면을 훑어보더니 자기 주머니에서 담배를 꺼내었다. 설화는 싫지만 하는 수 없이 성냥을 그어 주었다.

영철의 마음은 불안하였다. 그래서 얼핏 일어나 금화원에 나가보리라 하였다. 그는 벌떡 일어나며,

"나는 가겠네."

하였다. 설화는 영철을 보고 옷깃을 잡을 듯이,

"왜 그렇게 가세요?"

하고 섭섭한 어조로 말하였다. 이 말을 들은 우영은 고개를 돌려서 가려는 영철을 흘겨보며,

"왜 그러나? 내가 왔다구 그러나? 가만있게. 내가 말할 것이 있으니 잠깐만 거기 앉게."

하더니 손가락으로 명령하듯이 방바닥을 가리켰다.

영철은 귀찮은 듯이,

"무슨 말인가?"

하고 그대로 서 있다.

"글쎄, 거기 앉아. 앉으라는데 왜 그러나? 내가 말을 한다 한다 하고 여지껏 말을 못 하였네."

하고는,

"자네, 그것을 어찌할 셈인가?"

하였다. 영철은 눈을 둥그렇게 뜨며,

"무엇을 어떻게 해?"

하였다. 우영은 입맛을 한번 다시더니,

"잊어버렸나? 그 천 원 말일세."

하였다.

이 말을 듣는 영철은 설화 앞에서 그 말을 듣는 것이 불쾌하고 부끄러워 그대로 그 말을 덮어 버리려고,

"응. 그것 말인가? 그거야 염려 말게. 나도 생각하는 것이 있으니까."

하였다.

"무슨 생각인가? 자네도 정신을 좀 차리게. 자네 때문에 내가 귀찮으이."

"그것이야 낸들 생각 못 하겠나? 나도 자네인 까닭에 믿고 그러는 것이지."

"여보게, 믿는 것도 분수가 있지, 만일 이 일을 아버지가 알아보시게."

"글쎄, 그거야 걱정을 들을 테지…… 그 이야기는 그만두게. 요 다음에 조용히 만나서 의논하세."

그러고 그 말을 그만두려 하니까,

"여보게, 또 언제 만난단 말인가?"

하며 백우영이 굳이 말을 그치지 않으니까 영철은 분이 갑자기 나서,

"그럼 어떻게 하겠단 말인가? 지금 당장에 그것을 내란 말인가?"

하니까 우영은 조소하는 듯이,

"하하……."

웃더니,

"자네 같은 사람이 그 돈을 낼 수가 있겠나?"

하고 주머니에서 영철이가 은행에서 써준 어음을 꺼내 보이며,

"자네는 염려 말게, 응? 내가 모두 이렇게 갚았으니까, 허…… 웬걸, 자네야 생전 간들 그 돈을 갚을 수가 있겠나?"

하고 껄껄 웃는다.

영철은 눈을 크게 뜨고 그것을 바라보았다. 그리고 자기의 모든 자부심을 한칼에 베이듯이 그 모욕을 깨달을 때 이를 악물고 온몸을 떨었다. 그리고,

"나는 자네에게 그 돈을 갚아 받기를 원치 않네."

하고 몸에 불이 나며 목쉬인 소리로 백우영에게 때릴 듯이 가까이 나섰다. 우영은 픽 웃으면서,

"갚아 준 것이 잘못이란 말인가? 자네가 갚지 못하면 내가 갚을 의무가 있는 것이니까."

하며 어음을 척척 접어 넣으며,

"만일 내가 그것을 갚은 것이 재미없거든 언제든지 관계치 않으니 갖다 갚게그려."

하였다. 그러고는 두 사람의 수작을 듣고 속으로 영철의 분함을 무조건으로 동정하던 설화를 바라보며 우영은 치지 도외하듯이 빙그레 웃으면서,

"요사이는 재미가 어떤구?"
하였다. 설화는 백우영이가 자기를 바라보며 웃는 것이 온몸에 소름이 끼치는 듯이 오스스하고 싫어서 몸을 움츠려뜨리며,
"언제든지 마찬가지지지요."
하였다.
비분한 얼굴로 가만히 있던 영철은 바깥으로 홱 나가면서,
"아무 염려 말게. 내일 이맘때 안으로 어떻게 해서든지 그 돈을 갚아 줄 테니까——."
하고 마루 끝에 내려섰다. 우영은 비스듬히 몸을 틀면서 다만 힝 하고 코웃음을 쳤다.
설화는 영철을 따라나왔다. 그리고 옷깃을 잡으며,
"여보세요."
하고 옷깃을 잡아당긴다.
"왜 그래?"
하고 영철은 고개를 돌리며 설화를 바라보았다. 설화의 손은 가려는 영철의 옷깃을 단단히 쥐며,
"어떻게 하시려구 그러세요?"
하였다.
두 사람은 문간으로 나왔다. 영철은 비장한 목소리로,
"설화, 설화는 나의 마음을 알아 주지?"
하며 까만 눈을 깜박깜박하는 설화의 얼굴을 내려다보았다.
"네. 네. 그런 말씀은 하실 것도 없지만 지금 어디 가서 돈 천 원을 만드십니까?"
영철은 한참이나 아무 말도 못 하였다. 남아의 의기로 그런 말을 하기는 하였으나 다시 생각하니 딴은 문제였다. 그러나 그는 설화를 위하여 얼른,
"도리가 있어, 도리가 있어."

하고 묵묵히 서 있었다. 설화는,

"여보세요."

하고 한참 가만히 있다가,

"그것은 저에게 맡겨 주세요. 제가 어떻게든지 만들어 드릴 테니요."

하니 영철은 눈을 크게 뜨고,

"무엇? 설화가? 그러나 안 될 말, 안 될 말."

하며 고개를 내저었다.

'나는 나의 설화의 피 판 돈을 한푼이라도 쓸 수는 없다. 나의 몸을 팔더라도 설화의 피 묻은 돈을 쓸 수가 없다. 나의 얼굴에 침을 뱉고 똥 바름을 당할지라도 그것 한 가지는 할 수 없다.'

"어서 들어가요, 내일 또 올 것이니 어서 들어가요."

하고 영철이가 골목 모퉁이를 돌아서다가 다시 한 번 뒤를 돌아볼 때 거기에는 여태껏 설화가 문 앞에 서 있었다.

영철은 한 개 독립한 인격을 가진 사람으로 모욕을 당하였다. 그는,

'내 이 모욕을 언제든지 갚고야 말 테다. 나는 사람이 아니다. 남의 애인이 못 된다.'

그리고 백우영에게 그 말을 들은 것보다 설화가 자기에게 맡겨 달라는 말을 들은 것이 더욱 자기의 자부심을 상하였다.

종로 네거리로 가는 그는 혼자 하늘도 쳐다보고 부르짖어 보았으며, 발로 땅을 굴러보기도 하였다. 그러나 그에게는 당장에 천 원을 만들 묘책이 없었다. 다만 울분하고 답답함이 무더운 장마날 일기같이 그의 숨을 틀어막을 뿐이었다. 그는 조금 감정을 진정하여 무슨 도리를 생각하여 보았다. 그러다가 얼른 자기의 예금 4백 원을 생각하였다. 그러나 그것은 천 원이라는 돈의 4할밖에 되지 못하였다. 그는,

'6백 원을 어디 가 구처하나?'

하였다. 그러다가 속마음으로 선용은 그만한 돈을 변통할 수 있으련마는

하여 보았으나 그것을 달라기에는 영철이가 너무 용기가 적었다.

그의 맨 나중 결정은 이것이었다.

'아버지에게로 가리라. 나에게 그만한 돈을 판상할 이는 다만 우리 아버지밖에 없을 것이다.'

영철은 자기 아버지 앞에 엎드려 울어가며 모든 사정을 말하리라 하였다. 나의 심술을 용서하고 몸부림을 받아 줄 이는 우리 아버지밖에는 없을 것이다.

'그렇다, 아버지에게로 가리라.'

하였다. 그러고는 본능적으로 복받치는 애정의 감격한 눈물이 그의 눈에 괴었다.

영철은 자기 아버지의 집 사랑문에 들어섰다. 그의 몸은 술취한 사람같이 반쯤 비틀거리고 푸념하러 온 사람 같았다.

저녁상을 다 물린 이상국은 자기 아들이 오래간만에 들어온 것을 보고 반가운 마음이 나기는 하였으나 엄연한 기색으로 아무 말 없이 영철을 바라보았다. 영철은 인사를 하였다. 그러나 자기 아버지의 얼굴을 막 당해 보니까, 지금까지 그의 무릎에 엎드려 몸부림이라도 하고 싶던 마음은 어느덧 사라지고 말할 용기까지 줄어졌다. 그래서,

'그만두어라. 이왕 왔으니 잠깐 다녀가기나 하리라.'

하고 방으로 들어섰다.

이상국은 들어오는 자기 아들을 보더니,

"어서 오너라. 어디서 오니?"

하였다. 영철은 그의 말소리가 뜻하던 바보다는 부드러운 것을 보고 적이 마음이 풀려,

"네, 집에서 들어옵니다."

하고 방 한구석에 가서 한 다리를 세우고 앉았다. 얼마 동안은 아무 말 없었다. 영철은 가슴이 울렁울렁하여 기침도 나고 손도 비비었다. 그러다가는 말을 할까말까 하다가 그만두어라 하였다. 이상국은,

"요사이 너의 누이애 만나보니?"

하였다.

"네, 며칠째 보지를 못하였습니다."

하고서는 말이 나온 끝에 눈 딱 감고 말을 해 버리리라 하고,

"아버지."

하였다. 그의 말소리는 떨리는 중에 조금 컸다.

"왜 그러니?"

하는 아버지는 영철을 바라보았다. 영철은 주저주저 몸을 쓰다듬으며,

"돈 6백 원만 주세요."

하고서는 이제는 말을 해놓았으니 되거나 안 되거나 모두 말을 하리라 하였다.

아버지는 눈을 둥그렇게 뜨며 영철을 흘겨보더니

"무엇? 돈?"

하고,

"그것은 무엇하련?"

하였다. 영철은,

"누구에게 꾸어 쓴 것이 있는데 그것을 갚아야 하겠어요."

하였다.

"누구의 돈을 6백 원이나 꾸었어? 그 돈은 무엇에 썼니?"

영철은 아무 말 없이 앉았었다. 아버지는 한참이나 말 나오기를 기다리다가 영철의 말 못 하는 것을 보고 무엇을 알아챈 듯이,

"엣, 망할 자식."

하고 화가 나서 옆으로 기대 앉는다. 그러하더니 다시 손가락을 내저으며,

"글쎄, 이 자식아! 너도 나이가 그만큼 먹었으면 철이 좀 나야지. 늙은 아비는 내버리고 너 혼자 뛰어나가서 계집에게 미쳐 날뛰다가 할 수 없이 되면 날더러 돈을 달라구? 그게 염치 있는 사람의 짓이냐? 내가 믿

을 사람이라고는 너 하나밖에 또 어디 있느냐? 내가 살면 며칠이나 살듯 하냐? 응."

한참 아무 소리 없이 앉았다가,

"모른다, 몰라! 나는 그런 돈을 갖지 못했다."

하고 멀거니 앉았다. 영철은,

"그러면 어떻게 해요? 아버지가 아니 주시면."

하고 얼굴빛이 누른 중에도 붉게 타올랐다.

"무엇을 어떻게 해? 누가 아니, 네가 생각해 하렴."

하고 아랫목에 벌떡 드러눕는다.

영철은 세상에는 부모도 자기 마음을 모르는구나 하였다. 그래 그는 그대로 엎드려 저의 마음을 몰라 주십니까? 왜 몰라 주십니까? 하고 울고 싶었다. 그는 울분한 중에도 야속한 생각이 나서 알지 못하는 눈물이 그의 눈에 괴었다. 그는 눈물을 참으리라 하였으나 참으리라 하면 참으리라 할수록 더욱 복받쳐 올라왔다. 그는 눈을 꿈벅하였다. 구슬 같은 눈물이 똑똑 두어 방울 떨어졌다. 영철은 고개를 돌려 다른 곳을 보다가 벌떡 일어나 바깥으로 나가며,

"저는 갑니다."

하였다. 아버지는 들었는지 말았는지 아무 소리 없었다. 영철은 문간을 나섰다.

자기 아들을 내보낸 이상국은 근 10분 동안이나 멀거니 있다가 미닫이를 열고 하인을 불렀다.

"애, 거기 누구 있니?"

"네."

하고 안 중문간을 돌아나오는 사람은 계집 하인이었다.

"너 요 문밖에 얼른 나가서 서방님 여쭈어 오너라."

"네, 시방 막 나갔습니까?"

"그래, 얼른 가 봐."

얼마 있다가 하인이 돌아 들어오더니,

"아무리 찾아보아도 안 계셔요."

하고는 안으로 들어가 버렸다.

영철의 아버지는 방 안을 왔다갔다하다가 창연한 얼굴로 천장만 바라보더니 무엇을 결심하였는지 금고를 열었다.

그는 돈을 든 채 안으로 들어갔다. 그리고 영철의 어머니를 보고서,

"여보, 동대문 밖에 좀 다녀오오."

하였다. 얼굴에 주름살이 잡히고 덕스러워 보이는 영철의 어머니는,

"갑자기 동대문 밖은 무엇하러 가라우?"

하며 눈을 크게 뜬다. 이상국은 아랫목에 앉으며,

"지금 영철이가 다녀갔어."

하고 목소리는 불쌍히 여기는 정이 엉기었다.

"영철이가요? 그애가 왜 왔을꼬? 그런데 안에도 들어오지 않고 그대로 갔어요?"

"온 것을 내가 좀 책망을 했더니 눈물을 쭉쭉 흘리면서 그대로 가는구려. 그것을 보니까 어떻게 불쌍한지."

하며 영철의 아버지는 울듯 울듯하고 코가 벌룽벌룽한다. 그 마누라는

"또 무엇이랍디까?"

하고 태연한 기색으로 영감을 본다.

"돈인지 무엇인지 6백 원만 달랍디다. 자아, 이것 갖다 그애 주고 오시오."

하고 돈뭉텅이를 툭 내어던졌다.

그 이튿날 아침이었다. 영철은 전차를 타고 은행으로 향하여 간다. 그는 동대문 정류장으로부터 종로까지 오면서 혼자 웃고 혼자 분하였다.

그는 오늘 은행에 가면 물론 백 사장이 나를 부르렷다, 그리고 지배인에게 들은 말을 들은 대로 나에게 책망을 하렷다, 그러면 지배인이 퍽 고소해 하렷다, 그리고 꼭 내어쫓길 줄만 알렷다, 그러면 자기 조카를 내

대신 은행에 둘 줄 믿으렷다 하였다. 그러고는 네 아무리 그래도 쓸데없다 하였다. 그리고 지배인을 생각할 때마다 얄밉고 간사한 것이 나타나 보인다.

영철은 오늘 지배인에게 도리어 창피한 꼴을 보이리라 하였다. 그리고 사장이 나를 불러들이거든 사장에게 전후 말을 숨김 없이 하리라 하였다. 그리고 주머니 속에서 선용에게 돈 부칠 때 받은 우편국 영수증을 꺼내 뵈며 사장에게 이러한 증거 서류를 가지고 나의 억울한 것을 변명하면 나를 책망하긴커녕 나를 칭찬하리라 하였다. 그리고 나를 내어쫓기는커녕 경솔히 나를 훼방한 지배인을 책망하렷다. 그러면 그 얼굴이 빨개서 멍하고 아무 소리를 못 하고 서 있는 꼴을 어찌 보나, 그리고 어떻게 은행의 한 자리를 얻어 월급이나 얼마간 먹으려다가 뒤통수를 툭툭 치고 돌아나가는 지배인의 조카라는 그 사람의 꼴을 어찌나 보나 하였다. 그때의 유쾌할 것을 미리 상상하고 아주 기분이 좋았다.

그가 은행에 들어서기는 다른 사람보다 그리 이르지도 않고 그리 늦지도 않았다. 그가 출근부에 도장을 찍고 자기 책상으로 가려다가는 어째 그 책상에 가 앉는 것이 수치와 같이 생각되어 싫었다. 그래 그는 그냥 다른 사람들이 둘러서서 이야기하는 뒤로 왔다갔다 서성서성하였다. 서성거리기 좋아하는 행원 한 사람이 영철을 보더니,

"요새도 설화 집 잘 가나?"

하고 의미 있게 빙그레 웃으면서 다른 사람들을 치어다본다. 다른 사람들은 별로 전과 같이 영철을 대하여 농담도 하지 않고 아주 침착하게 서로 눈치들만 바라본다. 영철은 속마음으로,

'네가 나를 놀려대는구나.'

하면서도,

'그렇지만 너희들은 잘못 알았다.'

하는 생각이 나며 다른 사람들이 자기에게 대하여 오늘 아침에 설면하게 하는 것이 분하기도 하고 갑갑하기도 하였으나 억지로 얼굴에 웃음을 띠

며,

"암. 잘 가지, 거기를 안 가서야 될 수 있나."

하고 그 말에 대답을 하였으나 그 말소리와 웃음은 어째 싱거운 맛이 있었다. 다른 사람들은 영철의 거동만 곁눈으로 살피고 영철은 아무 소리 없이 저쪽으로 왔다갔다하였다.

이때 지배인이 들어오다가 영철이 서 있는 것을 보고 거짓 웃음을 나타내며 아주 상업가의 말솜씨로 간사스럽게,

"오늘은 어찌 다른 날보다 퍽 일찍 출근을 하셨구려."

하며 영철을 곁눈으로 잠깐 바라보고 다시 눈을 내리깔더니 무슨 말이나 간절히 할 듯이 아주 정다운 체하고 손을 영철의 등에 대었다.

영철은 마음대로 한다면 그까짓 지배인쯤 당장에 메어붙이고 싶은 생각이 났으나 억지로 참고 엄연한 얼굴로,

"오늘이 일러요? 내가 아마 매일 늦게 왔나 보외다."

하였다. 지배인은 다시,

"이따가 사장 오시거든 좀 들어가 보시오, 좀 보겠다고 말씀합데다."

하였다. 영철은,

"저를요? 왜요?"

하며 지배인의 얼굴을 돌아다보았다. 지배인은 영철이 그 일을 알지 못하는 줄 알고서,

"모르겠어요, 어떻든."

하며 주저주저한다. 영철은,

"모르세요?"

하고 무엇을 벼르는 것같이 지배인의 눈을 뚫어지도록 바라보았다. 지배인은 영철의 뚫어질 듯이 바라보는 시선을 피하면서,

"네."

하였다. 그리고 지배인실로 영철을 피하여 들어가 버렸다.

영철은 새삼스럽게 울분한 생각이 나며 지배인의 하는 짓이 가증스럽고

도 불쌍한 생각이 난다. 그리고 몇백 원의 월급과 얼마간의 사회의 신용을 얻어 보려고 별별 간교한 수단을 부리는 그의 심정은 어쩨 그럴까 하였다.

영철이 자기 책상 앞에 왔을 때에 그의 눈에는 자기가 이 자리에서 쫓겨나간 뒤에 지배인의 조카가 거기에 허리를 구부리고 애를 써가며 주판과 붓대를 들고 일을 할 것이 보이는 듯하고 그의 하루 종일 일을 하여 겨우 자기의 생의 압박을 면하려고 발버둥질을 하는 듯한 것이 어찌나 불쌍하게도 생각되는지도 몰랐다. 그리고 자기가 그 자리를 꼭 차지할 줄 믿다가 나에게 다시 빼앗기고 멀쑥하여 돌아나가는 지배인의 조카의 낙망하여 하는 가슴은 어떨까? 하여 보았다.

그러고는 어저께까지 자기 손으로 만지고 다루었던 붓이나 책이나 모든 것이 어찌 만지기도 싫은 듯한 생각이 나며 또다시 그 지배인 아래에서 일을 하여 가지 않으면 안 되겠구나 하는 것을 생각할 때에는 모든 것이 비루한 듯하고 한달에 몇십 원 받는 월급을 내어 던지기 싫어서 남에게 부끄러움을 주는 것 같고 남을 낙망시키는 것같이 생각된다. 그는 사무실 다른 방 저쪽 귀퉁이 문을 나서서 응접실 앞 복도 좁은 길로 천천히 걸어 나오며 주머니에서 다시 그 우편국에서 받은 천 원 위체 영수증을 꺼내어 들고 한참이나 들여다보았다. 그러고는 아까 차 속에서 생각하던 것과 같이 사장에게 모든 일을 아뢰리라 하다가,

'만일 그렇게 하면.'

하고 그는 혼자 멀거니 서서 입맛을 다시며 생각을 하였다.

'지배인의 얼굴이 붉어지는 것이나 지배인의 조카가 낙망을 하고 돌아가거나 그것은 둘째 문제이다. 그것은 안 돼. 나의 울분한 것을 푸는 데 불과하지마는.'

하고 한참 생각을 하다가 그의 가슴에는 또다시 알 수 없는 의기의 감정이 치밀어 올라오며,

'그렇지만 그렇게 하면.'

하고 한참 동안 침묵을 계속하더니,

'그렇다.'

하고 주먹을 단단히 쥐고 멀거니 먼산만 바라보고 서 있었다.

영철의 가슴속은 갑자기 격렬한 변동이 일어났다. 아까 전차를 타고 은행까지 들어올 때까지는 지배인과 지배인의 조카를 창피하고 부끄러운 꼴을 뵈며 자기의 마음을 기껍게 하리라, 그리고 자기의 위신을 높이리라 하였으나 지금 와서 또다시 생각을 하니까 그것은 한 어린아해의 한때 감정을 참지 못하여 쓰는 한 얕은 수단이 아닌가 하였다. 그리고 일본에서 고생하던 선용을 도와 주기 위하여 그 천 원의 돈을 쓴 것이라고 변명을 하면 아무 일 없이 나의 억울한 것은 벗겨지겠지만 자기의 한때의 울분한 감정을 참지 못하고 자기는 이와 같이 좋은 일을 하였소 하고 그것을 여러 사람에게 자랑처럼 내세우는 것은 어째 영철의 마음에도 한낱 거짓 착한 체하는 것 같아 도리어 양심이 부끄러웠다. 그리고 몇십 원의 월급을 얻기 위하여 아무리 친척이 된다 하더라도 백 사장 앞에 나서서 나는 이러한 좋은 일을 하였으니 은행에 그대로 있겠소 하는 것도 어째 구차스러운 듯하기도 하고 아첨하는 듯도 하였다.

그리고는 나는 이 은행에를 다니지 않더라도 나에게 경제의 불편을 깨닫지는 않을 테니까 하였다. 그리고, 여기에 내가 오래 계속해 있는 것도 그리 좋은 일은 아니다. 언제든지 지배인과 나 사이에는 좋지 못한 감정을 가슴속에 품고 지내게 될 테니 도리어 내가 이 자리를 떠나 지배인과 멀찍이 하는 것이 점잖은 것이고 옳은 일이 아닌가 하였다.

그러다가도 분하고 가증스러운 생각이 날 때마다 이왕 이 자리에서 나가게 되면 지배인을 창피한 꼴이나 보이고 나의 억울한 것을 풀고 가는 것이 떳떳한 일이 아닌가? 하여 보기도 하였다.

그러나 영철은 다시 생각하였다.

'나의 잘하고 잘못한 것은 하나님일지라도 그것을 죄 없이 하지는 못할 것이다. 남이 알거나 모르거나 나의 한 일은 한 일대로 영원히 사라지지

않을 것이다.'
하였다. 그리고,
'나의 잘한 일을 모든 사람 앞에 애를 써서 변명을 하면 무엇을 하며 나의 잘한 일을 다른 사람이 알면 무엇하리요. 나의 잘한 일은 언제든지 어느 곳에서든지 잘한 일이 아닌가?'
하였다. 그리고 영철은,
'그렇다, 내가 참지, 내가 참지.'
하고 손에 쥐었던 그 우편국 영수증을 가슴에서 복받쳐 오르는 불길 같은 의기심과 울렁울렁하는 심장과 떨리는 손으로 쭉쭉 찢어 그 옆에 있는 수지 뭉텅이 그릇에 홱 집어던지고 무엇에 쫓기어 가는 것같이 다시 여러 사람 있는 사무실로 들어갔다. 다른 사람들은 다 일들을 시작하였다. 그러나 영철은 혼자 담배만 피우면서 왔다갔다하였다. 주인을 기다리는 책상이 혼자 창연히 그 옆에 놓여 있을 뿐이었다.
영철의 눈에는 곱이 낄만큼 더운 피가 돌아서 모든 것이 희미하게 보인다. 그리고 맥없이 가슴은 울렁울렁하기도 한다. 어떤 때에는,
'내가 그것을 왜 찢었노.'
하여 보기도 하였으나 얼마 가지 아니하여 그 감정은 사라져 없어졌다.
다른 사람들도 영철이 사무를 시작하지 않는 것을 그리 이상하게 여기는 듯하지 않고 또 자기도 이제부터 영원히 그 자리와 인연이 멀어질 것 같이 생각되었다.
바깥에서 자동차 멈추는 소리가 났다. 영철의 가슴은 새삼스럽게 울렁울렁하여지며 가슴을 진정키 위하여 부질없는 기지개와 하품을 하였다. 그러고는 괴로운 미소를 띠며,
'이제는 되었구나.'
하였다. 그러나 그의 가슴은 그리 편치는 못하였다.
영철은 다시 사장실 앞 복도로 올라갔다. 층계를 올라서려 할 때 사장은 누구와 그 층계 마루 위에서 이야기를 하고 서 있다가 영철을 보고 엄

연한 눈을 번쩍하며 유심히 보았다. 영철은 사장과 또 사장 앞에 서서 이야기하는 사람의 얼굴을 돌아보고 사장에게 아무 소리 없이 목례를 하였다. 사장도 거기 따라서 아무 말 없이 고개만 끄덕하였으나 그 아무 소리 없이 구부리고 끄덕이는 사이에 두 사람은 무슨 공통되는 의식을 깨달았다.

그 사람은 가고 사장과 영철은 누가 시키는 것같이 사장실을 전후하여 들어갔다.

사장실에는 방 한가운데 테이블이 하나 놓여 있는데 그 위에 전화와 잉크병과 철필과 약간의 종이와 담배 재떨이가 놓여 있고 이쪽 한귀퉁이에 따로 떨어진 책상이 있으며 문에 들어서자면 바른손 쪽에 옷과 모자를 거는 못이 몇 개 있고 방 안은 아무것도 없고 다만 전등과 교의가 서너 개 있을 뿐이다. 그리고 네 벽은 푸르스름한 양회로 바르고 그림이나 사진은 하나도 없었다.

사장은 책상 옆으로 가며 뒤따라오는 영철을 잠깐 돌아보는 듯하더니 안경을 벗어 수건으로 닦으면서,

"지배인이 무엇이라고 하던가?"

하고 말을 꺼낸다. 영철은 성이 난 듯하기도 하고 사장을 존경하는 듯하기도 한 일종 초연한 기색을 띠며,

"네, 저를 잠깐 보시겠다고 말씀을 하셨다고 하였어요."

하며 조금 가까이 책상 옆으로 간다.

사장은 무슨 낙망이나 한 듯이 책상을 한 손으로 탁 치며 긴 한숨을 후우 쉬고 교의에 가 앉더니,

"자네, 작년에 은행에서 돈 얻어 쓴 일이 있나?"

하고 영철의 거동을 한번 흘겨보았다. 그러나 사장이 생각한 것과 같이 영철은 조금도 주저함과 두려워함을 나타내지 않았다. 영철은,

"네."

하고 대담히 대답을 하였다.

"얼마나?"

"천 원요."

"천 원!"

하고 사장은 잠시 아무 소리 없이 있더니,

"그러면 그것을 무엇에 쓰려고 하였는가?"

하고 아랫수염을 쓰다듬는다. 영철은 아무 소리 없이 가만히 서 있었다. 사장은 다만 영철의 대답만 기다리느라고 아무 소리 없이 바깥 유리창만 내다보고 있었다.

영철은 어떻게 하면 좋을까? 하였다. 그리고 그 이야기를 하여 버릴까? 하였다. 그러나 그 이야기할 입은 떨어지지 않았다. 그러고는 사장이 다른 말을 할 때까지 아무 소리를 하지 않으리라 하였다.

사장은 영철의 아무 소리 없는 것을 무슨 의미로 알아챈 듯이 영철을 한번 쳐다보더니 아주 영철의 속마음을 다 알고 다시는 알아보려고 하지 않는 듯이,

"사람이라는 것이 젊어서는……."

하고 동정과 사랑과 너그러움이 엉킨 훈계를 시작하였다. 그리고 종말에 가서는,

"그 천 원 돈은 내가 맡을 것이니 아무 염려 말고 요 다음부터는 좀 조심하게. 그리고 젊은 사람들이란 으레 남의 말하기 좋아하니까, 그런 사람에게 일지라도 좋지 못한 말을 듣지 않도록 해야지."

하고 영철의 성격과 경우를 알려 주는 듯이 말을 하였다. 그리고 영철이가 생각하는 것과 같이 엄하고 단호한 처분을 내리지는 않았다. 영철은 속마음으로 눈물이 날 듯이 사장의 너그러움에 감복을 하는 동시에 지배인의 경망이 자기를 은행에서 내보낼 줄 믿고 있는 것이 우습기도 하고 가증하였다. 그러나 영철은 자기가 결심한 것을 꺾으려고 하지는 않았다.

"그렇지만 벌써 우영이가 그 돈을 갚었는걸요."

"우영이가? 응, 그러면 더욱 좋지. 그애가 어느 틈에 그랬나?"

하고 혼잣말을 한다.

영철은 사장 앞에서 우영의 결점을 말하지 않았다. 그리고 그 우영이가 갚아 준 천 원을 도로 갚기 위하여 지금 당장 주머니 속에 넣고 온 어젯저녁에 자기 아버지가 보낸 돈을 가지고 있으면서도 그 말을 하지 않았다. 영철은 다시 무슨 결심이나 한 듯이 힘있는 어조로,

"저는 오늘 은행에서 나가겠습니다."

하였다. 사장은 눈을 크게 뜨고,

"왜? 무슨 일로?"

하고 영철을 쳐다본다.

"저는 더 오래 여기 있을 수가 없어요."

사장은 허리를 뒤로 기대고 하얗게 센 머리를 두어 번 쓰다듬으며 한참 있더니,

"그것이야 낸들 막을 수 있겠나만……."

하고 그 이유를 모른다는 듯이 그 말소리를 높였다.

그날 저녁 해가 아직 기울기 전이었다. 처녀 시절에 백우영과 밀회를 하려고 자기 어머니를 속여 보았을는지 알 수 없으나, 한번도 남을 속여 보지 못한 정월은 아무 소리 없이 남몰래 자기 집을 빠져 나왔다. 그리고 누가 볼까 하는 두려움으로 인력거를 한 대 몰아 타고 종로를 지나 광화문 넓은 길로 달려왔다.

그의 가슴속에는 '기생'이라는 그림자가 때없이 나타나 보인다.

행길에서 조바위 쓰고 남치맛자락에 활개를 치며 지나가는 기생을 보기는 보았으나 가까이서 보지도 못하고 말도 해보지 못한 정월은, 남치맛자락이 훌훌 날리며 보라 회색 단속곳이 보일 때마다,

"에, 더러워!"

하고 코를 옆으로 돌릴 만큼 음탕하고 더러운 인상을 받았을는지 모르나 저것도 '사람'이겠지! 하는 의심까지도 품어보지를 못하였다.

그리고 기생이라 하면 무슨 아주 특별한 분위기에서 생활하는 자기와 같이 정조 깊다는 사람과는 아주 다른 동물인 것같이밖에 생각되지 않았다. 그리고 기생이라면 음탕하고 간사한 일종의 피의 계통을 받아온 줄만 알았다. 그리고 빤지르하게 가꾼 머리에서 나는 고약한 밀기름 냄새와 얼굴에 허옇게 바른 분가루와 불그레한 뺨과 가늘게 감은 간사한 눈초리를 볼 때, 때묻은 여자의 속옷을 보는 것같이 더럽고 음란한 감정이 치받쳐 오르는 듯하였다. 정월은 속으로,

'설화, 설화.'

하여 보았다. 그리고 눈앞에 기생 하나를 그려보았다. 그의 눈앞에는 요염한 계집으로밖에는 보이지 않는다. 그리고, 자기 오라버니를 휘어잡고 파멸의 구덩이로 잡아 끄는 것같이밖에 보이지 않는다.

그는 청진동에 가 인력거에서 내리며,

'설화 집이 어딘고? 그의 집을 어떻게 찾노?'

하였다. 그리고 별로 다녀 보지도 못한 동리가 되어서 골목이 어떻게 되었는지도 알지 못하는데다가 누구에게 물어나 보자니 다른 사람과 달라서 기생집을 남에게 물어보기도 무엇하여 그저 발길이 내키는 대로 골목 안으로 들어갔다. 그러면서 하루 종일 돌아다녀서라도 한 집씩 한 집씩 찾기만 하면 요까짓 청진동 안에 있는 설화 집 하나를 못 찾으랴 하고 차례차례 문패를 조사하였다.

그렇게 얼마 동안 찾아 골목 하나를 돌아설 때 인력거 방울 소리가 다르르 나며 자기 옆으로 기생 태운 인력거 하나가 홱 지나갔다. 정월은 그 기생을 쳐다보고 저것이 설화가 아닌가 하였다. 그리고 큰길로 나가는 뒷 그림자를 바라보며 저것이 만일 설화라 하면 내가 아무리 집을 찾는다 하더라도 오늘 설화를 만나보지 못하렷다. 그러면 한번 나오기 어려운 길을 허행하게 될 테지. 어디 인력거를 불러서 물어나 볼까?

그러나 게까지 용기를 갖지 못한 정월은 큰길로 나가는 기생만 바라보고 서 있었다. 그러나 얼마되지 아니하여 인력거 그림자는 사라졌다.

정월은 문패를 찾았으나 기생 문패는 하나 보지 못하였다. 그러자 꼭 하나 기생 문패를 찾았다. 그러나 그것이 설화는 아니었다. 정월은 그 집 앞에 딱 서서 한참이나 무엇을 생각하였다. 정월은 속으로 기생은 서로서로 집들을 알려니 하였다. 그래서 이 집이 기생집이니 들어가서 물어볼까? 하다가도 기생집 하나를 들어가야 할 것도, 무슨 음실에나 들어가는 듯한 생각이 나는데 또 다른 기생집을 들어가기는 참으로 싫어서 다리가 아프더라도 자기 혼자 돌아다니며 찾아야겠다 할 때, 그 집에서 열대여섯 살밖에 안 되는 때가 벗지 못한 미인 하나이 나오더니 정월을 유심히 보고는 공손한 어조로,

"누구를 찾으세요?"

하였다. 정월은 반갑기도 하였으나 한편으로 달아날 듯이 싫었다. 그러나 대용단으로,

"여기 설화."

하고 말이 막혔다. 그뒤에 붙일 말을 정월은 알지 못하였다. 이 말을 들은 그 미인은 아주 영리하게,

"네? 설화 언니 집요?"

하더니,

"바로 요 모퉁이 돌아서면 마루에 창살한 집예요."

하고 고개를 갸웃하고 저쪽 골목 모퉁이를 가리킨다.

정월이는 사례를 하고 그 골목 모퉁이를 돌아서니까 참으로 마루에 창살한 기와집 한 채가 눈에 보인다. 정월의 가슴은 부질없이 울렁거렸다.

정월은 문에 들어가기를 주저주저하다가 누가 기생집 문간에서 서성거리는 것을 보고 수상하게나 여기지 아니할까 하고 누가 뒤에서 떼밀치는 것같이 얼른 문으로 들어갔다. 중문을 들어가 마당을 기웃이 들여다보며 안방, 건넌방, 마루, 부엌, 장독대 모든 것을 둘러볼 때 그가 여태까지 생각하던 것같이 음탕한 빛이 음탕한 기분이 흐를 줄 알았더니 그렇기는 고사하고 아주 해정하고 모든 세간을 배치해 놓은 것이 얌전하며 정갈해

보이며 다른 집과 별로히 틀려 보이지 않았다.

정월은 마당 한가운데에 들어서서 가벼웁고 연하게,

"에헴."

하고 기침을 한번 하였다. 그러고 안방을 바라보았다. 건넌방 미닫이가 열리더니 설화 어머니가 정월을 이상하게 아래위로 훑어보더니,

"누구를 찾으세요?"

하며 나온다. 정월은,

"설화 씨가 누구신가요?"

하기는 하였으나 씨 자가 서툴렀다. 설화 어머니는 빙그레 웃으면서,

"지금 동무집에를 갔는데요, 곧 오겠지요. 왜 그러세요?"

하였으나 아무리 보아도 정월이가 설화 동무는 아니요, 어느 집 귀부인 같은데 알 수 없어 하였으나 결국은 자기 딸이 학교에 다닐 때 같이 다니던 이가 오래간만에 만나보러 온 것인가 보다 하는 것이 가장 힘있는 추측이었다.

정월은 설화가 없다는 소리에 낙망하였다. 그러나,

"네, 꼭 볼일이 있어서요."

하고 꼭 자에 힘을 주어 말을 하였다. 그것은 설화 어머니가 '꼭'이란 소리를 듣고 일부러라도 불러다 줄까 하고 그런 것이었다. 설화 어머니는,

"그러면 잠깐 올라와 기다리시오."

하고 올라오기를 청하였다. 정월은 온몸에 무슨 더러운 때나 묻는 듯이 올라가기가 싫었다. 그래 그대로 서서,

"괜찮아요."

하고 주춤주춤하였다. 설화 어미는 언제 그리 친절하였는지,

"이리 좀 올라오세요. 설화도 곧 올 테니까요."

안방 문을 열고 들어가 방석을 바로잡아 깔아놓았다.

하는 수 없이 정월도 들어갔다. 그 어미는 담배를 피워 물더니 아무 말 없이 한귀퉁이에 구부리고 앉아 있는 정월을 보고,

"설화를 전부터 아시는가요?"

하였다. 정월은,

"아니요. 한번도 보지도 못하였어요."

하고 대답하기 성가신 것을 억지로 대답하였다.

설화 어미는 매운 담배 연기를 빽빽 빨아 후후 내불며,

"그러면 어떻게 설화를 아셨나요?"

하였다. 정월은 귀찮게 물어대는 설화 어미의 말보다도 생전 처음으로 맡는 그 담배 연기가 더욱 싫었다. 그래서 폐병을 앓는 그는 갑자기 불 같은 화가 치밀어 올라오며 또 기침이 시작되어 어쩔 줄을 모르고 기침을 하였다. 이 꼴을 본 설화 어미는 미안한 듯이 담뱃불을 끄며 공중에 있는 담배 연기를 한 손으로 활활 부쳐 흐트리고,

"에, 가엾어라, 그저 담배가 원수야."

하고 민망한 듯이 정월을 보았다.

조금 있다가 설화가 마당으로 들어서며,

"어머니."

하고 마루 끝에 구두가 놓여 있는 것을 보고 이상스럽게 방 안을 향하여,

"누가 오셨어요?"

하였다. 설화 어미는 정월의 기침이 진정되기를 기다려,

"그래 어디 갔다 이제 오니? 이 어른이 벌써 오셔서 너를 기다리고 계셨는데."

하였다. 설화는 방으로 들어오며 창백하게 되어 앉아 있는 정월을 물끄러미 바라보더니 아랫목 보료 위에 무릎을 모으고 앉으며,

"누구신가요?"

하였다. 정월은 설화를 보았다. 그 설화는 자기가 생각한 바와 같이 그때 흐르는 옷을 입고 더럽게 분을 바르고 기름내가 지르르 흐르도록 번지르하게 머리를 빗어 넘긴 기생이 아니었다. 그리고 단조하고 초조하고 두 눈에 그윽한 무엇을 바라보는 듯하고 사람의 마음을 잡아 끄는 수연한 빛

이 떠도는 여자였다.

그리고 정월은 자기와 설화를 대조해 볼 수가 있었다. 자기가 자기를 알지 못하나 자기와 무엇이 다른 것을 알았다.

설화의 전신에 나타나는 것은 조화가 맞고 법열에 들어가는 신비극에 나타나는 여배우와 같이 자연과 비슷하면서도 자연이 아니요, 인공적이면서도 인공이 아닌, 즉 자연과 인공이 섞여 엉기어진 것이었다.

정월은 처음으로 이와 같은 여자를 보았다. 정월은,

"당신이 설화 씨인가요?"

하였다.

"네, 제가 설화입니다."

하고 설화는 정월이가 교육 있고 분별 있는 여자인 것을 알았다.

정월은 무엇이라고 말을 꺼내야 할지 알 수 없어서 주저주저하였다. 설화는,

"어째서…… 저를 찾아오셨나요?"

하였다.

"네."

하고 대답을 한 정월은 적지 않게 헤매었다. 사랑의 전상이 얼마나 아프고 쓰린 것을 맛본 정월로서는 그렇게 쉽게 말이 떨어지지 않았다. 그는 지금 자기 앞에 사람을 누를 듯한 표정을 가지고 앉아 있는 설화를 볼 때 한없는 애정의 애끊는 슬픔을 생각하고 또 비단 저고리 남치맛자락에 방울방울 떨어질 원망의 눈물을 생각할 때 그의 신경은 극도로 흥분되었다. 그리고 안타깝고 애처로워질 미래를 생각하고 말할 수 없는 비애를 깨달았다.

그러나 자기 오라버니의 외적 행복만 관찰하고 내적 행복을 헤아릴 줄 모르는 정월로서는 영철과 설화를 천평 위에 아니 올려 놓을 수가 없었다. 그리고 영철을 위하여 불쌍하고 애처로우나 설화의 붉은 사랑을 희생하지 아니하지 못하였다. 정월은 한참 있다가,

"이영철 씨를 아시지요?"
하고 한번 눈을 거듭 떠 가슴 설렁한 설화 얼굴을 쳐다보았다.

설화는 의아해 하는 듯이,

"네, 알지요."
하고 눈을 크게 떠 정월을 보았다. 그리고,

'저이가 영철 씨의 이름을 묻고 또 오늘 알지도 못하는데 나를 찾아오고 또 그녀의 얼굴에 수심의 그림자가 있으니 저이가 좋은 말을 전하여 주려는가, 나쁜 소식을 전하여 주려는가.'

그는 얼핏 그의 말을 듣고 싶으면서도 가슴이 거북한 듯하고 울렁하였다. 설화는,

"이영철 씨를 어떻게 아시는가요?"
하고 네가 어찌하여 왔으며 무슨 말을 하려는지 얼핏 가르쳐 달라는 듯 물었다. 정월은 한참이나 먼산을 바라보다가 그의 말에는 대답하지도 않고,

"여보세요."
하였다.

"네."

"어떤 사람 하나를 두 사람이 사랑한다면 그 결과는 어떻게 될까요?"
하는 정월의 까만 눈썹이 덮힌 눈은 아래로 깔려졌다.

설화의 가슴은 이 말 한마디에 섬뜩 내려앉았다.

그리고,

'어째 이이가 그런 말을 할까? 그러면 영철 씨가 또 다른 여자를 사랑한단 말인가? 그 여자라는 것은 지금 이 여자가 아닐까?'
하였다. 그러나 그렇게 쉽게 의심을 단정할 만큼 설화는 영철을 박약하게 믿지 않았다.

"그게 무슨 말씀예요? 왜 그런 말씀을 저에게 물어보십니까?"

"글쎄, 그 말에 대답을 하여 주세요. 그러면 또 말씀을 할 테니까요."

"그러면 그 사랑은 병신사랑이겠지요. 그 사랑을 완전케 하려면 두 사람 중 누구든지 희생이 돼야지요."

"네. 그렇지요. 그럼 두 사람 중에 누가 희생이 될까요?"

"그것은 단정해 말할 수가 없어요."

"그러면 그 희생이란 무엇을 의미할까요?"

"……."

설화는 아무 말도 없었다. 정월은,

"사랑에 희생이 되는 사람은 이 세상 모든 것을 잃어버린 사람이지요. 그러면 모든 것을 잃어버린 자에게는 파멸이 있을 따름이겠지요."

"네, 그렇지요. 죽음이 있을 따름이지요."

정월은 갑자기 그의 핏속으로 차디찬 무엇이 스치고 지나가는 것 같았다. 그리고 쌓아 두었던 슬픔의 감정이, 다만 그 죽음이라는 말 한마디가 바늘로 찌르는 듯이 탁 터져 올라오며 설화의 무릎에 고개를 대고,

"설화 씨, 우리 두 사람 중에 누구든지 파멸을 당하지 않으면 안 되겠지요?"

자꾸자꾸 울었다.

설화는, 자기를 속여 거짓 우는 것보다도 자기의 과거와 현재와 미래에 엉켰다 풀어졌다 하는 쓰린 사랑의 아픈 정사(情史)를 생각하며 흐느껴 우는 줄은 알지 못하고, 이와 같은 여자와 말하여 본 기회도 적었거니와 자기 무릎에 엎디어 보배스런 눈물을 줌을 받을 줄 몽상도 못 하였다가, 지금 그 경우를 당하고 보니 순결한 감흥과 함께 의외의 사랑이 깨어짐을 깨닫고 자기의 원수인 그 여자를 앞에 놓고도 그 여자를 원수로 알지 못하였으며 원수로 대접하지 못하였다.

도리어 자기와 똑같은 경우 똑같은 자리에서 불타는 사랑의 가슴 쓰림을 하소연하는 것을 볼 때 그는 정월을 불쌍히 여겼으며 서로 합하여 한 몸이 되어 영철 씨의 사랑을 똑같이 받고 싶었다.

그래서 설화는 아무 말 없이 정월을 껴안고 한참이나 눈물지어 울었다.

설화는 잠시 눈물을 진정하고,

'그러면 내가 희생이 될 것인가, 이 여자가 희생이 될 것인가?'

하고 한참 주저하였다.

정월도 일어나 앉았다. 그리고 눈물을 씻었다. 설화 어머니는 한귀퉁이에서 이 괴상스러운 꼴을 보고 다만 입맛만 다시고 있을 뿐이었다.

"여보세요."

정월은 떨리는 한숨을 섞어 설화를 불렀다.

"네."

하고 설화의 눈에는 아직 눈물이 괴어 있다.

"사랑하는 사람을 참으로 사랑하는 것은…… 그의 참행복을 위하여 자기의 몸일지라도 내버리는 것이지요?"

하며 정월은 곁눈으로 설화를 보았다.

"네, 그렇겠지요."

하는 설화의 말이 끊어지자마자,

"그러면 설화 씨는 그것을 좀 생각하여 주세요."

하고 아무 말이 없었다. 설화도 다만 아무 말이 없었다.

설화는 정월을 보내고 그대로 방에 엎디어 몸부림쳐 울었다. 그리고 머리를 쥐어뜯고 미친 듯이 날뛰었다. 그 옆에서 이 꼴을 보던 설화 어미는 다만 차디찬 웃음을 웃으면서,

"글쎄, 내가 무엇이라고 하더냐. 네가 너무도 내 말을 안 듣더라."

하며 책망하는 듯이 비웃는다. 이 소리를 들은 설화는 갑자기 악을 쓰며,

"무엇을 무엇이라고 해요. 어머니는 입이 있어도 말할 권리가 없어요. 내가 이렇게 된 것도 다 어머니의 까닭예요. 내가 이렇게 울게 된 것도 부모 덕택예요. 내가 기생 노릇만 하지 않았더라면 이런 괴로움을 맛보지 않았을 거예요. 어머니는 자식의 피를 빨아먹는 흡혈귀예요. 듣기 싫어요. 어머니 말은 아무리 옳다 해도 나에게는 살점을 에이는 칼날같이밖에 안 들려요. 난 우리 부모가 이렇게 만들어 놓았어요. 나를 이렇게 울리는

이는 우리 부모예요."

하고 방바닥에 엎드려 울다가,

"아아, 세상의 모든 남자는 다 귀신이야. 아무리 착하든 선량하든 사랑 있다는 사람들일지라도 남자는 다 악마야. 그래 나는 사람의 껍질을 쓴 악마에게 속았었어! 악마의 조롱거리가 되었었다."

이 소리를 듣는 어미는,

"힝, 글쎄, 내가 무엇이라더냐. 너는 나를 무어라 무어라고 내 탓만 하지만 그것도 다 팔자니 어떻게 하니? 내가 너를 기생 노릇시키고 싶어 한다더냐? 나도 모르는 것이 아니란다. 그러나 어떻게 하니?"

하며 욕먹는 것이 분하기는 하지만 꿀꺽 참았다.

"듣기 싫어요. 팔자가 무슨 팔자야!"

하고 소리를 버럭 질렀다.

"나는 죽는 수밖에 없어. 그래, 죽어야 해. 어머니가 다 무엇이야. 이 세상이 다 무엇이야."

설화 어머니는 담뱃대를 든 채로 건넌방으로 건너가서 옷을 찾아 입고 문밖으로 나갔다. 이것이 설화가 야단을 치려 할 때 진정시키는 유일한 방법이었다. 그 어머니가 나가매 몸부림 하소연할 곳도 없었다. 그가 울음을 조금 그쳤을 때에 또다시 어떻게 하여야 좋을지 알지 못하였다.

그대로 사라지고도 싶고 죽고도 싶었다.

'이것이 꿈인가?'

하여 보았다. 정신의 모든 정력을 눈에다 모아 모든 것을 힘있게 살펴보았다. 그리고 꿈이 아닌 것을 깨달음보다도 으레 꿈이 아니라고 인식하였을 때,

'그렇지, 나 같은 년에게 이것이 꿈이 될 리가 있나?'

하고 비관하는 끝에 자기(自棄)하는 생각이 났다.

설화는 그와 같이 울면서 한숨을 지을 때마다 이영철의 환영이 자기 앞에 보이며 1년이나 넘어 두고 꿈속 같고 달콤한 사랑의 생활을 하여 보던

기억이 조각조각 이것저것 순서없이 생각되며 꿈같이 달콤하던 지나간 역사를 송장의 관을 덮는 검은 보자기로 덮어 버리는 듯하였다. 그리고 이영철을 한없이 원망하며 한없이 저주하는 생각이 나면서도 원혼의 요귀가 침침한 밤중에 원망스러운 사람을 따라다니며 눈물을 흘리는 것같이 차마 떨어지기 어려운 애끓는 정을 깨달았다. 설화는 이영철을 만나보기만 하면 당장에 달려들어 그 가슴에 날카로운 칼날이라도 박으려 덤빌 것이 아니라 두 눈에 흘리는 뜨거운 눈물로써 애소하며 그의 목을 얼싸안고 고개를 그의 가슴에 괴롭고 견디기 어려운 듯이 비비면서,

"영철 씨, 영철 씨, 나를 죽여 주시오. 이 타는 듯하고 쓰린 듯한 가슴위에 영철 씨의 손으로 죽음의 화살을 박아 주시오."

하며 영철의 손으로 자기의 뛰는 붉은 심장을 얼크러뜨려 주기를 원할 것이다.

설화가 눈물을 그치고 이불을 내리덮고 자리에 누워 눈을 감고 있을 때에는 그의 흥분되었던 감정이 조금 가라앉았다. 그의 눈앞에는 아까 그 정월이 자기 치마 앞에 눈물을 흘리던 것이 보이며 또 맨 나중에,

"사랑하는 사람을 참으로 생각하여 사랑한다는 것은…… 그의 참행복을 위하여 자기 몸을 희생하는 데 있는 것이지요."

하는 것과,

"그러면 설화 씨, 그것을 좀 생각하여 주세요."

하던 것이 생각되어, 그러면 날더러 희생하라는 말이 아닌가. 그러면 어찌 날더러 희생이 되라는가. 자기와 나와 똑같은 지위에 있으면서 왜 자기는 희생이 되지 못하고 날더러 희생이 되라는가? 그리고 자기도 이영철을 떠나기 어려운 고통을 맛보면서 왜 날더러는 이 쓰라리고 아픈 고통을 맛보라는가? 나와 자기 두 사람 사이에 누가 더 이영철 씨를 행복스럽게 할 수 있을까?

설화는 행복이란 말 아래는 조금 주저하였다. 자기는 이영철에게 이 세상 사람이 말하는 바 행복을 줄 수 있을까? 하였다. 그리고 기생인 자기

가 기생 아닌 그 여자와 같이 이영철의 사랑을 완전하고 영구하게 받을 수가 있으며 줄 수 있는가? 하였다.

설화는 어젯저녁 때 이영철이 자기의 손을 잡아당기며,

"우리가 사귄 지도 퍽 오래지?"

하던 것과,

"설화, 우리가 암만하여도 오래도록 사랑을 계속할 것 같지 않아."

하던 말이 생각되어 그러면 영철 씨가 설화 자기는 기생의 몸이니까 너와 같은 여자와는 오래도록 교제를 할 수 없다는 의미를 나에게 비쳐 준 것이 아닌가? 자기는 그와 같이 순결하고 얌전한 애인을 가졌으므로 나와 같이 더럽고 천한 계집년과는 영원한 사랑을 주고받고 할 수가 없다는 말이었던가?

그렇지 않으면 왔던 그 여자가 영철 씨의 사랑을 갈망하고 갈구하나 영철 씨가 그의 사랑을 받아 주지 않으므로 오늘 나에게 그와 같은 거짓 눈물을 보이며 나를 단념시키려는 간교한 수단에서 나온 하나의 계책이나 아닌가 하였다.

설화는 영철을 의심하여 원망하는 정이 새로이 나오면서 그전보다 더 그립고 사랑하고프고 가슴이 죄고 애끊는 눈물을 흘리면서도 그 여자의 말을 믿지도 못하고 아니 믿지도 못하였다. 그리고 다만 그의 머릿속으로 떠돌아다니는 생각과 그의 핏줄로 흐르는 감정은 아무것도 없고 다만 슬픔뿐이었다.

그는 쓸쓸스러운 황혼이 온 집안을 싸돌며 붉은 전깃불이 온 방 안을 새로이 비칠 때 하얀 손을 신경질적으로 꼼질꼼질하며 떨리는 한숨을 쉬고 몸을 뒤치어 귀찮게 돌아눕자 온몸이 녹는 듯한 피로를 깨달았다.

그의 마음은 새로 이영철이가 원망스러웠다. 그리고 여태껏 자기를 속이고 또 속이던 보통 풍류 남아들과 같이 더럽고 무정한 남자가 아닌가 하는 의심이 났다. 그리고 눈 감고 누워 있는 그의 눈앞에는 엷은 면사(面紗)를 통하여 보는 것과 같이 영철의 환영이 보였다. 그 환영은 자기를 보고 차디찬 웃음을 웃으며 서 있었다. 설화는 그 영철의 환영의 손을 잡고 하소연하려고 덤벼들었으나 그의 눈앞에는 다만 전깃불에 파동이 움직일 뿐이었다.

"아, 일평생 만나지 않을 테다."

그는 이를 악물고 주먹을 쥐고 온몸을 바르르 떨었다. 그리고 겨우 고개를 들어,

"어머니, 어머니. 물 좀 주세요. 냉수를 좀."

하고 자기의 몸을 만져볼 때에는 진액 같은 땀이 척척하게 흘렀다. 그러나 어머니는 없고 행랑어멈이 물을 떠왔다. 물을 마신 설화는 어멈에게,

"어멈, 오늘은 아무도 들어오지 못하게 하소. 그리고 영철 씨도."

하였다.

어멈은 귀찮은데 잘되었다는 듯이 문을 닫고 행랑으로 들어갔다.

은행에서 나온 영철은 아무리 백우영을 찾아다녀도 만날 수가 없었다. 그래 나중에는 설화 집에나 있나 하고 저녁도 먹지 않은 몸으로 8시나 되어서 설화의 집에 찾아왔다. 영철이가 어두컴컴한 청진동 골목으로 걸어올 때에는 다만 어젯저녁에 당한 모욕을 시원하게 씻어 버리리라는 생각뿐이었다. 그리고 자기 아버지가 보내 준 돈을 만져보았다. 그리고 만족한 듯이 웃으며 설화 집 대문을 아무 의심 없이 안으로 밀었다. 문은 눈을 부릅뜬 것같이 힘있게 반항하였다. 영철은 문을 흔들었다.

어멈은 그것이 이영철인 것을 알았다.

그래서,

"누구요?"

하고 행랑에서 나왔다. 방 안에 누워 있는 설화의 가슴은 두근거렸다.

영철은 또 문을 흔들어댔다.

어멈은,

"누구요?"

하고 심술궂게 소리를 지르며 문간까지 나와서 가만히 문틈으로 바깥을

내다보며 속으로,

'정말 왔구나.'

하였다.

어멈이 문을 열 때에는 영철이가 잠시 문을 비켜 섰다. 어멈은 고개를 내밀고 두 손으로 대문을 가로막고 서서 영철을 보았다. 영철은 웃음을 띠고 그대로 들어가려 하였다. 그러나 어멈은,

"아가씨 안 계세요."

하고 수상스럽게 영철을 바라보았다. 영철은,

"어디 가셨나?"

하고 들어오려던 발길을 멈추고 서 있었다.

"모르겠어요. 아까 웬 양복 입은 어른하고 걸어나가셨어요."

하고 어멈은 그것이 죄악인 줄은 깨닫지 못하고 그 거짓말에 얼마간 만족하였다.

"양복 입은 사람!"

하는 영철의 가슴에는 의심이 생겼다가 사라졌다.

"아무 말씀도 없이?"

"별로 다른 말씀 없어요."

"날더러 무엇이라고 하시지도 않고?"

"아뇨."

"어디 가신지도 모르지?"

"몰라요. 그런데 여러 날 되시기 쉬웁댔어요. 아, 절에 가셨나 보아요."

"절에."

"네."

사건 후에 한번일지라도 자기와 만나자고 한 시간에 자기를 기다리지 않은 일이 없던 설화가 오늘에 한하여 자기와의 약속을 어기고 다른 사람과 함께 말 한마디도 없이 어디로 간다는 것은?

영철은 울듯이 마음이 괴로웠다. 그리고 또다시 의심하였다. 어젯저녁에 대문까지 쫓아나오며 나의 손을 잡고 놓지 못하던 설화가 오늘 나를 기다리지 않고 다른 사람과 어디를 갔으며 무엇하러 갔으며 무슨 동기로 갔을까? 그 양복 입었다는 사람은 누구일까?

사랑을 더욱 굳게 하는 것도 의심이요, 사랑을 더욱 엷게 하는 것도 의심이다. 또한 사랑의 도수가 높을수록 가슴에 불붙는 것은 질투이니 영철이가 오늘 의심이 일어나는 동시에 또한 질투의 마음이 없지도 않았다.

영철이 설화를 의심하는 생각이 날 때에는 어젯저녁에 백우영에게 모욕당하던 생각이 났다. 그리고 돈 없는 사람을 내버리고 돈 있는 사람을 따라가지나 아니하였나 하여 보기도 하고 또 그 양복 입은 사람이란 백우영이나 아닌가 하기도 하였다. 그리고 오늘부터는 자기를 배반하고 백우영의 가슴에 안겨 더러운 쾌락을 탐하지나 않나 하였다. 그러다가도,

'아니다, 그렇지 않다. 나를 영원히 사랑한다고 몇백 번 다짐을 한 고 마음 약하고 다정하고 부드러운 설화가 그리하였을 리가 있나.'
하고 마음을 돌려먹었다.

그의 의심은 아직까지 설화를 믿는 마음을 이기기엔 약하였으며 아무 근거가 없었다. 그러나 그의 마음은 편하지 못하고 불안하였다.

영철을 문간에서 따돌려 보낸 설화는 갑자기 벌떡 일어나며,

'아니다. 놓쳐서는 안 된다. 만나보아야 한다. 만나서 물어보아야 한다. 그리고 또 그의 손으로 죽여라도 달래야 한다.'
하고,

'그리고, 그 여자가 희생이 될지라도 나는 영철 씨를 놓을 수는 없어!'
하고 대문을 열어젖뜨리고 미친 것처럼 동리 골목까지 쫓아 나왔으나 영철의 그림자는 보이지 않았다. 설화는 차디찬 바람이 가슴으로 기어드는 것도 관계하지 않고 그대로 그 옆담에 기대어 서서 넋을 잃고 울었다.

집에 돌아온 설화는 옷을 꺼내어 입었다. 그리고 동무집에 간다 하고 문밖으로 나와서 명월관으로 인력거를 타고 가려 하였다.

'그렇다. 나는 그대로는 잘 수 없어. 나는 아무 데도 쓸데없는 사람이야. 나는 죽은 사람이야. 에, 화나! 나는 어디 가서 죽든지 살든지 마음대로 놀아나 볼 테야. 세상은 나를 몰라 준다. 더욱 남자들은 나를 모른다. 나를 조롱한다. 나를 장난감으로 안다.'

'옳지 어디 보자. 나도 모든 남자를 농락할 테다. 마음이 녹아나게 할 테다. 그대로 말려 죽일 테다.'

하고 전화를 빌어서 백우영의 집으로 명월관으로 놀러오라고 기별을 하였다.

영철이 술에 반쯤 취하여 종로 네거리를 지나 청년회 앞까지 왔을 때였다. 청년회에서 이용준이가 쑥 튀어나오면서,

"여보게 보았나?"

하였다.

"보기는 무엇을 봐?"

"백우영이 말일세."

"못 보았어."

"나는 지금 보았는데."

"어디서?"

"지금 이 길로 웬 아씨하고 자동차를 타고 가던걸."

"아씨?"

"그래."

술에 흥분된 영철의 두 눈에는 백우영과 설화가 서로 껴안고 자동차를 몰고 가는 것이 보였다. 그러다가는 또다시 그렇지 않다 하여 보았다.

그러나 한참 있던 영철은 만일 그 아씨라는 사람이 설화 같으면 어찌하나! 그러다가는 그럴는지 모르지, 그럴는지도 몰라 하는 마음이 또다시 변하여 그렇다 설화다 하였다.

그렇다가는 날마다 다홍치마 붉은 저고리에 귀밑머리를 풀지 못한 것이 한이 된다 하더니 그 말을 한 지 몇 달이 못 되어 벌써 나를 떠나갔을까?

설화가 정말 나를 영영 잊어버렸나? 그러다가는 만일 그것이 거짓말이 아니고 정말이거든 나는 설화의 손을 잡고 원망도 하여 보고 타일러도 보고 간원도 하여 보리라 하였다.

영철은 이용준에게 다른 말 없이,

"자네 돈 있나?"

하고 손을 내밀었다.

"돈은 무엇하나?"

"글쎄, 있느냐 말야. 없거든 고만두고."

"있기는 있으나 무엇에 쓸 것을 말해야지."

"있어? 있기만 하면 가세."

"어디로 가?"

"어디로든지 가서 한잔 먹세."

영철은 누가 끄는 것같이 이용준을 데리고 명월관에 갔다.

문간에 들어서니 영철은 보이에게,

"여기 설화 왔나?"

하였다. 보이는 빙긋 웃으며,

"네. 왔어요."

이 말을 들은 영철은 낙망하였다. 자기가 설화를 의심하는 것이 죄악으로 알기는 알았지만 지금에 그 의심이 똑바로 들어맞을 때 영철은 몸에서 찬땀이 흐르는 듯하였다.

"어느 방에 있누?"

"저쪽 구석 방에 있어요."

백우영은 설화와 함께 상을 대하여 앉아 있다. 설화는,

"저 술 한잔 주세요. 자, 백우영 씨의 손으로 부어 주세요."

하며 잔을 들어 술을 청하였다. 우영은,

"술? 이게 웬일야?"

"무엇이 웬일예요? 나도 이제는 깨달았어요. 모든 것을 알았어요. 이

세상이란 그저 그런 거예요."

"무엇이 그저 그런 거야."

"먹고 놀고 엄벙덤벙이지요. 나는 사랑을 위하여 눈물짓는 사람은 어리석은 사람으로 알아요. 사랑은 한곳에 있으나 그것이 갈라지는 때, 밑둥에서 부러진 나무 토막같이 어디로든지 굴러갈 수가 있으니까요. 그 나무는 무슨 짓을 하든지 관계치 않으니까요. 자, 부으세요. 듬뿍 부으세요. 철철 넘게 부으세요. 하하, 술이 나는 무엇인 줄을 몰랐더니 이제야 그 술을 알았어요."

설화는 한 잔 마셨다. 그러고 또,

"자, 나의 손으로 이 설화의 손으로 부어 드리는 술은 넉넉히 백우영 씨를 한 방울에 취하게 할 수가 있습니다. 백우영 씨는 그 술 한 방울 마시구두 영원히 저를 사랑하실 수 있습니다."

우영도 그 술을 마셨다. 설화는 또 잔을 들며,

"나는 술에 취하여 영원히 깨지 않기를 바라는 것과 같이 또 한 가지 취하고 싶은 것이 있어요."

"그것이 무엇이야?"

"나는 모든 남자들의 찝찝한 피를 빨아먹어 그것에 취하고 싶어요."
하며 잔을 상 위에 내던졌다. 잔은 두 갈래가 났다.

"나의 가슴은 이렇게 깨어졌습니다. 자, 그 아픈 상처를 고치기 위하여 부어 주세요. 철철 넘치도록 잔에 술을 부어 주세요."

백우영은,

"그래라, 부어라!"
하고 잔에 술을 부었다. 얼굴이 진홍빛같이 붉어진 설화는,

"자, 우영 씨도 마시세요. 우리는 이렇게 지내는 것이 팔자지요."

우영은 웬일인지 알지 못하나 설화의 성격이 반쯤 미친 듯이 날뛸 때 마음이 유쾌치 못하였다.

"여보세요, 우영 씨. 나의 머리를 우영 씨의 무릎에 좀 베게 하여 주세

요!"

하고는 우영의 무릎에 누웠다. 그리고 우영을 독살스럽게 쳐다보며,

"우영 씨, 우영 씨가 나를 사랑하신다지요? 흥. 별 미친 망할 소리를 다 듣겠네! 사랑이란 무엇요? 사랑하고 싶거든 나를 술만 많이 먹여 놓아요. 그러면 당신이 사랑하고 싶다는 대로 사랑을 받아 주께."

우영은 다만 설화의 허리를 껴안고 앉았다가 이 소리를 듣고 설화가 무슨 이유가 있구나? 하였다. 나를 부른 것도 곡절이 있고 또는 술을 먹는 것도 무슨 까닭이 있고나? 하였다. 그리고 자기의 무릎 위에 술 취한 설화가 누워 있는 것을 술 취한 눈으로 내려다볼 때 그 설화가 요염하게도 어여뻤다. 그리고 그 진홍빛 입술이 술에 젖어 번지르하게 흐를 때 우영은 치밀어 오르는 정욕을 참을 수 없었다. 우영은 단단히 살이 찐 설화의 허리를 껴안고 설화의 고개를 자기 입 가까이 대었다.

설화는 흐트러진 머리를 쓰다듬지도 않고 싱그레 웃으며,

"흥, 나의 입을 맞추려고?"

하고 손을 들어 우영의 입을 밀치며,

"천 원야! 알겠어! 천 원."

하였다.

"천 원 내야지 내 입을 맞춰."

이럴 때 방문을 열어젖뜨리며 영철이가,

"자, 천 원은 내가 줄 테다. 받아라!"

하고 천 원을 설화의 입을 향하여 내던졌다.

"아! 영철 씨!"

하고 설화는 영철에게 달려들며,

"영철 씨, 나를 잊으셨어요? 저를 저바리셨어요?"

"옛날에 영철 씨는 그렇지 않으셨지요. 저를 잊으시려거든 저를 그대로 죽여 주세요."

하고 매달려 운다. 영철은 한참이나 부르르 떨더니 설화의 손을 단단히

쥐고,

"듣기 싫어 설화, 이 세상에 불쌍한 사람은 나 하나밖에 없다. 나는 마음도 약하고 몸도 약하고 또 금전의 세력도 약한 사람이다."

하고 한참이나 설화의 우는 것을 내려다보더니,

"누가 여자의 말을 참으로 믿는 자가 있느냐는 옛말과 같이 내가 너를 믿은 것이 잘못이지."

"자, 저리 가 저리 가!"

하고 설화를 떼밀치려 하니까,

"영철 씨, 참으로 영철 씨는 나를 떼밀쳐요? 참으로 나를 내버리세요?"

"듣기 싫어. 네가 나를 버렸지 내가 너를 버린 것은 아니다!"

"아아, 참으로 무정하세요. 참으로 박정하세요."

"너의 입으로 그와 같은 말이 무슨 염치로 나오느냐? 내가 무정하다지 말고 너의 마음에 다시 한 번 물어보아라."

"나는 영원히 병신이 된 사람이다. 너는 나의 가슴에 언제든지 뺄 수 없는 굵다란 못을 박아 준 자이다."

"영철 씨! 영철 씨는 왜 저의 마음을 몰라 주세요? 네? 영철 씨."

영철은 반쯤 조소와 분노가 엉키인 얼굴로 설화를 한참 내려다보더니,

"설화! 나는 참으로 알지 못하였다. 네가 그렇게까지 간교한 줄은 참으로 알지 못하였다. 나는 어젯저녁까지 어리석은 사람이었으나, 그렇게 정신없게도 어리석은 사람이었으나 오늘부터는 그렇게 정신없게도 어리석은 사람은 아니다."

"영철 씨! 저는 영철 씨를 원망하지 않아요, 저를 스스로 나쁜 사람을 만들려 하지도 않아요. 다만 다만 끝까지 어제까지 믿고 바라던 것을 계속하려 할 뿐이에요."

"흥, 사람의 입은 무슨 말이든지 할 수 있게 만들어진 것이란다. 자기의 마음에 있는 것이나 없는 것이나 다 고만두어라. 나는 사람을 못 믿는

것보다는 이 세상을 못 믿는 사람이다. 자, 우리는 이 자리에서 영원히 떠날 것이다."

"아, 영철 씨 잠깐만……."

하고 설화는 영철의 가슴을 붙잡고 매달리며,

"여보세요. 저는 아무 말도 하지 않으렵니다. 가시려거든 저를 죽여 없이 하여 주셔요. 저는 이 세상에서 내버림을 당한 사람인데 또 영철 씨에게까지 내버림을 당한다면 참으로 저를 죽여 주시는 것이나 마찬가지예요. 저는 아무것도 믿을 것이 없이 다만 영철 씨 한 분만 믿으려 하였고 그 믿음으로 저는 살아갈 줄 알았더니 영철 씨가 가시면 저는 누구를 믿고 지내요?"

"듣기 싫다. 너는 믿을 사람이 많으리라! 너의 믿을 것은 많으니라. 그러나 설화! 나는 아무 말도 할 것이 없다. 나는 다만 이 세상에 나서 사랑을 하지 않는 사람으로 죽었더면 좋을걸, 일평생 반병신으로 지내갈 것을 생각하매 아무것보다도 이 세상이 무정할 뿐이다. 나뭇가지에 달린 열매가 병이 들었다 하면 그 열매가 익기 전에 그 열매의 사명을 다하기 전에 땅 위에 떨어져야 마땅한 것이다. 자, 네가 나무일는지 내가 열매일는지는 알 수 없으나 이제는 떨어지지 않을 수 없다."

하고 설화를 다시 한 번 힘껏 안았다 다시 들여다보며,

"옛날에 설화는 그렇지 않았나니라. 옛날에 설화는 피가 있더니 그것이 다 식었으며 옛날에 설화는 눈물이 있더니 그것이 다 말랐느니라."

"설화! 나를 조금도 원망하지 말아라! 어느 때 어느 날까지라도 설화가 옛날로 돌아갈 때가 있다 하면 그때에는 다시 나를 찾아오너라!"

하며 눈물을 흘릴 때 설화는 가슴이 죄는지,

"영철 씨!"

하고 말을 하려 입을 열 때 새빨간 입술이 피를 빨아먹다 멈춘 것처럼 영철의 마음을 으쓱하게 하였다. 그래서,

"듣기 싫어, 놓아!"

하고 붙잡은 설화의 손을 뿌리쳤다. 설화는 놓친 옷깃을 다시 잡으려 하였으나 벌써 문을 닫고 뛰어나간 영철은 앞에 있지 않았다.

영철은 아무 소리 없이 자기 방으로 돌아와 연옥을 붙잡고 소리쳐 울었다. 연옥은 영철을 위로하면서,

"왜 이렇게 우세요? 우지 마셔요."

하며 영철의 까만 머리털만 가는 손가락으로 문질러 주었다. 그때 연옥은 자기 비단옷에 영철의 눈물이 떨어져 얼룩이 지는 것도 생각지 못할 만큼 불쌍해 하고 동정하는 마음이 났다.

설화는 영철에게서 뿌리침을 당하고 백우영이 일으켜 주는 것도 암상스럽게 거절을 하고 억지로 무릎이 아픈 것을 참고 일어나 마루 난간에 한참 서서 울다가 옆에서 귀찮은 얼굴로 울지 말라는 우영의 말이 더욱 듣기 싫어 얼핏 집으로 가서 실컷 울다가 그 자리에 그대로 거꾸러져 죽어버리기나 하겠다 하고 겨우 눈물을 씻고 고개를 숙이고 문 앞으로 나왔다. 그의 눈알은 붉고 분 바른 두 뺨에는 눈물 방울이 굴러떨어져 자국이 보인다. 그는 사람 앞으로 지나가는 것이 부끄러워 고개를 돌려 다른 곳을 보면서 겨우 대문까지 나왔다.

영철은 연옥의 몸에 고개를 대이고 울면서 가슴이 쪼개이고 에이는 듯한 감정을 맛보면서도 자기 방 앞으로 설화가 지나가지나 않나 하는 기다리는 마음과 함께 지나다가 나의 이렇게 우는 것을 보고 불쌍한 마음이 그의 가슴에 복받쳐 오르고 말할 수 없는 괴로움을 당하는 끝에 자기의 잘못을 용서하여 달라고 그의 영롱한 두 눈과 어여쁜 입 가장자리에 이슬 같은 눈물과 애소하는 표정으로 나에게 달려들어 나의 가슴에 얼굴을 비비고 몸부림을 하면서라도 느껴가며 울어 주지를 아니하나? 하였다. 그리고, 자기 방 앞으로 슬리퍼 소리가 나며 누가 지나갈 때마다 설화인 듯 설화인 듯하면서도 부질없이 가슴이 뛰었다. 그러나 그 사람 지나가는 소리가 사라질 때마다 더, 설화를 원망하는 생각이 나며 더욱 애끓는 생각

이 났다.

연옥은 갑자기 방문 밖을 내다보다가,

"설화야."

하였다. 이 소리를 들은 영철은 번개같이 가슴이 무엇으로 푹 찔리는 듯 하였다. 그러나 고개도 들지 아니하고 그대로 엎드려 있었다. 어린아이가 어머니에게 어리광 부리듯이 영철은 설화의 한없는 동정을 속마음으로 빌었다.

설화는 방문 앞으로 지나다가 연옥의 부르는 소리를 듣고 깜짝 놀라서 방 안을 들여다보았다. 그리고 영철이 연옥의 무릎 위에 고개를 대고 있는 것을 보았다. 그때 설화의 마음은 영철이 기대하는 그것과 반대로 영철과 연옥을 원망하는 생각이 갑자기 복받쳐 올라오며 충동적으로 질투의 생각이 났다. 다만 한순간에 그는 전신을 사르는 듯하고 뱀에게 물리는 듯한 질투의 생각이 났다. 그는 연옥이 부르는데 대답도 하지 않고 그대로 지나쳐 가 버렸다. 그러나 영철과 연옥이 자기 눈앞에서 사라져 보이지 않을 때에 그는 다시 연옥이가 불러 주었으면 하였다. 그리고 아까 그 연옥이 불러 주던 순간으로부터 지금까지의 시간이 다시 뒤로 올라가 버렸으면 하였다. 그러나 그는 한 걸음이나 두 걸음만 다시 돌아서면 그만일 것을 또다시 돌아서 연옥이가 불러 줄 수 있는 곳까지 가기에는 자기 다리를 무엇으로 굳혀놓은 것같이 움직거려지지가 않았다. 그는 낙망과 함께 단념을 하였다.

'아, 고만두어라. 나같이 팔자 사나운 년이.'

하면서 대문을 향하여 나갔다. 영철은 설화를 부르던 연옥이가 무안하고 노한 듯이,

"망할 계집애, 사람이 부르는데 왜 대답도 없어."

하는 소리를 들을 때 또한,

'에, 그만두어라. 나 같은 놈이.'

하고 자기하는 생각이 났다. 그러나 그는 그대로 앉아 있지는 못하였다.

배척을 당하고 모욕을 당하면서도 무지개같이 만질 수도 없고 잡아당길 수도 없는 무슨 이상한 힘이 자기를 자꾸자꾸 설화에게로 끌어가는 듯하였다. 그는 벌떡 일어났다. 그리고 어디인지 가 버린 설화의 뒤를 좇아가고 싶었다.

영철과 용준과 연옥이가 명월관에 나서기는 11시 반이나 지난 때였다. 용준은 먼저 인사를 하고 자기 집으로 가 버리고 영철과 연옥이가 종로 쪽으로 향하여 올라올 때 영철의 마음에는 지나간 과거가 다시 생각된다. 자기가 처음 설화의 집에 갈 때 동구 안 정류장에서 갈까말까 하고 주저하던 생각으로부터 그날 저녁 자기가 설화 집에를 12시나 넘어서 갔을 때 눈물을 흘리며 방바닥에 그대로 누워서 떨리는 긴 숨을 쉬며 누웠던 것과 그후부터 영원히 영원히 다만 사랑을 위해서만 살아가자는 것과 만나자는 날짜 그 집을 찾아가도 만나지 못하던 것과 오늘 백우영과 명월관에서 만나던 것과 그리고 또 한 가지 그의 머리에 굵다란 줄을 부욱 긋는 것같이 큰 인상을 주는 것은 백우영이가 설화 앞에서 자기를 모욕하려고 돈 이야기를 하던 것이다.

그는 그날 저녁에 설화 앞에서 그것이 다만 자기의 인격을 모욕하는 것으로 생각하는 동시에 백우영이 대담하게도 그러한 짓을 하는 것이 도리어 부끄러웠으나 설화와 자기 사이를 격리시키는 동기가 될 줄은 꿈에도 생각 못 하였다. 그리고 설화가 문간까지 좇아나오며 자기의 손을 잡고,

"그 일은 저에게 맡겨 주세요."

하던 그때 그는 더욱더욱 설화와 자기 사이에 친밀의 도수가 농후하여 가는 것을 깨달았다.

그러나 지금 어떠한가. 돈으로 인하여 자기는 실연자가 되어 버렸다. 돈이다. 설화는 돈을 따라갔다. 돈 없는 자기를 내버렸다. 돈! 태산 같은 돈 뭉치가 과연 사랑이 없이 텅 빈 작은 가슴을 채워 줄 수가 있을까?

그는 설화를 원망하는 동시에 만일 설화의 육체나 정신이 인형과 같이 사람의 손으로 만들 수가 있다면 자기의 손으로라도 가슴을 쪼개고 머리

를 깨뜨려 부숴 다시 새롭고 좋은 염통과 뇌수를 만들어 집어넣어 주고 싶었다.

영철은 오늘 저녁과 같이 캄캄하고 비애로운 밤은 또다시 없었다. 그는 그전과 같이 신분도 없고 염치도 없고 아무것도 없었다. 다만 손을 잡고 걸어가는 연옥의 손이 따뜻한 것이 자기의 타는 감정을 부드럽게 할 뿐이었다.

영철은 연옥의 손을 꼭 쥐면서 나지막한 목소리로,

"설화는 무정한 사람이지?"

하였다. 연옥은 한편으로 영철이가 자꾸자꾸 설화를 생각하는 것이 샘이 나면서도 그 비애스러운 영철의 어조에 스러지는 듯한 것을 들을 때에 그는 정신이 몽롱하여지는 듯하며 말할 수 없는 동정을 깨닫는다. 그리고 다만,

"네? 왜요?"

하고 영철의 얼굴을 쳐다보았다. 그러나 그 괴로워하는 영철의 얼굴을 그렇게 오래 쳐다보지는 못하였다. 영철은 하늘의 별만 바라다보며 혼잣말같이,

"무정해. 무정한 사람이야."

하였다. 연옥은,

"그럴 리가 있나요? 그렇지 않을 애인데요."

하였다. 영철은 모든 것을 단념이나 하듯이,

"고만둡시다. 설화 이야기는 고만둡시다."

하였다.

밤은 깊은 암흑이란 이불을 덮고 숨소리 없이 잔다. 창밖 습기 있는 회색 땅바닥에서 이슬 괴는 소리가 게밥 짓는 그 소리처럼 들리는 듯하다. 전깃불은 고요히 켜 있다.

설화는 붉은 등잔 아래 푸른 원한을 품고 붉은 피눈물을 흘리며 외로이

울고 있다.

'오늘 저녁에는 내가 잘못했지. 그이를 붙들고 물어나 볼걸!'

누워 있는 설화의 눈에서는 눈물이 샘솟듯한다.

'내가 일을 경솔히 했지? 정말 영철 씨가 그 여자를 사랑하는지 알아나 볼걸! 아냐, 그이는 나를 잊은 사람이야. 벌써 잊어버린 지는 오래.'

하다가,

'그러나 한번 만나서 물어나 볼 테야. 그리고 이야기를 모조리 해 버릴 테야.'

'내가 눈물을 섞어 간절히 청하면 그는 마음이 착한 사람이니까 마음을 돌려 주겠지. 나를 그전과 같이 생각하여 줄 테지.'

하다가도 또다시,

'아니다! 그는 벌써 나를 생각지 않은 지가 오래다. 그는 벌써 나를 내버린 사람이다. 내가 그를 다시 볼 것도 없거니와 내가 청을 하는 것이 도리어 어리석은 짓이지! 도리어 비웃음을 받을걸! 나를 어리석다 할걸! 나를 무안주려 할걸!'

'그렇다. 이제는 보지도 않고 보려고 하지도 않는다. 남자에게는 또다시 정이란 주지 않을 테야. 일평생 그대로 혼자 지낼 테야.'

그가 이렇게 혼자 누워서 여러 가지 생각을 하고 있을 때 시계가 3시를 쳤다. 이 3시라는 시계 종소리를 들을 때 설화의 마음은 다시 옛날로 돌아가는 듯하여 마음이 괴로워 못 견디었다.

'옛날에 저 시계가 3시를 칠 때 나는 그를 그리워 잠 못 들었는데! 오늘에는 그를 떠나서 운다. 옛날 시계가 셋을 치는 것이나 오늘의 시계가 셋을 때리는 것은 다름이 없지만 옛날에는 나의 가슴에 그리운 영철 씨의 모양을 껴안고 무한한 장래의 행복을 꿈꾸더니 오늘에는 실연의 심연에서 헤매이면서 운다! 아! 아! 어쩌면 나의 팔자는 이러할고? 나의 부모가 나를 죄악의 구렁에 빠지게 하더니, 오늘에는 영철 씨, 영철 씨가 죽음 속으로 나를 떼밀쳤다. 나는 부모를 원망할 것도 없고 영철 씨를 원망할 것도 없다. 나는 죽은 사람이다. 나의 몸 하나는 영원히 죽은 사람이다.' 하다가 설움이 복받치고 모든 것이 원망스러울 때 그는 자기의 머리를 쥐어뜯으며,

'설화야, 불쌍한 설화야, 너는 죽어야 마땅하니라! 죽어라 죽어! 죽어가는 설화를 불쌍하다고 눈물이라도 한 방울 흘려 줄 사람이 없는 설화니라! 아아, 세상이 정 없어. 그러나 영철 씨! 저의 마음은 모르실 테지요? 저는 모든 것을 다 버리고 죽으려 합니다. 모든 것을 다 잊으려 합니다. 그러나 영철 씨가 저의 가슴에 박아 주신 사랑의 진주는 저의 살이 썩을지라도 영원히 남아 있을 테지요.'

그는 머리를 베개에 대고 몸부림쳤다.

그 이튿날 아침이었다. 새벽에 잠이 겨우 든 설화는 전과 달리 아침에 일찍 일어나 앉아서 멀거니 먼산을 바라보고 앉아 있었다. 이 꼴을 본 설화 어머니는,

"얘, 눈이 왜 저 모양이냐? 울기는, 미친애! 무엇하러 울어! 젊어서는 저런 것 이런 것 다 당해 보아야 하느니라."

하며 부엌으로 들어가려 하니까. 설화는,

"흥."

하고 한번 웃더니, 또다시 먼산만 바라보며,

'그렇지, 그렇지. 그러나 이영철 씨가 오늘 날더러 오랬는데.'

하며 소리 높여서 오스스하게,

"하, 하, 하."

하고 웃더니 손뼉을 두어 번 툭툭 친다.

"어머니, 나는 지금 이영철 씨가 오라고 해서 그 집으로 갈 테니 장에 있는 새옷 좀 꺼내놓아 주."

부엌에서 이 소리를 들은 어머니는,

"무엇이야? 이애가 미쳤나?"

하며 아무 소리 없이 불만 땐다.

"무어요? 미쳐요? 히히 하하. 내가 미쳐요? 이 세상 사람들이 미쳤지. 세상 사람들은 다 미친 사람이야. 우리 어머니는 돈에 미쳤고!"

"무엇이 어쩌고 어째?"

하며 설화 어머니는 부지깽이를 그대로 든 채 창 앞으로 와서 보니까 설화의 두 눈이 휜죽 풀어진 듯하고 열이 올라 대가 미쳤다.

"너 눈이 왜 그러냐? 네가 미쳤니?"

"내가 미쳐! 히히 하하. 어머니가 미쳤어!"

"얘, 이애 웃음소리가 어째 저렇구?"

그러나 설화는 다만 두 손만 비비고 앉아서,

"어서 새옷 주어요. 이영철 씨가 오늘 나하고 만나자 했어요."

하니까 설화 어머니는 마음이 덜렁 내려앉으며,

"이애가 왜 이러냐?"

하며 가까이 들여다본다.

"어서 옷 내어 놓아요. 새옷을 입어야 영철 씨가 나를 더 귀애하지? 하하, 허허."

설화 어머니는 갑자기 눈물이 쏟아지며,

"설화야, 왜 이러니. 네가 미쳤니?"

하고 설화를 부여잡고 운다. 설화는 자기 어머니의 등을 어루만지면서,

"이제 우리 어머니도 실성하지 않았군! 그러나 울지 말어! 어머니가 울면 나도 울어야 해! 나도 눈물이 나! 그러지 말구, 어서 새옷 꺼내요."

하며 물끄러미 자기 어머니를 들여다보더니,

"새옷 꺼내 주시오. 영철 씨에게는 내가 새옷을 입고 가야 해."

"울기는 왜 울어! 못난이! 하하, 못난이야! 이 세상 사람들이 모두 못난이야! 잘난이 노릇을 하기가 그렇게 쉬운 걸 못 해! 자 자. 이렇게 해야 잘난이야, 어머니 보시오."

하고 주머니 속에 뭉쳐 두었던 아편 덩이를 꺼내어 들고,

"이것만 이렇게……."
하고 집어삼키려 하니까 설화 어머니는 앗 소리를 치며 달려들어 그것을 뺏으면서,

"글쎄, 이게 웬일이냐? 응, 정신을 좀 차려라!"
하니까,

"이게 왜 이 모양이야? 어머니는 날더러 이래라 저래라 할 권리가 없어! 나를 이 모양 만든 것도 다 어머니지? 아냐? 아냐? 어디 말해 봐! 빨리 어서 가서 새옷이나 가져와! 왜 울어! 어머니가 울면은 나도 울 테야!"

설화 어머니는 울면서 새옷을 꺼내러 장 앞으로 갔다.

설화는 거울을 벌려 놓더니,

"진작 그럴 것이지. 누구든지 날더러 무엇이라고 그래만 보아라."
하더니 기름병을 기울여 머리에다 한 병을 다 부어 질편하게 흘리더니,

"이렇게 기름도 많이 발라 번지르하게 해야지 영철 씨가 귀애하지, 그래야 나를 사랑해? 무엇을 아나?"
하더니, 이번에는 분을 허옇게 처덕처덕 바르면서,

"이렇게 분을 많이 발라야 얼굴이 어여쁘다고 해요. 흥, 흥, 어디."
하고 거울을 들여다보더니,

"그렇지, 가만 있거라, 레드 크림을 바르고 또 크럽 포더를 바르자."

이 꼴을 보는 설화 어머니는,

"이거 참, 야단 났구나, 어떻게 하면 좋단 말이냐."
하고 발을 구르고 섰더니,

"어멈, 어멈."

어멈을 부르더니,

"여보게, 어서 가서 연옥 아씨 좀 오라 하게!"
하며 어멈을 내보내고,

"글쎄, 세수나 하고 분을 발라라!"

하니까,

"듣기 싫어!"

하고서는 또다시 설화는 금비녀를 방바닥에다 내던지며,

"이것 다 일없어! 트레머리를 해야지. 영철 씨는 사랑을 한다나. 서양머리한 사람만 사랑한대. 자, 그전에 사다 둔 빗하고 삔하고 이리 가져와요."

하더니,

"어서, 시간 늦어요. 안 가져올 테야!"

하더니,

벌떡 일어나 서랍을 열고 제가 꺼내다가 머리를 칠삼으로 갈라 붙이고 맵시 있게 틀어 얹었다. 그러고는,

"가만히 있거라! 옳지, 옳지. 광대뼈가 불그스름해야 영철 씨는 사랑해."

하더니 정월의 얼굴에서 본 것같이 얼굴을 불그레한 도화분으로 발랐다. 그러고는 깜정 통치마에 갸름한 저고리를 입고는 벌떡 일어나더니,

"구두! 구두!"

하고 안방 마루로 왔다갔다하며 구두를 찾는다.

"내 구두 어디 갔나? 구두를 신어야 영철 씨에게 가지."

하고 찬장 밑에 넣어 둔 구두를 꺼내어 보다가,

"에그, 어떻게 하나. 이 구두는 그 여학생이 신은 것 같은 검정 구두가 아니고 노란 구둘세! 이걸 어찌하나, 응응."

하고 그대로 털썩 주저앉아 운다.

이때 연옥이가 어멈을 쫓아 들어오다가 이것을 보고,

"얘가 웬일야. 저게 무슨 분이야, 웬 분을 저렇게 발랐니?"

하며 물끄러미 들여다보며 영문을 몰라하니까,

"무엇야? 이년! 네가 영철 씨를 빼어갔지? 어디 네가 죽나 내가 죽나 해보자! 네가 나를 죽이거나 내가 너를 죽여야 마음이 시원해."

하더니,

"이년."

하고 머리채를 꺼들어 잡아당기면서,

"나를 죽여라. 죽여."

하고 몸부림을 치며 매달린다. 이 꼴을 보던 설화 어미는,

"글쎄, 설화야, 설화야. 이게 웬일이냐, 네가 정말 미쳤구나? 이것을 좀 놓아라!"

하고 머리채 붙잡은 손을 펴려 하니까,

"이것들이 왜 이 모양야?"

하고 한번 뿌리치는 바람에 연옥은 그대로 마루에 나둥그러졌다.

"글쎄, 내가 어쨌니!"

하며 연옥은 머리를 다시 쪽찌며 혼자 앉아 한탄만 한다.

"얘, 남부끄럽다. 방으로 들어가자."

하는 자기 어머니 말은 듣지도 않고,

"에그! 영철 씨에게 가야 할 텐데 구두가 검정 구두가 아니고 노랑이야."

하며 그대로 몸부림하여 가며 운다.

일주일이 지나간 어떤날 저녁때였다. 선용은 탑동 공원을 이리저리 왔다갔다하고 있었다.

훗훗한 첫여름 공기가 무거웁게 불어오고 시뻘건 저녁해는 서편으로 기울어 기상만천의 꽃다운 저녁 구름을 서편 하늘에 가득히 그려 놓는다.

그 붉고 누런 저녁 구름에 반사되는 광선이 온 땅의 모든 것을 붉고 누렇게 물들이고 선용의 검은 얼굴까지도 술 먹은 것같이 불그레하게 하여 놓았다.

그때 선용의 머릿속에는 사회도 없고, 가정도 없고, 나무도 없고, 정월도 없고, 죽는 것도 없고, 사는 것도 없고, 다만 단순한 서편 하늘이 붉

고 누르게 피어 있는 구름장같이 가 보지도 못하고 듣지도 못한 하늘 위에나 땅 아래나 어디론지 끝없이 흘러가 보았으면 하는 방랑욕(放浪欲)에서 일어나는 법열에 뜬 정취뿐이었다.

화원에 뿌리는 척척한 수분이 지나가는 바람을 타고 선용의 훗훗한 뺨을 스치고 지나간다. 선용은 잠깐 사이에 다시 복잡한 의식을 회복하였다.

그의 머리에는 또다시 정월의 날씬한 그림자가 나타나 보였다. 그러나 그 정월의 그림자가 보일 때마다 선용은 보지 않으리라 하고 자꾸자꾸 다른 생각을 하고 하여 그 다른 생각의 그림자가 정월의 그림자를 덮어 버리도록 애를 쓰고 또 썼으나 그것은 무엇보다도 어려운 일이었다. 도리어 다른 생각의 그림자로써 정월의 그림자를 덮으리라 할 때에는 더욱 또렷이 정월의 그림자가 보일 뿐이었다.

그러나 정월의 그림자가 보이면 보일수록 선용은 타오르는 정열 위에 냉담한 이지(理智)의 푸른 재를 뿌려 그 정열을 식혀 버려 정월을 또다시 생각하지 않으리라 하였다. 아니 또다시 생각하지 않으리라 함보다도 생각할 수 없을 것이라 하였다. 그러나 선용은 피를 가진 사람이었다. 청춘의 노곤한 단잠을 다 깨지 못한 사람이었다. 만일 이지의 차디찬 힘으로 과연 열정의 타는 불길을 꺼 버릴 수가 있다 하면 선용은 말할 수 없는 공허를 깨달았을 것이다. 만일 선용이가 가슴의 공허를 깨닫는다면 또다시 그 낙망으로 인하여 공허를 맛볼 때와 같이 이 세상 모든 것은 슬픈 것으로 화하여 버렸을 것이며 나중에는 죽음의 벌을 받을는지도 알 수 없으며 비록 죽음은 바라지 않는다 하더라도 결국은 살아 있는 송장이 되고 말았을 것이다.

그러나 정월의 날씬한 그림자를 대신 채우는 것은 일본에 있는 그 여학생의 그림자였다. 그 여학생은 지금 어디에 있는지 알지 못한다. 또는 무엇을 하는지도 알지 못한다. 그러나 선용은 자기를 사랑하리라 믿었다. 분명치도 못하고 보이지도 않고 들리지도 않는 알지 못하는 희망이 도리어 냉담한 이지, 그것보다는 몇천 배 몇만 배 낫게 선용의 그 낙망적 열정을 대신하여 줄 수 있으며 선용을 다시 희망과 열정의 권내(圈內)로 접어 넣을 만한 큰 세력을 가지고 있었다. 선용은 정월이를 생각할 때마다 그 일본에 있는 여학생을 생각하였다. 그리고 어느것이 더 자기를 즐거웁게 하며 자기를 행복스럽게 하여 줄까 생각하여 보았다.

몸에 병이 있어 불쌍하고 가련하여 동정의 따가운 눈물을 흘려 주어야 할 만치 죽음과 생의 경계선 위에서 헤매이는 정월은 다만 불쌍한 인생을 위해서 동정을 주고받고 할 사람이다.

정월과 자기 사이는 다만 눈물이며 한숨인 비애의 애정이 있을 뿐이며 다만 남아 있는 것은 저녁 날에 묘지를 향하여 가는 상여꾼의 소리와 같이 쓸쓸하게 가슴쓰린 사랑의 만가(輓歌)뿐이다.

그러나 일본에 있는 그 여학생은 어떠한가? 극(劇)의 막(幕)을 아직 열지 않은 것과 같이 무한한 기대가 저편에 숨어 있으며 말할 수 없는 정취(情趣)가 저편에서 자기를 부르고 있다.

그러나 선용은 그 극이 비극일는지 희극일는지 알지 못하지만 사람인 선용은 또한 다른 사람과 같이 마음이 약하였다. 그는 알지도 못하고 듣지도 못하고 보이지도 않는 미래의 꿈 같은 희망에 속지 아니치 못하였다.

선용은 그 여학생을 생각할수록 그전보다 더욱더욱 또렷하고 분명하게 그의 눈앞에 장차 올 행복과 열락이 보이고 들리는 듯하였다. 그는 어떠한 때에는 기껍고 반갑게 어린아이가 오래 기다리던 어머니를 맞으려 두 팔을 벌리고 뛰어나가는 것과 같이 무한한 희망을 동정하는 끝에 아무것도 없는 공중에 두 팔을 훨씬 내밀어 그 장차 오려는 행복과 열락을 당장에 껴안을 듯한 그리움을 깨달았다.

그리고 감상과 비애를 맛보고 또 맛보아 아주 거기에 싫증이 난 선용은 장래에 또 무슨 불행이 있을는지 알지 못하겠다는 불안과 함께 그 여학생 사이에 새로운 행복을 간절히 원하기도 하였다. 너무도 차고, 쓸쓸하고 푸르스름하고, 가슴이 쓰린 것만 맛본 선용은 달콤하고 꿈속 같고 붉고 즐거운 몽환적(夢幻的) 새 생명을 간망하였다.

선용은 생각하였다.

'얼른얼른 일본으로 가리라. 몸이 허약하여 고향에 돌아와 정양을 한다는 것이 도리어 나의 정신에는 말할 수 없는 고통을 준다. 얼른얼른 일본으로 그 여학생을 찾아가리라. 그리고 찾지 못하거든 어디로든지 헤매리라. 찾다가 찾으면 나에게 또다시 없는 다행이라 하겠지만 찾다가 못 찾으면 넓은 지구 위에 어디든지 헤매이며 끝없는 희망을 품고 그 여학생을 찾아 다니리라. 만일 이 세상에서 찾을 수가 없거든 한평생 그 여학생은 나를 사랑하고 나를 기다린다는 희망을 가지고 지내다가 죽은 후 저 알 수 없는 세상까지 그를 쫓아보리라. 나와 같이 나를 찾아 다니다가 한 있는 일평생을 나와 같은 희망 가운데 살다가 이 세상의 차디찬 껍질을 내버리고 거기서 나를 기다리겠지——.'

하다가도 선용은 자기의 생각이 너무 공상적인 것을 깨닫고 혼자 웃으면서,

'어떻든 일본으로 가리라.'

하였다. 그리고 당장에 무슨 뜻하지 않은 기꺼운 일이나 들은 것같이 흥분됨을 깨달았다. 그리고 설[新年]을 기다리는 어린아이같이 당장에 일본을 가고 싶었다.

그는 한 주일쯤 있다가 서울을 떠나 일본으로 가기로 정하여 버렸다.

그후 사흘이 지나자 선용은 자기 방에서 일본으로 갈 행장을 차리고 있었다. 경희는 그 짐 꾸리는 것이 눈물이 날 만치 섭섭하고 쓸쓸스러움을 주는 듯하였다. 그리고 다른 때에는 웃기도 하고 우스운 소리도 잘하던 선용이가 짐 꾸리느라고 골몰하여 침착한 얼굴이 상기가 되어 아무 소리 없이 이것저것 저 할 것만 하는 것이 아주 야속한 생각이 난다. 그뿐 아니라 자기가 무슨 말을 할지라도,

"응, 응."

하고 지나가는 소리로 대답만 하고 어떤 때에는,

"가만히 있어. 이것 잊어버렸군."

하는 것이 어째 자기를 싫어하고 미워하는 것 같아 그는 서운하고 원망스러움을 맛보았다.

그는 거기 오래 서 있지 못하고 안방으로 뛰어가 멀거니 앉아 있었다.

선용은 한없이 유쾌함을 깨달았다. 한없는 기대가 자기 앞에 있는 듯하였다. 그리고 일본으로 가면 이번에는 그전과 같이 몸을 수고로이 하지 않고 안락하고 부드럽게 잘 지내겠다는 생각이 한없이 즐겁게 하였다.

그때 그의 머리에는 정월이가 조금도 있지 아니하였다.

그가 막 고리짝을 얽어매고 있을 때이다. 영철이가 찾아와서 이 꼴을 보더니 아주 깜짝 놀라며,

"이것이 웬일인가. 짐은 왜 묶나?"

하며 이것저것을 둥그런 눈으로 번갈아가며 바라본다.

선용은 묶던 짐을 여전히 묶으면서 아주 심상하게,

"모레 일본으로 갈 테야."

하였다.

"일본으로? 왜? 벌써 가을도 안 되었는데."

"여기 있을 수 없어. 얼핏 가 버리는 것이 수야."

"그렇지만 너무 속하지 않는가?"

"속하지 않아. 나는 여기 있으면 있을수록 고통이니까."

"그렇지만 이것은 참 의외인걸."

"의외?"

"그래."

"의외 될 것 무엇 있나, 가면 가고 오면 오는 것이지."

영철은 한참이나 가만히 있었다. 선용은 또다시 말을 이어,

"자네, 은행에서 나왔다는 말을 들었는데 정말인가?"

하였다.

영철은 입맛을 다시며,

"그것은 또 누구에게 들었나?"

하니까 선용은 허리가 아픈지 허리를 펴고 일어서 두 손으로 허리를 잡고 영철을 쳐다보더니 다시 허리를 꾸부리며,

"글쎄, 왜 나왔나? 누구에게 들었어…… 누구한테 들었던가?"

하고 한참이나 고개를 갸웃하고 생각을 하여 보더니,

"잊어버렸는걸, 누구인지."

하였다.

영철은 웃으면서,

"그거야 말해 무엇하나?"

하고 또 담배를 꺼내 문다. 선용은 마침 무엇을 잊어버린 것이 있어서 영철의 말을 귀담아 듣지를 않고,

"앗차, 잊어버렸다. 괴테의 《파우스트》를 넣지 않았구나."

하고 입맛을 쩍쩍 다시고 한참이나 애써 묶던 고리짝을 들여다보더니 다시 책장으로 가까이 가서 이 책 저 책을 뒤적뒤적하더니 영자(英字)로 거죽을 쓴 책 한 권을 꺼내어 가지고 왔다. 영철은,

"그렇게 젊은 사람이 정신 없어 무엇을 하나?"

하더니,

"저리 가게, 내 묶어 줄 테니."

하고 달려들어 묶던 고리를 활활 헤뜨리고 빨랫줄을 두 줄로 합하여 두어 번 끝을 맞춰 죽죽 훑더니 매듭을 지어 놓고 이리저리 고리짝을 굴려 발을 대고 힘을 다해 졸라맨다.

선용은 이것을 시원스러워하는 듯이 보고 서서,

"그럼 자네, 이제부터는 무엇을 하려나?"

"글쎄, 할 것 무엇 있나?"

"그럼, 우리 둘이 일본으로 가세그려."

"그랬으면 좋겠지만 모든 것이 허락을 해야지."

"허락? 가면 가는 것이지."

"그렇지만."

"가세, 가. 가서 우리 둘이 있세. 돈야 걱정할 것 무엇 있나?"

"그러나……."

하고 영철은 주저주저하였다. 그리고 가고 싶은 욕망이 나지도 않았다.

"가세, 가. 이번에 나하고 같이 가세."

하며 선용은 재촉하듯이 영철을 본다. 영철은,

"그런데 내 누이동생이 요새 대단히 앓고 나서 이번에 시골로 좀 데리고 갈까 하는데 나도 어떻게든지 일본으로 갈 요량이 있었으나 내년 봄쯤에나 가볼까 하는걸."

하였다.

"글쎄."

하고 선용은 정월의 말을 듣고는 말에 풀이 없어지며 아무 소리가 없다. 영철은,

"그러면 언제쯤 떠나나?"

하였다.

"모레쯤 가려 하네."

"모레?"

"그래."

"오, 참, 아까 모레라고 그랬지. 그럼 우리 같이 떠나세그려. 우리는 대전에서 차를 바꾸어 탈 테니까……."

"어딘데 대전에서 차를 갈아타."

"응, 부여까지 가려네."

"부여? 백제 옛 도읍 말일세그려."

"그렇지."

"어째 그리로 가나?"

"거기 아는 사람 하나이 있어서 자꾸자꾸 한번 놀러오라고 하니까. 또

마침 정월이가 시골 바람이 쏘이고 싶다 하고. 그래서 그리로 가기로 하였네."

"참, 부여가 아주 좋다지?"

"그렇다는걸. 나는 가보지 못하였지만 그 사람이 이야기를 하는데 꽤 좋은 모양이야."

"그럼 몇 시에 가려나?"

"아침 9시 차로 가세그려."

"그러세. 그럼 우리 정거장에서 만나세."

"그러세."

영철은 한참 있다가,

"지금 우리 누이가 제중원에 있는데 병은 다 나았지만 집으로 가면 다 귀찮다고 거기서 바로 시골로 가겠다고 해서 병원에 있는데 마지막으로 한번 찾아보게그려. 물론 옛일은 옛일이지마는 정월을 보아서가 아니고 나를 보아서 한번만 찾아보게그려."

하고 농담도 같고 간원도 같고 자기 누이를 불쌍히 여기는 애정에서 솟아 나오는 것같이 말을 하였다.

선용은 영철에게 정월이의 말을 듣는 것이 그전과 같이 열렬한 무슨 감동을 주지 못하고 다만 냉소와 함께 희미한 옛기억이 생각되었다가 사라질 뿐이었다.

영철은 선용의 집에서 나와 안동을 넘어 전동 넓은 길로 내려올 때 누구인지 앞에 탁 막아 서며,

"이 주사 나리, 어디를 가세요?"

하는 아주 영철의 마음을 유쾌치 못하게 하는 사람이 있었다. 영철이는 땅만 내려다보며 무엇을 생각하다가 깜짝 놀래어 고개를 들어 치어다볼 때 자기 앞에는 우산을 아무렇게나 묶어 들은 설화 어미가 반가운 듯이 웃으면서 서 있다. 영철도 반가웠다. 설화 어미 그 사람이 반가운 것이 아니라 설화를 생각하는 마음이 영철을 반갑게 하였다.

"오랜만이구려."

하며 영철은 그래도 웃음을 띠지 않고 냉담한 눈으로 설화 어미를 쳐다보았다.

"요새 자미가 어떻소?"

하고 영철은 지나가는 발길을 멈추고 섰다. 설화 어미는 무엇이 걱정이 되는지 긴 한숨을 한번 휘 쉬더니,

"제 자미야 그저 그렇지요마는 설화가 앓아서 큰일났습니다. 아마 죽을까 보아요."

하고 눈에 눈물이 그렁그렁하다. 영철도 그 소리를 듣고 뼈가 녹는 듯한 감정을 맛보고 바로 설화 어미의 얼굴을 쳐다보지 못하였다. 그리고 다만,

"앓아요?"

하고 깜짝 놀랄 뿐이었다.

"네, 바로 이 주사께서 다녀가시던 그날 저녁에 어딘지 다녀오더니 밤새도록 울기만 하고 왜 우느냐 해도 대답도 잊고 그저 죽는다는 소리만 하더니 그 이튿날부터 자리에 누워 일어나지를 못합니다그려."

하다가 인력거가 지나가니까 한옆길로 들어서며 또다시,

"그래 일주일이나 되도록 몸이 펄펄 끓고 정신을 잃고 헛소리만 하고 있습니다그려. 그리고 언제든지 영철 씨만 만났으면 좋겠다고 날마다 날마다 부르짖으니. 이 주사께서는 그후에 한번도 오시지를 않고 댁으로 갈 수도 없고 또 댁 통 호수도 알 수 없고 회사에서는 나오셨다는 말을 들어 거기를 갈 수도 없고 어떻게 만나 뵈올 수가 있어야죠. 옆에서 보기에도 답답만 하고 내 자식도 아닌 남의 자식을 호강은 못 시키나마 저렇게 기르다가 그것이 죽고 보면……."

하더니 입이 떨리고 눈물 방울이 똑똑 떨어지며,

"불쌍해 못 보겠어요."

하고 수건으로 눈을 씻으며 목이 메어 말을 채 못 마친다. 영철은 본래

설화 어미를 그렇게 무인정한 사람으로는 알지는 않았으나 지금 그 우는 꼴을 보니까 한층 더,

'너도 사람이로구나.'

하는 생각이 나며 지나간 즐거운 사랑의 기억이 새삼스럽게 눈앞에 보이며 마음이 아주 좋지 못하다.

"그것 안되었구려."

하고 입맛을 다시며 땅만 들여다보고 섰으려니까 설화 어미는 누가 볼까 하여 눈물을 씻으면서,

"어떻든 오늘 한번만 꼭 다녀가세요. 철을 모르는 어린것이 조금 잘못한 것이 있더라도 그것을 허물로 생각지 마시고 꼭 한번만 와 주세요."

하며 어린애 타이르는 듯 말을 한다. 영철은 한참이나 가만히 있다가,

"그러구려, 그거야 못 하겠소?"

하고 구두로 땅을 긁다가,

"지금은 어디를 가는 길이요?"

하며 다시 설화 어미를 쳐다보니까,

"네, 저 의원에게로 약 가지러 가요. 벌써 약값이 얼마인지를 모르겠습니다."

하고 눈살을 찌푸리고 우산을 두 손에다 모아 들고 들었다 힘없이 놓으며 고개를 내두른다.

영철은 지금처럼 설화가 불쌍하고 가련한 생각이 난 적이 없었다. 그는 무엇이라 말할 수 없이 인생의 무상과 비애를 느꼈다. 그는 주머니에다 손을 넣더니 10원짜리 한 장을 꺼내며,

"자, 이것 얼마 되지는 않지마는 약값에나 보태 쓰시우."

하고 설화 어미를 내어 주니 설화 어미는 눈이 둥그래지며 손을 얼핏 내어밀지도 못하고,

"아, 무엇, 이렇게."

하고 아무 소리 없이 입을 벌리고 싱그레 웃는다.

"자, 받아요."

하고 영철은 설화 어미 손에 그 돈을 쥐어 주며,

"있었으면 얼마든지 주었으면 좋겠지만……."

하였다. 설화 어미는,

"천만의 말씀을 다하십니다."

하고 그 돈을 받아 들고,

"그러면 이따가 저녁에 오시렵니까?"

하였다.

"그러죠. 이따가 저녁에나 틈이 있을 테니까. 지금이라도 갔으면 좋겠지만……."

설화 어미는,

"그러면 꼭 기다리겠습니다."

하고 당부를 하고 또 당부를 하고 저쪽으로 엉덩이를 만족한 듯이 내저으며 가다가는 고개를 숙이고 무엇인지 생각하며 종로를 향하여 걸어가는 영철을 두어 번 돌아다본다.

영철은 설화 어미에게 그 소리를 듣고는 참으로 가슴이 괴로웠고 설화가 불쌍하였다. 그리고, 자기를 만나자는 소리가 무엇보다도 가슴을 아프게 하였다.

그리고 어제까지 설화를 원망한 것이 나의 잘못이나 아닌가 하는 후회의 마음이 반 의심과 함께 자꾸자꾸 난다.

그리고 설화가 자기에게 그렇게까지 한 것이 설화 자신의 본 마음에서 나온 것이 아니라 바깥의 모든 경우가 설화를 그렇게 만들어 놓은 것이 아닌가 하고 설화를 동정하는 호의로써 생각을 할 때 어린 계집아이가 험한 세상에서 부대껴 가며 헤매고 고생하는 가슴 쓰린 처지를 생각하면 영철 자신의 가슴이 쓰린 듯하였다. 그리고 병에 찌들어 신음하는 자기의 사랑하는 누이동생에게 향하는 애정과 같이 설화에게도 따뜻한 애정이 향하여 갔다. 그리고, 설화 자신이 나에게 그렇게 하였다 하더라도 어쩔 수 없는 환경의 모든 죄악이 설화를 그렇게 만들어 놓았나 하는 생각이 나며 세상 모든 것이 저주하고 싶도록 원망스러웠다.

설화 어미는 설화가 당장에 살아나는 듯이 춤출 듯이 좋아서 약을 지어 가지고 자기 집으로 뛰어들어왔다.

마루 위에 섰던 설화를 보러 온 연옥이가 설화 어미를 보더니,

"아주머니, 어디 갔다 오세요?"

하며 반가워한다.

"의원한테 갔다 온단다, 아이그."

하고 수건으로 흐르는 땀을 씻으며 마루 끝에 가 벌떡 주저앉아 이제는 할일을 다하였다는 듯이 가슴을 내려앉히며,

"언제 왔니?"

하고 신을 벗고 방으로 들어가며,

"설화야, 설화야, 영철 씨가 오신단다. 인제 정신을 좀 차려라, 정신을 좀 차려."

하고 하얗게 여윈 설화가 한없이 눈을 감고 누워 있는 곁으로 가까이 가서 설화의 가는 손을 붙잡고 가볍게 흔들며,

"설화야, 설화야. 정신을 좀 차려."

하면서 설화 어미가 설화를 깨우려 하니까, 곁에 있던 연옥이가 이 말을 듣더니,

"어디서 만나보셨어요?"

하니까 설화 어미가 설화를 들여다보고 있더니, 연옥을 돌아보며,

"오늘 아침 이 주사를 만났어."

하며 신통한 일이나 한 듯이 신이 나서 말을 한다. 연옥이도 신기한 듯이,

"어디서요?"

하였다.

"마침, 전동 길을 올라가려니까 무슨 생각을 하는지 고개를 숙이고 내

려오겠지. 그래 앞에 가서 이 주사 어디 가서요? 하였더니 깜짝 놀래어 나를 보고 자미가 어떠냐고, 그래 내가 설화가 앓는다고 말을 하였더니 아주 미안해 하는 듯하더니 주머니에서 돈 십 원을 꺼내 주며 약값에나 보태어 쓰라고 하기에 어떻게 하나, 웬 떡요 하고 받아 들고 오늘 한번 다녀가라 하였더니 있다가 꼭 오마고 하였어."

"정말 올까요? 그이가."

"꼭 오마 했어. 아주 단단히 다짐을 받았으니까 오기야 올 테지."

연옥은 의아해 하는 듯이 가만히 앉아 있다. 설화는 고개를 부시시 돌리더니 이야기하는 두 사람을 힘없이 바라보며,

"언제 오셨어요?"

하고 자기 어머니에게 향하여 괴로운 중에도 반가이 말을 한다.

"오, 지금 막 오는 길이다. 자, 정신을 좀 차려라. 오늘 이 주사가 오신단다."

"네? 이 주사라뇨?"

하고 설화는 단념한 가운데에도 얼마간의 기대하는 의심을 가지고,

"거짓말, 그이가 무엇하러 와요. 그이는 아니 와요."

하며 다시 얼굴빛이 그윽한 죽음의 나라를 바라다보듯이 처량하고도 일종의 비애의 빛을 띤다.

"정말야, 이따가 꼭 오시마고 하였어."

"아녜요."

하고 곧이듣지 않는 듯이 고개를 담벼락 쪽으로 향한다.

"그애, 남의 말은 털도 듣지 않네."

하며 설화 어미는 답답해 하니까, 옆에 있던 연옥이가,

"참말이란다. 아까 어머니께서 만나보셨단다. 그리고 그이가 약값까지 십 원을 주고 있다가는 꼭 오마고 하였단다, 정말야."

하고 설화를 믿도록 타이른다.

"정말?"

하고 그래도 시원치 않게 설화는 힘없이 말을 한다.

"그래, 정말예요. 있다가 보려무나."

설화의 마음은 아주 낙망하여 단념하였었다. 그래도 속으로 이영철을 만나보았으면 하는 기대의 마음이 없지 않았었다. 그러나 지금 이영철이가 자기를 위하여 돈까지 주고 또 이따가 자기를 찾아온다는 말을 들을 때에 여러 날 병으로 인하여 기운이 다하여 모든 것이 모기장을 친 것같이 분명치 못하고 희미하게 보이는 가운데 그 말소리가 연옥이나 자기 어머니의 말과 같지 않고 꿈속에 무슨 알지 못하는 나라에서 온 사람이 자기에게 그것을 알려 주는 듯하여 설화는 하늘의 도와 주심이나 무슨 신(神)의 예감같이 생각하였으나 그것을 단단히 믿지 못하면서도 그것을 진정이라고 믿고 싶었다.

그러나 그는 자기의 믿고, 바라고 또는 기꺼움을 바깥으로 표현시키기를 원치 않았다. 그는 다만,

"그이는 오지 않아요. 오지 않아요."

할 뿐이었다. 그러나 그날이 점점 어두워서 갑갑한 어둠이 온 방으로 가득 찰 때 그는 아주 견디기 어렵도록 가슴이 죄었다. 그리고 희미하게 들리는 모든 소리가 다 이영철의 발자취 소리같이 들리고 자기 어머니가 문을 열고 들어올 때마다 눈을 뜨고 쳐다보았으나 반가운 소식은 들리지 않았다. 그래 기대하는 대로 모든 것은 자기에게 낙망과 비애를 줄 뿐이요 아무것도 없었다. 7시 반이 넘었다. 그때 설화는 한 시간 동안은 기다려도 쓸데없다 하고 조금 마음을 진정하였다. 그때에는 영철이가 자기 집에서 저녁을 먹고 있을 것이다. 그래 밥을 먹고 전차를 타고 나를 보러오려면 한 시간은 걸리리라 하였다. 그러나 한 시간이 지나간 8시 반이 되어도 아무 소리가 없었다. 다만 설화 어미가,

"웬일일까, 8시가 넘었는데, 꼭 온댔는데."

하는 소리가 자기의 말은 거짓말이 아니라고 변호하는 듯이 때때로 마루 끝과 마당에 들릴 뿐이었다.

9시, 10시, 11시, 12시가 지났다. 영철은 오지 않았다. 설화는 기다리고 기다리던 죄는 마음이 확 풀어지며 다른 사람이 보지 못하게 눈에서 눈물을 짰다. 그리고 그는 당장에 죽고 싶었다.

흘러가는 세월은 하루 저녁을 바꾸어 하루 낮으로 만들어 놓았다. 병원 대문으로 아침 10시가 넘어 선용은 여러 가지 생각을 하면서 천천히 발을 옮겨놓았다.

선용이 병원 정문으로 들어서서 병실 문간을 들어가 층계를 올라갈 때 어떤 젊은 간호부가 혈색 좋은 얼굴에 미소를 띠고 상냥스럽게 자기를 바라보고 서 있다가 선용이가 모자를 벗고,

"말씀 좀 여쭈어 보겠습니다."

하니까,

"예, 무슨 말씀예요?"

하고 대답을 한다. 선용은 병원에 오기만 하면 자기가 동경 병원에서 치료를 받던 생각이 나며 또 간호부를 볼 때마다 자기에게 친절히 하여 주던 그 일본 간호부 생각이 난다.

오늘 이 상냥한 간호부를 처음 볼 때에는 일본에 있는 간호부보다 아주 어여쁘고 부드럽게 생겼구나 하다가 처음으로 그의 말소리를 들을 때에는 보통 여자보다 사람과 많이 만나고 익힐 기회를 가졌으므로 그렇게 되었는지 알 수 없으나 어떻든 다른 여자보다 더 상냥한 점이 있으나 일본 있는 그 간호부보다는 아주 못하고나 하였다.

"저, 이정월 씨가 어느 방에 계신가요?"

"네, 이정월 씨요……? 잠깐만 기다려 주세요."

하더니 저쪽 귀퉁이 일등 병실로 들어갔다 나오며,

"이리로 오세요. 지금 머리가 좀 아프시다고 드러누워 계신데 그대로 들어오시라구요."

"네, 그러면 이것을 좀 일어나시거든 드려 주셔요."

하고 명함을 꺼내어 간호부를 주며,

"뭐, 누워 계신데 들어갈 것은 없지요."

"그러면 잠깐만 더 기다려 주서요."

하고 간호부는 다시 들어갔다 나오더니,

"들어오시라고 하십니다."

선용은 그대로 가려 하다가 다시 자기의 명함을 보고 들어오라는 말을 들었을 때에 그의 마음은 이상한 호기심이 일어났다. 그리고 으레 자기를 들어오라고 하렷다 하는 추측이 맞은 것을 유쾌하게 생각하였다.

선용은 정월의 병실로 들어갔다. 공중색(空中色) 양회를 바른 고요하고 정결한 병실이 너무 가볍게 쓸쓸하다. 방 안에는 약 냄새가 가득 찼다. 선용은 웬일인지 두근거리는 감정을 진정키는 어려웠다. 방 안에 놓여 있는 모든 것이 다 자기를 원망하고 애소하는 듯하고 모두 죽음으로 향하여 가는 듯하였다.

하얀 침상 위에 누워 있는 정월은 무엇을 명상하듯 눈을 감고 가만히 죽은 듯하게 누워 있었다. 선용이가 천천히 걸어 조심스러운 듯이 방 한가운데까지 들어오도록 정월은 알았는지 몰랐는지 그대로 누워 있었다. 그의 수척한 가슴을 덮은 흰 홑이불 위로 그의 심장이 팔딱팔딱 속하고 높게 뛰는 것이 분명히 보였다. 또는 목이 마른 듯이 때때로 침을 삼켰다. 견디기 어려운 반가움과 원망과 비애와 또는 한편에서 타오르는 피로한 정욕이 그의 가슴속에 있는 염통을 고조(高調)로 뛰게 하고 또는 초민(焦悶)을 일으키게 하였다. 그리하여 선뜻 선용을 맞이하지 못하게 하였다.

같이 들어온 간호부가 가만히 정월에게 선용의 들어옴을 말하매 그는 그때야 겨우 눈을 뜨고 고개를 돌이키며 가까이 선 선용을 바라보았다. 그의 가만히 뜨고 바라보는 힘없는 두 눈이 그윽하고 그리운 빛을 나타내는 것이 선용의 마음을 푸른 헝겊으로 싸는 듯이 불쌍하고 눈물이 날 듯하였다.

선용은 가만히 고개를 숙이고 의미 있는 예를 하였다. 정월은 아무 소리도 없이 눈으로 답례를 하였다. 그리고 몸을 일으키려 할 때 그의 풀어진 옷고름가로는 파리한 가슴과 조그마한 유방이 어여쁘게 내다보였다. 그리고 풀어진 머리를 아무렇게나 쪽찐 나리채는 그의 왼쪽 어깨 위로 아무렇게나 떨어졌다.

선용은 떼어지지 않는 입을 가까스로 열어,

"좀 어떠하십니까? 오랫동안 뵈옵지를 못하여서…… 그대로 누워 계시지요."

"예, 매우 고맙습니다. 이렇게까지 무정한 저를 찾아 주시니."

"왜 말씀을 그렇게 하세요. 네? 정월 씨는 저에게 무정히 하신 것이 하나도 없어요. 도리어 제가 오랫동안 찾아뵙지를 않았습니다. 생각이 나지 않았어요. 제가 도리어 정월 씨에게 무정히 하였습니다."

"천만에 말씀을 다하십니다. 저와 같은 사람에게 그렇게까지 하시는 것은……."

하고 정월은 아무 소리가 없다.

선용은 그 옆에 놓여 있는 테이블 위를 보았다. 거기에는 '비너스' 여인 조각의 사진이 하나 놓여 있었다. 선용이 이것을 볼 때 어찌함인지 그 여인이 정월과 자기와의 사이를 다시 이어 주는 듯하였다.

간호부는 나갔다. 조용한 방 한가운데는 말하기 어려운 사랑의 향내와 애끊는 비애, 원망의 냄새가 엉켜 가득 찼다. 방 안의 모든 것이 숨소리도 내지 않고 이 두 사람의 이야기를 들으려고 귀를 기울이고 있는 듯하였다. 정월은 다시,

"선용 씨, 우리 두 사람은 정말 영원히 떠나지 않으면 안 될까요?"

하였다. 정월의 가슴은 생시를 꿈이라고 인정하려는 듯이 모든 것을 부인하면 부인할수록 더 똑똑하게 모든 것이 부인되지 않는 것이 생각할수록 가슴이 답답하였다.

선용이가 이 말을 들으며, 그의 여신의 머리털 같은 부드러운 머리털과 한없는 정욕을 일으키는 그의 흰 젖가슴이 반쯤 풀어진 옷 사이로 내다보

이는 것과, 얇은 홑옷을 통하여 따뜻한 살이 하얗게 내비치는 그의 전 육체의 윤곽을 볼 때 그의 가슴에서 타오르는 사랑의 정은 한때에 눈물날 듯한 정욕으로 화하였다.

그는 자기도 모르게 정월의 손을 잡았다. 그 손을 잡을 때에 선용의 머릿속으로 지나가는 것은 3년 전 옛날에 영도사 시냇가에서 처녀인 혜숙의 손을 잡던 기억이었다. 그때에는 눈물날 듯한 환희(歡喜)와 희망을 깨달았으나 지금 이정월의 손을 잡을 때에는 눈물이 철철 흐를 듯한 비애와 낙망 속에서 헤맨다.

“정월 씨, 왜 그런 말씀을 하세요, 네? 아무것일지라도 우리 두 사람의 사랑을 정복할 수는 없지 않습니까?”

선용은 점점 그의 손을 단단히 쥐었다. 그리고 정월의 매끄럽고 가벼운 몸을 자기 가슴으로 가까이 하였다. 선용은 두려운 가슴과 함께 정월의 육체에 따뜻하고 녹는 듯한 아름다움을 놓을 수가 없었다. 그는 다만 영원히 정월의 몸을 놓지 말았으면 할 뿐이었다. 정월도 얼마간은 아무 소리 없이 가만히 있었다.

“놓으세요. 놓으세요.”

정월은 양심의 가책을 받는 죄수와 같이 선용의 손에서 자기의 손을 빼려 하며 눈에서는 쉴새 없는 눈물이 흐르면서,

“놓으세요, 네? 놓으세요. 저는 선용 씨를 사랑할 자격이 없어요. 어서 돌아가셔요. 저는 다만 선용 씨에게 대한 죄인으로 일평생을 지내갈 따름입니다. 자, 어서 가세요.”

하고 그대로 침상 위에 엎드려 자꾸 운다.

선용은 아무 소리 없이 정월의 우는 것을 한참 내려다보다가,

“우지 마세요. 자, 저는 가려 합니다. 그러면 내일 정거장에서 만나시지요.”

선용은 방문을 나섰다. 선용의 몸은 떨리며 한옆으로는 피가 와짝 식어버리는 듯이 소름이 끼쳤다.

그리고 간호부가 자기를 유심히 보는 것이 아주 얼굴이 홧홧하여지는 듯하였다. 그가 층계를 내려와 다시 정월의 병실 유리창을 쳐다볼 때에는 창장(窓帳)에 매달려 눈물을 씻으며, 돌아가는 자기를 바라보는 정월이가 힘없이 서 있었다. 선용은 모자를 벗어 인사를 하고 정문을 나섰을 때에 비로소 다시 일본에 있는 그 여학생을 생각하였다.

영철이가 설화 집에 가기는 다음날 오정이 거의 다 되어서였다. 설화 어미는,

'왜 어저께 오지 않았느냐?'

는 듯이 영철이를 바라보며,

"왜 오늘야 오세요?"

하며 무슨 낙망이나 한 듯이 시름없이 말을 한다. 그의 두 뺨에는 눈물 방울이 묻어 있었다. 영철은 무엇이라 말할 수가 없었다. 다만,

"네. 마침 시골에서 친구 하나이 찾아왔어요……."

하고 서투르게 말을 하였다.

영철은 설화의 집까지 오면서 다만 생각한 것은 진정으로 내가 설화의 누워 있는 자리 옆 가까이 가게 되면 설화는 벌떡 일어나 나의 목을 끌어 안고 한껏 울어 주었으면! 그러면 나도 울 테다. 그러면 두 사람이 흘리는 눈물은 한곳에 한꺼번에 섞여 흐르게 될 것이다. 그러면 또다시 헤어졌던 사랑이 다시 만나게 될 것이 아닌가 하였다. 그러고는, 으레 그렇게 되리라 하였다. 설화는 나를 잊어버리지 않았다고 자기의 어머니는 나에게 말을 하였다. 그러면 또다시 그 사랑을 잇기가 무엇이 어려우리요 하였다.

영철이 오래간만에 설화의 집에 들어와 보니까 모든 것이 반가운 듯하고 모든 것이 그리운 듯하였다. 그리고 그전 같으면 자기를 보고 문을 열어젖뜨리고 웃음을 띠고 반갑게 맞아 줄 설화가 다만 고요하고 조용한 미닫이 한 겹 가린 저 방 안에 누워 있다는 것을 생각할 때 영철의 가슴은

말할 수 없이 섭섭하였다. 그리고 설화는 박명한 미인이로구나 하는 동정하는 마음이 온 전신의 뜨거운 피를 식히는 듯이 쏴 흘렀다.

그러나 영철이가 설화 누워 있는 방으로 들어갔을 때에는 설화가 못 견디게 영철의 고개를 끌어안고 울음을 울어 주지 않았다. 다만 힘없고 고요하게 죽은 듯이 누워 있을 뿐이었다. 영철은 설화의 손을 잡고,

"설화, 나요. 설화, 나요."

하며 그의 여위고 날씬한 손을 가볍게 흔들었으나 설화는 아무 소리가 없었다. 영철은 갑갑하고 속이 타는 듯이,

"설화, 나요. 설화, 나요."

설화의 몸을 흔들었으나 설화는 아무 소리 없이 누워 있을 뿐이다.

"설화, 왜 대답이 없소? 네? 왜 대답이 없어요."

설화 어미는 눈물을 흘리며 설화의 근심에 싸인 듯이 푸르게 찡그린 얼굴을 두 손으로 쓰다듬으며,

"설화야, 영철 씨 오셨다. 네가 날마다 부르던 영철 씨가 오셨다. 왜 말이 없니, 응? 영철 씨가 오셨어."

그러나 설화는 대답이 없었다. 다만 머리맡에 놓여 있는 시계가 고요한 침묵이 흐르는 세월을 한가하게 세고 있을 뿐이었다.

설화 어미는 미친 사람 모양으로,

"설화야, 설화야, 왜 대답이 없느냐, 죽었느냐, 살았느냐."

하고 우는 얼굴로 설화를 깨운다.

그러나 설화는 다만 때때로 고개를 돌아 누우며 혼몽한 가운데 정신을 잃고 누워 있었다.

영철의 가슴은 공연히 답답하였다. 그리고 웬일인지 모든 것이 귀찮은 듯한 생각이 났다. 그리고 자기를 보면 반가이 맞아 줄 줄 알았던 설화가 불러도 대답이 없이 누워 있는 것이 아주 원망스러웠다. 또 설화 어미가 눈물을 흘리고 우는 것이 아주 보기 싫었다. 그는 갑자기 가슴을 무엇이 칵 찌르는 듯하더니 갑자기 원망과 싫은 생각이 일어나며 그 자리에서 벌

떡 일어나서,

"어, 나는 가겠소."

하고 방문 밖으로 나왔다. 설화 어미는 다만,

"왜 그렇게 가세요?"

하고 설화의 파리한 얼굴만 정신없이 바라볼 뿐이었다.

그리고 영철이 돌아간다는 것이 그리 섭섭하거나 그리 큰일이 아닌 듯이 문밖으로 나오지도 않고 그대로 지나가는 인사처럼 영철에게 인사할 뿐이었다.

"저, 설화가 혹시 정신을 차리거든 내가 다녀갔다는 말이나 하시오. 그리고 내일은 시골로 갈 테니까 또 만나보기는 어렵고 시골에 다녀와서나 만나보자고 하더라고 그러시오. 그리고 오늘 왔다가 말 한마디도 못한 것을 매우 섭섭하다고 해 주시오."

하고 뒤도 돌아보지 않고 설화의 집을 나왔다.

영철은 오늘 설화의 집에 온 것이 아주 유쾌치 못한 인상을 받았다 하였다. 도리어 쓰리고, 아프고, 아찔한 슬픔을 맛보고 가는 것보다도 못하게 영철은 오늘 설화의 집에 온 것이 더럽고 원망스럽고 힘없이 누워 있는 푸른 설화의 얼굴이 아주 얄밉게 보였다. 그리고 죽거나 살거나 당초에 만나보지 않으리라 하였다. 또 어저께 설화 어머니가 행길에서 자기를 보고 설화가 자기를 만나보겠다고 헛소리를 하였다는 것이 얼굴이 간질간질한 거짓말같이 생각됐다. 그리고 오늘 설화를 찾아온 것이 자기가 무슨 희망을 품고 요행을 바라고 온 듯하여 다시 생각하니 말할 수 없이 부끄럽다. 영철은,

"영원히 만나지 않을 테다."

하고 주먹을 힘 있게 쥐고 고개를 진저리치듯 내흔들었다.

영철이 설화의 집에서 나온 지 30분이 못 되어 설화는 겨우 잠깐 눈을 뜨고 사면을 둘러보았다. 그 옆에는 다만 설화 어미가 눈물을 흘리고 정신없이 앉았을 뿐이었다.

"어머니."

하고 설화는 시름없는 목소리로 말을 꺼내었다.

"영철 씨가 안 오셨지요?"

"오, 설화야, 이제 정신을 차렸니! 지금 영철 씨가 다녀가셨단다."

"네! 정말예요?"

하고 드러누웠다가 벌떡 일어나려 하며 반가운 듯이 눈망울을 굴리다가 다시 힘없이 자리에 누우며,

"거짓말이요. 그이가 왔을 리가 없어요. 왔으면 왜 나를 깨우지 않았어요? 네? 어머니, 거짓말이지요? 네? 거짓말이지요?"

하고 설화는 자기 어머니에게,

"거짓말이지요?"

소리를 무슨 요행이나 바라는 것같이 자꾸자꾸 한다. 설화는 영철이 왔다갔다는 것을 믿을 수 없어 그것을 부인하면서도 자기 어머니의 입에서 정말 왔다갔다는 말을 듣고 싶었다.

"정말이다, 그이가 왔다간 지가 반 점 가량도 되지 못하였단다."

"그러면 왜 나를 깨우지 않으셨어요? 네? 정말이에요?"

"정말이란다. 그런데 암만 흔들어도 네가 깨지를 않는 것을 어떻게 하니."

설화는 힘없는 손을 벌벌 떨면서 자기 어머니의 팔에 매달리며,

"정말예요? 정말 그이가 다녀갔어요? 네? 네?"

하며 괴로운 듯이 간절히 물어본다.

"그래! 정말야, 정말 다녀갔어."

설화는 아무리 하여도 그 어머니의 말을 믿을 수가 없었다.

"정말이면 왜 제가 보지를 못하였을까요?"

하며 혼잣소리처럼 말을 하고 다시 베개를 베고 드러누우며,

"그이가 왜 그렇게 속히 갔을까요?"

하였다.

설화 어미는 조금 답답스러운 말소리로,

"글쎄, 네가 깨지 않는 것을 어찌하니?"

하며 기막힌 듯이 말을 한다. 설화는 아무 소리 없이 천장만 바라보고 힘없이 누워 가슴이 쓰린 듯한 감상과 비애를 맛보았다. 설화 어미는 다시,

"그이가 내일 시골로 떠난단다. 그래, 다녀와서 만나보자고 그러더라."

하고 눈물을 씻으며 한옆으로 물러 앉는다.

이 소리를 들은 설화는 미쳐 날뛰고 싶었다.

여윈 월계꽃의 사라져 가는 향내와 같은 고요하고 그윽한 침묵이 온 방 안을 물들이고 있다.

설화는 덮은 이불을 귀찮고 갑갑한 듯이 다리로 툭 차서 허리에 반쯤 걸리게 하고 노곤하게 두 팔을 가슴 위에 올려놓으며 고개를 돌이켜 담벼락을 한참이나 바라보고 있다가 참지 못하여 나오는 뜨거운 눈물이 그의 해쑥한 두 뺨으로 때르륵 굴러 흰 요 위에 한 방울 두 방울 똑똑 떨어져 차디차게 흰 요만 적신다. 그리고 까만 두 눈을 깜짝일 때마다 방울방울 굵다란 눈물이 거꾸러질 듯이 쏟아져 나온다. 그리고 때때로 온몸을 사그라뜨리는 듯한 한숨에 떨리는 가벼운 소리가 고요한 침묵 속에서 가늘게 떤다.

설화는 지금과 같이 모든 것이 공허함을 깨달은 일이 없었다. 비록 눈물을 흘리고 한숨을 쉴 때라도 그는 언제든지 만일의 요행한 줄기를 믿었으므로 오늘날까지의 가늘고 우습고 불쌍한 생명을 이어 왔었다. 다만 보이지도 않고 들리지도 않는 미래라 하는 컴컴한 시간의 짧은 마디[節]를 꾸밀 일, 자기의 생(生)의 장래에게 속임을 당하며 살아야 하겠다 하였다.

즉 다시 말하면 보지도 못하고 들을 수도 없고 또는 아무것도 없는 미래에게 속고 또 속아 오늘까지의 생을 계속하여 왔으나 지금 이영철이가 자기를 위하여 참으로 자기 집까지 왔다갔는지 왔다가지를 아니하였는지 그것을 의심하는 동시에 또 자기 어머니의, 이영철이가 시골로 떠나갔다

는 소리를 들을 때에 모든 것은 텅 비어 버리고 보이지도 않고 들리지도 않고 아무것도 없는 미래에게 속았던 어리석음을 비로소 깨닫게 되었다.

모든 것은 공허이다. 누워 있는 그에게는 온 우주가 적막히 빈 듯하였다.

우연히 태어난 설화 한 개의 생의 경로는 아주 행복스럽지 못하였으며 아주 처량하였다. 다 같은 생을 향수하여 똑같은 인생의 한마디를 채우는 설화의 생에는 꽃도 없고 웃음도 없고 향내도 없고, 무르녹는 그늘도 없고 아무것도 없었다. 다만 눈물과 한숨과 비애와 유린의 발자국이 사라지지 않고 박혀 있을 뿐이다.

그러나 다만 그 짧고도 짧은 1년 동안이 넘을락말락한 영철 사이의 꿀 같은 사랑 속에 살던 그 시간뿐이 설화의 생의 또다시 없는 다만 한마디 또 짧고 또 짧은 유열과 참생의 짧은 마디였다.

그러나 그것도 한낱 잠꼬대와 함께 사라져 없어져 꿈과 같이 어디로 갔는가? 없어지고 말았다. 조물(造物)의 코웃음치는 한때의 희롱인지는 모르겠으나 설화에게는 자기 생의 모든 것이 다 비었다 한 것보다도 더 큰 무엇을 잃어버리게 되었다.

영철은 살아 있다. 이 땅 위에 살아 있다. 영철의 생은 그 육체로 세차게 돌아가는 혈액의 순환과 함께 뚜렷하게 살아 있다. 그러나 설화의 생은 영철이 설화에게서 보이지 않고 들리지 않는 무엇을 주었다가 도로 찾아가는 듯이 설화의 가슴속을 텅 비게 하는 동시에 설화의 싱싱하고 기뻐 뛰는 뜨거운 생은 풀 죽으려 하고 힘없이 쓰러지려 하여 미적지근하게 식으려 한다.

설화는 모든 것을 공허로 생각하고 미래를 캄캄한 어두운 밤보다도 더 까맣게 보고 어둡게 생각하는 동시에 고요한 침묵 속에 쉬지 않고 뛰는 심장의 고동(鼓動)을 들을 때에 푸른 입술을 해쓱한 이로 악무는 가운데에도 괴로운 웃음을 웃지 아니치 못하였다.

설화는 다만 이 순간을 두고 지나가고 닥쳐오는 과거와 미래가 비참하고 캄캄함을 깨달았을 때 우연히 태어났다 우연히 사라지는 자기의 생은 우연에게 맡기지 못할 만치 마음이 괴롭고 답답하였다. 절로 나고 절로 살고 절로 죽는 인생의 지나가는 길을 자기의 가는 손으로 애닯게 끊어 버리는 것이 도리어 그에게 무슨 만족을 주는 듯하고 그렇게 아니할 수 없을 만치 생의 의미 없음을 알게 되었다.

그러나 그의 가슴은 답답하였다. 그리고 목은 자꾸자꾸 타는 듯하였다. 그리고 미칠 듯이 가슴이 저리고 쓰리며 쉴새 없는 눈물이 쏟아져 흐르며 박명하고 비참한 자기의 지나간 반생의 역사를 돌아다볼 때마다 모든 것이 그립고 무량한 감개가 자꾸자꾸 쏟아져 올라오며 비록 쓰린 감정을 맛보던 그때라도 도로 한번 그때가 되었으면 하였다.

그러다가 영철과 자기 사이의 꽃다운 사랑의 역사를 생각할 때면 더욱 더욱 영철이가 그립고 어디로인지 간지를 모르는 영철의 뒷그림자를 그대로 쫓아가 옷깃을 붙잡고 다시 옛적과 같이 되어 달라고 간원을 하고 싶었다.

그리고 비애를 극(極)하고 감상이 뭉친, 때없이 부르던 각종 노래의 간장을 녹이는 듯한 구절구절이 생각될 때마다 말할 수 없이 처량하고 슬펐다. 그리고 자기의 사랑을 그대로 말하여 놓은 듯하여 더욱 비애로웠다.

설화가 한참이나 울다가 고개를 돌이켜 보니 어머니가 멀거니 앉아서 눈물을 흘리는 것이 어째 자기가 또다시 오지 못할 곳으로 떠나려는 것을 아까워 우는 것 같아서 그의 가슴은 미칠 듯이 섭섭하고 온 세상이 좁아드는 듯하였다. 그때 그는 목메인 소리로,

"어머니, 왜 우세요?"

하며 복받쳐 올라오는 눈물을 숨기지 못하고 흘리면서 자기 어머니를 쳐다보았다.

"아니다. 어째 눈물이 나오는구나."

하고 설화 어머니는 눈물을 씻어 설화의 마음을 위로하려 하였으나 참으

려 하면 참으려 할수록 더욱더욱 눈물이 복받쳐 쏟아졌다.

설화 어머니와 설화 두 사람은 다만 아무 소리 없이 서로 바라보기만 하며 참으려고 하지도 않고 눈물을 흘렸다. 두 사람이 소리없이 바라보는 그 침묵 속에는 보이지 않고 들리지 않는 무슨 영(靈)이 꼼지락꼼지락하는 것이 있었다.

몇십 분이 지나갔다. 설화의 눈앞에는 또다시 비참한 얼굴로 쓸쓸히 자기를 돌아다보는 영철이가 보인다. 설화는 전신을 병마에게 쪼달림을 당하여 가는 사지를 버틸 수 없이 피폐함을 깨달으면서 영철의 있는 곳으로 당장에 달려가고 싶었다.

그는 아주 갑갑함을 깨달았다. 그리고 벌떡 일어나려 하였으나 전신을 무엇이 잡아당기는 듯이 조금도 일어나 앉을 수는 없었다. 그는 다시 낙망하듯 이 자리에 털썩 드러누우며,

"어머니, 어머니."

하고 어머니를 다시 부르며 괴로움을 못 견뎌 하는 목소리로,

"영철 씨를 또 한번만 오게 하여 주서요. 네? 지금요. 얼핏요, 네! 어서요. 시골 가시기 전에 꼭 한번만 만나 뵈옵게요. 꼭 한번만요."

하며 간절히 자기 어머니에게 애소하고 어리광 부리듯 말을 한다.

설화 어미는 갑갑한 듯이,

"어디 가서 오시라고 하니? 집을 알아야지."

하며 주저주저한다.

"왜 몰라요? 동대문 밖이라는데요. 그리고 계동에도 그이 집이 있다는데요. 네? 어머니, 꼭 한번만 더 청해 오셔요."

설화는 영철을 만나 모든 지나간 일을 조금도 숨김없이 다 말을 하고 전과 같은 사랑을 또다시 이을 수가 있을까? 하는 만일의 요행과 영철을 그리워하는 견디기 어려운 정으로 영철을 또다시 만나고 싶었다. 그리고 영철을 만나지 못하면 당장에 죽을 듯이 마음이 괴로웠다.

이때 누구인지 사내 목소리로 바깥에서,

"이리 오너라."
하는 소리가 났다. 설화 어미는 치맛자락으로 눈물을 씻으면서 설화의 얼굴을 한번 물끄러미 쳐다보고 귀를 기울여 바깥에서 또 한번 부르는 소리가 나기를 기다렸다. 부르는 소리는 또 났다. 설화 어미는 무엇을 알아챈 듯이 벌떡 일어나 바깥으로 나가더니,

"이리로 들어오세요."
하며 그 손님을 안방으로 데리고 들어온다.

들어오는 사람은 도수 안경을 쓰고 양복을 입은 근 40이나 된 의사였다. 날마다 오후면 한번씩 오는 의사는 오늘도 여전히 설화의 병을 보러 왔다.

의사는 설화의 체온을 검사하고 맥박을 보았다. 그리고 어제서부터 오늘까지의 경과를 물어보았다.

설화는 드러누워서 의사가 하라는 대로 몸을 움직이면서 의사의 얼굴을 그전보다 더 유심히 바라보았다. 설화는 오늘 어찌함인지 다른 날과 같지 않은 의사의 얼굴 기색을 찾아내게 되었다. 의사의 얼굴은 어제나 그저께보다 너무 냉연한 빛이 보이는 듯하고 너무 침착한 빛이 보이는 듯하였다. 그리고 그전보다 아주 잠깐 사이에 설화를 진찰하고 바깥 마루로 설화 어미를 따라 나갔다. 그리고 돌아나가다가 다시 한 번 돌아다볼 때 그 의사의 얼굴에는 무슨 낙망하는 빛이 보이는 듯하였다.

어제까지는 설화가 그래도 자기의 생을 위하여 그 의사를 믿고 그 의사가 오기만 하면 자기의 피곤한 생이 다시 기뻐 뛰는 듯이 반갑더니 오늘 그 의사의 일동 일정을 볼 때에는 웬일인지 시덥지 않은 듯한 생각이 난다.

그때 설화의 머릿속으로 살같이 지나가는 것은,

'그러면 나는 더 살지를 못하는가?'
하는 생각이었다. 그 의사가 비록 입으로는 그러한 말을 하지는 않지마는 너무 냉연하고 너무 침착하고 낙망하는 듯한 빛이 그의 얼굴에 있는 듯한

것을 볼 때 설화는 모든 것이 절망이라는 선고를 그 의사에게서 들은 듯하였다.

그리고 의사와 설화 어미가 마루 끝에 내려서며 무엇이라 수군수군하는 소리가 자기의 죽음을 설화 어미에게 미리 가르쳐 주는 소리와 같이 들리며 온 전신의 피가 해쑥하게 마른 듯하고 전신에 소름이 쭉 끼치었다. 그러고는 속마음으로는,

'나는 죽는 사람인가?'

하였다.

두 서너 시간은 지나갔다. 그날은 어두워 저녁이 되었다.

설화가 또다시 혼몽한 가운데서 눈을 떴을 때에는 방 안이 어두컴컴한 저녁의 쓸쓸스럽고 침침한 저녁의 회색빛 어둠이 온 방 안에 가득 차 있었다.

설화는 온 방 안을 둘러보았다. 그리고 혹시나 영철이가 와 앉았지나 아니한가 하였다. 그러나 설화가 다만 한낱 요행을 한 줄기의 희망으로 알고 오다가 영철이가 또다시 자기 방에 들어와 앉지 않은 것을 깨달을 때에 이 세상 모든 것을 다 모아다가 자기 가슴 위에 지질러 놓은 듯한 갑갑하고 잠잠함을 비로소 알았으며 그립고 만나고 싶은 영철을 원망하는 생각이 점점 더하여졌다.

설화는 다만 한순간에 무엇을 깨달은 것이 있었다. 그리고 온 정신을 무슨 불길이 확 사르는 듯하였다. 또다시 눈물이 펑펑 쏟아졌다. 그리고 무엇을 생각한 듯이 눈만 깜박깜박하며 천장만 바라보고 누워 있었다.

시계가 11시를 칠 때였다. 설화는 온몸을 진저리치듯이 벌벌 떨며 사면을 둘러보았다. 그 옆에는 자기 어머니가 하루 종일 자기의 병구완을 하다가 이불도 덮지 않고 그대로 콧소리를 씩씩 내며 고단히 자고 있다. 설화는 이것을 볼 때 어째 속마음으로부터 불쌍하고 자기를 위하여 수고하는 것이 고마운 듯하고 어려서부터 자기를 길러 주던 것과 또 다른 기생의 어미와 다르게 자기를 친자식같이 사랑하여 주고 위하여 준 것을 생

각하며 한옆으로 그 주름살이 잡혀가는 얼굴에 근심스러운 빛을 띠고 눈물 방울이 두 눈에 그렁그렁하여 자고 있는 것을 볼 때 그의 희끗희끗한 이마털이 난 머리털을 쓰다듬어 가며 그의 홀부드러운 두 뺨에 자기의 뺨을 비비어 주고라도 싶었으나 그가 깰까 두려워하는 설화는 다만 물끄러미 그의 얼굴만 한참 들여다보다가 베개 위에 머리를 대고 한참이나 느껴 가며 울었다.

그는 무엇을 결심한 듯이 힘없는 팔로 머리맡에 놓여 있는 벼룻집을 가까이 집어다 놓고 종이를 펴며 또다시 자기 어머니를 돌아다보았다.

그는 붓과 종이를 들고 무엇을 쓰려 하다가 기가 막히는 듯이 그대로 고개를 푹 수그리고 또다시 느껴 울었다.

그러다가 다시 고개를 들고 붓대를 움직거렸다.

'사랑하는 영철 씨, 저는 가나이다. 아무것도 원망하지 않고 그대로 갈 곳으로 가나이다. 마음과 같이 되지 않는 세상에 이것도 또한 팔자로 돌려 보내고 청산에 뜬 구름 같은 이 세상을 하직하고 보이지 않는 저 나라로 돌아가나이다.

영철 씨, 모든 것은 꿈이었지요. 한없는 장래를 꽃다웁게 꿈인 줄 알았던 우리 두 사람은 그 가운데 약수 삼천리, 깊고 또 깊고, 길고 또 긴 강물이나 막힌 듯이 서로 만나보지 못하게 된 것도 모두 다 한 세상 났다가 살아가는 우리 사람의 한때 운명이지요.

영철 씨, 영철 씨, 영철 씨. 저는 또다시 영철 씨의 가슴에 고개를 대고 영철 씨 하고 부끄러운 듯이 불러보고 싶지마는 그것도 또한 한 개의 공상이 되어 버렸나이다. 영철 씨, 저는 또 무엇이라 하지 않으려 하나이다. 다만 시골에서 올라오시어 제가 이 세상에 있지 않는 줄을 아시거든 적막하고도 쓸쓸한 묘지에 새로이 생긴 붉은 흙이 덮인 무덤 위에 영철 씨의 따뜻한 눈물일지라도 한 방울 떨어뜨려 주세요.'

여기까지 쓰다가 설화는 종이로 얼굴을 가리고 고개를 틀어 박으며 미칠 듯이 울었다. 그러다가는 또다시 썼다.

'영철 씨, 그리고 그 무덤 속에 소리없이 누워 있는 설화는 세상에 났던 불쌍한 사람 중의 한 사람이었다는 것을 알아 주셔요. 그리고 영철 씨를 사랑하는 한 사람으로 알아 주셔요. 저의 몸은 비록 지금 사라져 없어지지마는 저의 가슴에 맺힌 사랑의 씨는 영원토록 영철 씨를 위하여 무궁한 세월과 함께 언제든지 사라지지 않을 것을 알아 주셔요. 영철 씨, 저는 가나이다. 그러면 이후 언제든지 저 세상에서 반갑게 만나 뵈올 것만 한자락의 즐거움으로 저는 영원히 가나이다.

아 영철 씨, 저는 가나이다.

이영철 씨!

김설화 재배'

라 썼다. 그리고 그것을 정성스럽게 착착 접어서 자리 밑에다가 놓고 한참이나 멀거니 담벼락만 바라보고 있었다.

이 세상 모든 것이 공허함을 깨닫고 무의미함을 깨달은 설화는 영철과 자기 사이에 또다시 옛적과 같은 아름다운 사랑의 꽃다운 생활을 아무리 생각하여도 갖지 못할 것을 깨달은 그는 자기 마음속에 감추고 감춰 있는 사랑을 죽음으로써 영철에게 호소하는 수밖에 없음을 깨달았다. 그리고 죽어 묻힌 자의 쓸쓸한 무덤이 비록 아무 말은 하지 않을지라도 영원한 침묵 속에 자기가 품고 있던 귀하고 또 귀한 사랑의 애끓던 정을 영철에게 애소할 수 있음을 깨달았다.

그는 한참이나 멀거니 앉아 있었다. 그러다가 갑자기 무슨 생각이 홱 그의 머릿속으로 스쳐 지나가는 것을 깨달았다. 그리고 떨리는 손으로 자리 밑에 접어 넣은 그 유서를 다시 꺼내어 눈으로 한참 들여다보다가 힘없이 그 옆에 놓여 있는 성냥을 들어 그 종이 한귀퉁이에 불을 붙였다. 얇다란 종이는 조금도 주저함이 없이 올라붙는 불꽃 속에 춤추는 까만 재가 되어 설화의 흘린 눈물 흔적과 함께 사라져 없어져 버렸다.

아, 설화는 이 세상 모든 것을 잊어버리고 죽음으로 돌아가면서 오히려 공연한 이 세상에 미련을 남겨두는 것이 참으로 어리석음을 그 순간에 깨달았다.

설화는 죽는다. 영원한 우주의 아무 소리 없는 침묵 속에 차디차게 안긴다. 죽음에는 다만 죽음이 있을 뿐이다. 그리고 아무 희망이나 요행이 그 죽음을 더 아름답게 하지 못하며 꽃다웁게 할 수 없었다. 아니, 아니, 아름다움이나 꽃다움이라는 것이 조금도 그 죽음이라는 것을 간섭할 수 없었다.

시계가 차디찬 새벽 공기를 울리고 2시를 쳤을 때에 목메인 설화의 죽음을 아랫목 요 위에 하얀 이불로 덮어놓았는데 그 옆에서는 그의 어머니가 넋을 잃고 울고 동리집 홰에서는 세월이 또 있음을 길게 부르짖는 닭의 소리만 가늘게 들리더라.

날이 밝은 그 이튿날 남대문 정거장 부산으로 향하여 가는 급행 열차 이등 차에는 영철과 정월과 선용 세 사람이 나란히 앉아 있을 뿐이었다.

배웅 나온 사람으로는 선용의 육촌 누이 경희 한 사람이 수건으로 참으려 하여도 참을 수 없는 눈물을 씻고 섰을 뿐이요, 아무도 있지 않았다.

정월은 기차가 떠나갈 시간이 되어 가면 되어 갈수록 가슴속이 불안함을 깨달았다. 그는 때때로 차창 밖을 내다보며 누구인지 오기를 기대하였다.

기차가 움직거리기를 시작할 때 경희는 수건을 휘둘러 편안히 가기를 축수하고 선용은 모자를 휘둘러 잘 있기를 빌었다.

정월은 그때 섭섭한 기색을 얼굴에 띠고 자기 오라버니를 쳐다보며,

"그이는 어째 안 왔을까요?"

하며 좋지 못한 얼굴을 한다. 정월은 자기 남편인 백우영을 만나보지 못하고 떠나가는 것이 섭섭하였다.

기차가 대전 정거장에 이르기까지 정월과 영철과 선용 사이에는 별로 담화가 교환되지 않았다.

이제는 영철과 정월이 선용을 떠날 때가 되었다. 기차가 점점 가만히 정지하기를 시작할 때 선용과 정월과 영철 세 사람은 분주히 일어나면서

도 서로 서로 얼굴을 유심히 들여다보았다. 정월의 얼굴에는 거의 울듯 울듯한 기색이 보이며 다만 그 기차가 완전히 정지하는 시간이 너무 속한 것을 애닯게 생각하듯이 머뭇머뭇 주저주저한다.

그러나 기차는 섰다. 영철은 선용과 끓는 피가 돌아가는 손을 단단히 마주잡았다. 그리고 엄연하고 비창하고 우정이 스며나오는 듯한 얼굴로 서로 바라보았다.

"그러면 자주자주 편지나 하게."

하고 영철은 선용의 손을 놓고 바깥으로 나간다. 선용은 고개를 숙이고 무엇을 생각하는 듯이 영철을 쫓아 나가며,

"또 언제나 만나볼는지 알 수 없겠네그려."

하고 또다시 정월을 바라보았다. 정월의 두 눈에는 어느덧 반짝반짝하는 눈물이 괴어 있었다.

세 사람을 싸고 있는 공기는 다만 고요한 침묵 속에 바르르 떨 뿐이었다.

기차는 또 떠나간다. 다만 선용 한 사람이 남아 있는 듯이 쓸쓸한 기차는 또 떠나간다.

창밖에 서 있는 영철과 정월은,

"잘 가게."

"안녕히 가세요."

하고 애끓는 떠남의 인사를 할 때 선용은 다만 모자를 내흔들며,

"잘 있게."

"안녕히 계시오."

하고 아무 소리 없이 두 사람을 바라보았다.

정월은 선용이 탄 기차가 점점 멀리 가면 멀리 갈수록 뜨거운 눈물을 더욱 더욱 흘리며 쫓아갈 듯이 선용만 바라보고 섰다.

선용의 눈에는 눈물이 나지 아니치 못하였다. 그는 인생의 모든 비애를 혼자 차지한 듯이 한없이 울고 싶었다.

죽기보다도 어려운 것은 애인을 이별하는 것이다. 그러나 선용과 정월은 사랑의 희망을 다른 망막하고 보이지 않는 곳에 두고 언제 만날지도 모르고 영원히 떠나간다.

다른 애인 같으면 장래에 닥쳐올 꽃다운 생활을 한줄기의 희망으로 오히려 쓰린 가슴을 위로하겠지만 선용과 정월은 아무것 하나 희망이 없는 이별을 하는 것이다. 병에 구박(驅迫)을 당하여 산간수변 정처없이 떠돌아다니는 정월이며 만날지 못 만날지 아직도 모르는 그 여학생을 쫓아가는 선용이다.

"안녕히 가세요."

"안녕히 계세요."

하며 목메인 소리로 떨어지지 않는 입을 열어 애끊는 인사를 할 때 선용은 또다시 그 일본 동경 정거장에서 자기를 따라오던 여자를 생각하고 그 여자에게 보냄을 당한 청년을 한없이 부러워하였으나 지금 자기가 똑같은 정거장에서 같은 애인에게 보냄을 당할 때에 그 보냄을 당하는 것이 한없이 쓰리고 미칠 듯이 비애로운 것을 비로소 알게 되었다.

점점 점점 작아가는 기차 그림자는 사라졌다.

이것을 바라보고 섰던 정월은 힘없이 영철의 팔목에 고개를 대며,

"오라버니, 어떻게 하면 좋을까요?"

하고 괴로운 가슴을 쥐어짤 듯이 눈물을 흘리며 가까스로 영철에게 끌려 정거장에 나섰다.

그러고는 다시 푸른 하늘에 한줄기 연기가 떠도는 저쪽을 다시 돌아다보았다. 저쪽 산모퉁이를 돌아가는 기차 소리만 가늘게 뛰 할 뿐이다.

영철과 정월을 실은 목포 가는 기차는 줄기차고 세차게 서남으로 향하여 간다.

기차가 산골짜기를 돌아나가는 컴컴한 굴곡을 지나갈 때 정월은 지금 자기가 어디로 가며 무엇하러 가는지를 알지 못하였다. 다만 몇 시간 동안 자기의 몸을 기차에게 맡겼으니까 그 기차가 실어다 주는 곳까지 가나

보다 하는 몽롱한 의식이 그의 머리를 채우고 있을 뿐이다.

그는 어제까지 1천 년 전 백제(百濟)의 옛 도읍이던 부여(扶餘)를 구경할 것이 무슨 무한하고 기꺼운 희망을 자기 눈앞에 갖다 놓는 듯하여 부질없이 기꺼운 마음을 진정치 못하면서 백마강(白馬江) 낙화암(落花岩)의 아름답고 꽃다운 이름만 입으로 외며 가보지 못한 그곳만 머릿속에 마음대로 그려보았더니 남대문 정거장에서 자기 남편인 백우영이가 불쌍하고 가련한 자기가 다만 며칠 몇 달일지라도 몇백 리 바깥으로 떠돌아가는 것을 와서 잘 다녀오너라 말 한마디 하여 주지 않던 것을 생각하고 대전 정거장에서 언제 만날지 생전 만나보지도 못할는지도 알 수 없이 떠나는 선용을 보낼 때 자기 마음이 미칠 듯이 섭섭함을 깨달은 그때부터 그는 모든 것이 공연한 것 같고 모든 것이 무미함을 알게 되었다.

그는 자기가 지금 왜 이 기차에 몸을 실어 어디로 무엇하러 가며 가서는 무엇하며 가야 할 필요가 어디 있는가 하였다.

그는 백우영이가 자기를 정거장까지 나와 주지 아니한 것이 자기를 냉대하는 것같이 생각되며 자기가 시골로 떠나는 것이 시원해 하는 것같이 생각되며 백우영을 야속하게 생각하는 동시에 자기의 파경(破鏡)의 원망를 생각하여 보기까지 하였다. 그러나 정월은 자기 마음에서 일어나는 모든 의심을 힘있고 굳세게 부인하려 하였으며 내리누르려 하였다.

그리고 온 정신에까지 힘을 주어 진저리치듯 온몸을 떨었다. 그러나 그타 일어나는 의심과 누르려 하는 도덕적 양심이 싸우는 그의 머릿속과 가슴속은 그리 편치는 못하였다. 그리고 또 한편으로는 가슴속에서 타오르는 선용을 생각하는 눈물이 날 듯하고 가슴이 쓰린 듯이 애모의 정이 그의 모든 희망과 호기를 불살라 버렸다.

그리고 그는 비로소 오늘날에 자기가 한낱 박행(薄幸)한 여자로구나 하였다.

처녀 때에는 자기가 미인이라고 스스로 자랑하던 그는 오늘에 와서는 자기의 박행을 생각할 때 그 미인이란 말을 생각해 보기만 하여도 눈물이 날 듯이 마음이 섭섭한 듯하고 애달픈 듯하였다.

그리고 또다시 처녀 시절로 돌아가 보았으면 하는 생각이 났다.

그는 자기 옆에 자는지 무엇을 생각하는지 눈을 감고 고개를 뒤에 기대고 고요히 앉아 있는 자기 오라버니의 얼굴을 한참이나 들여다보았다. 정월은 자기 오라버니의 얼굴을 들여다볼 때마다 회색(灰色)의 근심스러운 듯한 빛이 가만가만 살금살금 돌아가는 것으로 보아 언제든지 흐릿한 의심을 품고 있었으나 오늘 지금 이 기차 안에서 그 얼굴을 들여다볼 때에 그는 또 무엇인가 분명히 깨달은 것이 있는 듯 그의 머리가 갑자기 환하게 밝아졌다 다시 컴컴하여지는 듯하였다.

그는 몇십 일 전에 기생 설화를 속이던 것이 생각되며 또는 자기의 마음과 비추어서 설화와 자기 오라버니의 마음을 알게 되었다. 그리고 그 근심스러운 얼굴을 억지로 펴려고 애쓰는 자기 오라버니의 가슴속의 괴로움을 혼자 마음속으로 가만히 동정하였다.

그러나 어질고 착하다는 정월은 자기 오라버니를 위하여 두 사람 중의 하나인 설화를 속인 것이 자기의 양심을 기꺼웁게 함을 깨닫기는 하면서 그것이 또한 죄악인 것을 깨닫지는 못하였다.

기차는 어느덧 두계(豆溪) 정거장에 닿았다. 역부의 '뚜계 뚜계' 하는 소리가 고요한 시골의 가만한 공기를 살살하게 울릴 때 영철은 어느덧 감았던 눈을 뜨고 기차 창밖을 내다보며,

"벌써 두계인가?"

하였다.

기차는 또 떠나간다. 오른편 저쪽에 있는 시꺼먼 산이 슬슬슬슬 떠나가는 듯하였다. 영철은 정월을 돌아다보며,

"저 산이 계룡산이란다."

하며 그 검은 산을 가리켰다. 정월은 무슨 수지격이나 듣는 듯이 빙그레 웃으며,

"네, 그래요?"

하며 다시 그 산을 쳐다보았다. 그러나 그 거무스름하고 울퉁불퉁한 산이 서울에서 보던 회색빛의 삼각산이나 송음이 울울창창한 남산같이 다정스러운 듯하거나 품안에 안길 듯 그리웁지는 못하고 다만 옛날 장사(壯士)의 시꺼먼 털이 거칠게 난 팔뚝과 같이 위엄 있고 굳세고 보기 싫게만 보일 뿐이다. 그러나 계룡산이란 조선의 명산이라는 것을 학교 다닐 때 지리 시간에 선생에게 배워 들은 정월은 저 산속에는 절도 많고 물도 좋으려니 하였다.

그리고 송낙 쓰고 지팡이 짚고 한가한 걸음으로 산모퉁이를 돌아가는 여승(女僧)의 그림자가 보이는 듯하였다. 그래 자기도 이 세상 모든 부질없는 데 얽매인 것을 한꺼번에 끊어 버리고 구름 같은 검은 머리칼을 썩뚝썩뚝 깎아 버리고 죽장망혜로 산속에나 들어가 애달픈 일생을 한가히 지내 보는 것도 좋으려니 하여 보았다.

그러다가는 또다시 부질없는 공상이 그의 머리에 떠올랐다. 그렇게 자기가 여승이 되어 어떤 암자(庵子)에서 한적한 세월을 보낸다 하자. 그러다가 몇 해가 지났는지 세월이 간 때, 일본 간 선용이가 유명한 문학자가 되어 조선의 유명한 명산 대찰을 구경하려고 자기가 있는 그 암자를 지난다 하면 그때에 나는 무엇을 하고 있다고 할까? 맑게 흐르는 샘 옆에서 물을 뜨고 있다고 하자. 그래 선용 씨가 나인 줄을 알지 못하고 목이 말라 물을 조금 청한다 하면 나도 오래간만에 그를 보고 그이도 내가 그렇게 되어 있을 줄은 알지 못하므로 그대로 지나가는 한낱 나그네 모양 그대로 지나가 버릴 테지! 그러면 만나고도 서로 알지를 못할 것이지 하니까 다시 말할 수 없는 안타까운 생각이 났다.

그러다가 정월이 조금 정신을 차렸을 때에 자기가 이때껏 생각한 것이 한낱 공상에 지나지 못한 것을 생각하고 혼자 싱긋 웃었다. 영철은,

"무엇이 그리 우스우냐?"

하고 따라서 웃음을 지으며 물어보았다. 정월은 다만,

"아녜요"

할 뿐이었다.

정월은 그 동안 잠깐 잠이 들었다 깨었다. 얼마 아니 되어 기차가 넓고 넓은 벌판으로 달아난다. 영철은 흥분이 되어서,

"여기다. 여기다."

하였다.

"여기가 황산(黃山) 벌판이란다. 옛날에 백제가 망할 때에 당나라 장수 소정방(蘇定方)이 신라 김유신(金庾信)과 힘을 합하여 부여성을 쳐들어옴에 백제 장수 계백(階伯)이 다만 군사 5천 명을 거느리고 이 황산 벌판에서 싸울 때에 계백이 말하기를 한 나라 사람으로 당나라와 신라의 대병을 당하게 되니 나라의 존망은 알 수 없으나 나의 처자가 원수의 종이 되거나 또는 그 욕을 당하는 것은 죽는 것만 같지 못하다 하고 마침내 처자를 제 손으로 찔러 죽이고 이 땅에 진을 치고 당나라와 신라의 군사를 맞아 사합(四合)이나 싸우다가 힘이 다하여 죽었다는 곳이란다."

하고 감구(感舊)의 회포가 그의 얼굴에 가득하여 거칠은 벌판들만 바라본다.

"네――그래요."

하고 정월은 고개를 끄떡거리더니 또 한번 바깥을 내다보았다.

정월이 이 소리를 들은 후에는 참으로 의기의 마음이 가슴을 버티는 듯하더니 뉘엿뉘엿 넘어가는 저녁해가 붉게 비친 이 옛 전장에 시석(矢石)의 나는[飛] 소리와 달리는 말굽 소리가 천여 년의 세월을 지난 지금에도 들리는 듯하고 보이는 듯하다.

그러다가는 다시 그 쓸쓸하고 거칠은 벌판을 또 자세히 내다볼 때에는 부러진 칼을 옆에다 끌고 처자의 혼백을 찾아 정처없이 헤매는 옛 장수 계백의 원망을 품은 혼의 푸른 공중에서 힘없이 돌아다니는 것이 보이는 듯하였다.

그리고 또다시 몇인지 그 수를 알 수 없는 뜻 있는 나그네가 이 거칠고 보잘것 없는 벌판을 지날 때마다 애끊는 옛 생각과 안타까운 눈물로써 그

외로운 혼백을 조상하여 주었으렷다 하였다. 그리고 또 이후 몇백 몇천의 길고 긴 세월을 두고 그와 같이 아름다운 조상을 받으렷다 하였다.

그리고 또 만일 그때에 그 계백이 그대로 죽기만 하였더라도 지금 그와 같은 애끓고 안타까운 눈물의 조상을 받지는 못하려니 하였다. 그리고 자기의 사랑하는 처자를 자기 손으로 찔러 죽여 그 뜨겁고 붉은 피가 흐르는 칼을 그대로 들고 싸우다가 죽었으므로 오늘날 그의 죽음이 아름다운 죽음이라는 것이겠지 하였다.

정월은 비로소 죽음에도 아름다운 죽음이 있음을 알았으며 또한 역사라는 것은 죽음의 기록이 아닐까 하였다.

기차는 논산에 닿았다. 그날은 그곳에서 지냈다.

이튿날 아침 풀끝에 맺힌 이슬이 사라지기도 전에 영철과 정월은 자동차로 부여를 향하여 떠나갔다.

그전 같으면 심신의 피로함을 많이 느꼈을 텐데 정월은 오늘에 한적한 시골의 회색 안개를 헤치고 떠오르는 붉은 햇발이 즐거웁게 모든 것을 내리비치는 것을 볼 때 그의 마음은 부질없이 흥분이 되어 그리 고단하거나 피로함을 느끼지는 못하였다.

자동차는 달려간다. 다만 정월과 영철을 실은 자동차가 물이 괸 논도랑을 지나고 깎아지른 산비탈을 돌아가고 나무가 옆으로 늘어진 곧은 길을 달려가고 회색 연기가 자욱하게 오르는 초가집 동리를 돌아보고 서늘한 바람을 헤치며 힘차게 달려간다.

정월은 붉은 흙이 덮인 먼산을 바라보며 아무 소리도 들리지 않는 벌판을 내다보고 깨어진 질그릇 조각을 덮은 조그마한 촌가를 볼 때 마치 자기가 몇천 년 전 옛날에 살아 있는 듯한 생각이 난다. 그리고, 무어라 말하기 어려운 가슴이 뭉클하고 푸르스름한 감구와 감상의 몽롱한 감정이 그의 가슴에 가득 차 있을 뿐이다.

그럴 즈음 어느덧 성평(城平), 광평(光平), 원봉(圓峰), 석두(石頭)의 여러 다리를 지나서 증산교를 지나 골짜기 하나를 나서니 행로가 잠깐 구부러져 원형을 그린 듯하다. 능산교(陵山橋)를 지나가니 능산리라.

길 옆 한모퉁이에 석관(石棺)이 많이 노출되어 있다. 이것은 백제 공후 장상(公侯將相)의 무덤이라 한다.

당시의 부귀와 화사가 쓸쓸한 산모퉁이의 우툴두툴한 흙덩이 속에 바람에 씻기고 눈비에 갈리어 다만 헐벗은 비렁뱅이 옷과 같이 여기저기 아무렇게나 비죽비죽 내밀려 있고 귀하고 위엄 있던 육체가 누워 있던 그 관 속은 앙상한 촉루나마 어디로 갔는지 한귀퉁이가 깨어지고 부서져 으스스하고 보기 싫게 쾅 뚫려 있을 뿐이다.

정월은 이것을 볼 때 짧고 짧은 인간으로 태어났다 사라지는 그 사이에 때없이 변하고 덧없이 바뀌는 인생의 무상을 아니 느낄 수가 없었다.

그리고 또다시 부귀와 영화를 혼자 누리던 공후 장상도 죽어지면 산 한모퉁이 귀떨어진 바위 옆의 흙덩어리가 되어 이리 구르고 저리 굴러 비에 씻기고 바람에 불려 어디로 갔는지 간 곳도 모르게 사라져 없어진 것을 생각하고 보지도 듣지도 못한 그 옛날을 생각해 보매 인생이란 그러하구나 하는 생각이 났다. 그리고 또다시 역사란 죽음의 기록이 아닌가? 하였다.

또다시 월경(月鏡), 오산(烏山), 금성(錦城)의 여러 다리를 건너 백제의 왕릉을 지나 사자성(泗沘城) 동문(東門)터로 들어갔다.

그 이튿날 아침 영철과 정월 두 사람은 그의 친구 이봉하(李鳳夏)의 집에서 아침밥을 먹고 부여 옛성의 고적과 경치를 구경하러 나갔다.

먼저 평제탑(平濟塔)에 왔다. 석조(夕照)가 아니라 오정이 채 못 된 뜨거운 아침이었다.

거칠은 여름 풀이 터[墟]도 없는 왕흥사(王興寺) 넓은 터를 채우고 있는데 아침 저녁 들려오던 땡땡 하던 절종[寺鐘] 소리는 구름 밖에 영원히 사라졌는지 한없는 우주에 가득 찬 에텔을 가늘게 울리면서 자꾸자꾸 멀리멀리 가는지 다만 물 끝으로 지나가고 지나오는 가는 바람에 연하게 떨리는 소리가 정월의 서 있는 구두 끝에서 바슬바슬할 뿐이다.

정방(定方)이 백제의 옛 천지를 한칼에 쑥밭을 만들어 버리고 백강(白江)의 푸른 물을 붉은 피로 물들이더니 정방이 한번 그의 육각(肉殼)을 땅 속에 장시하매 지금 남은 것은 다만 쓸쓸하고 거칠은 부여 옛터의 서너 조각 돌덩이가 오고가는 바람에 씻겨 떨어지는 석양의 술취한 햇빛만 쉬지 않고 비칠 뿐이다.

세 사람은 다시 발을 돌이켜 부소산을 향하여 갔다. 영월대(迎月臺)와 군창(軍倉)의 옛터를 지나 푸른 소나무 사잇길로 사자루를 향하여 걸어갔다.

정월은 가만한 시골의 가는 바람과 연하고 부드러운 고도(古都)의 공기와 일종의 감상 추억의 그윽한 회포를 자아내는 동시에 모든 피곤함을 잊어버릴 만한 흥분을 그의 식어가는 핏속에 다시 불질러 주는 듯하였다.

그는 그저께 대전 정거장에서 선용을 떠나보낼 때에 그의 가슴에 받은 애끊고 섭섭한 비애가 그날 종일 또 그 이튿날 종일 그녀의 마음을 못 살게 굴더니 오늘은 웬일인지 처녀가 장래를 공상하는 듯이 즐거운 희열을 깨닫는 듯하였다. 그리고 따뜻한 볕이 좁은 산길을 내리비치어 반짝반짝하는 모래 위에 비쳐 있는 자기의 틀어 얹은 머리 그림자와 자기 전신의 검은 윤곽이 웬일인지 자기의 마음을 만족시키는 무엇이 있었다.

그는 달음질치고 싶었다. 멀리 쳐다 보이는 사자의 높은 누각이 자기를 부르는 듯하고 그 아래 꽃 같은 궁녀가 귀여운 몸을 그 왕을 위하고 나라를 위하여 깊은 사자수(泗泚水)에 덤벙 던졌다는 그 낙화암이 얼른 보고 싶었다.

정월은 만일 자기 옆에 자기 오라버니와 자기 오라버니의 친구가 있지만 않으면 하나 둘 셋을 부르고 줄달음질쳐서 거기에 달려가고 싶었다.

정월과 영철과 봉하, 세 사람은 상긋한 소나무 냄새와 누르스름한 흙냄새를 맡으며 사자루로 향하여 갔다.

조금 있다가 땅에 비친 정월의 그림자가 희미하여지더니 뜨겁고도 따뜻하던 햇빛이 금새 거무스름하여진다. 정월은 아주 유쾌치 못하였다. 그래 눈살을 찌푸리고 하늘을 쳐다보았다. 시꺼먼 구름 한 덩어리가 눈부신 해를 심술궂게 가리어 버린다. 여태까지 푸른 수정빛 같은 하늘빛이 온 공중을 물들이던 것을 아주 답답한 검은빛으로 변하여 버렸다.

정월의 그 즐겁고 경쾌하던 마음은 그 햇빛을 가리는 그 시간에 아주 답답하고 캄캄하게 만들어 놓았다. 그는 다시 모든 것이 싫은 듯하고 공연히 성가신 듯한 생각이 났다.

그녀는 그 답답하고 컴컴하고 성가신 듯하고 비애로운 생각이 가슴속에 뭉쳐 있는 동안에 또다시 자기가 지금 어디를 가며 무엇하러 가나? 하는 생각이 났다.

그리고 1천 년 전 옛날에 아홉 겹[九重] 궁궐 속에서 임금님의 사랑을 받아가며 꿀맛 같고 취몽(醉夢) 같은 생활을 하여 가던 어여쁜 궁녀들이 캄캄한 어두운 밤에 연한 발에 신도 신지 못하고 얇은 홑옷 하나만 몸에 다 두르고 원수들의 욕을 면하기 위하여 불붙는 궁궐을 빠져나와 지금 바로 자기가 걸어가는 이 길 위로 발에 피를 흘리면서 거꾸러질 듯이 도망하여 가던 것이 보이는 듯하고 그 모래가 깔린 길바닥에 연한 발끝이 터지고 울크러져 뚝뚝 떨어진 핏방울이 여태껏 남아 있는 듯하였다.

정월은 다시 오던 길을 돌아보았다. 그리고 자기가 왜 가고 무엇하러 가는지 알지 못하는 앞길을 바라보았다.

그리고 그 불붙는 궁궐에서 애처로이 우는 소리를 내며 원수에게 쫓기어 임금님은 어디로 가신지도 모르고 쫓겨가는 그 궁녀들과 같이 자기도 지금 그 무엇에 쫓겨 지금 이 눈물 깊은 이 길로 쫓겨가는 것이나 아닐까? 하였다.

그녀는 어느덧 사자루에 왔다. 영철은 모자를 벗어들며 다만,

"아——시원하다."

할 뿐이다.

여태껏 봉하하고 영철하고 여기까지 걸어오며 역사에 대한 이야기와 이 시골 고유한 풍습과 경치를 말한 것이 많지마는 정월의 귀에는 하나도 들

리지 않았다.

정월은 사자루 꼭대기 누각으로 올라갔다가 다시 내려왔다.

그리고 다시 동쪽 하늘을 바라보았다. 망망한 넓은 들에는 수채화를 그린 듯 갓 익은 누르스름하고 푸르스름한 보리밭 고랑의 그은 듯한 줄기가 이리 뻗치고 저리 뻗쳤을 뿐인데 지평선이 보일 만큼 넓지는 못하나 멀리 멀리 허리 굽은 산등성 머리 위에는 뭉게뭉게 눈같이 흰구름이 눈부시게 피어 올라올 뿐이다.

정월은 동쪽 하늘을 쳐다볼 때마다 선용을 생각하였다. 보이지 않는 선용이 저 구름 밑에는 있으려니 하였다. 그래서 너무 고요하고 한적한 그곳 생각을 하니 고함을 질러 '선용 씨' 하고 부르짖으면 그 목소리가 그 넓은 벌판을 울려 가서 그 흰구름 밑에 있는 듯한 선용의 귀에 들릴 듯하였다.

그러면 선용이가,

'네. 나는 여기 있습니다.'

하고 대답을 하여 줄 듯하다. 그리고 또 아무도 없다면 한껏 울어라도 보고 싶었다. 그러나 그것도 또한 되지 않을 일이라는 인식이 그의 마음 한 귀퉁이에서 밉살스러운 듯이 조소를 하자 그는 공연히 그 옆에 있는 사람들에게 트집을 잡고 싶었다.

백마강 푸른 물은 사자루 낙화암을 돌아 미끄러지듯이 수북정(水北亭)을 거쳐 부여성을 에워싸고 흘러간다.

사면을 돌아보니 7백 년 창업이 초동 목수의 피리 소리에 부쳐 있고 구리기둥 구슬 발은 재마저 남겨놓지 않고 사라져 없어졌다.

정월은 고란사(皐蘭寺)로 향하여 내려가려 하였다. 길은 꼿꼿하고 미끄러질 듯이 내리질리었다. 그리고 바위는 험상스럽게 내밀려 있다. 정월은 발을 구르며 팔을 벌리고 서서,

"에그, 여기를 어떻게 내려가요. 저는 못 가겠어요. 도로 올라가요."

하며 도로 올라가려 한다.

영철과 봉하는 그대로 웃고 서서 내려오다가 도로 가려는 정월을 쳐다보고 섰다.

"내려와. 그대로 가다니? 낙화암은 보지 않고 갈 테야?"

정월은 낙화암이 보고 싶었다. 그러나 그 험한 길을 내려가기는 싫었다. 정월은 다시 올라가던 발을 멈추고 자기 오라버니만 바라보다가 어리광 부리고 원망하듯이 미소를 띠며,

"그렇지만 내려갈 수가 있어야지요. 험한 데를……."

하다가는,

"그러면 저를 붙잡아 주세요. 자요, 자요."

하며 영철에게 안길 듯이 두 팔을 벌리고 서 있다. 백마강의 푸른 물은 눈앞에서 어른어른한다. 영철은 다시 올라와 정월의 손을 잡고 가만가만 끌어내린다.

바윗길은 깎아지른 듯하다. 정월은 냉수나 퍼붓는 듯이 느끼는 것처럼 '에그머니 에그머니'를 외칠 뿐이다. 낙화암 위로 가는 길을 내어놓고 고란사로 통한 좁은 언덕길을 내려간다. 정월은 겨우 발이 붙을 만한 곳에 와서는 시원도 하고 그 옆에 있는 봉하가 부끄럽기도 하여 한숨을 내쉬고 고개를 내리깔며 얼굴이 불그레져서 생긋 웃었다.

고란사에 내려왔다. 조룡대(釣龍臺)가 보인다.

옛날 고란사에는 고란(皐蘭)이 전과 같이 맑은 샘물 위에 푸르게 나 있고 조룡대 옛 바위는 주인을 볼 수 없다. 절에서 잠깐 쉬고 맞추어 놓은 배를 기다려 타고 백마강 푸른 물에 둥실둥실 떴다.

낙화암이 눈앞에 보인다. 거친 풀이 군데군데 나 있는 바위 아래에는 검푸른 물결이 여울져 흘러간다.

정월은 낙화암을 쳐다보았다.

거친 바위에는 아지랑이 같은 궁녀의 홑치맛자락이 여태껏 걸려 있어 가는 바람에 가볍게 흩날리는 듯하고 검은 머리에서 뚝 떨어지는 옥차(玉釵) 소리가 아직까지도 낭랑 정정히 들리는 듯하다.

그리고 옥 같고 대리석같이 고운 살이 얼크러지고 터져서 빨간 피가 지금도 흐르는 듯하다. 그리고 그 푸른 물속에는 아직까지도 그 머리칼이 어른어른하고 고운 육체의 부드러운 윤곽이 선명히 보여 궁녀들의 죽음이 떠나가지 않고 그대로 떠 있는 듯하다.

아, 말없는 낙화암에 두견(杜鵑)의 피가 얼마나 흘러 있고 넘어가는 석양은 몇 번이나 붉었는가? 고란 옛 절의 녹슬은 풍경 소리만 오고가는 바람에 한가히 울 뿐이다. 정월은 옛날에 죽은 궁녀들이 여태껏 살았구나 하였다. 그 몸과 그 혼은 사라져 없어졌으나 몇만 사람 몇천의 뜻이 있는 손이 이곳을 지날 때마다 1천여 년 전 옛날에 이곳에서 죽은 그 궁녀를 각각 그들 머릿속에 그려볼 것이며 그를 위하여 가는 창자를 끊으리라 하였다.

그리고 자기도 오늘 그 궁녀를 위하여 애끊는 생각을 하며 뭉클한 감상을 맛보는구나 하였다. 그리고 이후 몇 해 후에 일본 간 선용 씨도 이곳을 구경타가 나와 똑같은 감상을 맛보려니 하였다.

그러다가 선용을 생각하니 어째 다시금 마음이 좋지 못하며 그립고 원망스러운 생각이 났다.

그리고, 이후 몇 해 후에 선용 씨가 이곳을 지날 때 몇천 년 전 옛날에 죽어간 궁녀는 생각할지라도 오늘 이 자리를 거쳐 간 이 정월은 생각하지를 못하렷다 하였다.

배는 천천히 떠나간다. 갑자기 찬바람이 획 치고 지나간다. 정월은 갑자기 그 바람을 마셔 기침이 시작된다. 자꾸자꾸 복받친다. 그녀는 가슴이 쥐어짖는 듯하였다. 뱃전에 쭈그리고 앉아 가래침을 토하였다. 각혈이 자꾸자꾸 된다. 새빨간 피는 물 위에 떨어졌다. 그리고 가만히 퍼져간다.

정월은 가슴이 괴롭고 아프면서도 그 피가 물 위에 떨어지는 것을 보고 선용을 생각하였다. 그리고 그 붉은 피는 사라지지도 말고 흐르지도 말았으면 하였다. 언제든지 언제든지 이 아름다운 이름을 가진 낙화암 아래 떠돌다가 몇 해 후에든지 이곳으로 선용을 실은 배가 떠나갈 때 이 붉은 피를 보고 내가 여기 다녀갔던 것을 알아 주었으면 하였다.

그러다가 그 피가 실오라기처럼 되어 점점 가라앉아 버리는 것을 보고 그대로 그 피를 붙잡으러 물 속으로 들어가고 싶었다.

영철은 파랗게 질린 정월의 얼굴과 사라져 없어지는 그 붉은 피를 번갈아 보며,

"인제는 좀 괜찮으냐?"

하고 고개를 기웃하고 물어본다.

"네, 괜찮아요."

하고 정월은 가까스로 대답을 하였다. 그러나 그의 머리에는 아직까지도 그 선용을 생각하는 마음과 사라져 없어지는 붉은 피의 생각이 떠나지를 않았다.

그는 고개를 바로하고 찡그린 얼굴로 사면을 둘러보았다. 그러나 아무 소리가 없었다. 돌아다보니 옛것이 아니건마는 부소산 꼭대기에 외로이 서 있는 사자루의 외로운 그림자가 구름 밖에 떠돌아 공연히 섭섭한 회포를 던져 준다.

이때 측은한 얼굴을 하고 있는 봉하가,

"오늘이 음력 며칠인가?"

하였다. 영철은,

"열흘이지."

하였다.

"그렇지 열흘이지. 그러면 우리 며칠 있다가 달 떨어지는 것 구경 가지."

"그것 참 좋은걸."

"좋구말구. 푸른 달이 은싸라기를 홱 뿌린 듯이 번득거리며 물 속으로 가라앉는 것이 참 좋으렷다."

"그러렷다, 참 좋아."

하는 소리를 정월은 그 옆에서 들었다. 그리하여 그 얼마나 델리킷함을

상상할 수가 있었다. 흡사 푸른 스피릿[精]의 시체가 가라앉는 것 같으리라 하였다. 그리고 그것이 얼른 보고 싶었다. 그리고 그때 자기 머릿속에 그 달 떨어질 때에 그것을 보는 듯이 구상을 하여 보았다.

온 강물 위는 아주 고요하렷다. 작은 별들은 눈이 부실 듯이 깜박깜박하렷다. 은하(銀河)는 더욱 맑게 보이렷다. 또 푸른 달빛은 온 세상을 천사의 흩옷 같은 빛으로 물들이렷다. 먼산과 가까운 수풀은 회색빛에 싸여 희미하게 보이렷다. 저편 마을 집 뚫어진 창으로 새어나오는 불빛만이 붉게 보이렷다. 그리고 잔잔한 물결이 가볍고 가늘게 춤을 출 때 그 속으로 그 푸르고 찬 달이 스스로 들어가렷다. 이 얼마나 아름다운 경치일까? 무엇이라 말할 수가 없으렷다 하였다.

배가 자꾸자꾸 슬렁슬렁 떠나간다. 자온대(自溫臺), 수북정을 구경하였다.

그날 저녁이었다. 세 사람은 10시가 넘도록 서로 앉아서 이 이야기 저 이야기 시간 가는 줄도 모르고 이야기를 한다.

정월은 그전보다 그리 졸음을 깨닫지는 못하였으나 몸이 조금 피로함을 깨달았는지 두 사람의 얼굴만 번갈아 쳐다보다가 한 손을 입에 대고 가벼이 하품을 하였다. 봉하는 하던 이야기를 뚝 그치며,

"졸리우신가 봅니다그려."

하며 여자라 하는 수 없다는 듯이 쳐다보다가 무엇을 결심이나 한 듯이 영철을 보고,

"그러면 나는 안방으로 건너가겠네. 일찍이 쉬게."

하고 벌떡 일어나 안방으로 건너가려 하니까 정월은 그래도 내가 꽤 튼튼하다는 것을 자랑하고 싶은 듯이,

"무얼요, 괜찮아요. 더 앉아서 노시다가 건너가시지요."

하기는 하였으나 얼핏 드러누워 자고 싶은 생각이 나서 참말로 건너가거라 하는 듯이 봉하를 쳐다본다. 영철도 따라서 일어선 봉하를 쳐다보며,

"천천히 건너가게그려."

한다. 그러나 봉하는 다시 앉지 않고 두 사람에게 인사를 하고 안방으로 건너갔다.

영철도 졸음이 오는 모양이다. 두 팔을 펴고 기지개를 켜더니 하품을 크게 하였다. 그리고 폈던 두 손을 턱 무릎 위에 내려놓으며 눈을 한번 감았다 뜨는데 불그레한 눈에 눈물 방울이 핑 돌았다. 그리고 다시 눈을 끔적끔적하여 눈물을 들여보내 버렸다.

정월은 꽤 졸린 모양이다. 웃목에 자리를 펴 자기 오라버니를 누우라 하고 아랫목에는 자기가 자리를 깔았다. 그리고 베개를 바로 놓고 침 뱉을 타구를 베갯머리에 갖다 놓았다. 그리고,

"어서 주무셔요."

하고 자기는 옷을 벗고 누워 이불을 덮었다. 영철은 무슨 궁리나 하는 듯이 고개를 숙이고 앉아 자리 옆에 놓여 있던 책을 뒤적뒤적하다가,

"어서 자거라. 나는 천천히 잘 테니."

하고는 다시 무슨 생각을 했는지 이불 편 위에다 두 다리를 뻗고 드러누워 손을 깍지를 끼어 머리를 베고 천장만 바라보며 눈만 껌벅껌벅한다.

방 안은 고요하다. 환하게 켜 있는 램프불만이 때때로 발발 떤다.

영철은 조금 있다가 자기 누이동생을 둘러보았다. 정월은 어느 때에 멈출지 알지 못하는 가는 숨소리를 고달프게 내며 힘없이 고개를 저쪽 담벼락으로 향하고 잔다. 그의 힘줄이 빼드름한 파리한 목과 때때로 신경질적으로 꼼질꼼질하는 뼈만 남은 손이 영철에게 몹시 측은하고 불쌍한 생각이 나게 하며 그 낙화암 아래서 피 토하던 생각을 다시 하게 한다. 영철은 한참이나 자고 있는 정월을 바라보고 있다가 갑갑한 듯이 고개를 홱 돌리며 상을 잠깐 찌푸리고 입맛을 다신다.

어느 때나 되었는지 정월이 한잠을 자고 눈을 떴다. 아직까지도 램프불이 꺼지지 않았다. 정월은 희미하게 보이는 눈을 채 똑똑히 뜨지도 못하고 자기 오라버니를 바라보며,

"여태껏 안 주무셨어요?"

하고 몸을 뒤쳐 돌아 누웠다. 그러나 오라버니의 대답은 있지 않았다.

정월은 다시 눈을 비비고 자세히 자기 오라버니를 돌아보며,

"오라버니, 주무세요?"

하였다. 오라버니는 아무 소리 없이 이불도 덮지 않고 가만히 고개를 저쪽으로 향하고 누워 있을 뿐이다. 정월은 자기 오라버니가 자는 줄 알았다. 그래 가까이 가서 흔들어 깨워 이불을 덮고 자게 하려 하였다. 그래 자기 자리에서 일어나 자기 오라버니에게로 가까이 갔을 때에 자기 오라버니는 자는 것이 아니었다.

영철의 눈에서는 눈물이 그의 뺨을 씻어 흘러 떨어지고 있었다. 영철은 우느라고 자기 누이가 친절하게 부르는데도 대답을 하지 못한 것이었다.

정월은 가슴이 무어라고 말할 수 없이 쓰린 듯하였다. 그리고 감히 자기 오라버니의 몸에 손도 대지 못하고,

"왜 우세요?"

하였다. 이 소리를 듣는 영철의 눈에서는 더욱 뜨거운 눈물이 뚝뚝뚝 떨어졌다. 그리고 여전히 아무 대답도 아니하였다.

정월도 웬일인지 자기 오라버니의 눈물 떨어뜨리는 것을 보고 갑자기 가슴이 무엇으로 떠받치는 듯하더니 또한 뜨겁고 잔 구슬 같은 눈물이 떨어진다.

영철은 겨우 고개를 돌려 자기 누이를 바라보더니,

"우지 마라, 응. 자——어서 자거라."

하며 소맷자락으로 자기 눈의 눈물을 씻는다. 정월도 이 소리를 듣더니 더욱 눈물이 나며,

"오라버니, 왜 그렇게 우세요? 네? 저 때문에 그러세요?"

하고 그의 가슴 앞에 엎드러져 운다.

"아니다, 아냐. 어째 그런지 이곳에 와서 세상 일을 생각하니 자연히 슬픈 생각이 나서 울움이 나오는구나. 자——울지 말고 어서 자거라."

그러나 영철의 울음은 그렇게 그윽한 감구의 회포나 세상의 무상(無

常)을 탄식하는 뭉클한 심사에서 나오는 울음이 아니었다. 그 무슨 심장을 꿰어뚫는 듯한 참기 어려운 슬픔이 있는 것 같다. 그는 그전 같으면 얼른 눈물을 그치고 자기 누이를 위로하였으련만 오늘은 눈물 방울을 펑펑 흘리면서 못 견디는 듯이 몸을 떤다.

"오라버니, 정 말을 하세요. 왜 오늘은 그전에 볼 수 없던 눈물을 그렇게 흘리세요? 네? 저 때문에 그러세요?"

"아냐."

"그럼은요?"

영철은 또 잠깐 사이 가만히 있었다. 그러다가 말을 할까말까 하는 듯이 망설이는 듯하였다.

영철은 또다시,

"어서 자거라, 응? 어서 자. 내가 공연히 그랬구나."

하며 자기의 고민과 번뇌를 정월에게 보이지 않으려 하다가도 마음이 확 풀어져 모든 것을 다 자백하고 타파하고 싶은 듯이 힘없는 한숨을 후——내쉰다.

정월은 암만해도 무슨 곡절이 있는 것밖에는 보이지 않는다. 그리고 자기 오라버니가 자기의 불쌍한 것을 생각하고 그러는 듯하여 자기는 얼핏 죽어서라도 자기 오라버니의 걱정을 없이 하여 주고 싶을 만큼 따뜻한 애정이 그의 가슴에서 스며나와 온 전신을 한찰나 사이에 아찔하게 녹여 버리는 듯하기도 하였다.

"말씀을 하세요. 잘 테에요. 네? 말씀을 하세요. 오라버니가 그렇게 말을 안 하시면 나는 언제든지 가슴이 답답만 해요."

영철의 전신을 이루고 있는 붉은 근육은 부르르 떨렸다. 그리고 이마를 베개에 대고 이불 밑에 놓여 있는 신문지를 꺼내어 정월을 집어 주며,

"이것을 좀 보아라."

하며 못 견뎌 하며 어쩔 줄을 모른다.

신문지 삼면이었다. 제목은 '미인의 자살'이었다.

정월이 이것을 읽다가는 자기도 모르게 '앗!' 소리를 내다가 갑자기 뚝 그쳤다. 그 기사에는 영철이가 검은 먹줄을 그리어 놓았었다.

"그것이란다, 그것이란다."

하며 영철은 무슨 회개를 하는 죄수가 지나간 일을 안타깝게 생각하는 듯이 거푸 말을 한다.

정월은 아무 말도 없이 가만히 앉아 있었다. 그의 눈앞에는 자기가 설화의 집에 갔을 때 눈물을 흘리던 그 설화가 나타나 보이다가 또 차디찬 주검이 되어 홑이불을 덮고 누워 있는 그 설화가 보이고 나중에는 그의 혼이 푸른 원망을 품고 둥실둥실 떠나가는 것이 보이는 듯하다.

영철의 마음은 아주 단순하였다.

'설화는 죽어갔구나. 설화는 죽어갔구나.'

하는 생각밖에 아무 생각도 있지 않았다.

영철은 조금 있다가 눈물을 씻고 한숨을 휘——쉬더니,

"정월아, 이제야 말이지만 나는 그 설화를 무한히 사랑하였단다. 그러나 그 여자는 돈 있는 사람을 따라가 버렸단다."

그 돈 있는 사람은 자기 누이의 남편, 즉 백우영이다.

"아——그러나 한번 죽어간 그에게 얽힌 지나간 역사는 꾸다가 깨인 꿈과 같이 희미하고 몽롱한 기억을 남겨 버릴 뿐이다."

하고 단념이나 하는 듯이 고개를 돌리고 아무 소리가 없다. 정월은 이 소리를 듣고 어찌하면 좋을까 하였다.

영철은 설화를 그렇게 생각하나 정월은 설화를 생각하지 못하였다. 자기와 함께 처음 만나보던 그 자리에서 눈물을 흘리던 설화를 정월은 영철이가 생각하는 것과 같이 경박한 여자와 같이는 암만하여도 생각지를 못하였다. 그리고 그렇게 그 여자가 무정한 여자가 아니라고 생각하는 동시에 자기가 자기 오라버니를 위하여 설화를 속인 것이 그 설화를 죽게 한 동기가 되지나 아니하였나 하였다.

그리고 영철이가 눈물을 흘리는 것을 보며 자기를 떠나간 줄 알면서도 그와 같이 마음이 괴로워하는 것은 여태까지 그 설화를 사랑하고 그리워하는 마음이 사라진 것은 아니며, 또 자살까지 한 설화도 영철을 여태까지 사랑은 하나 정월 자기가 그 설화를 속임으로 인하여 영철을 원망하고 죽은 것이 아닐까 하였다.

그리고 그렇게 생각을 하면 생각할수록 그때 그 설화를 속인 것이 죄악이나 아닌가 하는 생각이 자꾸자꾸 난다.

정월은 그러면 그 이야기를 오라버니에게 하여 버릴까? 하였다. 그러나 그 이야기는 할 수가 없었다.

그리고 자기가 자기 남편에게 멀리함을 당하는 듯하고 선용이와 영원히 떠나 버리고 또는 몸에 고치지 못할 또는 다른 사람들이 꺼려하는 병을 가지고 내일 죽을지, 모레 죽을지, 모든 낙망과 비애 속에서 지나가는 것을 생각하며 자기가 또한 자기 오라버니와 그 설화 사이의 사랑을 부질없는 걱정으로 끊어 버리게 하고 또는 설화라 하는 그 아름다운 여자를 죽게까지 한 것을 생각하니 자기도 그 설화의 뒤를 쫓아가 설화에게 자기 잘못을 사과하고 또는 자기를 위하여 여기저기 자기를 도와 주고 쫓아다니고 애쓰던 오라버니의 마음을 놓게 하고 또 한 가지는 그 이름 곱고 아름다운 역사를 영원히 전하는 그 백마강 아래에서 언제든지 끊어져 버리고야 말 자기의 생명을 끊어 버리면, 이후에 이곳을 지나는 선용 씨의 애끊이는 가슴에서 새어나오는 눈물을 받는 것이 무슨 아름다운 명예를 자기 몸에 부어 줄 것 같았다.

몇 시나 되었을까?

닭은 자꾸자꾸 운다.

영철은 깜박 잠이 들었다 깨었다. 정월이 누워 있던 자리 위에는 이불이 아무렇게나 꾸기꾸기 놓여 있고 정월은 어디를 갔는지 있지 않았다.

영철은 깜짝 놀랐다.

그러나 변소에 갔나 보다 하고 얼마 동안 기다려 보았다. 그러나 오지 않았다. 그래 영철은 벌떡 일어났다. 그리고 정월이가 누웠던 자리를 보았다. 거기에는 연필로 아무렇게나 쓴 정월의 글이 놓여 있었다. 영철은 그 종이를 들고 한참이나 기가 막힌 듯이 멀거니 있다가 벌떡 일어나 문밖으로 나섰다.

그는 동리 길거리로 줄달음질하여 걸어갔다. 그러나 정월의 그림자는 보이지 않았다. 동리집 개는 자꾸자꾸 짖는다. 멀리 저쪽 하늘에 별들만 깜박하였다. 영철은,

"정월아, 정월아!"

를 부르며 정처없이 정월을 찾아 쓸쓸한 옛 도읍 거친 벌판과 험한 산모퉁이로 이리저리 헤매었으나 어디로 갔는지 정월은 보이지 않았다.

정월은 백마강에 몸을 던졌다. 반짝반짝 춤추는 물결 속으로 죽은 스피릿이 가라앉는 것같이 정월의 몸은 백마강 물결 속으로 들어가 버렸다.

아——과연 죽어간 정월이 설화의 원혼을 죽음으로 위로할 수가 있고 이후에 선용이가 이 자리를 거칠 때에 정월의 죽어간 자리를 찾아낼 수가 있을는지?

이 모든 우리 인생이 한낱 환희(幻戲)인 까닭이로다.

사랑과 죽음의 美學

이 재 선

나도향(羅稻香, 1902-1927)은 김동인, 염상섭, 현진건 등과 함께 초기 한국 현대소설사의 새로운 지평을 연 작가이다. 동인지 『백조』의 동인이었으며, 너무나 일찍 요절한 이 작가의 작품세계나 경향에 대한 해석이나 논의는 주로 낭만적 경향과 사실적 경향이라는 두 문예사조적 양상의 복합화에 집중되었고, 이따금 이와 관련된 미학적 성격 내지 사회학적 면모를 밝혀보려는 것이었다. 이같은 해석적 안목은 사실상 정당하고 바르다. 그의 단편 「벙어리 삼룡이」, 「물레방아」, 「뽕」, 「지형근」과 같은 대표작들의 세계가 이런 면모의 기반을 이루고 있는 것이 사실이다. 그러나 그럼에도 불구하고 나도향의 문학에 대한 평가는 몇몇 단편소설에 국한, 편향되어 있을 뿐 아니라 그의 장편소설을 완전히 배제시킨 채 이루어지고 있음에 문제점이 있다. 특히 도향의 장편소설은 오늘에 있어서 재독(다시 읽기)과 재평가의 가치를 충분히 지니고 있는 것이다.

그가 쓴 장편으로 「환희(幻戱)」(1922), 「어머니」(1925), 그 밖에 미정고(未定稿)가 있는데, 특히 「환희」는 우리 현대소설사에 있어서 매우 의의있는 위상에 있으면서도, 실제에 있어서는 거의 그 의의가 망실되고 있거나 지나치게 폄하되고 있는 현상이다.

우선 첫째로, 이 「환희」는 1922년 11월 21일부터 이듬해 3월 21일까지 『동아일보』에 연재되었던 소설로서, 한국 현대소설의 역사에 있어서 멜로드라마적 상상력에 근거하고 있는 대중소설의 원초적 형태이다. 멜로드라마적이란 부정적으로 보면 오락성이 강한 극에서 연유된 것으로서, 현실적 생활감이 결여된 구성과 통속적인 도덕관 등, 경멸적으로 이해되는 것이 보통이었다. 그러나 피터 브룩스에 의하면, 소설적 제시에 작용된 연극적 기초를 지적하는 것으로서 극화의 양식으로서 긍정적으로 평가된다. 무엇보다도 고양된 정서의 표현 내지는 정서주의의 양식 요소를 포함하고 있어서 낭만적 성격을 지니고 있다. 사실 우리 소설사를 살펴볼 경우, 「환희」가 쓰여진 1920년대 이전의 우리 소설은 신소설이나 이광수의 장편 「무정」이 보여주고 있듯이 교훈주의적 토론과 설득의 담론이 우세한 나머지 멜로드라마적 정서와 극화의 양상이 두드러지지 못했었다. 그런 점에서 이 「환희」는 우선 그 이전의 우리 소설들과는 달리 정서적 표현성의 담론과 수사와 함께 삶의 모습을 극적으로 개념화하고 극화한 연재소설로서, 대중지향적인 새 모습을 갖춘 최초의 소설 형식이다.

둘째, 「환희」는 낭만적 성향을 뚜렷이 지니고 있음으로써, 나도향의 작품세계가 그 보편성으로 지니고 있는 '낭만적 사실주의'의 면모가 내재되어 있는 것이다. 소설 「환희」가 낭만적 성격을 지니고 있는 점은 제목이 암시하는 환상적이고 몽환적인 황홀에의 이끌림(이 제목은 월탄이 지어 줌), 감상성과 연계되어 있는 '눈물'에의 감각화, 개성적인 주아성(主我性)과 자기고백적인 표출, 이국 정서에 의한 먼 곳과 시간적 과거(백제의 이야기)에의 동경과 이의 현실적 등가가치, 결핵의 병리성에의 애호, 인물들의 몽상 과다가 모두 그것이다. 괴테는, 낭만주의는 혁명이면서 병(病)이라고 지적한 바 있다. 이는 이성에 대한 감정(정서)의 반란이 낭만주의의 한 특성임을 지적한 동시에 감정의 고양과 과다가 심해졌다는 이야기이기도 하지만, 폐결핵은 동서의 낭만주의 문학에 있어서 주요한 병의 상징이요 비유어다. 여주인공 이혜숙(정월)이 폐결핵 환자로 나타나는 현상은 『백조』로 대리되는 한국 현대 낭만주의 문학의 병리 징후적 성격을 드러내는 중요한 의미를 지니고 있는 것이다.

소설 「환희」는 사랑의 문학인 동시에 죽음의 문학이다. 이른바 '에로스(Eros)와 타나토스(Thanatos)'의 미학과 시학이 함께 함축되어 있는 'Liebes Tod(사랑의 죽음)'의 작품이다. 바른 이해를 위해서 이야기의 줄거리를 요약하면 다음과 같다.

유명한 재산가인 이상국은 젊은 시절에 매우 향락적인 삶을 영위했으나, 만년에 이르러 죽음이 두려워져 기독교 신앙을 갖게 되면서 아들에게도 같은 종교를 갖기를 강요한다. 그러나 고집이 센 그의 외아들 영철은 이를 거역하고 가출하여 그 아비가 젊어서 유린해 소실을 삼았던 동대문 밖 서모의 집에서 이복 여동생과 함께 술에 침몰된 삶을 산다. 여기서 영철은 그의 친구인 가난한 문학청년 선용을 누이 혜숙에게 소개해 주게 되는데, 이와 같은 시기에 중앙은행 아들로서 방종한 생활에 이끌리는 백우영이 등장함으로써 사랑의 삼각형을 형성하게 된다. 혜숙을 내심으로 사랑한 선용은 일본으로 떠나고, 선용과 백우영 사이에서 추처럼 흔들리던 혜숙은 우영에 의해 겁탈을 당함으로써 그의 아내가 된다.

이 소식을 전해 들은 선용은 혜숙으로 인한 실연 때문에 자살을 감행했으나, 미수로 그치고 병원에 입원하게 된다. 이런 선용의 비보를 듣게 된 영철은 진실한 친구인 선용의 치료를 위해서 회사에서 돈까지 빌려 선용에게 보내 준다.

한편, 동창 사이인 백우영과 함께 명월관에 갔다가 설화라는 기생을 알게 된 영철은 돈을 초월한 진실한 사랑을 갈망하는 설화를 깊이 사랑하게 된다.

> 설화는 기생이다. 비록 기생이라 하지마는 그의 가슴에도 사랑이 있으며, 끓는 피가 있으며, 애타는 눈물도 있으리라 하였다. 어여쁜 처녀의 붉고 달콤한 사랑은 아닐지라도 가슴 쓰리고 마음 아픈 푸른 사랑일 것이라 하였다. ……그리고 설화 같은 여자가 참된 눈물을 알고 참한숨을 알아줄 여자일 것이라 하였다. 이러한 생각을 하는 영철의 가슴속에서는 갑자기 불 같은 애련의 정이 타오른다.

> 설화의 얼굴에는 그리움이 있고 인자함이 있었다. 그리고 영철의 두 눈에는 그의 입이나 코나 눈이나 눈썹이나 그 모든 것이 자기의 마음 비친 그림자를 조각을 하는 듯이 또렷하게 보인다.

이렇듯 영철과 설화는 지극한 사랑의 결합 관계지만, 설화에 대한 오빠의 지순한 사랑을 이해할 수 없었던 혜숙의 개입에 의해서 설화에게도 불행이 닥치게 된다. 혜숙(정월)의 개입으로 자학적으로 비감해 하던 설화는 마침내 비극적인 죽음을 결행하게 된다. 혜숙의 결혼생활 역시 불행해지는 것은 자명하다. 강압적인 겁탈에 의해서 이루어진 그녀와 백우영과의 결혼은 방종한 백우영의 행태로 인해서 불화 상태에 빠지게 되고, 급기야는 폐결핵을 앓는 불행한 여인 정월로 개명하게 된다. 선용이 일본에서 돌아와 혜숙의 병든 상태를 목도하게 되자 이 세상에서 참다운 사랑을 이룰 수는 없다고 생각한 선용은 다시 일본으로 가버린다. 오빠인 영철과 함께 백제의 고도 부여를 여행하던 정월(혜숙)은 설화에 대한 죄책과 선용과의 사랑의 비극적인 영속화를 위해서 백마강에 투신해 버리고 만다.

위에서 보는 것처럼 이 작품은, 두 개의 사랑과 두 개의 죽음을 제

시함으로써 사랑 속에 내재하는 죽음, 즉 불행한 사랑의 결과로서의 사랑을 다룬 작품이다. 다시 말해서 설화의 자살과 혜숙의 자살이라는 두 개의 사랑과 죽음이 주요 모티프를 이루고 있는데, 이런 현상은 제약된 상황을 벗어나거나 초월하려는 낭만적인 문학이나 대중성을 지향한 문학에서 두드러지는 경향이요 현상이다. 이런 사랑과 죽음의 연계성의 미학을 위해서 또는 구성의 극화를 위해서 이 작품은 양극화 내지 양극적 대립이라는 양식을 적절히 활용하고 있다. 이를테면 백우영 대 김선용의 대립과 같은 것이 그것이다. 이 두 사람에게 있어서는 전자가 분명히 악덕이나 부도덕의 표상인 반면에 후자는 덕행의 표상이다. 그리고 이 도덕적 양극을 구획하는 데 있어서 적지 않은 물질적인 매개 기능을 하고 있는 것이 빈부를 표상하는 돈의 기능이다. 또 하나, 극화를 위해서 긴요한 모티프가 되고 있는 것이 사랑에 내재하고 있는 갈등 즉 사랑의 삼각형 내지 삼각관계인데, 이 작품에 있어서도 크게 보아 두 개의 삼각형이 형성되어서 상호관계를 갈등시키는 기능을 하고 있다. 혜숙—선용—우영과 설화—영철—우영의 관계가 그것이다. 이런 관계는 이 소설에 있어서의 플롯의 동력으로서 극적 원리가 될 뿐만 아니라 윤리적 조건을 암시하기도 한다. 어쨌거나 「환희」는 우리 현대소설에 있어서의 대중소설로서의 새로운 극화현상을 보여준 작품이며, 특히 마지막에 있어서의 백제 멸망사와 정월의 죽음과의 등가적 일치화를 통한 비극적인 영원성에의 동경은 우리 문학의 초월적 낭만 미학으로서 음미될 수 있는 작품이다.

나도향 연보

1902 서울·청파동에서 장남으로 태어나다. 본명은 경손(慶孫). 호는 도향 (稻香). 필명은 빈(彬).

1919(18세) 배재고보 졸업. 경성의전 입학, 도일. 와세다대학 입학이 학자금 미조달로 실패

1921(20세) 단편「추억」(신민공론)을 발표하여『백조』동인.

1922(21세)「젊은이의 시절」,「별을 안거든 우지나 말걸」, 시「투르게네프 산문시」를『백조』에 발표. 장편「환희」(동아일보) 발표.

1923(22세) 단편「십칠원 오십전」(개벽),「춘성」,「행랑자식」,「은화 백동화」발표.

1924(23세) 단편「자기를 찾기 전」(개벽), 논문「문단으로 본 경성」발표.

1925(24세) 단편「뽕」(개벽),「물레방아」(조선문단), 계급문학시비론「뿌로니 푸로니 할 수는 없지만」(개벽) 등 발표. 재차 도일하여 수학의 뜻을 이루려 하였으나 실패.

1926(25세) 귀국. 소설「지형근」(조선문단),「화염에 싸인 원한」(신민) 등 발표 8월 26일 폐환으로 죽다.「벙어리 삼룡이」(현대평론)가 고(故) 도향 이름으로 발표, 장편「청춘」발간.

베스트셀러 한국문학선 22

환희

펴낸날 | 1996년 3월 7일 초판 1쇄
2012년 2월 20일 초판 11쇄

지은이 | 나도향
펴낸이 | 이태권
펴낸곳 | (주)태일소담
서울시 성북구 성북동 178-2 (우)136-020
전화 | 745-8566~7 팩스 | 747-3238
e-mail | sodam@dreamsodam.co.kr
등록번호 | 제2-42호(1979년 11월 14일)
홈페이지 | www.dreamsodam.co.kr

ISBN 89-7381-195-9 03810